sian novel—she wrote perceptively on both subjects—caused her to be called lecherous and profane. "The Substitute," included here, shows Clarín deflating the hypocrisy and patrioteerism of his time with his bitter humor, while "The Revolver" reveals Pardo Bazán's psychological penetration. Through her contact with other literatures Pardo Bazán expanded her horizons and, more than any other Spanish writer, enriched the field of the short story. Her subject matter is complex, combining tragedy with comedy, and encompassing an extremely broad range of human situations. One can readily see that in these nineteenth-century writers, in Alarcón as well as Clarín and Pardo Bazán, the dialogues sound natural and convincing, and description and narration are couched in a direct, precise language.

In their struggle against a formidable, untameable nature and against despotic rulers, Latin American writers of the nineteenth century utilized prose fiction as a weapon. Their stories and novels mirrored the varied natural and ecological patterns of a vast continent. But of course the purpose was not to write picturesque books, like W. H. Hudson's *Green Mansions;* nor was it a matter of describing the pampas as something uniquely American and then selling these descriptions as color postcards for literary tourists. The Latin Americans found nature inextricably bound up with human problems. Description of the pampas led to the description of its inhabitants, the gauchos, and of course to the way the white men from the cities were exterminating them; accounts of the Andes inevitably brought out the problem of the exploited Indians; stories of the selva introduced the problem of the workers in the rubber plantations. There was, of course, the brilliant if anachronistic exception of Ricardo Palma, who was primarily interested in droll stories dressed in Anatole France-sauce. "The Scorpion," reprinted here, is representative of his charming sketches. But

writers like Benito Lynch and Horacio Quiroga were inspired by the burning social and political issues of the day. Quiroga's "The Roof" and Lynch's "Sorrel Colt" stress the psychological rather than the sociological, but they nonetheless give a fair idea of the new South American style and analytical method as well as the characteristic pathos and humor.

As one moves closer to our own day—after Freud, after Kafka, after Existentialism—matters of form and content become much more complicated. If Miguel de Unamuno is easy to grasp, with his rugged and often abrupt style, so personal, and so passionately obsessed with his existential problems, it is not so easy to "describe" a Cela or a Goytisolo, or still worse, a Borges. Only one thing they have in common: they all write excellently well. But their styles are as different from one another as their sources of inspiration and their subject matter. Cela leans towards the picaresque: it is significant that one of his early works was a continuation to *Lazarillo de Tormes*. He loves those queer individualists who roam over the face of the Peninsula, knocking themselves around from pillar to post, full of malice and verve in the midst of a catastrophic social reality. From Goytisolo, a veritable shipwreck from the Spanish disaster, emanates less jocularity—in fact the humor has grown stale, acrid. He is an angry young man, echoing the sound of breaking in his hard, primitive language reminiscent of the early Hemingway. Borges, like Cela, has written about the smart alecks or *compadritos* of the slums, but he envelops the tragic implications in almost frothy levity and a highly stylized language (I am thinking of the masterpiece "Hombre de la esquina rosada"). But there is another Borges, inventive and fanciful, who deals with the uncanny. In such stories as "The Shape of the Sword" he spins a suspenseful "detective" yarn; in other stories, he goes further into a more recondite zone,

reminiscent of Kafka (whom, it must not be forgotten, he translated into Spanish and to whom he owes, to some extent, the symbolic climate of his tales as well as some of his stylistic peculiarities).

Thus, projected in these pages, in miniature, are the mutations of the Spanish short story, from its birth, in Don Juan Manuel's medieval world, to its most brilliant cultivators in the mid-twentieth century: Jorge Luis Borges in Buenos Aires, Camilo José Cela and Juan Goytisolo in Spain.

ANGEL FLORES

Spanish Stories

Don Juan Manuel

(1282-1349)

THE INFANTE Don Juan Manuel was a nephew of King Alfonso the Wise. This haughty aristocrat, courtier and warrior, who amassed the most considerable fortune of his day, was at the same time an extremely erudite man, an antiquarian with an encyclopedic mind, as interested in how to carve a roast, falconry, the spinning of yarns or the technique of verse as he was in war and political intrigue. Writing on history or the exercise of knighthood or the culinary arts, he would digress eloquently on theology, astronomy and the natural sciences. More individualistic than any of his medieval contemporaries, he affixed his signature to everything he wrote and deposited his manuscripts in safety vaults.

His greatest achievement, *El Conde Lucanor*, reveals his broad knowledge of the folklore of his native country and of other nations as well, and acquaintance with an astonishing number of Oriental, Greek, Latin and Christian books. *El Conde Lucanor* was conceived as a moral treatise, a kind of practical guide on how to win friends and influence people. The author appears as the earliest mouthpiece of a rather vulgar brand of pragmatism verging on out-and-out opportunism. But the appeal of *El Conde Lucanor* lies not on the ethical but on the fictional plane. When Count Lucanor, the main character, seeks advice

2

from his private secretary, Petronio, the latter expresses his opinion in the form of anecdotes, adventures or tales which illustrate his point. These stories, some of the author's own vintage but more often adaptations or borrowings from folklore, from Pliny's *Natural History,* Aesop's *Fables,* the *Panchatantra, The Arabian Nights,* The Gospel according to St. Luke, etc., constitute a veritable anthology of world literature, which became a source book for later writers including among others Cervantes, Calderón, La Fontaine, Hans Christian Andersen. *El Conde Lucanor* may be considered the earliest European work of fiction written in the vernacular, and its author Spain's first short story writer, and of course one of the founders of Spanish prose.

DE LO QUE ACONTECIÓ A UN MANCEBO QUE SE CASÓ CON UNA MUJER MUY FUERTE Y MUY BRAVA

por Don Juan Manuel

Hace muchos años vivía en una aldea un moro[1] quien tenía un hijo único. Este mancebo era tan bueno como su padre, pero ambos eran muy pobres. En aquella misma aldea vivía otro moro, también muy bueno, pero además rico; y era padre de una hija que era todo lo contrario del mancebo ya mencionado. Mientras que el joven era fino, de muy buenas maneras, ella era grosera y tenía mal genio. ¡Nadie quería casarse con aquel diablo!

Un día el mancebo vino a su padre y le dijo que se daba cuenta de lo pobre que eran y como no le agradaría pasarse su vida en tal pobreza, ni tampoco marcharse fuera de su aldea para ganarse la vida, él preferiría casarse con una mujer rica. El padre estuvo de acuerdo. Entonces el mancebo propuso casarse con la hija de mal genio del hombre rico. Cuando su padre oyó esto se asombró mucho y le dijo que no; pues ninguna persona inteligente, por pobre que fuese,[2] pensaría en tal cosa. "¡Nadie," le dijo, "se casará con ella!" Pero el mancebo se empeñó tanto que al fin su padre consintió en arreglar la boda.

El padre fué a ver al buen hombre rico y le dijo todo lo que había hablado con su hijo y le rogó que, pues su hijo

4

ABOUT WHAT HAPPENED TO A YOUNG MAN WHO MARRIED A VERY WILD, UNRULY WIFE

by Don Juan Manuel

MANY YEARS ago there lived in a certain village a Moor who had an only son. This young man was as good as his father, but both were very poor. In that same village there lived another Moor, who was also very good, but rich besides; and he was the father of a daughter who was completely unlike that youth. While the young man was courteous, and had the best of manners, she was crude and had a wicked temper. No one wanted to marry that devil!

One day the young man went to his father and told him that he realized how poor they were; and as he did not relish spending his life in such poverty, or leaving his village to earn a living, he would prefer to wed a wealthy woman. The father agreed. Then the young man proposed to marry the rich man's bad-tempered daughter. When his father heard this, he was much amazed and said no: for no person of intelligence, however poor he might be, would dream of such a thing. "No one," he told him, "will marry her!" But the youth was so insistent that at last his father agreed to arrange the wedding.

The father went to see the good, rich man and told him everything he had spoken of with his son and requested that,

5

se atrevía a casarse con su hija, permitiese el casamiento. Cuando el hombre rico oyó esto le dijo:

— Por Dios, si hago tal cosa seré amigo falso pues usted tiene un buen hijo y yo no quiero ni su mal ni su muerte. Estoy seguro que si se casa con mi hija o morirá o su vida le será muy penosa. Sin embargo, si su hijo la quiere, se la daré, a él o a quienquiera que me la saque de casa.

Su amigo se lo agradeció mucho y como su hijo quería aquel casamiento, le rogó que lo arreglase.

El casamiento se hizo y llevaron a la novia a casa de su marido. Los moros tienen costumbre de preparar la cena a los novios y ponerles la mesa y dejarlos solos en su casa hasta el día siguiente.

Así lo hicieron, pero los padres y parientes de los novios recelaban que al día siguiente hallarían al novio muerto o muy maltrecho.

Luego que los novios se quedaron solos en casa, se sentaron a la mesa. Antes que ella dijese algo, miró el novio en derredor de la mesa, vió un perro y le dijo enfadado:

— Perro, ¡dános agua para las manos! [8]

Pero el perro no lo hizo. El mancebo comenzó a enfadarse y le dijo más bravamente que le diese agua para las manos. Pero el perro no se movió. Cuando vió que no lo hacía, se levantó muy sañudo de la mesa, sacó su espada y se dirigió a él. Cuando el perro lo vió venir, comenzó a huir. Saltando ambos por la mesa y por el fuego hasta que el mancebo lo alcanzó y le cortó la cabeza.

Así muy sañudo y todo ensangrentado, se volvió a sentar a la mesa, miró en derredor y vió un gato al que mandó que le diese agua para las manos. Cuando no lo hizo, le dijo:

— ¡Cómo, don falso traidor! ¿no viste lo que hice al perro porque no quiso hacer lo que le mandé yo? Prometo a

as his son had the courage to marry his daughter, the wedding be permitted. When the rich man heard this, he said:

"Good Heavens, if I did such a thing I would be a false friend, for you have an excellent son and I do not wish for his injury or death. I am sure that if he marries my daughter he will either die or his life will be very trying. But if your son wants her, I shall give her to him, or to anyone who will get her out of the house for me."

His friend thanked him profusely and as his son was so desirous of the marriage, asked him to arrange it.

The wedding took place, and the bride was brought to her husband's house. It is a custom among the Moors to prepare a supper for the bride and groom and set the table for them, leaving them alone in their house until the following day.

This is what was done, but the parents and relatives of the bride and groom were very much afraid that the next day they would find the groom either dead or badly injured.

As soon as the bride and groom were alone in their house, they sat down at the table. Before she could say a word, the groom looked about the table, spied his dog and said angrily:

"Dog, fetch water for our hands!"

But the dog did not do it. The young man began to get irritated and told it more fiercely to fetch water for their hands. But the dog did not move. When he saw the dog was not doing as he said, he rose furiously from the table, drew his sword, and went after it. When the dog saw him coming, it began to run. Both leaped over the table and over the fire until at last the young man caught up with it and cut off its head.

Thus, in a great fury and drenched with blood, he returned to the table, looked about and saw a cat which he ordered to fetch water for their hands. When it did not, he said:

"What, Sir false traitor, didn't you see what I did to the dog when it refused to do what I told it? I swear to God

Dios que si no haces lo que te mando, te haré lo mismo que al perro.

Pero el gato no lo hizo porque tampoco es su costumbre dar agua para las manos. Cuando no lo hizo, el mancebo se levantó y le tomó por las patas y lo estrelló contra la pared.

Y así, bravo y sañudo, volvió el mancebo a la mesa y miró por todas partes. La mujer que estaba mirando, creyó que estaba loco y no dijo nada.

Cuando hubo mirado por todas partes, vió su caballo,[4] el único que tenía. Ferozmente le dijo que le diese agua, pero el caballo no lo hizo. Cuando vió que no lo hizo, le dijo:

— ¡Cómo, don caballo! ¿crees que porque tu eres mi único caballo te dejaré tranquilo? Mira, si no haces lo que te mando, juro a Dios que haré a ti lo mismo que a los otros, pues no existe nadie en el mundo que se atreva a desobedecerme.

Pero el caballo no se movió. Cuando el mancebo vió que no le obedecía, fué a él y le cortó la cabeza.

Y cuando la mujer vió que mataba su único caballo y que decía que haría lo mismo a quienquiera que no obedeciese, se dió cuenta que el mancebo no estaba jugando. Tuvo tanto miedo que no sabía si estaba muerta o viva.

Y él, bravo y sañudo y ensangrentado, volvió a la mesa, jurando que si hubiera en la casa mil caballos y hombres y mujeres que no le obedeciesen, los mataría a todos. Luego se sentó y miró por todas partes, teniendo la espada ensangrentada en la mano. Después de mirar a una parte y otra y de no ver a nadie, volvió los ojos a su mujer muy bravamente y le dijo con gran saña, con la espada ensangrentada en alto:

— ¡Levántate y dáme agua para las manos!

La mujer, que creía que él la haría pedazos si no hacía lo que le mandaba, se levantó muy aprisa y le dió agua para las manos.

— ¡Cuánto agradezco a Dios que hayas hecho lo que te

8

that if you do not do as I order, I will do the same to you as I did to that dog."

But the cat did not do it, because neither is it his custom to fetch water for the hands. When it did not obey him, the young man arose, seized it by the legs, and dashed it against the wall.

And thus, furious and raging, the young man returned to the table and looked about him on all sides. His wife, who had been watching, thought he was crazy, and said nothing.

When he had looked everywhere about him, he spied his horse, the only one he had. Ferociously, he told it to fetch water, but the horse did not do it. When he saw it had not done so, he said:

"What, Sir Horse! Do you imagine that because you are my only horse I will leave you alone? Look, if you don't do what I tell you, I swear to God that I will do the same to you as to the others, for there is no creature on earth who would dare to disobey me."

But the horse did not budge. When the young man saw it was not obeying, he went over to it and cut off its head.

And when his wife saw him kill the only horse he had, and heard him say he would do the same to anyone who would not obey him, she realized he was not joking. She grew so frightened that she did not know whether she was dead or alive.

And he, angry, furious, and drenched with blood, returned to the table, swearing that if there were a thousand horses and men and women in the house who would not obey him, he would kill them all. Then he sat himself down and looked everywhere about him, holding the gory sword in his hand. After looking right and left and seeing no living thing, he stared fiercely at his wife, and in a fury, with his gory sword aloft, he said:

"Get up and fetch me water for my hands!"

His wife, who thought he would cut her to pieces if she failed to obey him, jumped up in a great hurry and gave him water for his hands.

"How I thank God you've done as you were told," he

mandé—le dijo él—que si no, te habría hecho igual que a los otros!

Después le mandó que le diese de comer y ella lo hizo. Y siempre que decía algo, se lo decía con tal tono, con la espada en alto, que ella creía que le iba a cortar la cabeza.

Así pasó aquella noche: nunca ella habló, y hacía todo lo que él mandaba. Cuando hubieron dormido un rato, él dijo:

— No he podido dormir por culpa de lo de anoche. No dejes que me despierte nadie y prepárame una buena comida.

A la mañana siguiente los padres y parientes llegaron a la puerta y como nadie hablaba creyeron que el novio estaba ya muerto o herido. Al ver a la novia y no al novio lo creyeron aún más.[5]

Cuando la novia los vió a la puerta, llegó muy despacio y con gran miedo comenzó a decirles:

— ¡Locos, traidores! ¿qué hacen aquí? ¿Cómo se atreven a hablar aquí? ¡Cállense, que si no, todos moriremos!

Al oir esto, todos se asombraron y apreciaron mucho al joven que había domado a la mujer brava.

Y desde aquel día su mujer fué muy obediente y vivieron muy felices.

Y a los pocos días el suegro del mancebo quiso hacer lo mismo que había hecho su yerno y mató un gallo de la misma manera, pero su mujer le dijo:

— ¡Ya es demasiado tarde para eso, Don Nadie! No te valdrá de nada [6] aunque mates cien caballos, pues ya nos conocemos demasiado bien . . .

Si al comienzo no muestras quien eres
Nunca podrás después, cuando quisieres.

told her, "or else I'd have done the same to you as to the others!"

Later he ordered her to give him something to eat, and she did so. And whenever he said something, he spoke to her so sharply, with his sword aloft, that she thought he was going to chop off her head.

Thus passed that night: she never speaking and doing everything he told her. When they had slept a while, he said:

"I haven't been able to sleep a wink because of what happened last night. Don't let anyone wake me and prepare a good meal."

The next morning, when the parents and relatives came to the door and heard no voices, they imagined the groom was now either dead or wounded. Seeing the bride and not the groom, they were convinced of this more than ever.

When the bride saw them at the door, she tiptoed out, and frightened half to death, began saying:

"Madmen, traitors, what are you doing here? How do you dare speak here? Hush, for if you don't, we'll all be dead!"

Hearing this, they were all amazed, and held in high esteem the youth who had tamed his headstrong wife.

And from that day on, his wife was most obedient, and they lived happily ever after.

A few days later, the young man's father-in-law wished to do as his son-in-law had done, and killed a rooster the same way. But his wife said:

"It's too late for that now, Sir Nobody! It will do you no good even if you kill a hundred horses, for now we know each other too well . . .

> *If at the start you don't show who you are*
> *When later on you wish to, you'll never get too far."*

Lazarillo de Tormes

(published anonymously in 1554)

In the year 1554 three different editions were printed (in Burgos, Alcalá and Antwerp) of a book entitled *Vida de Lazarillo de Tormes y de sus fortunas y adversidades* (Life of Lazarillo de Tormes and His Fortunes and Adversities). Understandably, no author was mentioned. For instead of dealing sweetly with the amorous shepherds and doughty knights then in vogue, the book focused attention on the body politic of Spain. Its main character, the lad Lazarillo, no idealized hero but one of the unkillable children of the very poor, has to use his wits to obtain the coveted slice of bread from his mean, cruel, avaricious and hypocritical elders. Thus the dynamic force of the book is hunger.

The author, influenced no doubt by Erasmus, was more concerned with sociology than with literary art. His book casts a sharp light upon a country on the eve of the great economic crisis which ultimately made the sun set over the Spanish domains. This is, then, a new kind of fictional work: realistic, satirical—a concatenation of adventures illuminating society as much as the peripatetic "I" telling the story. Since the "I" is a *pícaro*, i.e., a rogue, a vagrant, a hobo (in the case of Lazarillo an out-and-out delinquent), this type of novel became known as *picaresque* or romance of roguery. The new narrative form thus heralded by

BORDERS
BOOKS AND MUSIC
125 W. THOUSAND OAKS BLVD
THOUSAND OAKS CA 91360
(805) 497-8159

STORE: 0118   REG: 07/08 TRAN#: 0972
SALE   07/21/2000 EMP: 00099

SPANISH STORIES CUENTOS ESPANO
    0296877   DP T   7.16
    8.95 20%STANDARD

            Subtotal   7.16
            CALIFORNIA 7.25   .52
1 Item   Total   7.68
            VISA   7.68
ACCT # /S 4271382005110
            AUTH: 207618
NAME: JONES/ANDREA L

        CUSTOMER COPY

        07/21/2000 11:09AM

THANK YOU FOR SHOPPING AT BORDERS
PLEASE ASK ABOUT OUR SPECIAL EVENTS

Visit our website at www.borders.com!

ANONYMOUS

Lazarillo de Tormes was cultivated not only in Spain by the greatest writers of its Golden Age (Mateo Alemán, Cervantes, Quevedo), but in the rest of Europe, by Lesage, Fielding, Grimmelshausen.

LAZARILLO DE TORMES

Pues sepa vuestra merced,[1] ante todas cosas, que a mí llaman Lázaro [2] de Tormes,[2] hijo de Tomé González y de Antoña Pérez,[2] naturales de Tejares,[2] aldea de Salamanca.[2] Mi nacimiento fué dentro del río Tormes,[2] por la cual causa tomé el sobrenombre, y fué de esta manera. Mi padre, que Dios perdone, fué molinero más de quince años, y estando mi madre una noche en la aceña, preñada de mí, tomóle el parto [3] y parióme allí. De manera que con verdad me puedo decir nacido en el río.

Pues, siendo yo niño de ocho años, achacaron a mi padre ciertas sangrías mal hechas [4] en los costales de los que allí a moler venían, por lo cual fué preso, y confesó y no negó,[5] y padeció persecución por justicia.[6] Espero en Dios que está en la gloria, pues el Evangelio [2] los llama bienaventurados.[7] En este tiempo se hizo cierta armada contra moros,[8] entre los cuales fué mi padre, que a la sazón estaba desterrado por el desastre ya dicho, con cargo de acemilero de un caballero que allá fué. Y con su señor, como leal criado, feneció su vida.

Mi viuda madre, viéndose sin marido y sin abrigo, se vino a vivir a la ciudad, y alquiló una casilla, y metióse a guisar de comer a ciertos estudiantes, y lavaba la ropa a ciertos mozos de caballos del Comendador de la Magdalena,[9] de manera que fué frecuentando las caballerizas. Ella y un hombre moreno,[10] de aquellos que las bestias curaban, vinieron en conocimiento. Éste algunas veces se venía a

LAZARILLO DE TORMES

May your lordship know, first and foremost, that my name is Lazarus of Tormes, son of Thomas González and Antonia Pérez, natives of Tejares, a village near Salamanca. I was born in the river Tormes, from which I took my surname, and this is how it happened. My father, God forgive him, had been a miller for over fifteen years, and one night when my mother was in the water-mill, pregnant with me, she went into labor and gave birth to me on the spot. So that I can truly say I was born in the river.

Now, when I was a boy of eight, my father was accused of bleeding the sacks of those who came to mill their grain, for which he was arrested, and confessed, and denied not, suffering persecution under the law. I hope to God that he is in glory, for the Gospel says, "Blessed are the persecuted." At the time, there was a campaign against the Moors, which my father joined, having been exiled at the time as a result of the disaster I described. He became a mule-driver for a certain gentleman, and like a loyal servant, perished with his master.

Then my widowed mother, seeing she had no husband or protection, came to live in the city, where she rented a little house, and began to do the cooking for some students, and to take in washing for some horseboys of the Comendador of La Magdalena, so that she began visiting the stables often. She and a colored man, one of those who took care of the animals, got to know each other. Sometimes he came

nuestra casa y se iba a la mañana. Otras veces, de día, llegaba a la puerta en achaque de comprar huevos, y entrábase en casa.

Yo, al principio de su entrada, habíale miedo, viendo el color y mal gesto que tenía; mas, al ver que con su venida mejoraba el comer, fuíle queriendo bien,[11] porque siempre traía pan, pedazos de carne, y en el invierno, leños, con los que nos calentábamos.

De manera que, continuando la posada y conversación,[12] mi madre vino a darme[13] un negrito muy bonito, el cual yo brincaba y ayudaba a calentar.

Y acuérdome que, estando el negro de mi padrastro[14] trebejando con el mozuelo, como el niño veía a mi madre y a mí blancos y a él no, huía de él, con miedo, para mi madre, y señalando con el dedo, decía:

¡Madre, coco!

Yo, aunque bien muchacho, noté aquella palabra de mi hermanico, y dije entre mí: "¡Cuántos debe de haber en el mundo que huyen de otros, porque no se ven a sí mismos!"

Quiso nuestra fortuna que la conversación del Zaide, que así se llamaba, llegó a oídos del mayordomo, y, hecha pesquisa, hallóse que la mitad por medio de la cebada,[15] que para las bestias le daban, hurtaba, y salvados, leña, almohazas, mandiles y las mantas y sábanas de los caballos hacía perdidas[16] y cuando otra cosa no tenía, las bestias desherraba, y con todo esto acudía a mi madre para criar a mi hermanico.

Y probósele cuanto digo y aun más. Porque a mí con amenazas me preguntaban, y como niño, respondía y descubría cuanto sabía, con miedo: hasta ciertas herraduras que por mandato de mi madre a un herrero vendí.

Al triste de mi padrastro azotaron y pringaron,[17] y a mi madre pusieron pena por justicia, sobre el acostumbrado centenario,[18] que en casa del sobredicho comendador no entrase, ni al lastimado Zaide en la suya acogiese.

to our house, and left in the morning. And other times, during the day he would come to the door, pretending to buy eggs, and enter the house.

When he first began to come, I was afraid of him, seeing his color and his ugly face. But when I saw that his visits made the food improve, I grew fond of him, because he always brought bread and pieces of meat, and in the winter, firewood to warm us.

So that as things grew thicker between them, my mother presented me with a very cute little Negro, whom I bounced on my knee and helped keep warm.

And I remember once when my poor, colored step-father was playing with the baby, who, seeing that my mother and I were white, and his father was not, got scared and ran to my mother, and pointing to him, said:

"Mommy, Boogie-man!"

And though still a child, I noted my baby brother's expression, and thought to myself, "How many people there must be in the world who flee from others because they can't see themselves!"

As luck would have it, Zaide's activities—for that was his name—reached the ears of the steward, and, after an investigation, it was found that about half the barley used as fodder for the horses had been stolen, and that he had pretended that the bran, the firewood, currycombs and aprons, and the covers and blankets for the horses had been lost. And when nothing else was available, he would unshoe the horses, and with all this he would help my mother raise my little brother.

And they proved him guilty of all I have been telling you, and even more. Because they questioned me with threats, like a child I answered, and being afraid, told all I knew, even about some horseshoes I had sold to a blacksmith on my mother's orders.

My poor stepfather was flogged and basted, and on my poor mother they imposed the penalty for justice's sake, in addition to the usual hundred lashes, that she was not to enter the house of the aforesaid Comendador, or admit poor Zaide to hers.

Por no echar la soga tras el caldero,[19] la triste se esforzó y cumplió la sentencia. Y por evitar peligro y quitarse de malas lenguas, se fué a servir a los que al presente vivían en el mesón de la Solana. Y allí, padeciendo mil importunidades, se acabó de criar mi hermanico, hasta que supo andar, y a mí hasta ser buen mozuelo, que iba a los huéspedes por vino y candelas y por lo demás que me mandaban.

En este tiempo vino a posar al mesón un ciego, el cual, pareciéndole que yo sería para adestrarle,[20] me pidió a mi madre, y ella me encomendó a él, diciéndole como era hijo de un buen hombre, el cual, por ensalzar la fe, había muerto en la de los Gelves,[21] y que ella confiaba en Dios no saldría peor hombre que mi padre y que le rogaba me tratase bien y mirase por mí, pues era huérfano. El respondió que así lo haría y que me recibía, no por mozo, sino por hijo. Y así, le comencé a servir y adestrar a mi nuevo y viejo amo.

Como estuvimos en Salamanca[2] algunos días, pareciéndole a mi amo que no era la ganancia a su contento, determinó irse de allí, y cuando nos hubimos de partir yo fuí a ver a mi madre, y, ambos llorando, me dió su bendición y dijo:

—Hijo: ya sé que no te veré más. Procura de ser bueno, y Dios te guíe. Criado te he y con buen amo te he puesto: válete por ti.

Y así, me fuí para mi amo, que esperándome estaba.

Salimos de Salamanca, y llegando a la puente, está a la entrada de ella un animal de piedra[22] que casi tiene forma de toro, y el ciego mandóme que llegase cerca del animal, y allí puesto, me dijo:

—Lázaro, llega el oído a este toro y oirás gran ruido dentro de él.

Yo simplemente llegué, creyendo ser así. Y como sintió que tenía la cabeza par de la piedra, afirmó recio la mano y dióme una gran calabazada en el diablo del toro, que más de tres días me duró el dolor de la cornada, y díjome:

—Necio, aprende: que el mozo del ciego un punto ha de

So as not to make matters worse, she exerted herself, and complied with the sentence. Then, to avoid danger and leave wagging tongues behind, she went to work for the people who were then living at the inn of La Solana. And there, suffering a thousand hardships, she managed to bring up my little brother until he could walk, and me until I was old enough to fetch wine and candles for the guests, or whatever else they ordered.

At about this time, a blind man came to lodge at the inn, and, thinking I might make him a suitable guide, he asked my mother for me, and she commended me to him, saying that I was the son of a good man who had died at Gelves to exalt the Faith, and that she trusted in God that I would turn out to be no worse than my father. Then she begged him to treat me well and look out for me, as I was an orphan. He said he would do so, and that he would take me not as a servant, but a son. And so I began to serve my new and aged master.

After spending a few days in Salamanca, where the profits were not to his liking, my master decided to leave, but before we did, I went to see my mother. We both wept, and she gave me her blessing, saying:

"Son, I know I shall never see you again. Try to be good, and may God guide you. I have brought you up and placed you with a good master; take care of yourself."

And so I joined my master, who was waiting for me. We left Salamanca and reached the entrance to the bridge, where there was a stone animal shaped almost like a bull. The blind man told me to go up to it, and when I was there, he said:

"Lazarus, put your ear close to the bull, and you'll hear a loud noise inside him."

Like a simpleton, I did so, believing it would be as he said. And when he felt that my head was on the stone, he made his hand stiff and gave me such a whack against that devilish bull, that the pain from the goring lasted me more than three days. Then he said:

"Fool! That will teach you that a blind man's boy must

saber más [23] que el diablo.

Y rió mucho la burla.

Parecióme que en aquel instante desperté de la simpleza en que, como niño dormido, estaba. Dije entre mi:

"Verdad dice éste, que me cumple avivar el ojo y avisar, pues solo soy; y pensar cómo me sepa valer."

Comenzamos nuestro camino, y en muy pocos días me mostró jerigonza.[24] Y como me viese de buen ingenio, holgábase mucho y decía:

— Yo oro ni plata no te lo puedo dar: mas avisos para vivir, muchos te mostraré.

Y fué así, que, después de Dios, éste me dió la vida, y siendo ciego, me alumbró y adestró en la carrera de vivir.

Pues vuestra merced sepa que, desde que Dios crió el mundo, ninguno formó más astuto ni sagaz. En su oficio era un águila. Ciento y tantas oraciones sabía de coro. Un tono bajo, reposado y muy sonable, que hacía resonar la iglesia donde rezaba; un rostro humilde y devoto, que con muy buen continente ponía cuando rezaba, sin hacer gestos ni visajes con boca ni ojos, como otros suelen hacer.[25]

Allende de esto, tenía otras mil formas y maneras para sacar el dinero. Decía saber oraciones para muchos y diversos efectos: para mujeres que no parían, para las que estaban de parto, para las que eran malcasadas que sus maridos las quisiesen bien. Echaba pronósticos a las preñadas, si traía hijo o hija. Pues, en caso de medicina, decía que Galeno no supo la mitad que él para muela, desmayos, males de madre. Finalmente, nadie le decía padecer alguna pasión,[26] que luego no le decía:

"Haced esto, haréis esto otro, coged tal hierba, tomad tal raíz."

Con esto andábase todo el mundo tras él, especialmente mujeres, que cuanto les decía creían. De éstas sacaba él grandes provechos con las artes que digo, y ganaba más en un mes que cien ciegos en un año.

Mas también quiero que sepa vuestra merced que, con todo lo que adquiría y tenía, jamás tan avariento ni mez-

be sharper than the devil himself."

And he laughed hard at his own joke.

At that moment I felt I had awakened from the sleep of childhood innocence. I thought to myself, "He's telling me the truth. I must keep my eyes open and be wary, as I am on my own, and have to look out for myself."

We began our journey, and in a very few days he had taught me thieves' slang, and finding me an apt pupil, he was very pleased, and said:

"I can give you no gold or silver, only precepts for living —and plenty of them." And so it was; for after God, he gave me life, and although he was blind, he lit my way and guided me in the business of living.

And I assure Your Worship, that since God created the world, He made none as clever or as wise as this fellow. At his trade, he was a wizard. A hundred and more prayers he knew by heart. A deep voice, smooth and very sonorous, that would echo through the church where he was praying, a humble and devout face, which he would put on very decorously while praying, without the grimaces with eyes or mouth that others so often make.

In addition, he had another thousand ways and means of getting money. He said he knew prayers for various and sundry effects: for women who could not conceive; for those who were in labor; for those who were unhappily married, so their husbands would love them more. And to pregnant women he would predict whether they were carrying a son or a daughter. When it came to medicine, he said that Galen didn't know half of what he did about toothaches, swoons, or female complaints. Finally, no one could come to him suffering from some pain without being told, "Do this, do that, pluck such-and-such an herb, take such-and-such a root."

So everyone sought him out, especially the women, who believed whatever he told them. He squeezed good profits out of them by the skills I mentioned, and he earned more in a month than a hundred blind men in a year.

But I should also like Your Worship to know that with all he acquired and kept, I never saw such a greedy, stingy

quino hombre no vi; tanto, que me mataba a mí de hambre. Mas con todo su saber y aviso le contraminaba de tal suerte, que siempre, o las más veces, me cabía lo más y mejor. Para esto le hacía burlas endiabladas, de las cuales contaré algunas, aunque no todas a mi salvo.

El traía el pan y todas las otras cosas en un fardel de lienzo, que por la boca se cerraba con una argolla de hierro y su candado y su llave, y al meter de todas las cosas y sacarlas, era con tan gran vigilancia, que no bastara hombre en todo el mundo hacerle menos una migaja. Mas yo tomaba aquella laceria que él me daba, la cual en menos de dos bocados era despachada.

Después que cerraba el candado y se descuidaba, pensando que yo estaba entendiendo en otras cosas, por un poco de costura, que muchas veces de un lado del fardel descosía y tornaba a coser, sangraba el avariento fardel, sacando no por tasa pan, más buenos pedazos, torreznos y longaniza. Y así buscaba conveniente tiempo para rehacer, no la chaza,[27] sino la endiablada falta, que el ciego me faltaba.

Usaba poner cabe sí un jarrillo de vino cuando comíamos, y yo muy de presto le asía y daba un par de besos callados y tornábale a su lugar. Mas duróme poco, que en los tragos conocía la falta, y por reservar su vino a salvo, nunca después desamparaba el jarro, antes lo tenía por el asa asido. Mas yo con una paja larga de centeno, que para aquel menester tenía hecha, la cual, metiéndola en la boca del jarro, chupando el vino lo dejaba a buenas noches.[28] Mas, como fuese el traidor tan astuto, pienso que me sintió, y dende en adelante mudó propósito y asentaba su jarro entre las piernas y tapábale con la mano, y así bebía seguro.

Yo, como estaba hecho al vino,[29] moría por él, y, viendo que aquel remedio de la paja no me aprovechaba ni valía, acordé, en el suelo del jarro hacerle un agujero sutil, y, delicadamente taparlo con cera. Al tiempo de comer, fingía tener frío, entrábame entre las piernas del triste ciego a calentarme en la pobrecilla lumbre que teníamos, y al calor de ella, luego derretida la cera, por ser muy poca, comen-

man, so much so that he was killing me with hunger. But in spite of all his knowledge and watchfulness, I out-smarted him, so that always—well, almost always—the biggest and best part fell to me. To accomplish this, I played devilish tricks on him, some of which I shall relate to you, even though not all of them put me in a good light.

He carried his bread and other things in a canvas bag secured at the top by a large iron ring, with its padlock and key; and when he put things in or took them out, he did so with such vigilance that no one in the world could have filched a crumb. But I took the pittance he gave me, which in less than two mouthfuls I dispatched.

After he had snapped the padlock and was off his guard, thinking I was busy with other things, by means of a small seam on one side of the bag, which I often ripped open and then sewed up again, I would bleed that niggardly sack, taking out not the usual crumbs of bread, but good big chunks along with bacon and sausages. I thus sought a convenient time to make good not my point, but the devilish want the blind man made me suffer.

At our meals, he would keep a little jug of wine beside him. Then I would swiftly grab it, give it a couple of silent kisses, and return it to its place. But this did not last long, for he soon noticed the shortage. And so, to keep his wine safe, he thereafter would never let go of the jug, but always gripped it tightly by the handle. Then I put a long rye straw, which I had made for the purpose, in the mouth of the jug, and sucked up the wine to a fare-ye-well. But he was such a clever rascal, I think he found me out, so from then on he perched his jug between his legs, covered it with his hand, and drank in safety.

Now, as I was addicted to wine, I was dying for it. And seeing that the trick with the straw was useless and got me nowhere, I decided to make a little hole in the bottom of the jar and plug it up neatly with wax. At mealtime, I pretended I was cold and nestled between the poor blind man's legs to warm myself at the miserable little fire we had, and when the heat of it melted the wax plug, because

zaba la fuentecilla a destilarme en la boca, la cual yo de
tal manera ponía, que maldita la gota se perdía.[30] Cuando
el pobreto iba a beber, no hallaba nada. Espantábase, mal-
decíase, daba al diablo el jarro y el vino, no sabiendo qué
podía ser.

— No diréis,[31] tío, que os lo bebo yo—decía—, pues no le
quitáis de la mano.

Tantas vueltas y tientos dió al jarro, que halló la fuente,
y cayó en la burla; mas así lo disimuló como si no lo
hubiera sentido.

Y luego, otro día, teniendo yo rezumando mi jarro como
solía, no pensando el daño que me estaba aparejado, ni que
el mal ciego me sentía, sentéme como solía; estando recibiendo aquellos dulces tragos, mi cara puesta hacia el cielo,
un poco cerrados los ojos por mejor gustar el sabroso licor,
sintió el desesperado ciego qu ahora tenía tiempo de tomar
de mí venganza, y con toda su fuerza, alzando con dos
manos aquel dulce y amargo jarro,[32] le dejó caer sobre mi
boca, ayudándose, como digo, con todo su poder, de manera
que el pobre Lázaro, que de nada de esto se guardaba,[33]
antes, como otras veces, estaba descuidado y gozoso, ver-
daderamente me pareció que el cielo, con todo lo que en él
hay, me había caído encima. Fué tal el golpecillo,[34] que me
desatinó y sacó de sentido, y el jarrazo tan grande, que los
pedazos de él se me metieron por la cara, rompiéndomela
por muchas partes, y me quebró los dientes, sin los cuales
hasta hoy día me quedé. Desde aquella hora quise mal al
mal ciego, y, aunque me quería y regalaba y me curaba
bien vi que se había holgado del cruel castigo. Lavóme con
vino las roturas que con los pedazos del jarro me había
hecho, y, sonriéndose, decía:

— ¿Qué te parece, Lázaro? Lo que te enfermó te sana y
da salud.

Y otros donaires, que a mi gusto no lo eran. Aunque yo
quisiera asentar mi corazón y perdonarle el jarrazo, no daba
lugar el maltratamiento que el mal ciego dende allí adelante me hacía, que sin causa ni razón me hería, dándome
coscorrones y repelándome.

it was so small, the little fountain began dripping into my mouth, which was in such a position that not a blessed drop was lost. When the poor man was about to drink, he found nothing. He was amazed, he cursed himself, swore at the jug and the wine, and couldn't figure it out.

"You can't say I drank it, uncle," I said. "It hasn't been out of your hands."

He twisted the jug around and felt it until he found the hole, and discovered the trick, but pretended he had not caught on.

The very next day, my jug leaking as usual, unaware of the damage in store for me, or that the wicked blind man knew, I sat down as usual, and took sweet gulps with my face turned up to heaven, with my eyes half closed, to enjoy the tasty liquid better. The desperate blind man felt that now was the time for him to take revenge on me, and with all his might, lifting that sweet and bitter jug, he let it drop on my mouth, making use, as I said, of all his strength, so that poor Lazarus, who was expecting nothing of this, and was feeling his usual carefree, happy self, truly felt as if heaven and everything in it had fallen on top of him. That little blow was such that it dazed me and knocked me senseless, and the jug hit me so hard that the pieces of it stuck in my face, breaking it in many places, and knocking out my teeth, which I am missing even now.

From that time on I hated the wicked blind man, and, though he was nice to me, and comforted me, and helped me recover, I saw clearly that he had enjoyed the cruel punishment. He used wine to wash the cuts he had made with the pieces of jug, and smiling, said:

"What do you know, Lazarus, the same thing that made you sick restores you, and brings you back to health," and other witty remarks, which in my opinion were not. Although I would have liked to subdue my feelings and overlook the blow with the jug, the mean way the wicked blind man treated me from that day on gave me no opportunity, for he would strike me without cause or reason, and give me bumps on the head or yank my hair.

Y si alguno le decía por qué me trataba tan mal, luego contaba el cuento del jarro, diciendo:

— ¿Pensaréis que este mi mozo es algún inocente? Pues, oíd si el demonio ensayara otra tal hazaña.

Santiguándose los que oían, decían:

— ¡Mira, quién pensara de un muchacho tan pequeño tal ruindad!

Y reían mucho del artificio y decíanle:

— Castigadlo, castigadlo, que de Dios lo habréis.[35]

Y él, con aquello, nunca otra cosa hacía.

Y en esto yo siempre le llevaba por los peores caminos y adrede, por hacerle mal daño; si había piedras, por ellas; si lodo, por lo más alto. Que, aunque yo no iba por lo más enjuto, holgábame a mí de quebrar un ojo por quebrar dos al que ninguno tenía.[36]

Y porque vea vuestra merced a cuánto se extendía el ingenio de este astuto ciego, contaré un caso de muchos que con él me acaecieron, en el cual me parece dió bien a entender su gran astucia. Cuando salimos de Salamanca,[2] su motivo fué venir a tierra de Toledo,[2] porque decía ser la gente más rica, aunque no muy limosnera.

Acaeció que llegando a un lugar, que llaman Almorox,[2] al tiempo que cogían las uvas, un vendimiador le dió un racimo de ellas en limosna. Y como suelen ir los cestos maltratados, y también porque la uva en aquel tiempo está muy madura, desgranábasele el racimo en la mano. Para echarlo en el fardel tornábase mosto, y lo que a él se llegaba.[37] Acordó de hacer un banquete, así por no lo poder llevar, como por contentarme: que aquel día me había dado muchos rodillazos y golpes. Sentámonos en un valladar y dijo:

— Ahora quiero yo usar contigo de una liberalidad, y es que ambos comamos este racimo de uvas y que hayas de él tanta parte como yo. Partirlo hemos de esta manera: tú picarás una vez y yo otra, con tal que me prometas no tomar cada vez más de una uva. Yo haré lo mismo hasta que lo acabemos y de esta suerte no habrá engaño.

And if someone asked him why he treated me so badly, he would tell them the tale of the jug, saying:

"Do you think this boy of mine is some young innocent? Now, tell me if the devil himself would try such a prank."

And those who heard the story would cross themselves, saying:

"Well, who would expect such wickedness from such a little boy!"

And they would laugh at the prank and say:

"Punish him, punish him! And may God reward you!"

And so he did just that.

And in return, I always led him along the worst roads, and on purpose, to hurt him and endanger him. If there were stones ahead, I led him over them; if there was mud, we went through the deepest part, and although I didn't go where it was driest, I was delighted to lose one eye if I could make him, who had none, lose two.

Now, sir, in order to see how ingenious this crafty blind man really was, I shall relate one incident of the many that befell us when I was with him and one in which he clearly showed his great shrewdness. When we left Salamanca, he intended to move on to Toledo, because he said the people there were better off, though not very charitable.

It so happened that we came to a town called Almorox, at the time of the grape harvest, where a vintager gave my blind man a bunch of grapes for alms. Since the baskets are, as a rule, treated roughly, and the grapes were very ripe at the time, the bunch fell apart in his hand. If he threw it in his pack, it would turn into grape juice, along with everything it touched. So he decided to have a feast, not only because he could not carry it but also to please me, for that day he had showered me with blows and proddings of the knee. We sat down on a fence, and he said:

"Now I want to be generous: we'll both eat this bunch of grapes and I want you to have an equal share. We'll divide it this way: you pick once, then I, provided you promise not to take more than one grape at a time. I shall do the same until we have finished, and that way there will be no cheating."

Hecho así el concierto, comenzamos; mas luego al segundo lance, el traidor mudó propósito, y comenzó a tomar de dos en dos, considerando que yo debería hacer lo mismo. Como vi que él quebraba la postura, no me contenté ir a la par con él; más aun pasaba adelante: dos a dos y tres a tres, y como podía las comía.[38] Acabado el racimo, estuvo un poco con el escobajo en la mano, y, meneando la cabeza, dijo:

— Lázaro, engañado me has. Juraré yo a Dios que has tú comido las uvas tres a tres.

— No comí—dije yo—; mas, ¿por qué sospecháis eso?

Respondió el sagacísimo ciego:

— ¿Sabes en qué veo que las comistes tres a tres? En que comía yo dos a dos y callabas.

Reíme entre mí, y, aunque muchacho, noté mucho la discreta consideración del ciego.

Mas, por no ser prolijo, dejo de contar muchas cosas, así graciosas como de notar, que con este mi primer amo me acaecieron, y quiero decir el despidiente, y con él acabar.

Estábamos en Escalona, villa del duque de ella, en un mesón, y dióme un pedazo de longaniza que le asase. Luego sacó un maravedí [39] de la bolsa y mandó que fuese por vino a la taberna. Púsome el demonio el aparejo delante los ojos, el cual, como suelen decir, hace al ladrón, y fué que había cabe el fuego un nabo pequeño, larguillo y ruinoso, y tal que, por no ser para la olla, debió ser echado allí.

Y como al presente nadie estuviese sino él y yo solos, y como me vi con apetito goloso, habiéndome puesto dentro el sabroso olor de la longaniza, del cual solamente sabía que había de gozar, no mirando qué me podría suceder, pospuesto todo el temor por cumplir con el deseo, en tanto que el ciego sacaba de la bolsa el dinero, saqué la longaniza y muy presto metí el sobredicho nabo en el asador. El cual mi amo, dándome el dinero para el vino, tomó y comenzó a dar vueltas al fuego.

Yo fuí por el vino, con el cual no tardé en despachar la longaniza y, cuando vine, hallé al pecador del ciego [40] que

Having reached an agreement, we began. But then, on the second round, the old schemer changed his mind, and started eating two at a time, assuming I must be doing the same. As I saw he was not keeping his part of the bargain, I was not satisfied to do likewise, but went even further, taking two and three at a time, as fast as I could. When we had finished the bunch, the blind man held the stem in his hand for a while, and shaking his head, said:

"Lazarus, you've deceived me, I would swear to God you were eating three grapes at a time."

"I didn't," I claimed. "But why do you suspect me?"

Then the crafty blind man replied:

"Do you know how I can tell you ate them three at a time? Because I ate two at a time, and you kept quiet."

I laughed to myself, and though only a boy, took careful note of the blind man's clever reasoning.

But, to make a long story short, I shall refrain from telling you all the amusing and worthwhile things that happened to me when I was with my first master; but I wish to tell the ending, and with it, finish.

We were in Escalona, the town belonging to the Duke of the same name, at an inn, and he gave me a piece of sausage to roast for him. Then he took a *maravedí* from his purse and told me to buy some wine at the tavern. The devil placed temptation before my very eyes (which, as they say, is what turns men into thieves) in the form of a small, spindly, rotten-looking turnip in the fire, thrown there, no doubt, because it was unfit for the stew.

At the moment, the blind man and I were there alone, and as I had a greedy appetite from inhaling the savory aroma of that sausage—which I know was the only part of it I would get to enjoy—without thinking what might happen, I put aside all fear to satisfy desire, and while the blind man was taking the money out of his purse, I removed the sausage and very quickly put that skinny turnip on the spit. My master gave me the money for the wine, took the spit, and began turning it over the fire.

I went for the wine, and made short work of the sausage. When I returned, I found the poor blind sinner had

tenía entre dos rebanadas apretado el nabo, al cual no había conocido por no haberlo tentado con la mano. Como tomase las rebanadas y mordiese en ellas; pensando también llevar parte de la longaniza, hallóse en frío con el nabo. Alteróse y dijo:

— ¿Qué es esto, Lazarillo?

— ¡Lacerado de mí! —dije yo—. ¿Si queréis a mí echar algo? [41] ¿Yo no vengo de traer el vino? Alguno estaba ahí y por burlar haría esto.

—No, no —dijo él—, que yo no he dejado el asador de la mano; [42] no es posible.

Yo torné a jurar y perjurar que estaba libre de aquel trueco y cambio; mas poco me aprovechó, pues a las astucias del maldito ciego nada se le escondía. Levantóse y asióme por la cabeza y llegóse a olerme. Y como debió sentir el huelgo, a uso de buen podenco, por mejor satisfacerse de la verdad, y con la gran agonía que llevaba, asiéndome con las manos abríame la boca más de su derecho [43] y desatentadamente metía la nariz. La cual él tenía luenga y afilada, y a aquella sazón, con el enojo, se había aumentado un palmo. Con el pico de la cual me llegó a la golilla. Y con esto, y con el gran miedo que tenía, y con la brevedad del tiempo, la negra longaniza aún no había hecho asiento en el estómago, y lo más principal, con el destiento de la cumplidísima nariz, medio casi ahogándome, todas estas cosas se juntaron y fueron causa que lo suyo fuese vuelto a su dueño. De manera que, antes que el mal ciego sacase de mi boca su trompa, tal alteración sintió mi estómago, que le dió con el hurto en ella, de suerte que su nariz y la negra malmascada longaniza a un tiempo salieron de mi boca.

¡Oh gran Dios, quién estuviera a aquella hora sepultado! [44] Fué tal el coraje del perverso ciego, que, si al ruido no acudieran, pienso no me dejara con la vida. Sacáronme de entre sus manos, dejándoselas llenas de aquellos pocos cabellos que tenía, arañada la cara y rascuñado el pescuezo y la garganta.

Contaba el mal ciego a todos cuantos allí se allegaban mis desastres, y dábales cuenta una y otra vez, así de la del

squeezed the turnip between two slices of bread, and that
he still did not know what it was, not having touched it
with his hands. When he took the slices and bit into them,
expecting to get part of the sausage, he found himself out
in the cold with the turnip, and became angry, saying:

"What's the meaning of this, Lazarillo?"

"Lacerated me!" I cried. "What will you blame me for
next? Didn't I just bring you the wine? Someone else was
here, and must have done this to play a trick on you."

"No, no," he said. "I haven't let the spit out of my hands.
That's impossible."

Again I swore and forswore that I was innocent of that
change and exchange: but it did me little good, for nothing
could be hidden from the cleverness of that accursed blind
man. He got up, grabbed me by the head, and came near to
smell me. As he must have smelled my breath, like a good
hound, and wished to verify his suspicions and relieve the
great distress he felt, he grabbed me with his hands, and
opened my mouth wider than it ought to go, and rashly
stuck in his nose. It was long and pointed, and his anger
made it expand about nine inches more. The tip of it
reached all the way down to my gullet. Therefore, as I was
so frightened, and had so little time, the sausage had not
yet settled in my stomach; but most important, in view of
the fact that the sudden intrusion of that enormous nose
almost choked me, all these things combined, causing the
goods to be returned to their owner. So, before the wicked
blind man could take his trumpet out of my mouth, my
stomach revolted and heaved up the stolen goods, so that
his nose and the black, half-chewed sausage left my mouth
together.

O great God! How at that moment, I wished I had been
buried! For so monstrous was the blind man's fury that if
people had not come running to the rescue, I think he
would have killed me. They pulled me out of his clutches,
and left him holding what little hair I still had. My face
was clawed, and my neck and throat covered with scratches.
The wicked blind man told everyone who gathered there of
my misdeeds, reciting once and again the tale of the jug, the

31

jarro como de la del racimo y ahora de lo presente. Era la risa de todos tan grande, que toda la gente, que por la calle pasaba, entraba a ver la fiesta; mas con tanta gracia y donaire recontaba el ciego mis hazañas, que, aunque yo estaba tan maltratado y llorando, me parecía que hacía injusticia en no reír.

Y en cuanto esto pasaba, a la memoria me vino una cobardía y flojedad, que no hice y me maldecía, y fué no dejarle sin narices,⁴⁵ pues, tan buen tiempo tuve para ello, que la mitad del camino estaba andado.⁴⁶ Que con sólo apretar los dientes se me quedaran en casa,⁴⁷ y, con ser de aquel malvado, por ventura lo detuviera mejor mi estómago, que retuvo la longaniza, y no pareciendo ellas, pudiera negar la demanda. Pluguiera a Dios que lo hubiera hecho.

Hiciéronnos amigos la mesonera y los que allí estaban, y con el vino que le había traído, laváronme la cara y la garganta. Sobre lo cual discantaba el mal ciego donaires, diciendo:

— Por verdad, más vino me gasta este mozo en lavatorios al cabo de año, que yo bebo en dos. A lo menos, Lázaro, eres en más cargo al vino que a tu padre, porque él una vez te engendró, mas el vino mil te ha dado la vida.

Y luego contaba cuántas veces me había descalabrado y harpado la cara y con vino luego sanaba.

— Yo te digo —dijo— que si hombre en el mundo ha de ser bienaventurado con vino, que serás tú.

Y reían mucho los que me lavaban con esto, aunque yo renegaba.

Mas el pronóstico del ciego no salió mentiroso y después acá muchas veces me acuerdo de aquel hombre que, sin duda, debía tener espíritu de profecía, y me pesa de los sinsabores que le hice, aunque bien se lo pagué, considerando lo que aquel día me dijo salirme tan verdadero como adelante vuestra merced oirá.

Visto esto y las malas burlas que el ciego burlaba de mí,

incident of the grapes, and then, what had just happened. Everyone laughed so hard that all the people passing by on the street came to join the celebration. And so funny and witty was the blind man's tale of my exploits, that although I had been so greatly mistreated and was weeping, I thought it an injustice not to laugh.

And while this was going on, I was reminded of a cowardly, chicken-hearted thing I had not done, and cursed myself for it. That is, I had not left him without a nose, for I had had such a good chance to do so, since half the job was done. For if I had only clenched my teeth, his nose would have lodged in my house, and as it belonged to that scoundrel, perhaps my stomach would have retained it better than it had the sausage, and, upon failure to appear, could have denied the plea. I wish to God I had done so.

The innkeeper's wife, and the people who were there, made peace between us, and with the wine I had brought him, they washed my face and neck. Whereupon the wicked blind man cracked more jokes, and said:

"Really, this boy wastes more wine on washings in the course of a year than I drink in two. At least, Lazarus, you owe more to wine than to your father; because he begot you only once, but wine has given you life a thousand times."

And then he would tell how many times he had cracked my skull and clawed my face, and then restored me with wine.

"I tell you," he said, "that if any man alive is blessed with wine, it must be you."

And the people washing me laughed hard, though I was cursing.

But the blind man's prediction did not turn out to be false, for since then, I have often had occasion to recall that man, who doubtless had the gift of prophecy, and to feel sorry for the vexations I caused him, though I repaid him in full, seeing how what he told me that day came true for me as Your Worship will hear further on.

As a result of this and other nasty tricks the blind man

33

determiné de todo en todo dejarle, y, como lo traía pensado [48] y lo tenía en voluntad, con este postrer juego que me hizo afirmélo más. Y fué así, que luego otro día salimos por la villa a pedir limosna y había llovido mucho la noche antes. Y porque el día también llovía y andaba rezando debajo de unos portales, que en aquel pueblo había, donde no nos mojamos; mas como la noche se venía y el llover no cesaba, díjome el ciego:

— Lázaro, esta agua es muy porfiada, y cuanto la noche más cierra, más recia.[49] Acojámonos a la posada con tiempo.

Para ir allá habíamos de pasar un arroyo,[50] que con la mucha agua iba grande.

Yo le dije:

— Tío, el arroyo va muy ancho; mas, si queréis, yo veo por dónde atravesemos más aína sin mojarnos, porque se estrecha allí mucho, y saltando pasaremos a pie enjuto.

Parecióle buen consejo y dijo:

— Discreto eres, por esto te quiero bien. Llévame a ese lugar donde el arroyo se ensangosta, que ahora es invierno y sabe mal el agua, y más llevar los pies mojados.

Yo que vi el aparejo a mi deseo, saquéle debajo de los portales y llevélo derecho de un pilar o poste de piedra que en la plaza estaba, y díjele:

— Tío, éste es el paso más angosto que en el arroyo hay.

Como llovía recio y el triste se mojaba, y con la prisa que llevábamos de salir del agua, que encima se nos caía, y, lo más principal, porque Dios le cegó a aquella hora el entendimiento (fué por darme de él venganza), creyóse de mí y dijo:

—Ponme bien derecho y salta tú el arroyo.

Yo le puse bien derecho enfrente del pilar, y doy un salto y póngome detrás del poste, como quien espera tope de toro, y díjele:

— ¡Sus! Saltad todo lo que podáis, porque deis de este cabo del agua.

Aún apenas lo había acabado de decir cuando se aba-

played on me, I decided to leave him for good, and, as it had been on my mind, and I had been wanting to, this last cruel joke of his only confirmed my resolve. And so it was that the very next day we went about the town begging for alms. It had rained hard the night before, and continued all day, too, so he went about saying his prayers under some open porches that are in that town, where we would not get wet. But as night came on, and the rain did not let up, the blind man said to me:

"Lazarus, this rain is very persistent; the more the night advances, the heavier it pours. Let's hurry to the inn and seek shelter."

To get there, we had to cross a ditch now swollen with rainfall.

I said to him:

"Uncle, the ditch is very wide, but if you like, I see a spot where we can cross quickly without getting wet. It is much narrower there and, with a good jump, we can get across with dry feet."

This seemed to him like good advice, so he said:

"You are wise, and for that I like you. Take me where the ditch gets narrower, for now that it's winter, water is dangerous, but wet feet are even worse."

I, seeing this as an answer to a prayer, took him under the arcades, and brought him before a stone pillar or post which was in the square, and said:

"Uncle, this is the narrowest place in the stream."

As it was raining hard, and the poor man was getting wet, and we were in a hurry to get out of the downpour, but mostly because at that moment God had blinded his judgment to give me my revenge, he let himself believe me, and said:

"Place me just right, then jump the stream yourself."

I placed him right in front of the pillar, then I jumped and placed myself behind the post, like someone awaiting a charging bull.

"Ready?" I called, "now jump as hard as you can, and you'll make it over to this side of the water." The words were hardly out of my mouth when the poor blind man

lanza el pobre ciego como cabrón y de toda su fuerza arremete, tomando un paso atrás de la corrida [51] para hacer mayor salto, y da con la cabeza en el poste, que sonó tan recio como si diera con una gran calabaza, y cayó luego para atrás medio muerto y hendida la cabeza.

— ¿Cómo, y olistes la longaniza y no el poste? ¡Oled! ¡Oled! —le dije yo.

Y dejéle en poder de mucha gente que lo había ido a socorrer, y tomé la puerta de la villa en los pies de un trote,[52] y, antes que la noche viniese, di conmigo en Torrijos.[2] No supe más lo que Dios de él hizo [53] ni curé de saberlo. . . .

*   *   *

Poco a poco, con ayuda de las buenas gentes, di conmigo en esta insigne ciudad de Toledo, adonde, discurriendo de puerta en puerta, con harto poco remedio, porque ya la caridad [54] se subió al cielo, topóme Dios con un escudero, que iba por la calle, con razonable vestido, bien peinado, su paso y compás en orden. Miróme, y yo a él, y díjome:

— Muchacho: ¿buscas amo?
Yo le dije:
— Sí, señor.
— Pues, vente tras mí —me respondió—, que Dios te ha hecho merced en topar conmigo. Alguna buena oración rezaste hoy.
Y seguíle, dando gracias a Dios por lo que le oí, y también que me parecía, según su hábito y continente, ser el que yo había menester.
Era de mañana cuando este mi nuevo amo topé. Y llevóme tras sí gran parte de la ciudad. Pasábamos por las plazas donde se vendía pan y otras provisiones. Yo pensaba, y aun deseaba, que allí me quería cargar de lo que se vendía, porque ésta era propia hora cuando se suele proveer de lo necesario; mas muy a tendido paso pasaba por estas cosas.
"Por ventura no lo ve aquí a su contento—decía yo—,

charged like a goat, and lunged forward with all his might, even taking a step backwards for a running start, in order to jump all the harder. He struck his head against the post, which sounded as loud as if it had been struck by a huge pumpkin, and then fell backwards, half dead and with his head split open.

"What! You smelled the sausage and not the post? Smell it, smell it!" I said, and left him in the hands of the crowd that had come to help him.

I reached the gate of the town in one long trot, and before nightfall I was in Torrijos. I never learned what happened to the blind man after that, nor did I care to. . . .

*   *   *

Little by little, with the help of good people, I landed in this famous city of Toledo, where, wandering from door to door, with very little relief (for Charity had already flown up to Heaven), God led me to a squire who was walking along the street, decently dressed and well-kempt, his gait and bearing orderly. I looked at him, and he at me, saying:

"Boy, are you looking for a master?"

And I said:

"Yes, sir."

"Then come along," he replied, "and thank the Lord you met me. You must have prayed some good prayer today."

I followed him, thanking God for what I heard him say, and also because, from his clothes and bearing, he looked like just the one I needed.

It was morning when I met my new master, and I trailed after him through a good part of the city. We passed the squares where bread and other food were being sold. I thought and even hoped he would load me down with what was being sold there, for it was right about the time when people usually go shopping for what they need, but he hurried past these things at a good, brisk pace. "Maybe he can't find anything that suits him," I thought to myself,

37

y querrá que lo compremos en otro cabo."

De esta manera anduvimos hasta las once. Entonces se entró en la iglesia mayor, y yo tras él, y muy devotamente le vi oír misa y los otros oficios divinos, hasta que todo fué acabado y la gente ida. Entonces salimos de la iglesia.

A buen paso tendido comenzamos a ir por una calle abajo. Yo iba el más alegre del mundo en ver que no nos habíamos ocupado en buscar de comer. Bien consideré que debía ser hombre mi nuevo amo que se proveía en junto y que ya la comida estaría a punto y tal como yo la deseaba y aun la había menester.

En este tiempo dió el reloj la una después de mediodía, y llegamos a una casa, ante la cual mi amo se paró, y yo con él, y, derribando el cabo de la capa sobre el lado izquierdo, sacó una llave de la manga y abrió su puerta y entramos en casa. La cual tenía la entrada obscura y lóbrega de tal manera, que parecía que ponía temor a los que en ella entraban, aunque dentro de ella estaba un patio pequeño y razonables cámaras.

Desde que fuimos entrados quita de sobre sí su capa y, preguntando si tenía las manos limpias, la sacudimos y doblamos y, muy limpiamente, soplando un poyo que allí estaba, la puso en él. Y hecho esto, sentóse cabo de ella, preguntándome muy por extenso de dónde era y cómo había venido a aquella ciudad.

Y yo le di más larga cuenta que quisiera, porque me parecía más conveniente hora de mandar poner la mesa y escudillar la olla que de lo que me pedía. Con todo eso, yo le satisfice de mi persona lo mejor que mentir supe, diciendo mis bienes y callando lo demás, porque me parecía no ser para en cámara. Esto hecho, estuvo así un poco, y yo luego vi mala señal, por ser ya casi las dos y no verle más aliento de comer que a un muerto.

Después de esto, consideraba aquel tener cerrada la puerta con llave ni sentir arriba ni abajo pasos de viva persona por la casa. Todo lo que yo había visto eran paredes,

"and wants to buy somewhere else."

We kept on this way until it was eleven. Then he entered the cathedral, with me behind him, and I saw him very devoutly hear mass and the other divine services, until they were over, and the people gone. Then we left the church.

Next we started down the street at a good, brisk pace. I was the happiest boy in the world to see that we had not bothered to get food, and decided that my new master must be a man who purchased in bulk, and that dinner would soon be ready—the kind I wanted and even needed.

Just about then, the clock struck one in the afternoon, and we came to a house before which my master stopped and I too. Throwing one side of his cape over his left shoulder, he took a key from his sleeve, opened his door, and we entered the house. Its entrance was so dark and dismal that it looked as if it would frighten anyone who entered, though there was a small courtyard and some decent rooms inside.

As soon as we entered, he removed his cloak, and after asking me if I had clean hands, we shook it out, folded it, and very cleanly blew the dust off a small stone bench, where he laid it down. This done, he sat down near it, and questioned me at great length about where I was from and how I had come to that city.

I gave him a longer account than I would have liked, for it seemed to me a much better time of day to set the table and dish out the stew than for what he asked me. Nevertheless, I satisfied him about my person as well as I knew how to lie, telling him my good points and keeping quiet about the rest, because I didn't think it fit for the drawing-room. This done, he kept on for a while, and then I saw an ominous sign, for it was now almost two o'clock and I saw in him no more desire to eat than I would have in a dead man.

After this, I thought over his keeping the door locked and my not hearing the footsteps of a living soul anywhere in the house, upstairs or down. I had seen nothing but

sin ver en ella silleta, ni tajo, ni banco, ni mesa. Finalmente,
ella parecía casa encantada. Estando así, díjome:

— Tú, mozo, ¿has comido?
— No, señor—dije yo—, que aun no eran dadas las ocho
cuando a vuestra merced encontré.
— Pues, aunque de mañana, yo había almorzado, y
cuando así como algo, hágote saber que hasta la noche me
estoy así. Por eso, pásate como puedas, que después cena-
remos.

Vuestra merced crea, cuando esto le oí, que estuve en
poco de caer de mi estado, no tanto de hambre como por
conocer de todo en todo la fortuna serme adversa. Allí
lloré mi trabajosa vida pasada y mi cercana muerte veni-
dera.

Y con todo, dismulando lo mejor que pude, dije:
— Señor: mozo soy, que no me fatigo mucho por comer.

— Virtud es ésa—dijo él—, y por eso te querré yo más.
Porque el hartar es de los puercos y el comer regaladamente
es de los hombres de bien.
"¡Bien te he entendido!—dije yo entre mí—. ¡Maldita
medicina y bondad que mi amo halla en el hambre!"
Púseme a un cabo del portal y saqué unos pedazos de
pan del seno, que me habían quedado. El, que vió esto,
díjome:
— Ven acá, mozo. ¿Qué comes?
Yo lleguéme a él y mostréle el pan. Tomóme él un pedazo
de tres que eran: el mejor y más grande.
— Por mi vida, dijo, que parece éste buen pan.
— ¡Y cómo! ¿Ahora—dije yo—, señor, es bueno?
— Sí, a fe—dijo él—. ¿Adónde lo hubiste? ¿Si es ama-
sado [55] de manos limpias?
— No sé yo eso—le dije—; mas a mí no me pone asco el
sabor de ello.
— Así plega a Dios—dijo el pobre de mi amo.
Y llevándolo a la boca, comenzó a dar en él tan fieros
bocados como yo en lo otro.
— Sabrosísimo pan está—dijo—, por Dios.[56]

walls: no small chair, no chunk of wood to sit on, no bench or table. Finally, it began to seem like a haunted house. Then he said:

"You, boy, have you eaten?"

"No, sir," I answered, "for it was before eight when I met your honor."

"Well, although it was early, I had already eaten breakfast, and when I eat something like that, I'll have you know it keeps me till nighttime. So, do the best you can, and we'll eat supper later."

Your Worship can imagine that when I heard this, I nearly dropped in my tracks, not so much from hunger as from knowing once and for all that fortune was against me. There I shed tears over my cruel past life, and my fast approaching death.

However, I hid my feelings the best I could, and said:

"Sir, I'm a fellow who doesn't worry too much about eating."

"That is a virtue," he said, "for which I shall like you all the better. Pigs may stuff themselves, but gentlemen eat moderately."

"I understand you perfectly," I said to myself. "Damn the virtue and cures my master finds in hunger!"

I went over to a corner of the doorway, and took some pieces of leftover bread from inside my shirt. He saw this, and said:

"Come here, boy. What are you eating?"

I went over to him and showed him the bread. He took one of the three pieces I had—the biggest and best.

"On my life," he said, "this looks like good bread."

"And how! Well, sir," I said, "is it good?"

"Delicious," he said. "Where did you get it? Was it kneaded by clean hands?"

"That I can't say," I replied. "But the taste of it doesn't make me nauseous."

"Thank God for that," said my poor master.

And lifting it to his mouth, he started to take as fierce bites from his piece as I did from mine.

"By God, this bread is tasty," he said.

Y como le sentí de qué pie cojeaba,[57] dime prisa. Porque le vi en disposición, si acababa antes que yo, se comediría a ayudarme a lo que me quedase. Y con esto acabamos casi a una. Y mi amo comenzó a sacudir con las manos unas pocas de migajas, y bien menudas, que en los pechos se le habian quedado. Y entró en una camareta que allí estaba y sacó un jarro desbocado y no muy nuevo y desde que hubo bebido convidóme. Yo, por hacer del continente, dije:

— Señor, no bebo vino.

— Agua es—me respondió—. Bien puedes beber.

Entonces tomé el jarro y bebí, no mucho, porque de sed no era mi congoja.

Así estuvimos hasta lo noche, hablando en cosas que me preguntaba, a las cuales yo le respondí lo mejor que supe. En este tiempo metióme en la cámara donde estaba el jarro de que bebimos y díjome:

— Mozo: párate allí y verás cómo hacemos esta cama, para que la sepas hacer de aquí en adelante.

Púseme en un cabo y él del otro e hicimos la negra cama. En la cual no había mucho que hacer.

— Lázaro, me dijo, ya es tarde y de aquí a la plaza hay gran trecho. También en esta ciudad andan muchos ladrones, que siendo de noche capean. Pasemos como podamos y mañana, venido el día, Dios hará merced. Porque yo, por estar solo, no estoy proveído; antes he comido estos días por allá fuera. Mas ahora hacerlo hemos de otra manera.

— Señor: de mí—dije yo—ninguna pena tenga vuestra merced, que sé pasar una noche y aun más, si es menester, sin comer.

— Vivirás más y más sano—me respondió—. Porque, como decíamos hoy, no hay tal cosa en el mundo para vivir mucho que comer poco.

"Si por esa vía es—dije entre mí—, nunca yo moriré, que siempre he guardado esa regla por fuerza, y aun espero, en mi desdicha, tenerla toda mi vida."

Y acostóse en la cama, poniendo por cabecera las calzas y el jubón. Y mandóme echar a sus pies, lo cual yo hice.

And as I knew what he was up to, I hurried. For I saw that if he finished first, he would offer to help me with what was left. Therefore we finished almost at the same time. Then, my master began to shake off some crumbs—very little ones—that had dropped on his chest. And he went into a small room and brought out a jug that was neckless and not very new, and after drinking from it, invited me to join him. I wanted to play temperate, and said:

"I don't drink wine, sir."

"This is water," he replied. "So you can drink it."

Then I took the jug and drank. Not much, because thirst was not my trouble.

We kept on this way until nightfall, talking about things he asked me, while I answered him the best I knew how. Then he sent me into the room where he kept the jug from which we were drinking, and said:

"Stand there, boy, and you'll see how we make this bed, so you'll know how to make it from now on."

I got on one side, and he on the other, and we made the wretched black bed, though there wasn't much to make.

"Lazarus," he said, "it's late now, and quite a ways from here to the market place. Besides, there are many thieves in this city, who snatch cloaks at night. Let's manage the best we can, and tomorrow morning, God will be merciful. Being alone, I have no one to look after me, so for the past few days I've been eating out. But now we'll do things differently."

"Sir," I said, "don't worry about me, for if necessary, I can spend one night, and even more, without eating."

"You'll live longer and grow healthier," he replied, "for as we were saying today, the best way to live long is to eat little."

"If that's the way it is," I said to myself, "I'll never die, for I've always been forced to keep that rule, and still, in my misfortune, expect to keep it all my life."

Then he lay down in the bed, using his trousers and his doublet as a pillow. And he told me to lie down at his feet,

Mas maldito el sueño que yo dormí. Porque con mis trabajos, males y hambre, pienso que en mi cuerpo no había libra de carne, y también, como aquel día no había comido casi nada, rabiaba de hambre, la cual con el sueño no tenía amistad. Maldíjeme mil veces (Dios me lo perdone), y a mi ruin fortuna, allí, lo más de la noche, y, lo peor, no osándome revolver por no despertarle, pedí a Dios muchas veces la muerte.

La mañana venida, levantámonos, y comienza a limpiar y sacudir sus calzas y jubón, sayo y capa. Y vístese muy a su placer, despacio. Echéle aguamanos, peinóse y puso su espada en el talabarte, y al tiempo que la ponía díjome:

— ¡Oh, si supiese, mozo, qué pieza es ésta! No hay marco de oro en el mundo por que yo la diese.

Y sacóla de la vaina y tentóla con los dedos, diciendo:

— ¿Vesla aquí? Yo me obligo con ella a cercenar un copo de lana.

Y yo dije entre mí:

"Y yo con mis dientes, aunque no son de acero, un pan de cuatro libras."

Tornóla a meter y ciñósela, y con un paso sosegado y el cuerpo derecho, haciendo con él y con la cabeza muy gentiles meneos, echando el cabo de la capa sobre el hombro y a veces bajo el brazo, y poniendo la mano derecha en el costado, salió por la puerta, diciendo:

— Lázaro: mira por la casa en tanto que voy a oír misa, y haz la cama y vé por la vasija de agua al río, que aquí bajo está, y cierra la puerta con llave, no nos hurten algo.

Y súbese por la calle arriba con tan gentil semblante y continente, que quien no le conociera pensara ser muy cercano pariente del conde de Arcos,[2] o a lo menos camarero que le daba de vestir.

"¡Bendito seáis vos, Señor—quedé yo diciendo—, que dáis la enfermedad y ponéis el remedio! ¿Quién encontrará a aquel mi señor, que no piense, según el contento de sí

which I did. But I didn't sleep a blessed wink. For with my hardships, woes and hunger, I don't think there was a pound of flesh in my entire body. Besides, since I had eaten almost nothing that day, I was ravenous with hunger, which is no friend of sleep. I cursed myself (God forgive me) and my dreadful luck a thousand times during most of the night, but worst of all, not daring to turn over for fear of waking him, I begged God many times to let me die.

When morning came, we got up. My master began to clean and brush his trousers and doublet, coat and cape, and dressed very slowly, at his leisure. I poured him water for his hands, and he combed his hair and put his sword in his sword-belt, saying, as he was doing so:

"Ah, if you only knew, lad, what a blade this is! I wouldn't trade it for the best gold mark in the whole world."

And he drew it from its sheath, and tested it with his fingers, saying:

"See this? I bet I can take it and clip a tuft of wool."

And I said to myself:

"And I bet my teeth, which aren't steel, could clip a four-pound loaf of bread."

He put his sword back, and girded it; then, with poised step, and his body erect, posturing very gracefully with his head and body, he threw one side of his cloak on his shoulder, or tucked it under his arm, placed his right hand on his side, and went out the door, saying:

"Lazarus, look after the house while I go to hear mass. Make the bed, and get a pitcher of water from the river—it's right below. And be sure to lock the door, so that no one will steal anything."

Then he went off, up the street, with such a refined expression and bearing that people who didn't know him must have thought him a very close relative of the Count of Arcos, or, at least, the valet who helped him dress.

"Blessed art Thou, Oh Lord," I said to myself, "Who sendest both the ailment and the cure! Who that might meet this master of mine, but would think, judging by his

lleva, haber anoche bien cenado y dormido en buena cama, y, aunque ahora es de mañana, no le cuenten por muy bien almorzado? ¡Grandes secretos son, Señor, los que vos hacéis y las gentes ignoran! ¿A quién no engañara aquella buena disposición y razonable capa y sayo? ¿Y quién pensara que aquel gentil hombre se pasó ayer todo el día sin comer, con aquel mendrugo de pan que su criado Lázaro le trajo? ¡Oh Señor, y cuántos de aquestos debéis vos tener por el mundo derramados, que padecen por la negra que llaman honra lo que por vos no sufrirían!"

Así estaba yo a la puerta, mirando y considerando estas cosas y otras muchas, hasta que el señor mi amo traspuso la larga y angosta calle. Y tornéme a entrar en casa, y en un credo la anduve toda, alto y bajo, sin hacer represa. Hago la negra dura cama y tomo el jarro y doy conmigo en el río, donde en una huerta vi a mi amo en gran recuesta con dos rebozadas mujeres, al parecer de las que en aquel lugar no hacen falta. Antes muchas tienen por estilo de irse a las mañanicas del verano a refrescar y almorzar, sin llevar qué, por aquellas frescas riberas, con confianza que no ha de faltar quién se lo dé, según las tienen puestas en esta costumbre aquellos hidalgos del lugar.

Y como digo, él estaba entre ellas, hecho un Macías,[2] diciéndoles más dulzuras que Ovidio [2] escribió. Pero como sintieron de él que estaba bien enternecido, no se les hizo de vergüenza pedirle de almorzar con el acostumbrado pago.

El, sintiéndose tan frío de bolsa cuanto estaba caliente del estómago, tomóle tal calofrío, que le robó la color del gesto y comenzó a turbarse en la plática y a poner excusas no validas.

Ellas, que debían ser bien instruídas, como le sintieron la enfermedad, dejáronle para él que era.

Yo, que estaba comiendo ciertos tronchos de berzas, con los cuales me desayuné, con mucha diligencia, como mozo nuevo, sin ser visto de mi amo, torné a casa. De la cual pensé barrer alguna parte, que era bien menester; mas no hallé con qué. Púseme a pensar qué haría, y parecióme

manner of self-content, that he had supped well the night before, or slept in a decent bed, and, despite the early morning hour, would not suppose he had breakfasted well? Great are Thy secrets, Oh Lord, unsuspected by Thy people! Who would not be taken in by that superior air of his, and that stylish cape and coat? And who would ever think that such a dignified gentleman ate nothing yesterday but the crust of bread his servant Lazarus brought him? Oh Lord, how many like him there must be in the world, suffering for the wretched thing called honor, what they would never suffer for Thee!"

So I stood at the door, musing and thinking about these things, until my master had passed down the long and narrow street. Then I went back into the house, and before you could say "Credo," I had gone through it from top to bottom, without a stop. I made the hard, black bed, took the jug, and headed for the river, where I saw my master in a garden having quite a chat with two veiled women—of the kind there is no shortage of around here. Many of them are in the habit of going out on a summer's morn for a refreshing stroll and to have breakfast along the pleasant banks of the river without taking along any food, trusting that someone will gladly provide for them, the way the local hidalgos have gotten in the habit of doing.

As I was saying, he was with them, acting like a Macías, and spouting more sweet nothings than Ovid ever wrote. When they saw him fairly glowing, they were not ashamed to ask him for breakfast—at the usual price.

But he, feeling as cold of purse as he was hot of stomach, took such a chill that it stole the color from his face, and he began to show some confusion in his banter, and make weak excuses. And the women, who must have been well schooled, sensed what was wrong with him, and left him for what he was.

Meanwhile, I munched a few stalks of cabbage—my only breakfast—and returned home very diligently, like a new servant, without being seen by my master. I thought I would do some sweeping, as the house really needed it, but there was nothing to sweep with. I stopped to think what I

esperar a mi amo hasta que el día demediase y si viniese y por ventura trajese algo que comiésemos; mas en vano fué mi experiencia.

Desde que vi ser las dos y no venía y la hambre me aquejaba, cierro mi puerta y pongo la llave donde mandó y tórnome a mi menester. Con baja y enferma voz e inclinadas mis manos en los senos, puesto Dios ante mis ojos y la lengua en su nombre, comienzo a pedir pan por las puertas y casas más grandes que me parecía. Mas como yo este oficio le hubiese mamado en la leche,[58] quiero decir que con el gran maestro el ciego lo aprendí, tan suficiente discípulo salí, que, aunque en este pueblo no había caridad ni el año fuese muy abundante, tan buena maña me di, que antes que el reloj diera las cuatro ya yo tenía otras tantas libras de pan ensiladas en el cuerpo y más de otras dos en las mangas [59] y senos.

Volvíme a la posada, y al pasar por la tripería pedí a una de aquellas mujeres, y dióme un pedazo de uña de vaca con otras pocas de tripas cocidas.

Cuando llegué a casa, ya el bueno de mi amo estaba en ella, doblada su capa y puesta en el poyo y él paseándose por el patio. Como entré, vínose para mí. Pensé que me quería reñir la tardanza; mas me preguntó dónde había estado, y yo le dije:

— Señor: hasta las dos estuve aquí, y al ver que vuestra merced no venía, fuíme por esa ciudad a encomendarme a las buenas gentes, y hanme dado esto que veis.

Mostréle el pan y las tripas, que en un cabo de la halda traía, a la cual él mostró buen semblante.

— Pues, dijo, te he esperado para comer, y como vi que no viniste, comí. Mas tú haces como hombre de bien en eso. Que más vale pedirlo por Dios que no hurtarlo. Y así él me ayude como ello me parece bien, y solamente te encomiendo no sepan que vives conmigo, por lo que toca a mi honra. Ahora, pues, come, pecador. Que, si a Dios place, presto nos veremos sin necesidad. Aunque te digo que después que en esta casa entré nunca bien me ha ido. Debe ser de mal suelo. Que hay casas desdichadas, que a los que

would do, and decided to wait for my master till the day was half over, in case he came and brought something to eat; but my experiment failed.

When I saw it was two o'clock, he was not coming, and hunger was distressing me, I locked the door, left the key where he told me to, and then went back to my old trade. In a low, sickly voice, and with my hands clasped over my heart, with God's image before my eyes and His name upon my lips, I began to beg for bread at the doors and houses I thought looked biggest. Well, as I had learned this trade at my mother's breast—I mean, from that grand master, the blind man, I was such a good disciple that, although there was no charity in this town, and it was not an abundant year, I made such good use of my wits that before the clock struck four, I had already stowed away four pounds of bread in my body, plus two more in my sleeves and shirt.

I started back to the house, and on my way past the tripeshop, I begged from one of the women there, who gave me a piece of cow's heel and some scraps of boiled tripe.

When I got home, my worthy master was already there. He had folded up his cloak and laid it on the bench, and was strolling about the courtyard. As I entered, he came over to me. I thought he wanted to scold me for being late, but instead he asked me where I had been, and I told him:

"I was here until two o'clock, sir, and when I saw you were not coming, I went about the city commending myself to the good people I met, and they gave me what you see here."

I showed him the bread and tripe stowed in a fold in my shirttail, and his face lighted up.

"Well," he said, "I waited for you to come home and eat, and when I saw you weren't coming, I ate alone. But you treated the problem like a gentleman. For it's better to beg in God's name than to steal, and may He help me as much as I deem best. Only I urge you, don't tell anyone you live with me—my honor is at stake. Now then, eat, you sinner. God willing, we'll soon be out of want, though I don't mind telling you that since I entered this house, I haven't had a bit of luck. The location must be bad. For there are unlucky

viven en ellas pegan la desdicha. Esta debe ser, sin duda, de ellas; mas yo te prometo, acabado el mes, no quede en ella aunque me la den por mía.

Sentéme al cabo del poyo, y, por que no me tuviese por glotón, callé la merienda. Y comienzo a cenar y morder en mis tripas y pan, y disimuladamente miraba al desventurado señor mío, que no partía sus ojos de mis faldas, que a aquella sazón servían de plato. Tanta lástima haya Dios de mí como yo había de él, porque sentí lo que sentía y muchas veces había por ello pasado y pasaba cada día. Pensaba si sería bien comedirme a convidarle: mas, por haberme dicho que había comido, temíame no aceptaría el convite.

Quiso Dios cumplir mi deseo, y aun pienso que el suyo. Porque como comencé a comer y él se andaba paseando, llegóse a mí y díjome:

— Dígote, Lázaro, que tienes en comer la mejor gracia que en mi vida vi a hombre y que nadie te lo verá hacer que no le pongas gana aunque no la tenga.

— La muy buena que tú tienes—dije yo entre mí—te hace parecer la mía hermosa.

Con todo, parecióme ayudarle, pues se abría camino para ello, y díjele:

— Señor: este pan está sabrosísimo y esta uña de vaca tan bien cocida y sazonada, que no habrá a quién no convide con su sabor.

— ¿Uña de vaca es?

— Sí, señor.

— Dígote que es el mejor bocado del mundo y que no hay faisán que así me sepa.

— Pues pruebe, señor, y verá qué tal está.

Póngole en las uñas la otra [60] y tres o cuatro raciones de pan de lo más blanco. Y sentóseme al lado y comienza a comer, royendo cada huesecillo mejor que un galgo lo hiciera.

— Con almodrote—decía—es éste singular manjar.

— Con mejor salsa lo comes tú—respondí yo paso.

— Por Dios, que me ha sabido como si hoy no hubiera

houses which make people who live in them unlucky, too. I am sure this is one; but I promise you, as soon as the month is up, we'll move; I won't remain here even if they give me the place."

I sat down on the end of the bench, and, so he wouldn't think me a glutton, I kept quiet about my snack. I began to eat and bite into my tripe and bread, glancing slyly at my wretched master, who never took his eyes off my shirt-tails, which, at the time I was using as a plate. May God have as much pity on me as I had on him, for I felt what he was feeling, because I had gone through it so many times, and did so every day. I wondered if it would be all right to invite him to join me. After all, he said he had eaten, and I was afraid he would not accept my invitation.

God chose to grant my wish, which I think was *his* wish too. For when I began to eat, he continued strolling around, and came over to me, saying:

"I tell you, Lazarus, you eat with the finest manners I've ever seen in a man, and no one could watch you eat without working up an appetite, even if he didn't have one."

"The one *you* have," I thought to myself, "makes mine look beautiful."

Nevertheless, it seemed best to help him—and he was clearing the way for it—so I said:

"This bread is very tasty, sir, and this cow's heel is so well cooked and seasoned that it would be hard for anyone to resist its flavor."

"Cow's heel, you say?"

"Yes, sir."

"I tell you, it's the best morsel in the world! Not even pheasant tastes as good to me."

"Then try it, sir, and see how you like it."

I put the cow's paw in his, along with three or four helpings of the whitest bread. He sat down beside me, and began to eat, gnawing every little bone cleaner than any greyhound would have done.

"With garlic sauce," he said, "this is a superb dish."

"The sauce you eat it with is better," I answered softly.

"By God," he said, "it tastes as if I hadn't eaten a bite

comido bocado.

Pidióme el jarro del agua y se lo di como lo había traído. Bebimos, y muy contentos nos fuimos a dormir, como la noche pasada.

Y por evitar prolijidad, de esta manera estuvimos ocho o diez días, yéndose el pecador en la mañana con aquel contento y paso contado a papar aire por las calles, teniendo en el pobre Lázaro una cabeza de lobo.[61]

Contemplaba yo muchas veces mi desastre: que, escapando de los amos ruines que había tenido y buscando mejoría, viniese a topar con quien no sólo no me mantuviese, mas a quien yo había de mantener. Con todo, le quería bien, con ver que no tenía ni podía más. Y antes le tenía lástima que enemistad.

—Este—decía yo—es pobre y nadie da lo que no tiene; mas el avariento ciego y el mezquino clérigo,[62] con dárselo Dios a ambos, me mataban de hambre.

Dios me es testigo que hoy día, cuando topo con alguno de su hábito con aquel paso y pompa, le tengo lástima con pensar si padece lo que aquél le vi sufrir. Al cual, con toda su pobreza, holgaría de servir más que a los otros por lo que he dicho. Sólo tenía de él un poco de descontento. Que quisiera yo que no tuviera tanta presunción; mas que bajara un poco su fantasía con lo mucho que subía su necesidad.

Pues, estando yo en tal estado, pasando la vida que digo, quiso mi mala fortuna, que de perseguirme no estaba satisfecha, que en aquella trabajada y vergonzosa vivienda no durase. Y fué, como el año en esta tierra fuese estéril de pan, acordaron el Ayuntamiento que todos los pobres extranjeros se fuesen de la ciudad, con pregón que el que de allí adelante topasen fuese punido con azotes. Y así, ejecutando la ley, desde a cuatro días que el pregón se dió,[63] vi llevar una procesión de pobres azotando por las Cuatro Calles. Lo cual me dió tan gran espanto, que nunca osé desmandarme a demandar.

all day."

He asked me for the jug of water, and I gave it to him as full as I had brought it. We drank, and went to bed cheerfully, the same as the night before.

To make a long story short, we lived this way for a week or ten days, during which the sinner went off in the morning with that contented air and measured gait of his, to breathe air on the streets, knowing he had a dupe in poor Lazarus.

I often considered my plight, that having escaped from the dreadful masters I had had, and seeking improvement, I had found one who not only failed to maintain me, but whom I had to maintain. Nevertheless, I was fond of him, seeing that he had nothing and could do no better. And I pitied rather than hated him.

"This one," I would say, "is poor, and no one can give what he doesn't have. But the greedy blind man and the niggardly priest, though God provided both of them with a good living, starved me to death."

As God is my witness, even today, whenever I meet anyone of his stamp and with his pompous bearing, I pity him, and wonder if he is suffering what I saw that one suffer. For I would enjoy serving him, with all his poverty, rather than the others, for the reasons I told you. I found only one small flaw in him: I would have liked him to be less vain, and lower his conceit with the great rise of his necessity.

Now, being in such a state, and leading the life I've described, my bad luck (not content merely to pursue me) decreed that even this laborious and troubled way of life should not last. And it happened, as there had been a crop failure that year, that the town council decided that all poor people from other places should leave the city, and it was proclaimed that any beggar caught from that day on should be flogged. So, about four days after the proclamation, I saw them putting the law into force and driving a procession of beggars through Cuatro Calles Square and beating them. This threw me into such a panic that I never cared to beg for it by going out to beg again.

Aquí viera, quien verlo pudiera, la abstinencia de mi casa y la tristeza y silencio de los moradores; tanto, que nos acaeció estar dos o tres días sin comer bocado, ni hablar palabra. A mí diéronme la vida unas mujercillas hilanderas de algodón, que hacían bonetes y vivían par de nosotros. Que de la lacería que les traían me daban alguna cosilla, con la cual muy pasado me pasaba.

Y no tenía lástima de mí como del lastimado de mi amo, que en ocho días maldito el bocado que comió. A lo menos en casa, bien lo estuvimos sin comer. No sé yo cómo o dónde andaba y qué comía. ¡Y verle venir a mediodía la calle abajo, con estirado cuerpo, más largo que galgo de buena casta! Y por lo que tocaba a su negra, que dicen, honra, tomaba una paja, de las que aun asaz no había en casa, salía a la puerta escarbando los dientes, que nada entre sí tenían, quejándose todavía de aquel mal solar, diciendo:

— Malo está de ver, que la desdicha de esta vivienda lo hace. Como ves, es lóbrega, triste, obscura. Mientras aquí estuviésemos hemos de padecer. Ya deseo que se acabe este mes por salir de ella.

Pues, estando en esta afligida y hambrienta persecución, un día, no sé por cuál dicha o ventura, en el pobre poder de mi amo entró un real.[64] Con el cual él vino a casa tan ufano como si tuviera el tesoro de Venecia, y con gesto muy alegre y risueño me lo dió, diciendo:

— Toma, Lázaro, que Dios ya va abriendo su mano: vé a la plaza, merca pan y vino y carne; ¡quebremos el ojo al diablo! [65] Y más te hago saber, por que te huelgues: que he alquilado otra casa y en ésta desastrada no hemos de estar más de en cumpliendo el mes. ¡Maldita sea ella y el que en ella puso la primera teja! Por Nuestro Señor, cuanto ha que en ella vivo, gota de vino ni bocado de carne no he comido ni he habido descanso ninguno; mas ¡tal vista tiene y tal obscuridad y tristeza! Vé y ven presto, y comamos hoy como condes.

Tomo mi real y jarro y, a los pies dándoles prisa, comienzo a subir mi calle, encaminando mis pasos para la plaza, muy

Anyone who looked could see at a glance the destitution of my house and the grief and silence of its inhabitants, which was such that we went for two or three days without eating a bite or saying a word. I was kept alive by some women living next door who spun cotton and made caps. They gave me a little something out of the pittance they earned, and on this I just about managed.

I did not feel as sorry for myself as for my sorry master, who had not had a bite to eat in a week. At least at home we certainly didn't eat. I don't know how or where he went, or what he ate. And to see him coming down the street at noon, his body erect and leaner than a thoroughbred greyhound! Deferring to that wretched thing called honor, he would take a straw—there was even a shortage of these in the house—and go out the door picking absolutely nothing from between his teeth, complaining all the while about the unlucky location:

"It's distressing to see how the miserable spell on this house can produce misery. As you can see, it's dismal, sad and dark. As long as we stay here, we'll suffer. I wish the month was up already so we could leave!"

Now, as we were suffering these dreadful torments of starvation, one day, by what chance or lucky break I don't know, into the possession of my poor master came a *real*. He brought it home as proudly as if he had got hold of the treasure of Venice and, with a bright smile on his face, he gave it to me, saying:

"Here, Lazarus. The Lord is becoming generous. Go to the market and buy some wine and meat;. we'll shoot the works! And I'll tell you something else that will make you happy. I've rented another house and we won't have to stay in this unlucky place any longer than the end of the month. Curses on it, and on whoever laid the first tile! I swear by Our Lord, that as long as I've been living here, I haven't had a drop of wine, a bite of meat, or any rest at all; it's so ugly, so sad and depressing! Go, and return quickly, and today we'll dine like counts."

I took my *real* and pitcher and, quickening my pace, started up the street, directing my steps towards the market

contento y alegre. Mas, ¿qué me aprovecha si está constituído en mi triste fortuna que ningún gozo me venga sin
zozobra? Y así fué éste. Porque, yendo calle arriba, echando
mi cuenta en lo que le emplearía que fuese mejor y más
provechosamente gastado, dando infinitas gracias a Dios
que a mi amo había hecho con dinero, a deshora me vino
al encuentro un muerto, que por la calle abajo muchos
clérigos y gente en unas andas traían.

Arriméme a la pared,[66] por darles lugar, y desde que el
cuerpo pasó, venía luego a par del lecho una que debía ser
mujer del difunto, cargada de luto, y con ella otras muchas
mujeres; la cual iba llorando a grandes voces y diciendo:

— Marido y señor mío: ¿adónde os llevan? ¡A la casa
triste y desdichada, a la casa lóbrega y obscura, a la casa
donde nunca comen ni beben!
Yo que aquello oí, juntóseme el cielo con la tierra y dije:

"¡Oh desdichado de mí! Para mi casa llevan este muerto."

Dejo el camino que llevaba y hendí por medio de la
gente, y vuelvo por la calle abajo, a todo el más correr que
pude, para mi casa. Y, entrando en ella, cierro a prisa,
invocando el auxilio y favor de mi amo, abrazándome de él,
que me venga ayudar y a defender la entrada. El cual, algo
alterado, pensando que fuese otra cosa, me dijo:

— ¿Qué es eso, mozo? ¿Qué voces das? ¿Qué has? ¿Por
qué cierras la puerta con tal furia?
— ¡Oh señor—dije yo—: acuda aquí, que nos traen acá
un muerto!
— ¿Cómo así?—respondió el.
— Aquí arriba lo encontré, y venía diciendo su mujer:
"Marido y señor mío: ¿adónde os llevan? ¡A la casa lóbrega
y obscura, a la casa triste y desdichada, a la casa donde
nunca comen ni beben! Acá, señor, nos le traen."

Y ciertamente, cuando mi amo esto oyó, aunque no tenía

place in a very bright and happy mood. But what was the use, if it is written in my sad fortune that no pleasure should ever come to me unaccompanied by pain? And so it was this time. For as I was going up the street, figuring how I would use it so that it might be best and most advantageously spent, and giving countless thanks to God for having made my master wealthy, I had the misfortune to run into a corpse that a number of clergymen and others were bearing down the street on a litter.

I flattened myself against the wall so they could get by, and as soon as the body had passed, a woman I assumed to be the wife of the deceased came by the litter, dressed in mourning, accompanied by many other women, and wailing in a loud voice, said:

"Dear husband and master, where are they taking you? To the sad and luckless house, to the dark and dismal house, to the house where they never eat or drink!"

When I heard her say that, I felt both heaven and earth collapsing on me, and I said:

"Oh woe is me! They're taking the dead man to my house."

I changed my course, cut through the midst of the crowd, and ran back down the street towards my house as fast as my legs would carry me. As soon as I got in, I locked up in a great hurry, calling on my master for aid and support, clinging to him and begging him to come help me defend the entrance. He was somewhat disturbed, thinking it might be something else, and said:

"What's wrong, boy? What are you shouting for? What's the matter? Why did you lock the door in such a fury?"

"Oh help me, sir," I cried, "they're bringing us a corpse!"

"How's that?" he replied.

"I met him just up the street, and his wife kept saying, 'Oh husband and master, where are they taking you? To the dark and dismal house, to the sad and luckless house, to the house where they never eat or drink!' And they're bringing him here, sir, to us!"

Of course, when my master heard this, although he had

por qué estar muy risueño, rió tanto, que en muy gran rato estuvo sin poder hablar. En este tiempo tenía yo echada la aldaba a la puerta y puesto el hombro en ella por más defensa. Pasó la gente con su muerto, y yo todavía me recelaba que nos le habían de meter en casa. Y cuando estaba ya más harto de reír que de comer el bueno de mi amo, díjome:

— Verdad es, Lázaro; según la viuda lo va diciendo, tú tuviste razón de pensar lo que pensaste; mas, pues Dios lo ha hecho mejor y pasan adelante, abre, abre y vé por de comer.

— Déja, señor, que acaben de pasar la calle—dije yo.

Al fin vino mi amo a la puerta de la calle y ábrela esforzándome, que bien era menester, según el miedo y alteración, y me torno a encaminar. Mas aunque comimos bien aquel día, maldito el gusto que yo tomaba en ello. Ni en aquellos tres días torné en mi color. Y mi amo, muy risueño todas las veces que se le acordaba aquella mi consideración.

De esta manera estuve con mi tercero y pobre amo, que fué este escudero, algunos días, y en todos deseando saber la intención de su venida y estada en esta tierra. Porque desde el primer día que con él asenté le conocí ser extranjero, por el poco conocimiento y trato que con los naturales de ella tenía.

Al fin se cumplió mi deseo y supe lo que deseaba. Porque un día que habíamos comido razonablemente y estaba algo contento, contóme su hacienda, y díjome ser de Castilla la Vieja y que había dejado su tierra no más que por no quitarse el bonete a un caballero su vecino.

— Señor—dije yo—: si él era lo que decís y tenía más que vos, ¿no errábais en no quitárselo primero, pues decís que él también os lo quitaba?

— Eres muchacho—me respondió—, y no sientes las cosas de la honra. Pues te hago saber que yo soy, como ves, un escudero; y un hidalgo no debe a otro que a Dios y al rey nada, ni es justo, siendo un hombre de bien, se descuide un punto de tener en mucho su persona.

nothing to be cheerful about, he laughed so hard that for a long time he was unable to speak. Meanwhile, I had barred the door, and put my shoulder to it as an extra precaution. The procession bore the corpse on past, but I still was afraid they were going to put him in our house. And when my good master had had more of his fill of laughter than of food, he said to me:

"The truth is, Lazarus, that according to what the widow is saying, you were right to think what you were thinking. But, as God has spared us that, and they are going on past, open up, open up and go get us something to eat."

"First let them pass our street, sir," I said.

Finally, my master came to the street door, and opened it, reassuring me. He really needed to, as I was so fearful and anxious. Then he sent me on my way again. But, although we ate well that day, I didn't enjoy it a bit, or regain my color until three days later. And my master smiled whenever he remembered my mistaken supposition.

This is how I spent the next few days with the squire, my third and poorest master. And all the time I was curious about the purpose of his coming to town and the reason for his stay here. From the first day I worked for him I knew he was an out-of-towner, because he had no acquaintances and so little to do with the local people.

Finally, I got my wish, and found out what I wanted to know. One day, after we had eaten rather well and he was in fairly good spirits, he told me about himself and said he was from Old Castile, and that he had left his region just to avoid having to tip his hat to a gentleman who was his neighbor.

"But, sir," I said, "if he was a gentleman as you say, and outranked you, wouldn't it be wrong not to tip your hat first? After all, you say he tipped his hat to you, too."

"You are just a boy," he replied, "and have no feeling for matters of honor. I'll have you know that I am, as you see, a squire, and a hidalgo owes nothing to anyone but God and king, nor is it right, as a gentleman, for him to neglect his self-respect even for a moment."

De esta manera lamentaba también su adversa fortuna mi amo, dándome relación de su persona valerosa.

Pues, estando en esto, entró por la puerta un hombre y una vieja. El hombre le pide el alquiler de la casa y la vieja el de la cama. Hacen cuenta, y de dos meses le alcanzaron lo que él en un año no alcanzara. Pienso que fueron doce o trece reales. Y él les dió muy buena respuesta: que saldría a la plaza a cambiar una pieza de a dos y que a la tarde volviesen; mas su salida fué sin vuelta.

A la tarde volvieron; mas fué tarde. Yo les dije que aun no era venido. Venida la noche y él no, yo hube miedo de quedar en casa solo, y fuíme a las vecinas y contéles el caso, y allí dormí.

Venida la mañana, los acreedores vuelven y preguntan por el vecino; mas a esta otra puerta. Las mujeres les responden:

— Veis aquí su mozo y la llave de la puerta.

Ellos me preguntaron por él, y díjeles que no sabía adónde estaba y que tampoco había vuelto a casa desde que salió a cambiar la pieza, y que pensaba que de mí y de ellos se había ido con el cambio.[67]

My master went on this way, lamenting his adverse fortune and giving me an account of his worthy person.

In the midst of this conversation, a man and an old woman came in the door. The man asked for the house rent, and the old woman for the rent for the bed. They figured up the bill for a two-month period and tried to collect an amount my master would not have earned in a year. I think it was twelve or thirteen *reales*. And he gave them a very good answer: that he would go out to change an *ochavo,* and that they should return later that afternoon. But when he went out, he did not return.

They came back that afternoon; but it was late. I told them he had not come. When night came, and my master had not, I was afraid to stay alone in the house, and went over to the neighbors', told them the situation, and there I slept.

In the morning, the creditors returned and asked about my master, but were told to try next door. There, the women said:

"Here is his servant and the key to the door."

They asked me about my master, and I told them that I didn't know where he was; and, as he had not returned home after changing the coin, I thought he had left both me and them, and gone off with the change.

Miguel de Cervantes

(1547–1616)

THE LIFE of Miguel de Cervantes, Spain's loftiest literary genius, was one long and grim struggle for survival. Very little is known of his childhood and adolescence, but it is almost certain that due to his poverty he failed to pursue a formal academic education. Nevertheless he read the best literature and philosophy then available and traveled extensively. In 1569 he was in Rome, probably in the service of Cardinal Acquaviva, and after sojourns in Naples and Sicily, fought under John of Austria at the naval battle of Lepanto (1570), where his left hand was maimed, "for the greater glory of his right," as he declared. Following a period of hospitalization, he was captured by Turkish pirates while returning to Spain, and ransomed only after five years of unutterable hardships (1575–80). Finally at home, he sought a position worthy of a hero but alas, by then Lepanto had been forgotten. He then endeavored to earn a living from literature. Between 1583–1587 he wrote twenty or thirty plays (all lost) and a pastoral novel, *Galatea* (1585), without substantial result. At last he obtained a small job collecting wheat, barley and oil for the Invincible Armada which, however, proved "vincible" and sent him drifting again from town to town, from job to job, forever in financial distress. In these straits he began writing *Don Quixote*, published early in 1605, an im-

mediate literary success which brought him but scant remuneration. Although he probably had a sequel in mind, he now turned to short story writing. In 1612 he published the collection *Novelas ejemplares,* one of which, "The Power of the Blood," included here, gives a fair idea of Cervantes' fantasy and verve, and also of his delicate if at times baroque style. In 1615, just the year before his death, he crowned his career with the ripest and richest of his creations: Part II of *Don Quixote.*

LA FUERZA DE LA SANGRE

por Miguel de Cervantes

En Toledo,[1] una noche de las calurosas del verano, regresaban de dar un paseo cerca del río, un anciano hidalgo[2] con su mujer, un niño pequeño, una hija de edad de diez y seis años, y una criada. La noche era clara, la hora las once y el camino solitario. Con la seguridad que promete la mucha justicia y la bien intencionada gente de aquella ciudad, venía el buen hidalgo con su honrada familia sin temor de que le pudiera ocurrir nada malo. Sin embargo en aquel momento coincidió en pasar por allí un mancebo de aquella ciudad, llamado Rodolfo, de unos veinte y dos años de edad, cuya riqueza, viles instintos, sangre ilustre, demasiada libertad y malos compañeros, le habían estimulado a hacer cosas que desdecían de su calidad y le daban renombre de atrevido. Rodolfo, pues, con cuatro amigos, todos mozos, todos alegres y todos insolentes, bajaba por la misma cuesta que el hidalgo subía—así es que las ovejas se encontraron con los lobos.

Con deshonesta desenvoltura Rodolfo y sus camaradas, cubiertos los rostros, miraron los de la madre, y de la hija, y de la criada. El viejo se alborotó y les reprochó su atrevimiento. Ellos le respondieron con muecas y burlas, y pasaron adelante. Pero aquel rostro tan hermoso de Leocadia, que así se llamaba la hija, despertó en Rodolfo tal deseo de gozarla que en un instante comunicó su pensamiento a sus camaradas que en seguida decidieron volver y robarla para darle gusto a su amigo; pues siempre los ricos por ser ricos hallan quien apruebe sus desafueros y califique por buenos sus malos gustos. Cubriéronse los

64

THE POWER OF THE BLOOD

by Miguel de Cervantes

ONE HOT summer's night in Toledo, returning from a stroll by the river, came an old hidalgo with his wife, a little boy, a sixteen-year-old daughter, and a serving maid. The night was clear, the hour eleven, and the road deserted. With their safety guaranteed by the ample justice and well-meaning people of that city, the good hidalgo walked with his honorable family, without fear that any evil might befall him. Yet at that moment there chanced to be passing by a young man of that city named Rodolfo, some two-and-twenty years of age, whose wealth, base instincts, illustrious lineage, excessive freedom, and bad companions had spurred him on to deeds ill-suited to his station, and earned him a reputation for mischief. Rodolfo, then, with four of his friends, all youthful, all merry, and all insolent, was coming down the very slope the hidalgo was ascending—which is how the sheep met the wolves.

With shameless impudence, Rodolfo and his companions hid their faces and stared at those of the mother, daughter, and maid. The old man became indignant and scolded them for their daring. They answered him with grimaces and jeers, and went their way. But the face of the beautiful Leocadia, for this was the daughter's name, aroused in Rodolfo such a longing to possess her that in an instant he told his scheme to his companions who immediately decided to turn back and abduct her to satisfy their friend; for the rich, because they are rich, always find someone to sanction their infractions, and qualify as good their evil

rostros y, desenvainadas las espadas, volvieron y pronto alcanzaron al hidalgo y su familia que habían acabado de dar gracias a Dios por haberlos librados de las manos de aquellos atrevidos. Arremetió Rodolfo con Leocadia y, cogiéndola en brazos, huyó con ella. Leocadia no tuvo fuerzas para defenderse y el sobresalto le quitó la voz para quejarse.[3] Cayó desmayada y sin sentido y no vió quién la llevaba, ni adónde la llevaban. Dió voces su padre, gritó su madre, lloró su hermanito . . . pero ni las voces fueron oídas, ni los gritos escuchados, ni movió a compasión el llanto, pues todo lo cubría la soledad del lugar y el silencio de la noche. Finalmente, alegres se fueron los unos y tristes se quedaron los otros. Rodolfo llegó a su casa sin impedimento alguno y los padres de Leocadia a la suya, lastimados, afligidos, desesperados.

Sagaz y astuto, Rodolfo tenía ya en su casa y en su aposento a Leocadia. Puesto que iba desmayada cuando la llevaba, le había cubierto los ojos con un pañuelo para que no viese las calles por dónde iba, ni la casa, ni el aposento dónde estaba. Allí, sin ser visto de nadie, a causa de que el tenía un cuarto aparte en la casa de su padre, que aún vivía. Antes de que de su desmayo volviese, había Rodolfo cumplido su deseo, robando la mejor prenda de Leocadia. Tan pronto como quedó satisfecha su sensualidad, quiso hacer desaparecer de allí a la joven poniéndola en la calle, así desmayada como estaba. Al irlo a poner en obra, sintió que ella volvía en sí, diciendo:

— ¿Adónde estoy? ¿Qué oscuridad es ésta? ¡Jesús! ¿quién me toca? ¿Yo, en cama, lastimada? ¿Me escuchas, madre mía? ¿Me oyes, padre querido? ¡Ay de mí![4] bien advierto que mis padres no me escuchan y que mis enemigos me tocan: ¡venturosa sería yo si esta oscuridad durase para siempre, sin que mis ojos volviesen a ver la luz del mundo y que este lugar donde ahora estoy sirviese de sepultura a mi honra! . . . ¡Oh, tú, cualquiera que seas, que aquí estás conmigo (ella tenía asido de las manos a Rodolfo) si

THE POWER OF THE BLOOD

pleasures. They hid their faces, and with swords unsheathed, turned back and overtook the hidalgo and his family just as they had finished thanking God for delivering them from the clutches of those rascals. Rodolfo assailed Leocadia, caught her up in his arms, and fled with her. Leocadia did not have the strength to defend herself and the shock made her speechless to protest. She swooned and lost her senses, and saw neither who took her nor where she was being taken. Her father shouted, her mother screamed, her little brother wept. But the shouts were not heard, the screams were not heeded, and the weeping brought no pity, for all was enveloped in the loneliness of the place and the silence of the night. Finally, one group went off merry and the other sad. Rodolfo arrived at his home without the slightest hindrance, while Leocadia's parents reached theirs, wounded, afflicted, and desperate.

Shrewd and cunning, Rodolfo now had Leocadia in his house and in his room. Although she had fallen swooning when he had seized her, he bound her eyes with a handkerchief to prevent her from seeing the streets through which she passed, or the house or room she was in. There, no one would see them, for he occupied a separate wing in the house of his father, who was still living. And before she recovered from her swoon, Rodolfo had fulfilled his desire, robbing Leocadia of her most precious treasure. As soon as he had gratified his lust, he wished to be rid of the young woman and put her out on the street, unconscious as she was. He was about to do this, when he felt her revive, saying:

"Where am I? What darkness is this? Jesus! Who is touching me? I, in bed, in pain? Mother, are you listening? Dear father, can you hear me? Alas, I know right well my parents cannot hear me and that my enemies are touching me: How lucky I would be if this darkness endured forever, if my eyes never saw the light of day again, and this place where I am now would serve as tomb for my honor! . . . Oh you, whoever you may be, sitting here beside me (she had grabbed Rodolfo's hands), if your soul will admit any

67

es que tu alma admite ruego alguno, te ruego que ya que has triunfado de mi fama, triunfes también de mi vida: quítamela al momento, que no es bien que la tenga la que no tiene honra!

Confuso dejaron estas palabras a Rodolfo, y como mozo poco experimentado, ni sabía que decir, ni que hacer, cuyo silencio hizo creer a Leocadia que él que con ella estaba quizás era fantasma o sombra. Pero como tocaba cuerpo y se le acordaba de la fuerza que se le había hecho viniendo con sus padres, caía en la verdad del cuento de su desgracia y con este pensamiento tornó a decir:

—Atrevido mancebo, yo te perdono la ofensa que me has hecho con sólo que [5] me prometas y jures que como la has cubierto con esta oscuridad, la cubrirás con perpetuo silencio, sin decir nada a nadie. Advierte que nunca he visto tu rostro, ni quiero verle pues no quiero guardar en la memoria la imagen del autor de mi daño. Entre mí y el cielo pasarán mis quejas, sin querer que las oiga el mundo . . . Pónme luego en la calle, junto a la iglesia mayor, porque desde allí sabré volverme a mi casa. Pero también has de jurar de no seguirme, ni preguntarme el nombre de mis padres, ni el mío, ni él de mis parientes.

La respuesta que dió Rodolfo a las discretas palabras de la lastimada Leocadia, no fué otra que abrazarla, dando muestra que quería volver a deshonrarla y gozar de ella, lo cual visto por ella, con más fuerzas de las que su tierna edad prometía, se defendió con los pies, con las manos, con los dientes y con la lengua, diciéndole:

—¡Ten en cuenta, traidor y desalmado hombre, que si desmayada me pisaste y aniquilaste, ahora que tengo bríos no alcanzarás lo que pretendes sino con mi muerte! . . .

Y tan gallarda y porfiadamente [6] se resistió Leocadia, que las fuerzas y deseos de él, nacidos de su ímpetu lascivo, disminuyeron considerablemente. Frío pues y cansado, Rodolfo, sin hablar palabra alguna dejó a Leocadia en su cama y, cerrando el aposento, se fué a buscar a sus camara-

plea, I pray you, as victor of my honor, be victor of my life also: take it from me now, for it is not good for a woman to have it if she does not have honor."

These words left Rodolfo bewildered, and like any inexperienced youth, he didn't know what to say or what to do; and his silence made Leocadia think that perhaps the man beside her was a phantom or a shade. But as she touched his body, she remembered the violence done her while out strolling with her parents, and stumbled on the truth of the tale of her misfortune—and with this in mind. she continued, saying:

"Bold youth, I shall pardon you the offense you have done me only if you promise and swear that just as you have covered it with this darkness, you will cover it with perpetual silence, without saying anything to anyone. Know that I have never seen your face, nor wish to, for I do not wish to hold in my memory the image of the author of my misfortune. My laments will be a secret between Heaven and myself, and hidden from the world. Put me in the street at once, near the great church, because from there I will know my way home. But you must also swear not to follow me or ask my parents' name, or mine, or that of my relatives."

Rodolfo's only reply to the prudent speech of the unhappy Leocadia was to embrace her, showing he wished to dishonor her again, and take his pleasure; upon seeing this, she, with a greater strength than her tender years might indicate, defended herself with feet, hands, teeth, and tongue, saying:

"Bear in mind, traitor and soulless man, that although you trampled me and destroyed me while I was in a faint, now that I have determination you will achieve your purpose only with my death! . . ."

And so brave and stubborn was Leocadia's resistance, that his powers and desires, born of lewd intent, waned considerably. Cold, then, and weary, Rodolfo, without uttering a word, left Leocadia in his bed, and locking the room, went off in search of his friends, in order to consult

das para aconsejarse con ellos de lo que debía hacer.

Se dió cuenta Leocadia entonces de que había quedado sola y encerrada, y levantándose de la cama, anduvo por todo el aposento buscando puerta por donde salir o ventana por donde arrojarse. Halló la puerta bien cerrada. Por una ventana que pudo abrir, entró el resplandor de la luna, tan clara, que pudo distinguir los colores de unos damascos que adornaban el aposento. Vió que era dorada la cama, y tan ricamente compuesta que parecía la de un príncipe. Contó las sillas y los escritorios, notó la parte donde la puerta estaba, y aunque vió algunos cuadros pendientes de las paredes, no pudo distinguir como eran las pinturas. La ventana era grande, guarnecida de una gruesa reja, y desde allí se veía un jardín encerrado con paredes altas: dificultades todas que hacían imposible su intención de arrojarse a la calle.

Todo lo que notó en aquel aposento le dió a entender que el dueño de él era hombre principal y rico. En un escritorio que estaba junto a la ventana, vió un crucifijo pequeño, todo de plata. Lo tomó y se lo puso dentro de la manga, no por devoción ni por hurto sino por un discreto designio suyo. Hecho esto, cerró la ventana y volvióse al lecho a esperar el fin de su tragedia.

No habría pasado, a su parecer, media hora cuando se abrió la puerta y entró un hombre. Sin hablar palabra, con un pañuelo le vendó los ojos y, tomándola del brazo, la sacó fuera del aposento y sintió que volvió a cerrar la puerta. Era Rodolfo quien, aunque había ido a buscar a sus camaradas, no quiso hallarlos, pareciéndole que no estaba bien hacerlos testigos de lo que con aquella doncella había pasado. Se resolvió a decirles que, arrepentido del mal hecho y movido por sus lágrimas, la había dejado en mitad del camino.

Con este acuerdo volvió pronto para poner a Leocadia junto a la iglesia mayor, tal y como ella se lo había pedido. La llevó, pues, hasta la plaza, y allí en voz confusa le dijo que seguramente podía irse a su casa porque nadie le seguiría sus pasos. Y desapareció él antes de que ella

them as to what should be done.

Then Leocadia realized she was alone and had been locked in, and rising from the bed, she walked about the room searching for a door that would let her out, or a window from which she might jump. She found the door securely locked. Through a window she managed to open, the moonlight shone so brightly that she could distinguish the colors of some damask hangings adorning the room. She saw the bed was gilded, and so richly decked that it seemed that of a prince. She counted the chairs and writing-desks, observed where the door was, and although she saw some pictures hanging from the walls, she could not distinguish what the paintings were. The window was large, provided with a stout iron grating, and looked out upon a garden surrounded by high walls: all obstacles which blocked her plan of hurling herself into the street.

Everything she noted in that room indicated that its master was a man of quality and wealth. On a desk near the window she spied a small crucifix of solid silver. She took it and put it in her sleeve, not for the sake of devotion or for the sake of stealing, but because she had an ingenious plan. This done, she closed the window and returned to the bed to await the outcome of her tragedy.

In less than half an hour, or so it seemed to her, the door opened, and a man came in. Without saying a word, he bandaged her eyes with a handkerchief and, taking her by the arm, led her out of the room, and she heard him lock the door again. It was Rodolfo, who, although he had gone to look for his friends, had changed his mind, thinking it would serve no purpose for them to be witness to what had passed between himself and the girl. He had resolved to tell them that, repenting of his misdeed, and moved by her tears, he had let her go before they were halfway to his house.

Accordingly, he soon returned to take Leocadia to the great church, exactly as she had requested. He brought her, then, to the square, where, in a feigned voice, he told her she might return home safely without misgivings, for no one would follow her. And he vanished before she had a

hubiese tenido tiempo de quitarse el pañuelo que le cubría los ojos.

Sola y ya sin venda, Leocadia reconoció el lugar donde la había dejado. Miró por todas partes y no vió persona alguna pero, sospechosa que desde lejos la siguiesen, a cada paso se detenía mientras caminaba a su casa que no muy lejos de allí estaba. Por confundir a los espías, si acaso la seguían, entró en una casa que halló abierta y de allí a poco se fué a la suya, donde halló a sus padres atónitos, sin desvestirse y aún sin pensar en descansar. Cuando la vieron corrieron a ella con los brazos abiertos y con lágrimas en los ojos. Llena de sobresalto y alborozo, Leocadia hizo que sus padres se retirasen con ella aparte y en breves palabras les dió cuenta de todo su desastroso suceso, en todos sus detalles, y como no sabía quién era el robador de su honra. Les dijo también lo que había visto en el teatro dónde se representó la tragedia de su desventura: la ventana, el jardín, la reja, los escritorios, la cama, los damascos, y, finalmente, les mostró el crucifijo que había traído, ante cuya imagen se renovaron las lágrimas. Mientras tanto Rodolfo regresó a su casa y echando de menos el crucifijo, imaginó quien podía haberlo llevado, pero, como rico, no hizo cuenta de ello. A los tres días partió, con dos de sus camaradas, para Italia, con tan poca memoria de lo que con Leocadia había sucedido, como si nunca hubiera pasado.

Ella entretanto pasaba la vida en casa de sus padres con el mayor recogimiento posible, sin dejarse ver de persona alguna, temerosa de que leyeran su desgracia en la frente. Pero a los pocos meses le fué forzoso hacer lo que hasta allí hacía de grado: vió que le convenía vivir retirada y escondida, porque se sintió preñada, suceso por el cual las lágrimas, ya un tanto olvidadas, volvieron a sus ojos. Voló el tiempo, y llegó el parto, con tanto secreto, que aún no se osó fiar de la partera: usurpando este oficio la madre, Leocadia dió a luz un niño de los más hermosos que pudieran imaginarse.

Con el mismo recato y secreto que había nacido, llevaron al niño a una aldea, en donde vivió sus primeros cuatro

chance to remove the handkerchief that covered her eyes.

Alone now, and without her blindfold, Leocadia recognized where he had left her. She looked all around her and did not see a soul, but suspecting she might be followed at a distance, she paused at every step as she walked to her house, which was not far off. To baffle spies, should anyone be following her,.she went into a house which she found open, and a short time later left it for her own, where she found her overwhelmed parents so upset they had not undressed or even thought of resting. When they saw her, they ran to her with open arms and tears in their eyes. Full of surprise and joy, Leocadia drew them aside, and told them briefly of the whole disastrous event, in all its details, and that she did not know who had robbed her of her honor. She told them also what she had noted at the theater where the tragedy of her misfortune had taken place: the window, the garden, the grating, the writing-desks, the bed, the damask hangings, and finally, she showed them the crucifix she had brought, and before its image they renewed their tears. Meanwhile, when Rodolfo returned home and missed the crucifix, he guessed who must have taken it, but, being rich, thought nothing of it. Three days later, he left for Italy with two of his companions, with as little recollection of what had happened with Leocadia as if it had never been.

She, meanwhile, spent her time at the house of her parents, in the greatest possible retirement, letting no one see her, fearful lest they might read her misfortune on her face. But in a few months' time, she found it necessary to do what she had heretofore done by choice: she saw the advisability of living hidden and secluded, for she was pregnant, and as a result tears, by now somewhat forgotten, filled her eyes again. Time flew, and the delivery took place so secretly that even the midwife was not trusted: the mother usurped those tasks and Leocadia gave birth to a child as beautiful as anyone could imagine.

With the same caution and secrecy that had surrounded his birth, the boy was taken to a village, where he spent

años, al cabo de los cuales, con nombre de sobrino, le trajo su abuelo a su casa, donde se criaba, si no muy rica, a lo menos muy virtuosamente.

Era el niño, a quien pusieron el nombre de Luis, por llamarse así su abuelo, de rostro hermoso, de condición mansa, de ingenio agudo, y en todas las acciones que en aquella edad tierna podía hacer, daba señales de ser hijo de padre noble, y de tal manera su gracia, belleza y discreción enamoraron a sus abuelos, que vinieron a tener por dicha la desdicha de su hija. Cuando iba por la calle llovían sobre él millares de bendiciones: unos bendecían su hermosura, otros la madre que le había parido, éstos el padre que le engendró, aquellos a quien tan bien le criaba. Llegó el niño a la edad de siete años, en la cual ya sabía leer latín y español, y escribir con muy buena letra, porque la intención de sus abuelos era hacerle virtuoso ya que no le podían hacer rico.

Sucedió, pues, que un día que el niño fué con un recado de su abuela a una parienta suya, pasó por una calle donde había carrera de caballos. Púsose a mirar, y, por ver mejor, y cruzó de una acera a otra; al hacerlo fué atropellado por un caballo, cuyo dueño no pudo detenerlo en la furia de su carrera. Pasó por encima de él y le dejó como muerto tendido en el suelo, derramando mucha sangre de la cabeza. Apenas hubo sucedido esto, un anciano que estaba mirando la carrera se arrojó de su caballo y, acercándose al niño, le tomó en sus brazos y se lo llevó a su casa a toda prisa. Ordenó luego a un criado que fuera a buscar un médico. De boca en boca corrió la voz de que el atropellado era Luisito, hasta que llegó a oídos de sus abuelos y de su encubierta madre, los cuales salieron como locos en busca de su querido. Llegaron a tiempo que ya estaba el niño en poder del médico, quien le curó con grandísima maestría y dijo que no era tan mortal la herida como al principio se había temido. Durante la cura volvió Luisito en sí y alegróse en ver a sus tíos, los cuales le preguntaron llorando como se sentía. Respondió que le dolía mucho el cuerpo y la cabeza. Mandó el médico que no hablasen con él, sino que le dejasen reposar.

his first four years; after which his grandfather, who called him "nephew," brought him home, where he was raised, if not in affluence, at least most virtuously.

The boy, who was named Luis after his grandfather, was fair of face, mild of manner, and nimble of wit, and in all things he could do at his tender age, he showed signs of being the son of a noble father, for his charm, his good looks and fine behavior had so endeared him to his grandparents that they came to regard as fortunate their daughter's misfortune. When he walked along the street, people rained thousands of blessings on him: some blessed his beauty, others the mother who bore him, others the father who begot him, and others those who had brought him up so well. The boy reached the age of seven, by which time he had learned to read Latin and Spanish, and write a good, clear hand, for his grandparents intended to make him virtuous, since they could not make him rich.

It so happened that one day, when the boy was sent by his grandmother on an errand to a relative of hers, he passed along a street where a horse-race was in progress. He stopped to watch, and in order to get a better view, he crossed from one side of the street to the other; in so doing he was trampled by a horse whose rider could not halt it in the fury of its charge. It ran over him, and left him for dead, sprawling on the ground, with much blood pouring from his head. No sooner had this occurred than an old man, who had been watching the race, leaped from his horse, and, drawing near the boy, took him in his arms and quickly carried him to his own house. Then he ordered a servant to send for a physician. From mouth to mouth the rumor ran that the victim was Luisito, and when the news reached the ears of his grandparents and secret mother, they ran like madmen to find their darling. When they arrived, the child was already under the care of the physician, who dressed his wounds with great skill and said they were not as serious as had first been feared. During the treatment, Luisito revived, and was glad to see his relatives, who asked him how he felt. He replied that his body and head hurt him very much. The physician ordered

Su abuelo agradeció al señor de la casa su gran caridad, a lo cual éste respondió que no tenía que agradecerle nada pues cuando vió al niño caído y atropellado le pareció que había visto el rostro de un hijo suyo a quien quería tiernamente, y que esto le movió a traerle a su casa donde permanecería todo el tiempo que la cura durase, con el regalo que fuese posible y necesario.[7] Su mujer, que era una noble señora, dijo lo mismo, e hizo aún más encarecidas promesas. Admirados quedaron de tanta bondad los abuelos, pero la madre quedó más admirada aún, pues habiéndose sosegado un tanto con las nuevas del médico, miró atentamente el aposento donde su hijo estaba y claramente conoció que aquél era el mismo cuarto donde se había dado fin a su honra y principio a su desventura. Aunque no estaba adornado con los damascos que entonces tenía, reconoció la disposición de los muebles: vió aquella cama que tenía por tumba, la ventana de la reja, el escritorio, sobre el cual había estado el crucifijo que se había llevado. Confiriendo unas señales con otras, juzgó verdaderas sus sospechas y dió extensa cuenta de todo a su madre, quien discretamente se informó si el caballero donde su nieto estaba había tenido o tenía algún hijo, y descubrió que el que llamamos Rodolfo lo era y que estaba en Italia. Considerando el tiempo que le dijeron que había estado ausente de España, vió que eran los mismos siete años que el nieto tenía. Puso al corriente de todo esto a su marido y entre los dos y su hija acordaron de esperar.

Dentro de quince días [8] Luisito estuvo fuera de peligro y a los treinta se levantó. Y en todo ese tiempo fué visitado de la madre y la abuela, y regalado de los dueños de la casa como si fuera su mismo hijo. Algunas veces hablando con Leocadia, doña Estefanía, que así se llamaba la mujer del caballero, le decía que aquel niño se parecía tanto a un hijo suyo que estaba en Italia, que siempre que le miraba parecía ver a su hijo.

Durante una de estas conversaciones, Leocadia tomó la

them not to talk with him, but to let him rest.

His grandfather thanked the master of the house for his great charity, to which the latter replied that there was nothing to thank him for, since when he had seen the boy knocked down and trampled, it seemed to him he saw the face of his own son whom he loved tenderly, and this had moved him to take the boy to his own house, where he should remain as long as the treatment lasted, with every possible care and attention. His wife, who was a noble lady, said the same, and made even kindlier promises. The grandparents admired so much goodness, but the mother was even more surprised; for after the physician's report had somewhat reassured her, she scrutinized the room her son was in and clearly recognized that it was the same apartment where her honor had been ended and her misfortune had begun. Although it was not adorned with the damask hangings that it had been then, she recognized the arrangement of the furniture: she saw that bed which had been her tomb, the window with the grating, and the writing-desk, where the stolen crucifix had stood. Checking certain signs with others, she judged that her suspicions were true and gave an extensive report of everything to her mother, who made discreet inquiries as to whether the gentleman with whom her grandson was lodged had or had had a son, and learned that our Rodolfo was his son and that he was in Italy. Considering the length of time she was told he had been away from Spain, she saw that it coincided with the seven years of her grandson's age. She related all this to her husband, and between the two of them and their daughter they agreed to wait and see.

In a fortnight Luisito was out of danger and in a month he left his bed. During all this time he was visited by his mother and grandmother, and petted by the masters of the house as though he were their own son. On several occasions, Doña Estefanía, for such was the name of the gentleman's wife, remarked to Leocadia that the child so closely resembled a son of hers who was in Italy that whenever she looked at him, she seemed to see her son.

During one of these conversations, when they were alone

ocasión para declararle, una vez que se halló sola con ella, la travesura de su hijo, la deshonra suya, el robo, el cubrirle los ojos, el traerla a aquel aposento, las señales en que había conocido ser aquel mismo que sospechaba. Para cuya confirmación sacó del pecho la imagen del crucifijo que había llevado, a quien dijo:

— Tu, Señor, que fuiste testigo de la fuerza que se me hizo, sé juez de la enmienda que se me debe hacer: de encima de aquel escritorio te llevé con propósito de acordarte siempre mi agravio, no para pedirte venganza de él, sino para rogarte me dieses algún consuelo con que llevar en paciencia mi desgracia.

Y luego, dirigiéndose a doña Estefanía, declaró:

— Este niño, señora, con quien ustedes han mostrado tanta caridad, es su verdadero nieto: permisión fué del cielo el haberlo atropellado, para que trayéndole a su casa, hallase yo en ella, como espero que hallaré, sino el remedio que mejor convenga con mi desventura, a lo menos el medio con que pueda sobrellevarla.

Y, abrazada a su crucifijo, cayó desmayada en brazos de doña Estefanía, la cual, como mujer y noble, en quien la compasión y misericordia es tan natural como la crueldad en el hombre, juntó su rostro con el suyo y derramó muchas lágrimas. Mientras así estaban entró el marido de doña Estefanía, que traía a Luisito de la mano, y viendo el llanto de su esposa y el desmayo de Leocadia, preguntó le dijeran la causa de todo esto.

— Grandes cosas tengo que decirle, señor, respondió doña Estefanía. Esta joven aquí desmayada es su hija y ese niño a su lado es su nieto. Esta verdad que le digo me la ha dicho esta joven y la ha confirmado y confirma el rostro de este niño, en el cual se ve el de nuestro hijo.

— Si no declara más, señora, me es imposible comprenderla,—replicó el caballero.

Entonces doña Estefanía le contó todo aquello que Leocadia le había dicho, y él lo creyó, como si muchos y verdaderos testigos se lo hubieran probado. Consoló y abrazó a Leocadia, besó a su nieto, y aquel mismo día despacharon

together, Leocadia took the opportunity to tell her of her son's wicked prank, her dishonor, the abduction, the covering of her eyes, the carrying to that room, and the signs by which she knew it was the room that she suspected. To confirm her words, she drew from her breast the image of the crucifix she had taken, and spoke to it, saying:

"Thou, Lord, Who was witness to the violence done me, be the judge of the compensation due: from atop that writing-desk I took Thee so that I might always remind Thee of the wrong done me, not to implore Thee to avenge it, but to pray Thee for consolation with which to bear my disgrace patiently."

And then, addressing Doña Estefanía, she explained:

"This child, madame, to whom you have shown such charity, is your own true grandson: Heaven willed that he be trampled so that, bringing him to your home, I might find in it, if not the remedy best suited to my misfortune, at least the means to bear it."

And, embracing her crucifix, she fell fainting into the arms of Doña Estefanía, who like the noble gentlewoman she was, in whom compassion and mercy are as natural as cruelty is in man, pressed her face to hers, shedding many tears. At that moment, Doña Estefanía's husband entered, leading Luisito by the hand, and seeing his wife in tears and Leocadia in a faint, he asked them to tell him the cause of it all.

"Great things have I to tell you, my lord," replied Doña Estefanía. "This swooning girl before you is your daughter, and this child beside her is your grandson. This truth which I tell you I learned from the girl, and it is confirmed and reaffirmed in the face of her son, who looks so much like ours."

"If you do not tell me more, my lady, it is impossible for me to understand you," replied the gentleman.

Then Doña Estefanía related to him all that Leocadia had told her, and he believed it as firmly as though many and true witnesses had proved it to him. He comforted and embraced Leocadia, kissed his grandson, and that very day

un correo para Nápoles, avisando a su hijo que viniese en seguida porque le tenían concertado casamiento con una mujer muy hermosa. No consintieron que Leocadia ni su hijo regresaran a la casa de sus padres, los cuales contentísimos del buen suceso de su hija, daban gracias infinitas a Dios.

Llegó el correo a Nápoles y Rodolfo con la golosina de gozar tan hermosa mujer como su padre le decía, salió de allí a los dos días de recibir la carta, embarcándose con sus dos camaradas que aún no le habían dejado, y en doce días llegó a Barcelona y de allí, por posta,[9] en otros siete, a Toledo.

Alegráronse sus padres con la salud y bienvenida de su hijo. Sus camaradas quisieron irse a sus casas pero no lo consintió doña Estefanía por necesitarlos para su designio. Era casi de noche cuando Rodolfo llegó. Mientras se preparaba la cena, doña Estefanía llamó aparte a los camaradas de su hijo, creyendo sin duda que ellos eran dos de los tres que Leocadia dijo acompañaban a Rodolfo la noche que la robaron, y con grandes ruegos les pidió le dijesen si se acordaban que su hijo había robado a una mujer cierta noche, hace años . . . porque el saber la verdad de esto importaba la honra y el sosiego de todos sus parientes. Confesaron ellos ser verdad que cierta noche de verano, yendo ellos dos y otro amigo con Rodolfo, robaron a una muchacha, y que Rodolfo se había venido con ella mientras ellos detenían a la gente de su familia que la querían defender, y que Rodolfo les había dicho que la había llevado a su casa, y esto era lo único que sabían. Esta confesión eliminó todas las dudas, y así, doña Estefanía decidió llevar a cabo su buen plan, que fué éste: poco antes de sentarse a comer, entró ella con Rodolfo en un aposento y poniéndole un retrato en las manos le dijo:

—Quiero mostrarte, Rodolfo, tu futura esposa: éste es su verdadero retrato, pero te advierto que lo que le falta de belleza le sobra de virtud.[10] Es noble, discreta y medianamente rica, y como tu padre y yo te la hemos escogido, te

dispatched a courier to Naples, instructing his son to return home at once, as he had arranged for him to marry a very beautiful woman. They refused to allow Leocadia or her son to return to the house of her parents, who rejoiced at their daughter's good fortune and gave countless thanks to God.

The courier arrived at Naples, and Rodolfo, eager to possess the lovely bride his father spoke of, left Italy two days after receiving the letter, setting sail with the two companions who had never left his side, and in twelve days' time, arrived at Barcelona, whence the post took him in another seven, to Toledo.

Rodolfo's parents rejoiced at the arrival and sound health of their son. His companions were eager to return to their homes, but Doña Estefanía would not let them, for she needed them for her plan. It was close to nightfall when Rodolfo arrived. While supper was being prepared, Doña Estefanía called aside her son's companions, doubtless believing they were two of the three Leocadia said had accompanied Rodolfo the night she was abducted, and earnestly entreated them to tell her if they recalled whether her son had abducted a woman, a certain night, years ago —because knowing the truth of the matter was important for the honor and peace of mind of all his relations. And they confessed it was true that one summer's night when the two of them and another friend were out strolling with Rodolfo, they had abducted a girl, and that Rodolfo had gone off with her while they detained the members of her family who were attempting to defend her, and that Rodolfo had told them he had taken her to his house, and that was all they knew. This confession eliminated all doubts, and thus Doña Estefanía determined to carry out her worthy plan, which was this: shortly before sitting down to supper, she led Rodolfo to a room, and handed him a portrait, saying:

"Rodolfo, I wish to show you your future wife: this is her true portrait, but I must tell you that what she lacks in beauty she more than makes up for in virtue. She is noble, circumspect, and tolerably rich, and as your father and I

aseguro que es la que te conviene.

Atentamente miró Rodolfo el retrato y al fin dijo:

— Los pintores suelen exagerar la hermosura de los rostros que retratan y, por lo visto, éste también han exagerado: el original será bastante feo . . . Madre, justo es y bueno que los hijos obedezcan a sus padres, pero también es conveniente y mejor que los padres den a sus hijos el estado que más gusten pues el matrimonio es nudo que no desata sino la muerte . . . La virtud, la nobleza, la discreción y la riqueza de una esposa pueden alegrar a un esposo, pero que la fealdad de ella alegre los ojos, eso es imposible. Mozo soy pero bien sé que si la belleza falta, cojea el matrimonio, pues pensar que un rostro feo, que se ha de tener a todas horas delante de los ojos: en la sala, en la mesa, y en la cama, pueda deleitar, digo que lo tengo por casi imposible. Madre mía, déme compañera que me entretenga y no me enfade—unos hay que buscan nobleza, otros discreción, otros dinero, y otros hemosura, y yo soy de estos últimos, por-que nobleza, gracias al cielo y a mis antepasados, y a mis padres, ellos me la dejaron por herencia; discreción, como una mujer no sea necia, tonta o boba, bástale que ni por aguda despunte ni por boba no aproveche;[11] de las ri-quezas, también las de mis padres me hacen no estar teme-roso de llegar a ser pobre. La hermosura busco, la belleza quiero, no con otra dote que con la honestidad y buenas costumbres, que si esto trae mi esposa, yo serviré a Dios con gusto y daré buena vejez a mis padres.

Contentísima quedó doña Estefanía con las palabras de su hijo, por haber conocido por ellas que iba saliendo bien con su designio. Respondióle que ella procuraría casarle conforme su deseo, que no tuviera pena alguna, que sería fácil deshacerse los conciertos que estaban hechos para casarle con aquella señora del retrato. Rodolfo se lo agrade-ció y por ser llegada la hora de cenar se fueron a la mesa. Sentados ya el padre y la madre, Rodolfo y sus dos cama-radas, dijo doña Estefanía al descuido:

chose her, you may rest assured she will suit you."

After examining the portrait carefully, Rodolfo finally said:

"Painters are wont to exaggerate the beauty of the faces they portray, and from the looks of things, this one, too, has done so: the model must be rather ugly. Mother, it is right and proper for sons to obey their parents, but it is also convenient and better that parents permit their children the state which pleases them most, for marriage is a knot that only death unties. The virtue, the nobility, the discretion and the wealth of a bride may please her husband greatly, but for him to find her ugliness pleasing to the eye—that is impossible. I am a bachelor, but well aware that if beauty is lacking, the marriage limps, for the idea that an ugly face—which must be before one's eyes at all hours: in the drawing-room, at table, and in bed—may give pleasure, seems to me well-nigh impossible. Mother, give me a companion who will amuse and not incense me—there are some who seek nobility, others discretion, others wealth, and others, beauty, and I am of those last, for thanks to Heaven, my forebears, and my parents, nobility is my birthright; as for discretion, providing a woman is not a dunce, a blockhead, or a fool, suffice it that she neither act too witty nor be taken for a fool; as for worldly goods, those of my parents make me harbor no fear of being left a pauper. Beauty I seek, loveliness I want, with no other dowry but virtue and good habits, and if my wife brings me this, I shall serve God with pleasure and give my parents a fine old age."

Doña Estefanía was delighted with her son's words, for they made her realize that things were going well for her design. She answered that she would endeavor to marry him according to his wishes, that he should have no worries, and that it would be easy to undo the arrangements made to marry him to the lady of the portrait. Rodolfo thanked her, and as it was now mealtime, they went in to the table. Now that the father and mother, Rodolfo and his two companions were seated, Doña Estefanía remarked with studied carelessness:

— ¡Pecadora de mí!⁴ ¡que bien trato a mi huéspeda!—y dirigiéndose a un criado: Díle a la señora doña Leocadia que nos venga a honrar esta mesa con su presencia, que los que a ella están todos son mis hijos y sus servidores.

Todo esto era traza suya, y de todo lo que había de hacer estaba avisada y advertida Leocadia.

Poco tardó en salir Leocadia. Venía vestida, por ser invierno, de una saya de terciopelo negro, llovida de botones de oro y perlas, cintura y collar de diamantes; sus mismos cabellos, que eran largos y no demasiadamente rubios, le servían de adorno. Era Leocadia de gentil disposición y brío; traía de la mano a su hijo, y delante de ella venían dos doncellas, alumbrándola con dos velas de cera en dos candeleros de plata. Levantáronse todos para hacerla reverencia, como si fuera alguna cosa del cielo que allí milagrosamente se había aparecido. De atónitos, los que allí estaban no acertaron a decirle palabra. Leocadia con airosa gracia y discreta crianza se humilló a todos, y tomándola de la mano doña Estefanía, la sentó junto a sí frente de Rodolfo. Rodolfo, que desde más cerca miraba la incomparable belleza de Leocadia, decía entre sí: si la mitad de esta hermosura tuviera la mujer que mi madre me tiene escogida por esposa, me consideraría el hombre más dichoso del mundo. ¡Válgame Dios! ¡qué es esto que veo! ¿es por ventura algún ángel humano? Y se le iba entrando por los ojos a tomar posesión de su alma la hermosa imagen de Leocadia, la cual, en tanto que ¹² la cena venía, viendo también tan cerca de sí al que ya quería más que a la luz de los ojos con que alguna vez a hurto le miraba, comenzó a revolver en su imaginación lo que con Rodolfo había pasado: comenzaron a enflaquecerse en su alma las esperanzas de llegar a ser su esposa; consideraba cuán cerca estaba de ser dichosa o sin dicha para siempre; y fué la consideración tan intensa y los pensamientos tan revueltos, que le apretaron el corazón de manera que comenzó a sudar y a perder color, sobreviniéndole un desmayo que le forzó a reclinar la cabeza en los brazos de doña Estefanía, quien le recibió en ellos. Sobresaltáronse todos y dejando la mesa acudieron a ayudarle. Pero el que dió más muestras de

"Dear me! What a way to treat my guest!"—and turning to a servant: "Ask Señora Doña Leocadia to come and honor this table with her presence, for all those here assembled are my children and her servants."

All this was part of her scheme, and Leocadia had been taught and told all that she was to do.

Soon after, Leocadia appeared. As it was winter, she wore a trailing black velvet gown, trimmed with buttons of pearl and gold, and a diamond sash and necklace: her own hair, which was long and not too blond, served her as adornment. Leocadia was of noble disposition and spirit; she led her son by the hand, and was preceded by two young maids who lit her way with two wax tapers in two silver candlesticks. All rose to do her reverence as if she were some heavenly creature who had miraculously entered their midst. So amazed were all who looked upon her that no one chanced to say a word. Leocadia, with sweeping grace and perfect breeding, curtsied to them all, and Doña Estefanía took her by the hand and seated her next to herself and across from Rodolfo. And Rodolfo, now closer to Leocadia's matchless beauty, said to himself: "If the bride my mother chose for me were half so beautiful, I should think myself the luckiest man on earth. Good God! What is this I see? Is this perchance some human angel?" And as the beautiful image of Leocadia was entering his eyes to take possession of his soul, she, during the course of the supper, seeing herself so near him who was dearer to her than the light of her eyes, with which she glanced at him furtively from time to time, began to turn over in her imagination what had happened between her and Rodolfo. In her heart, she felt her hopes of becoming his wife begin to wane; she considered how close she was to being happy or hapless forever; and so intense was her concern and so confused her thoughts, that her heart began to throb, and she began to perspire and lose color, sinking into a swoon that forced her to rest her head in the arms of Doña Estefanía, who held them out to her. They were all alarmed, and left the table to come to her help. But the one who showed most earnest sympathy was Rodolfo, who

sentirlo fué Rodolfo, pues por llegar pronto a ella tropezó y cayó dos veces. Le echaron agua en el rostro pero no volvía en sí. Todo iba dando precisas señales de su muerte, y los criados, menos considerados, la declararon muerta.

Estas amargas nuevas llegaron a los oidos de los padres de Leocadia, los cuales con el cura de la parroquia, salieron a la sala. Llegó el cura pronto por ver si por algunas señales daba indicios de arrepentirse de sus pecados para absolverla de ellos, y donde pensó hallar un desmayado, halló dos, porque ya estaba Rodolfo puesto el rostro sobre el pecho de Leocadia. Su madre le había permitido que a ella llegase como a cosa que había de ser suya, pero cuando vió que también estaba sin sentido, estuvo a punto de perder el suyo, y lo perdiera si no viera que Rodolfo volvía en sí, como volvió, corrido de que le hubiesen visto hacer tan extremados extremos. Su madre, casi como adivina de lo que su hijo sentía, le dijo:

— No te corras, hijo, de los extremos que has hecho: esa desmayada que en los brazos tengo, es tu verdadera esposa. La llamo verdadera porque yo y tu padre te la teníamos escogida, que la del retrato es falsa.

Cuando esto oyó Rodolfo, llevado de su amoroso y encendido deseo, se abalanzó al rostro de Leocadia, y juntando su boca con la de ella, estaba como esperando que se le saliese el alma para darle acogida en la suya. Pero mientras las lágrimas de todos crecían y el dolor aumentaba las voces, volvió en sí Leocadia, y con su vuelta volvió la alegría. Hallóse Leocadia en los brazos de Rodolfo, y quisiera con honesta fuerza desasirse de ellos, pero él le dijo:

— No, señora, no ha de ser así; no es bien que pugnes por apartarte de los brazos de aquel que te tiene en el alma.

A estas palabras acabó Leocadia por cobrar sus sentidos del todo y acabó doña Estefanía diciendo al cura que desposara en seguida a su hijo con Leocadia.

El lo hizo así, y déjese a otra pluma y a otro ingenio más delicado el contar la alegría universal de todos los que allí se hallaban; los abrazos que los padres de Leocadia dieron a Rodolfo; la admiración de los camaradas de Rodolfo, que

in his haste to reach her stumbled and fell twice. They threw water in her face but she did not revive. Everything seemed to give a precise indication of death, and the less considerate servants declared that she was dead.

This bitter news reached the ears of Leocadia's parents, who along with the parish priest now entered the room. The priest came quickly to see if she showed any signs of repenting of her sins, so that he might absolve her of them, but instead of finding one unconscious person, he found two, for Rodolfo lay face down on Leocadia's bosom. His mother had let him come to her, as she would soon be his, but when she saw that he, too, had lost his senses, she was on the point of losing hers, and would have lost them, had she not seen Rodolfo revive, as he did, ashamed of being seen to indulge in such extravagant extremes. His mother, almost as if she had divined his feelings, said:

"Son, be not ashamed of such extremes of emotion: this fainting lady I hold in my arms is your true wife. I call her true because your father and I had chosen her for you, for the one in the picture is false."

When Rodolfo heard this, carried away by his amorous and ardent desire, he bent his face to that of Leocadia and pressed his mouth to hers as if waiting for her soul to issue forth that he might receive it in his own. But while the tears of all flowed fast, and their cries grew most despairing, Leocadia revived, and when she did, everyone rejoiced. Leocadia found herself in Rodolfo's arms, and would have modestly disengaged herself, but he said to her:

"No, Señora, this must not be; it is not right that you should strive to withdraw from the arms of him who holds you in his soul."

At these words Leocadia completely regained her senses, and Doña Estefanía concluded by instructing the priest to marry her son to Leocadia at once.

This he did, and I leave it to another pen and a wit more delicate than mine to describe the universal joy of those present, the embracing of Rodolfo by Leocadia's parents, the amazement of Rodolfo's comrades who had, so

tan impensadamente vieron la misma noche de su llegada tan hermoso desposorio. Aún fué más su admiración cuando doña Estefanía declaró delante de todos que Leocadia era la doncella que, con su ayuda, su hijo había robado. No menos suspenso quedó Rodolfo, quien por certificarse más de aquella verdad pidió a Leocadia le diese alguna señal por medio de la cual pudiese llegar a conocer por entero lo que no dudaba, por parecerle que sus padres lo tendrían bien averiguado.

Ella respondió:

—Cuando volví en mí de otro desmayo me hallé, señor, en tus brazos sin honra; pero yo lo doy por bien empleado, pues al volver del desmayo que ahora he tenido, asimismo me hallé en los brazos del de entonces, pero honrada. Si esta señal no basta, baste la de un crucifijo, que nadie te lo pudo hurtar sino yo; si es que por la mañana le echaste de menos; y si es el mismo que tiene mi señora . . .

—¡Tu eres la señora de mi alma y lo serás los años que Dios ordenase!, y abrazándola de nuevo, de nuevo volvieron las bendiciones y parabienes. Vino la cena, y vinieron músicos que para esto estaban prevenidos.

Vióse Rodolfo a sí mismo en el espejo del rostro de su hijo, cuyos cuatro abuelos lloraban de alegría y no quedó rincón en toda la casa que no fuese visitado del júbilo, del contento y de la alegría. Aunque la noche volaba con sus ligeras y negras alas, le parecía a Rodolfo que caminaba no con alas, sino con muletas: tan grande era el deseo de verse a solas con su querida esposa.

Llegóse al fin la hora deseada. Fuéronse a acostar todos, quedó toda la casa sepultada en silencio, en el cual no quedará la verdad de este cuento, pues no lo consentirán los muchos hijos y la ilustre descendencia que en Toledo dejaron, y ahora viven, estos dos venturosos desposados, que muchos y felices años gozaron de sí mismos, de sus hijos y de sus nietos, permitido todo por el cielo y por *La Fuerza de la Sangre*, que vió derramada en el suelo el valeroso, ilustre y cristiano abuelo de Luisito.

unexpectedly, been witnesses to such a fair marriage. Even greater was their amazement when Doña Estefanía declared before everyone that Leocadia was the young woman who, with the help of his comrades, had been carried off by her son. Not less in suspense was Rodolfo who, in order to further verify the truth, requested from Leocadia some sign through which he could learn fully that which he really doubted no longer, for he reckoned that his parents must have investigated it thoroughly.

She replied: "When I recovered from the other swoon, I found myself in your arms, sir, without honor; but I consider this worth while, for, on recovering from the present swoon, I likewise found myself in those same arms, but honorably. If this proof were not enough, let then that of a crucifix suffice, which no one else but myself could have stolen—think whether you missed it next morning, and whether it is the selfsame one which my lady has . . . ."

"You are the lady of my soul and will be for as many years as God may order!" and embracing her anew, anew they received blessings and good wishes. Supper was served and musicians, who had been kept in readiness, entered.

Rodolfo saw himself mirrored in the face of his son whose four grandparents wept for joy, and no corner of the house remained unvisited by merriment, rejoicing and gaiety. Although night with its light and black wings was fleeing away, it seemed to Rodolfo as if it was moving not with wings but with crutches, so huge was his desire to be alone with his beloved wife.

The longed-for hour came at last. Everyone retired, and the house was buried in silence. But not the truth of this story, which will not be forgotten by the many children and illustrious descendants of that house in Toledo, where the fortunate pair still live, and have, for many happy years, enjoyed each other's company, and that of their children, and grandchildren, all with heaven's blessing, and through *The Power of the Blood* seen spilled on the ground by the brave, illustrious, and Christian grandfather of Luisito.

Pedro Antonio de Alarcón

(1833–1891)

Known mainly for his popular novel *The Three-Cornered Hat* (a required text in most Spanish language courses), or at least through De Falla's colorful ballet adaptation, Alarcón is deserving of very much wider attention. Born in the old Episcopal town of Guadix, in the province of Granada, he studied there in its Seminary as his family wished him to become a priest. However, while still in his teens, Alarcón began writing for *El Eco de Occidente* and, in 1853, left home for Madrid, where he tried for literary recognition in vain. Burning with revolutionary zeal, the youthful writer edited the satirical antimonarchist paper *El Látigo (The Whip)*, and even fought duels. In 1860 he joined the Army as a volunteer and fought and was wounded in Africa. His experiences and observations resulted in the extremely successful *Diario de un testigo de la guerra de Africa*, the royalties from which permitted him to travel in Italy and write the successful travelogue *De Madrid a Nápoles*. In 1874, he defended the Restoration of Alfonso XII and the following year was appointed Counselor of State. Thereafter he devoted himself wholeheartedly to literature, especially fiction, writing some of the most delightful novels in Spanish literature: *El sombrero de tres picos* (1875), *El niño de la bola* (1880), *El capitán veneno* (1881), *La pródiga* (1882)—all suffused

with such verve, imagination and compassionate humor, and couched in such an easy, flowing style, that he remains to this day one of the most popular and beloved Spanish writers.

EL LIBRO TALONARIO

por Pedro Antonio de Alarcón

La acción comienza en Rota. Rota es la más pequeña de aquellas lindas poblaciones que forman el gran semicírculo de la bahía de Cádiz; [1] pero a pesar de ser la menor, el gran duque de Osuna la prefirió, construyendo allí su famoso castillo que yo podría describir piedra por piedra. . . . Pero no se trata aquí de castillos ni de duques, sino de los campos que rodean a Rota y de un humildísimo hortelano, a quien llamaremos el tío *Buscabeatas*,[2] aunque no era éste su verdadero nombre.

De los fértiles campos de Rota, particularmente de las huertas, salen las frutas y legumbres que llenan los mercados de Huelva y de Sevilla.[3] La calidad de sus tomates y calabazas es tal que en Andalucía [4] siempre llaman a los roteños [5] *calabaceros* y *tomateros,* nombres que ellos aceptan con orgullo.

Y, a la verdad, razón tienen para sentir orgullo; pues es el caso que aquella tierra de Rota que tanto produce, es decir, la tierra de las huertas, aquella tierra que da tres o cuatro cosechas al año, no es tierra, sino arena pura y limpia, salida del océano, soplada por los furiosos vientos del Oeste y esparcida así sobre toda la región roteña.

Pero la ingratitud de la naturaleza está allí más que compensada por la constante laboriosidad del hombre. Yo no conozco, ni creo que haya en el mundo, labrador que

THE STUB-BOOK

by Pedro Antonio de Alarcón

THE ACTION begins in Rota. Rota is the smallest of those pretty towns that form the great semicircle of the bay of Cádiz. But despite its being the smallest, the grand duke of Osuna preferred it, building there his famous castle, which I could describe stone by stone. But now we are dealing with neither castles nor dukes, but with the fields surrounding Rota, and with a most humble gardener, whom we shall call *tío Buscabeatas* (or *old Hag-Chaser*), though this was not his true name.

From the fertile fields of Rota, particularly its gardens, come the fruits and vegetables that fill the markets of Huelva and Seville. The quality of its tomatoes and pumpkins is such that in Andalusia the Roteños are always referred to as *pumpkin-* and *tomato-growers,* titles which they accept with pride.

And, indeed, they have reason to be proud; for the fact is that the soil of Rota, which produces so much, that is to say, the soil of the gardens, that soil which yields three or four crops a year, is not soil, but sand, pure and clean, cast up by the ocean, blown by the furious west winds and thus scattered over the entire region of Rota.

But the ingratitude of nature is here more than compensated for by the constant diligence of man. I have never seen, nor do I believe there is in all the world, any farmer

trabaje tanto como el roteño. Ni siquiera un pequeño arroyo corre por aquellos melancólicos campos. . . . ¿Qué importa? ¡El calabacero ha hecho muchos pozos de donde saca el precioso líquido que sirve de sangre [6] a sus legumbres! ¡El tomatero pasa la mitad de su vida buscando substancias que puedan servir de abono! Cuando tiene ambos elementos, el agua y el abono, el hortelano de Rota empieza a fertilizar pequeñísimos trozos de terreno, y en cada uno de ellos siembra un grano de tomate o una pepita de calabaza, que riega luego a mano, como quien da de beber a un niño.[7]

Desde entonces hasta la cosecha, cuida diariamente una por una las plantas que allí nacen, tratándolas con un cariño sólo comparable al de los padres por los hijos. Un día le añade a tal planta un poco de abono; otro le echa un jarro de agua; hoy mata los insectos que se comen las hojas; mañana cubre con cañas y hojas secas las que no pueden resistir los rayos del sol o las que están demasiado expuestas a los vientos del mar. Un día cuenta los tallos, las flores y hasta los frutos de las más precoces,[8] otro día les habla, las acaricia, las besa, las bendice y hasta les pone expresivos nombres para distinguirlas e individualizarlas en su imaginación.

Sin exagerar; es ya un proverbio (y lo he oído repetir muchas veces en Rota) que el hortelano de aquel país *toca por lo menos cuarenta veces al día con su propria mano cada planta de tomates que nace en su huerta.* Y así se explica que los hortelanos de aquella localidad lleguen a quedarse encorvados hasta tal punto, que sus rodillas casi le tocan la barba.[9]

* * *

Pues bien; el tío *Buscabeatas* era uno de estos hortelanos. Principiaba a encorvarse en la época del suceso que voy a referir. Tenía ya sesenta años . . . y había pasado cuarenta labrando una huerta próxima a la playa.

Aquel año había criado allí unas enormes calabazas que ya principiaban a ponerse amarillas, lo cual quería decir

who works as hard as the Roteño. Not even a tiny stream runs through those melancholy fields. No matter! The pumpkin-grower has made many wells from which he draws the precious liquid that is the lifeblood of his vegetables. The tomato-grower spends half his life seeking substances which may be used as fertilizer. And when he has both elements, water and fertilizer, the gardener of Rota begins to fertilize his tiny plots of ground, and in each of them sows a tomato-seed, or a pumpkin pip which he then waters by hand, like a person who gives a child a drink.

From then until harvest time, he attends daily, one by one, to the plants which grow there, treating them with a love only comparable to that of parents for children. One day he applies to such a plant a bit of fertilizer; on another he pours a pitcherful of water; today he kills the insects which are eating up the leaves; tomorrow he covers with reeds and dry leaves those which cannot bear the rays of the sun, or those which are too exposed to the sea winds. One day, he counts the stalks, the flowers, and even the fruits of the earliest ripeners; another day, he talks to them, pets them, kisses them, blesses them, and even gives them expressive names in order to tell them apart and individualize them in his imagination.

Without exaggerating, it is now a proverb (and I have often heard it repeated in Rota) that the gardener of that region *touches with his own hands at least forty times a day every tomato plant growing in his garden.* And this explains why the gardeners of that locality get to be so bent over that their knees almost touch their chins.

*   *   *

Well, now, *tío Buscabeatas* was one of those gardeners. He had begun to stoop at the time of the event which I am about to relate. He was already sixty years old . . . and had spent forty of them tilling a garden near the shore.

That year he had grown some enormous pumpkins that were already beginning to turn yellow, which meant it was

que era el mes de junio. Conocíalas perfectamente el tío *Buscabeatas* por la forma, por su color y hasta por el nombre, sobre todo las cuarenta más gordas y amarillas, que ya estaban diciendo *guisadme*.

— ¡Pronto tendremos que separarnos!—les decía con ternura mientras las miraba melancólicamente.

Al fin, una tarde se resolvió al sacrificio y pronunció la terrible sentencia.

— Mañana—dijo—cortaré estas cuarenta y las llevaré al mercado de Cádiz. ¡Feliz quién se las coma!

Se marchó luego a su casa con paso lento [10] y pasó la noche con las angustias de un padre que va a casar una hija al día siguiente.

— ¡Pobres calabazas mías!—suspiraba a veces sin poder dormirse. Pero luego reflexionaba, y concluía por decir: —Y ¿qué he de hacer, sino venderlas? ¡Para eso las he criado! ¡Valdrán por lo menos quince duros!

Figúrese, pues, cuál sería su asombro, cuánta su furia y cuál su desesperación, cuando, al ir a la mañana siguiente a la huerta, halló que, durante la noche, le habían robado las cuarenta calabazas. Púsose a calcular fríamente, y comprendió que sus calabazas no podían estar en Rota, donde sería imposible venderlas sin peligro de que él las reconociese.

— ¡Como si lo viera, están en Cádiz! [11]—se dijo de repente. —El ladrón que me las robó anoche a las nueve o a las diez se ha escapado en el *barco de la carga*. . . . ¡Yo saldré para Cádiz hoy por la mañana en el *barco de la hora,* y allí cogeré al ladrón y recobraré a las hijas de mi trabajo!

Así diciendo, permaneció todavía unos veinte minutos en el lugar de la catástrofe, contando las calabazas que faltaban, hasta que, a eso de las ocho, partió con dirección al muelle.[12]

Ya estaba dispuesto para salir el *barco de la hora,* pequeña embarcación que conduce pasajeros a Cádiz todas las mañanas a las nueve, así como el *barco de la carga* sale todas las noches a las doce, llevando frutas y legumbres. Llámase *barco de la hora* el primero, porque en una hora,

the month of June. *Tío Buscabeatas* knew them perfectly by color, shape, and even by name, especially the forty fattest and yellowest, which were already saying *cook me.*

"Soon we shall have to part," he said tenderly, with a melancholy look.

Finally, one afternoon he made up his mind to the sacrifice and pronounced the dreadful sentence.

"Tomorrow," he said, "I shall cut these forty and take them to the market at Cádiz. Happy the man who eats them!" Then he returned home at a leisurely pace, and spent the night as anxiously as a father whose daughter is to be married the following day.

"My poor pumpkins!" he would occasionally sigh, unable to sleep. But then he reflected and concluded by saying, "What can I do but sell them? For that I raised them! They will be worth at least fifteen *duros!*"

Imagine, then, how great was his astonishment, his fury and despair when, as he went to the garden the next morning, he found that, during the night, he had been robbed of his forty pumpkins. He began calculating coldly, and knew that his pumpkins could not be in Rota, where it would be impossible to sell them without the risk of his recognizing them.

"They must be in Cádiz, I can almost see them!" he suddenly said to himself. "The thief who stole them from me last night at nine or ten o'clock, escaped on the *freight boat* . . . . I'll leave for Cádiz this morning on the *hour boat,* and there I'll catch the thief and recover the daughters of my toil!"

So saying, he lingered for some twenty minutes more at the scene of the catastrophe, counting the pumpkins that were missing, until, at about eight o'clock, he left for the wharf.

Now the *hour boat* was ready to leave. It was a small craft which carries passengers to Cádiz every morning at nine o'clock, just as the *freight boat* leaves every night at twelve, laden with fruit and vegetables.

The former is called the *hour boat* because in an hour,

y a veces en menos tiempo, cruza las tres leguas que hay entre Rota y Cádiz.

* * *

Eran, pues, las diez y media de la mañana cuando se paraba el tío *Buscabeatas* delante de un puesto de verduras del mercado de Cádiz, y le decía a un policía que iba con él:

— ¡Estas son mis calabazas! ¡Coja usted a ese hombre! Y señalaba al vendedor.

— ¡Cogerme a mí!—contestó éste, lleno de sorpresa.— Estas calabazas son mías: yo las he comprado. . . .

— Eso podrá usted decírselo al juez—contestó el tío *Buscabeatas.*

— ¡Que no!

— ¡Que sí!

— ¡Tío ladrón! ²

— ¡Tío tunante! ²

— ¡Hablen ustedes con más educación! ¹³ ¡Los hombres no deben insultarse de esa manera!—dijo con mucha calma el policía, dando un puñetazo en el pecho a cada uno.

En esto ya se habían acercado algunas personas, y entre ellas estaba el jefe bajo cuya autoridad están los mercados públicos.¹⁴ Informado el jefe de todo lo que pasaba, preguntó al vendedor con majestuoso acento:

— ¿A quién le ha comprado usted esas calabazas? ¹⁵

— Al tío Fulano,² vecino de Rota . . . —respondió el vendedor.

— ¡Ése había de ser! ¹⁶—gritó el tío *Buscabeatas.*— —¡Cuando su huerta, que es muy mala, le produce poco, roba en la del vecino!

— Pero, suponiendo que a usted le hayan robado anoche cuarenta calabazas—dijo el jefe, dirigiéndose al hortelano, —¿cómo sabe usted que éstas, y no otras, son las suyas?

— ¡Vamos!—replicó el tío *Buscabeatas.* — ¡Porque las conozco como conocerá usted a sus hijas, si las tiene! ¿No ve usted que las he criado? Mire usted: ésta se llama *Rebolanda;* ¹⁷ ésta, *Cachigordeta;* ésta, *Barrigona;* ésta, *Coloradilla;* ésta, *Manuela* . . . , porque se parecía mucho

and occasionally in less time, it cruises the three leagues separating Rota from Cádiz.

* * *

It was, then, ten-thirty in the morning when *tío Buscabeatas* stopped before a vegetable stand in the Cádiz market, and said to a policeman who accompanied him:

"These are my pumpkins! Arrest that man!" and pointed to the vendor.

"Arrest *me?*" cried the latter, astonished and enraged. "These pumpkins are mine; I bought them."

"You can tell that to the judge," answered *tío Buscabeatas.*

"No, I won't!"

"Yes, you will!"

"You old thief!"

"You old scoundrel!"

"Keep a civil tongue. Men shouldn't insult each other like that," said the policeman very calmly, giving them each a punch in the chest.

By this time several people had gathered, among them the inspector of public markets. When the policeman had informed the inspector of all that was going on, the latter asked the vendor in accents majestic:

"From whom did you buy these pumpkins?"

"From *tío Fulano,* near Rota," answered the vendor.

"He *would* be the one," cried *tío Buscabeatas.* "When his own garden, which is very poor, yields next to nothing, he robs from his neighbors'."

"But, supposing your forty pumpkins were stolen last night," said the inspector, addressing the gardener, "how do you know that these, and not some others, are yours?"

"Well," replied *tío Buscabeatas,* "because I know them as well as you know your daughters, if you have any. Don't you see that I raised them? Look here, this one's name is Fatty, this one, Plumpy Cheeks, this one, Pot Belly, this one, Little Blush Bottom, and this one Manuela, because it re-

a mi hija menor.

Y el pobre viejo se echó a llorar [18] como un niño.

—Todo eso está muy bien—dijo el jefe;—pero la ley no se contenta con que usted reconozca sus calabazas. Es necesario que usted las identifique con pruebas indisputables. . . . Señores, no hay que sonreírse. . . . ¡Yo soy abogado!

— ¡Pues verá usted qué pronto le pruebo yo a todo el mundo, sin moverme de aquí, que esas calabazas se han criado en mi huerta!—dijo el tío *Buscabeatas.*

Y echando al suelo un saco que llevaba en la mano, se arrodilló y empezó a desatarlo tranquilamente. La curiosidad de todos los que le rodeaban era grande.

— ¿Qué va a sacar de ahí?—se preguntaban todos.

Al mismo tiempo llegó otra persona a ver qué pasaba en aquel grupo, y al verla el vendedor exclamó:

— ¡Me alegro de que llegue usted, tío Fulano! Este hombre dice que las calabazas que me vendió usted anoche son robadas. Conteste usted . . .

El recién llegado se puso más amarillo que la cera, y trató de irse, pero los demás se lo impidieron, y el mismo jefe le mandó quedarse.

En cuanto al tío *Buscabeatas,* ya se había encarado con el supuesto ladrón diciéndole:

— ¡Ahora verá usted lo que es bueno!

El tío Fulano, recobrando su sangre fría,[19] le replicó:

— Usted es quien ha de ver lo que habla; porque, si no prueba su acusación, como no podrá hacerlo, irá a la cárcel. Estas calabazas eran mías; yo las he criado, como todas las que he traído este año a Cádiz, en mi huerta, y nadie podrá probarme lo contrario.

— ¡Ahora verá usted!—repitió el tío *Buscabeatas,* acabando de desatar el saco.

Rodaron entonces por el suelo una multitud de tallos verdes, mientras que el viejo hortelano, sentado sobre sus pies, hablaba así al pueblo allí reunido:

— Caballeros: ¿no han pagado ustedes nunca contribu-

minds me so much of my youngest daughter "

And the poor old man started weeping like a child.

"That is all very well," said the inspector, "but it is not enough for the law that you recognize your pumpkins. You must identify them with incontrovertible proof. Gentlemen, this is no laughing matter. I am a lawyer!"

"Then you'll soon see me prove to everyone's satisfaction, without stirring from this spot, that these pumpkins were raised in my garden," said *tío Buscabeatas*.

And throwing on the ground a sack he was holding in his hand, he kneeled, and quietly began to untie it. The curiosity of those around him was overwhelming.

"What's he going to pull out of there?" they all wondered.

At the same time another person came to see what was going on in that group and when the vendor saw him, he exclaimed:

"I'm glad you have come, *tío Fulano*. This man says that the pumpkins you sold me last night were stolen. Answer . . ."

The newcomer turned yellower than wax, and tried to escape, but the others prevented him, and the inspector himself ordered him to stay.

As for *tío Buscabeatas*, he had already faced the supposed thief, saying:

"Now you will see something good!"

Tío Fulano, recovering his presence of mind, replied:

"You are the one who should be careful about what you say, because if you don't prove your accusation, and I know you can't, you will go to jail. Those pumpkins were mine; I raised them in my garden, like all the others I brought to Cádiz this year, and no one could prove I didn't."

"Now you shall see!" repeated *tío Buscabeatas*, as he finished untying the sack.

A multitude of green stems rolled on the ground, while the old gardener, seated on his heels, addressed the gathering as follows:

"Gentlemen, have you never paid taxes? And haven't

ción? ¿Y no han visto aquel libro verde que tiene el recaudador, de donde va cortando recibos, dejando siempre pegado en el libro un pedazo para poder luego probar si tal recibo es falso o no lo es?

— Lo que usted dice se llama el libro talonario,—dijo gravemente el jefe.

— Pues eso es lo que yo traigo aquí: el libro talonario de mi huerta, o sea los tallos a que estaban unidas estas calabazas antes de que me las robara ese ladrón. Y, si no, miren ustedes. Este tallo es de esta calabaza. . . . Nadie puede dudarlo. . . . Este otro . . . ya lo están ustedes viendo . . . es de ésta otra. . . . Este más ancho . . . es de aquélla. . . . ¡Justamente! Y éste de ésta. . . . Ese, de ésa. . . .

Y mientras que hablaba, iba pegando el tallo a las calabazas, una por una. Los espectadores veían con asombro que, efectivamente, los tallos correspondían exactamente a aquellas calabazas, y entusiasmados por tan extraña prueba todos se pusieron a ayudar al tío *Buscabeatas* exclamando:

—¡Nada! ¡Nada! [20] ¡No hay duda! ¡Miren ustedes! Este es de aquí. . . . Ese es de ahí. . . . Aquélla es de éste. . . . Esta es de aquél. . . .

Las carcajadas de los hombres se unían a los silbidos de los chicos, a los insultos de las mujeres, a las lágrimas de triunfo y de alegría del viejo hortelano y a los empujones que los policías daban al convicto ladrón.

Excusado es decir que además de ir a la cárcel, el ladrón tuvo que devolver los quince duros que había recibido al vendedor, y que éste se los entregó al tío *Buscabeatas,* el cual se marchó a Rota contentísimo, diciendo por el camino:

— ¡Qué hermosas estaban en el mercado! He debido traerme a *Manuela,* para comérmela esta noche y guardar las pepitas.

you seen that green book the tax-collector has, from which he cuts receipts, always leaving a stub in the book so he can prove afterwards whether the receipt is counterfeit or not?"

"What you are talking about is called the stub-book," said the inspector gravely.

"Well, that's what I have here: the stub-book of my garden; that is, the stems to which these pumpkins were attached before this thief stole them from me. Look here: this stem belongs to this pumpkin. No one can deny it . . . this other one . . . now you're getting the idea . . . belongs to this one . . . this thicker one . . . belongs to that one . . . exactly! And this one to that one . . . that one, to that one over there . . ."

And as he spoke, he fitted the stem to the pumpkins, one by one. The spectators were amazed to see that the stems really fitted the pumpkins exactly, and delighted by such strange proof, they all began to help *tío Buscabeatas,* exclaiming:

"He's right! He's right! No doubt about it. Look: this one belongs here . . . That one goes there . . . That one there belongs to this one . . . This one goes there . . ."

The laughter of the men mingled with the catcalls of the boys, the insults of the women, the joyous and triumphant tears of the old gardener and the shoves the policemen were giving the convicted thief.

Needless to say, besides going to jail, the thief was compelled to return to the vendor the fifteen *duros* he had received, and the latter handed the money to *tío Buscabeatas,* who left for Rota very pleased with himself, saying, on his way home:

"How beautiful they looked in the market! I should have brought back Manuela to eat tonight and kept the seeds."

Ricardo Palma

(1833–1919)

Scion of a well-to-do family, Palma attended the re-
nowned Convictorio and then the University of San Carlos,
one of the oldest in the Western Hemisphere. During the
'50's and '60's, when Romanticism loomed supreme over
the Peruvian skies, he wrote poetry and those hair-raising
melodramas—*La hermana del verdugo* (The Hangman's
Daughter), *La muerte o la vida* (Death or Life), etc.—
which later he dismissed as *abominaciones patibularias,* i.e.,
abominations deserving the gallows. These adolescent ex-
cesses lasted until he was almost forty. After his marriage in 1876 he settled down to serious historical research
and a more placid existence, disrupted for a while, however, by the War of the Pacific (1879–1883). One of the
disasters of this war between Peru and Chile was the de-
struction of the National Library of Lima, rich in historical
documents dealing with the Colonial Period. Palma was
entrusted with its restoration, and his indefatigable activities, lasting until his retirement in 1912, have linked his
name inextricably with this great library. In intimate contact with old books, archival material, manuscripts and rare
documents, Palma began to cull anecdotes, episodes and
spicy adventures from that colonial Lima which was the
seat of the Viceroy, recounting them in his wicked, slan-
derous style intentionally archaic and baroque, and fraught

with verve and humor. These short tales, which he entitled *Tradiciones peruanas,* he continued writing for over three decades, filling several volumes, now considered among the loftiest literary achievements of Latin America. Palma's *Tradiciones* sparkle with that bittersweet charm which one associates with Boccaccio, Voltaire and Anatole France.

EL ALACRÁN DE FRAY GÓMEZ

por Ricardo Palma

Cuando yo era muchacho oía con frecuencia a las viejas exclamar, ponderando el mérito y precio de una alhaja:
—¡Esto vale tanto como el alacrán de fray Gómez! Y explicar el dicho de las viejas, es lo que me propongo . . .

I

Este era un lego [1] que desempeñaba en Lima,[2] en el convento de los padres seráficos,[3] las funciones de refitolero [4] en la enfermería u hospital de los devotos frailes. El pueblo lo llamaba fray Gómez, y fray Gómez lo llaman las crónicas conventuales, y la tradición lo conoce por fray Gómez. Creo que hasta en el expediente que para su beatificación [5] y canonización [6] existe en Roma no se le da otro nombre.

Fray Gómez hizo en mi tierra milagros a mantas,[7] sin darse cuenta de ellos y como quién no quiere la cosa.[8]

Sucedió que un día iba el lego por el puente, cuando un caballo desbocado arrojó sobre las losas al jinete. El infeliz quedó patitieso,[9] con la cabeza rota y arrojando sangre por boca y narices.

—¡Se descalabró, se descalabró!—gritaba la gente—.

THE SCORPION OF FRAY GÓMEZ

by Ricardo Palma

WHEN I WAS a boy I often heard the old women exclaim, as they pondered over the merit or price of a jewel:

"This is worth as much as the scorpion of Fray Gómez." And to explain the old women's saying is what I propose to do. . . .

I

Once there was a lay brother who performed the duties of refectioner in the convent of the Seraphic Fathers in Lima, at the infirmary or hospital of the devoted friars. The people called him Fray Gómez, he is called Fray Gómez in the conventual records, and tradition knows him as Fray Gómez. I believe that even in the petition for his beatification and canonization that are still in Rome, he is given no other name.

Fray Gómez performed heaps of miracles in my land, and took no account of them, like someone who does not care one way or another.

It happened that one day the lay brother was crossing the bridge when a runaway horse tossed its rider on the flagstones. The poor man lay there stiff as a board, with his head broken, and blood spurting from his mouth and nostrils.

"He's cracked his skull! He's cracked his skull!" the

¡Que vayan a San Lázaro por el santo óleo! [10]
Y todo era bullicio y alharaca.

Fray Gómez acercóse pausadamente al que yacía en la tierra, púsole sobre la boca el cordón de su hábito, echóle tres bendiciones, y sin más médico ni más botica [11] el descalabrado se levantó tan fresco, como si golpe no hubiera recibido.

— ¡Milagro, milagro! ¡Viva fray Gómez!—exclamaron los espectadores.

Y en su entusiasmo intentaron llevar en triunfo al lego. Éste, para substraerse a la popular ovación, echó a correr camino de su convento y se encerró en su celda.

La crónica franciscana cuenta esto último de manera distinta. Dice que fray Gómez, para escapar de sus aplaudidores, se elevó en los aires y voló desde el puente hasta la torre de su convento. Yo ni lo niego ni lo afirmo. Puede que sí y puede que no.[12] Tratándose de maravillas, no gasto tinta en defenderlas ni en refutarlas.

Aquel día estaba fray Gómez en vena de hacer milagros,[13] pues cuando salió de su celda se encaminó a la enfermería, donde encontró a San Francisco Solano [14] acostado sobre una tarima, víctima de una furiosa jaqueca. Pulsólo el lego y le dijo:

— Su paternidad está muy débil, y haría bien en tomar algún alimento.

— Hermano—contestó el santo—, no tengo apetito.

— Haga un esfuerzo, reverendo padre, y pase siquiera un bocado.

Y tanto insistió el refitolero, que el enfermo, por librarse de exigencias que picaban ya en majadería, ideó pedirle lo que hasta para el virrey habría sido imposible conseguir, por no ser [15] la estación propicia para satisfacer el antojo.

— Pues mire, hermanito, sólo comería con gusto un par de pejerreyes.

Fray Gómez metió la mano derecha dentro de la manga izquierda, y sacó un par de pejerreyes tan fresquitos que parecían acabados de salir del mar.

people shouted, "Go to San Lázaro for the holy oil!"

And all was uproar and confusion.

Fray Gómez slowly approached the man lying on the ground, put the cord of his habit to his lips, blessed him thrice, and without further doctoring or medicines the man with the fractured skull rose as briskly as if he had not even received a blow.

"A miracle! A miracle! Hurrah for Fray Gómez!" the onlookers shouted. And in their enthusiasm they attempted to carry off the lay brother in triumph. The latter, to escape the popular ovation, started running toward his convent and shut himself up in his cell.

The Franciscan Chronicle relates the above in quite another fashion. It says that Fray Gómez, to escape from his applauders, rose up in the air and flew from the bridge to the tower of his convent. I don't affirm it or deny it. Perhaps he did, and perhaps he didn't. When it comes to miracles, I don't waste ink either defending or refuting them.

That day Fray Gómez was in the mood for miracles, for when he left his cell he set out for the infirmary, where he found San Francisco Solano stretched out on a cot, the victim of a throbbing headache. The good friar felt his pulse and said:

"Your Fatherhood is very weak and would do well to take some nourishment."

"Brother," replied the saint, "I have no appetite."

"Make an effort, Reverend Father; swallow just a mouthful."

And the refectioner was so insistent, that the patient, to rid himself of entreaties now bordering on the absurd, thought of asking for what even the Viceroy had been unable to procure, as it was not the proper season to satisfy the whim.

"Well, then, dear Brother, the only thing I would enjoy eating is a couple of mackerel."

Fray Gómez put his right hand up his left sleeve and took out a pair of mackerel so spanking fresh they looked as if they had just been fished out of the sea.

—Aquí los tiene su paternidad, y que en salud se le conviertan.[16] Voy a guisarlos.

Y ello es que [17] con los benditos pejerreyes quedó San Francisco curado como por ensalmo.

Me parece que estos dos milagritos de que acabo de ocuparme no son paja picada.[18] Dejo en mi tintero otros muchos de nuestro lego, porque no me he propuesto relatar su vida y milagros.

Sin embargo, apuntaré, para satisfacer curiosidades exigentes, que sobre la puerta de la primera celda del pequeño claustro, que hasta hoy sirve de enfermería, hay un lienzo pintado al óleo representando estos dos milagros, con la siguiente inscripción:

"El Venerable Fray Gómez.—Nació en Extremadura [19] *en 1560. Vistió el hábito en Chuquisaca* [20] *en 1580. Vino a Lima en 1587.—Enfermero fué cuarenta años, ejercitando todas las virtudes, dotado de favores y dones celestiales. Fué su vida un continuado milagro. Falleció en 2 de mayo de 1631, con fama de santidad."*

II

Estaba una mañana fray Gómez en su celda entregado a la meditación, cuando dieron a la puerta unos discretos golpecitos,[21] y una voz de quejumbroso timbre dijo:

—*Deo gratias . . .*[22] ¡Alabado sea el Señor!

—Por siempre jamás, amén. Entre, hermanito—contestó fray Gómez.

Y penetró en la humildísima celda un individuo algo desarrapado, *vera effigies* [23] del hombre a quien acongojan pobrezas, pero en cuyo rostro se dejaba adivinar la proverbial honradez del castellano viejo.[24]

Todo el mobiliario de la celda se componía de cuatro sillones de vaqueta, una mesa mugrienta, y una tarima sin colchón, sábanas ni abrigo,[25] y con una piedra por cabezal o almohada.

—Tome asiento,[26] hermano, y dígame sin rodeos [27] lo que por acá le trae—dijo fray Gómez.

—Es el caso, padre, que yo soy hombre de bien . . .

—Se le conoce [28] y que persevere deseo, que así merecerá

"Here you are, Father. Eat them in good health. I am going to cook them."

And so it was that with the blessed mackerel San Francisco was cured like a charm.

And I don't think these two little miracles I have just dealt with are mere hearsay. I leave in my inkwell many others performed by our lay brother because I do not propose to relate his life and miracles.

Nevertheless, I wish to point out, to satisfy the demands of the curious, that over the door of the first cell in the little cloister, which is still used as an infirmary, there is a canvas painted in oils depicting those two miracles, with the following inscription:

The Venerable Fray Gómez. Born in Extremadura in 1560. Donned the habit in Chuquisaca in 1580. Came to Lima in 1587. Was a nurse for forty years, practiced all the virtues, and was endowed with celestial gifts and favors. His life was a perpetual miracle. Died on May second, 1631, with a reputation for sainthood.

II

One morning Fray Gómez was in his cell, lost in meditation, when there was a timid knocking at the door, and a plaintive-toned voice said:

"*Deo gratias.* . . . The Lord be praised!"

"For ever and ever, amen. Come in, little brother," answered Fray Gómez.

And into that most humble cell came a somewhat ragged individual, *vera effigies* of a man crushed by poverty, but whose face revealed the proverbial honesty of the Old Castilian.

The entire furnishings of the cell consisted of four leather chairs, a filthy table, a bedstead without a mattress, sheets, or blankets, and with a stone for a headrest or a pillow.

"Sit down, brother, and tell me without beating about the bush what brings you here," said Fray Gómez.

"The fact is, father, that I am a man of good will . . ."

"That is plain, and I trust you will persevere, and merit

en esta vida terrena la paz de la conciencia, y en la otra la bienaventuranza.

—Y es el caso que soy buhonero, que vivo cargado de familia y que mi comercio no cunde por falta de medios, que no por holgazanería y escasez de industria en mí.

—Me alegro, hermano, que a quien honradamente trabaja Dios le acude.

—Pero es el caso, padre, que hasta ahora Dios se me hace el sordo, y en acorrerme tarda . . .

—No desespere, hermano, no desespere.

—Pues es el caso que a muchas puertas he llegado en demanda de un préstamo por quinientos duros, y todas las he encontrado cerradas. Y es el caso que anoche, en mis cavilaciones, yo mismo me dije a mí mismo:—¡Ea!, Jerónimo, buen ánimo y vete a pedirle el dinero a fray Gómez, que si él lo quiere, mendicante y pobre como es, medio encontrará para sacarte del apuro. Y es el caso que aquí estoy y le pido y ruego que me preste esa suma insignificante por seis meses.

—¿Cómo ha podido imaginarse, hijo, que en esta triste celda encontraría ese caudal?

—Es el caso, padre, que no acertaría a responderle; pero tengo fe en que no me dejará ir desconsolado.

—La fe lo salvará, hermano. Espere un momento.

Y paseando los ojos por las desnudas y blanqueadas paredes de la celda, vió un alacrán que caminaba tranquilamente sobre el marco de la ventana. Fray Gómez arrancó una página de un libro viejo, dirigióse a la ventana, cogió con delicadeza a la sabandija, la envolvió en el papel, y tornándose hacia el castellano viejo le dijo:

—Tome, buen hombre, y empeñe esta alhajita; no olvide, sí, devolvérmela dentro de seis meses.

El buhonero se deshizo en frases de agradecimiento, se despidió de fray Gómez y más que de prisa [29] se encaminó a la tienda de un usurero.

La joya era espléndida, verdadera alhaja de reina morisca, por decir lo menos. Era un prendedor figurando

peace of mind in this earthly life, and blessedness in the next."

"And the fact is that I am a peddler, and I live loaded down with a family, but my business isn't prospering because of a lack of means, not because of laziness or lack of diligence in me."

"I am glad, brother, for God helps him who works honorably."

"But the fact is, father, that up to now God has been lending me a deaf ear, and is slow in coming to the rescue."

"Don't despair, brother, don't despair."

"Well, the fact is that I've knocked on many doors asking for a loan of five hundred *duros,* and found them all locked. And the fact is that last night, when I was thinking things over, I up and said to myself, 'Come on, Jerónimo, cheer up and go ask Fray Gómez for the money, for if he wants to, mendicant, and poor as he is, he'll find some way to get you out of trouble.' And the fact is that here I am asking and begging you to lend me this paltry sum for six months."

"How could you have imagined, son, that you would find such wealth in this poor cell?"

"The fact is, father, I wouldn't rightly know; but I have faith that you won't send me away empty-handed."

"Your faith will save you, brother. Wait a minute."

And running his eyes over the bare, whitewashed walls of the cell, he saw a scorpion crawling calmly along the window-frame. Fray Gómez tore a page out of an old book, went to the window, deftly caught the nasty creature, wrapped it in the paper, and turning toward the Old Castilian said:

"Here, my good man, take this little jewel and pawn it, but don't forget to return it to me within the next six months."

The peddler outdid himself with words of gratitude, took leave of Fray Gómez, and as fast as his legs would carry him found his way to a pawnbroker's shop.

The jewel was splendid, truly the gem of a Moorish queen, to say the least. It was a brooch in the shape of a

un alacrán. El cuerpo lo formaba una magnífica esmeralda engarzada sobre oro, y la cabeza un grueso brillante con dos rubíes por ojos.

El usurero, que era hombre conocedor, vió la alhaja con codicia, y ofreció al necesitado adelantarle dos mil duros por ella; pero nuestro español se empeñó en no aceptar otro préstamo que el de quinientos duros por seis meses, y con un interés exorbitante. Se extendieron y firmaron los documentos, acariciando el prestamista la esperanza de que a la postre el dueño de la prenda acudiría por más dinero, que con el recargo de intereses [30] lo convertiría en propietario de joya tan valiosa por su mérito intrínseco y artístico.

Pero con este capitalito le fué a Jerónimo tan prósperamente en su comercio, que a la terminación del plazo pudo desempeñar la prenda, y, envuelta en el mismo papel en que la recibiera, se la devolvió a fray Gómez.

Este tomó el alacrán, lo puso sobre el alféizar de la ventana,[31] le echó una bendición y dijo:
— Animalito de Dios, sigue tu camino.
Y el alacrán echó a andar [32] libremente por las paredes de la celda.

scorpion. A magnificent emerald set in gold formed the body, and the head was a large diamond with two rubies for eyes.

The pawnbroker, who was a connoisseur, greedily examined the jewel, and offered to advance the needy man two thousand *duros* for it; but our Spaniard insisted on accepting a loan of only five hundred *duros* for six months at an exorbitant rate of interest. The documents were drawn up and signed, and the moneylender cherished the hope that in the end the master of the brooch would come back for more money, and that the accumulated compound interest would make him the owner of a jewel so valuable for its intrinsic and artistic merit.

But with this little capital Jerónimo became so prosperous in his business that, at the expiration of the time limit, he was able to redeem the brooch, and, wrapping it in the same paper in which he had received it, he returned it to Fray Gómez.

The latter took the scorpion, set it on the embrasure of the window, blessed it, and said:

"Little creature of God, go your way!"

And the scorpion began to crawl freely about the walls of the cell.

Emilia Pardo Bazán

(1851–1921)

THE COUNT Pardo Bazán's only daughter, an infant prodigy, was able to read and write at the age of four, and at fourteen recited long excerpts from the *Bible,* the *Iliad,* the *Divine Comedy* and *Don Quixote,* often commenting on aspects of these classics in essays which evidenced a keenly perceptive mind. Her early poems, written when she was only eight, celebrated the victorious homecoming of the Spanish troops who had been fighting in Africa. After her marriage in 1868 she settled in Madrid, then an extremely lively city, and spent her summers in her beloved Galician countryside. During 1870–1875 she traveled extensively in Europe, becoming intimately familiar with English, French, Italian and German literary trends. She knew foreign literatures better than her own, and was late in finally discovering the prose fiction of her Spanish contemporaries: especially Alarcón, Valera and Pérez Galdós. In 1879 the "Revista de España" published her first novel, *Pascual López.* What especially interested her was the newest literary movement, naturalism, which she championed in her book of criticism *La cuestión palpitante* (1883), for which she was bitterly attacked by Catholics and belated Romantics. That she emerged victorious is proven by her magnificent cycle of naturalist novels: *La*

tribuna (1883), *Los pazos de Ulloa* (1886), *La Madre Naturaleza* (1887). In addition to her powerful longer narratives, Pardo Bazán wrote numerous short stories collected in sundry volumes—*Cuentos de Marineda* (1892), *El saludo de las brujas* (1898), *Cuentos sacroprofanos* (1899), etc.—all of which show her tremendous versatility, gifted craftsmanship, psychological insight, unerring suspense and, of course, vivid intelligence.

EL REVÓLVER

por Emilia Pardo Bazán

En un acceso de confianza, de ésos que provoca la familiaridad y convivencia de los balnearios, la enferma del corazón [1] me refirió su mal, con todos los detalles de sofocaciones, violentas palpitaciones, vértigos, síncopes, colapsos, en que se ve llegar la última hora . . . Mientras hablaba, la miraba yo atentamente. Era una mujer como de treinta y cinco a treinta y seis años, estropeada por el padecimiento; al menos tal creí, aunque prolongado el examen, empecé a suponer que hubiese algo más allá de lo físico en su ruina. Hablaba y se expresaba, en efecto, como quien ha sufrido mucho, y yo sé que los males del cuerpo, generalmente, cuando no son de inminente gravedad, no bastan para producir ese marasmo, ese radical abatimiento. Y, notando cómo las anchas hojas de los plátanos, tocadas de carmín por la mano artística del otoño, caían a tierra majestuosamente y quedaban extendidas cual [2] manos cortadas, la hice observar, para arrancar confidencias,[3] lo pasajero de todo, la melancolía del tránsito de las cosas . . .

—Nada es nada—me contestó, comprendiendo instantáneamente que, no una curiosidad, sino una compasión, llamaba a las puertas de su espíritu.—Nada es nada . . . a no ser [4] que nosotros mismos convirtamos ese nada en algo.

THE REVOLVER

by Emilia Pardo Bazán

In a burst of confidence, one of those provoked by the familiarity and companionship of bathing resorts, the woman suffering from heart trouble told me about her illness, with all the details of chokings, violent palpitations, dizziness, fainting spells, and collapses, in which one sees the final hour approach. . . . As she spoke, I looked her over carefully. She was a woman of about thirty-five or thirty-six, maimed by suffering; at least I thought so, but, on closer scrutiny, I began to suspect that there was something more than the physical in her ruin. As a matter of fact, she spoke and expressed herself like someone who had suffered a good deal, and I know that the ills of the body, when not of imminent gravity, are usually not enough to produce such a wasting away, such extreme dejection. And, noting how the broad leaves of the plane tree, touched with carmine by the artistic hand of autumn, fell to the ground majestically and lay stretched out like severed hands, I remarked, in order to gain her confidence, on the passing of all life, the melancholy of the transitoriness of everything . . .

"Nothing is anything," she answered, understanding at once that not curiosity but compassion was beckoning at the gates of her spirit. "Nothing is anything . . . unless we ourselves convert that nothing into something. Would to

Ojalá lo viésemos todo, siempre, con el sentimiento ligero, aunque triste, que nos produce la caída de ese follaje sobre la arena.

El encendimiento enfermo de sus mejillas se avivó, y entonces me dí cuenta de que habría sido [5] muy hermosa, aunque estuviese su hermosura borrada y barrida, lo mismo que las tintas de un cuadro fino, al cual se le pasa el algodón impregnado de alcohol. Su pelo rubio y sedeño mostraba rastros de ceniza, canas precoces . . . Sus facciones habíanse marchitado; la tez, sobre todo, revelaba esas alteraciones de la sangre que son envenenamientos lentos, descomposiciones del organismo. Los ojos, de un azul amante, con vetas negras, debieron de atraer en otro tiempo, pero ahora los afeaba algo peor que los años; una especie de extravío, que por momentos les prestaba relucir de locura.

Callábamos: pero mi modo de contemplarla decía tan expresivamente mi piedad, que ella, suspirando por ensanchar un poco el siempre oprimido pecho,[6] se decidió, y no sin detenerse de vez en cuando a respirar y rehacerse, me contó la extraña historia.

— Me casé muy enamorada . . . Mi marido era entrado en edad respecto a mí; frisaba en los cuarenta, y yo sólo contaba diez y nueve. Mi genio era alegre, animadísimo; conservaba carácter de chiquilla, y los momentos en que él no estaba en casa, los dedicaba a cantar, a tocar el piano, a charlar y reír con las amigas que venían a verme y que me envidiaban la felicidad, la boda lucida, el esposo apasionado y la brillante situación social.

Duró esto un año—el año delicioso de la luna de miel. Al volver la primavera, el aniversario de nuestro casamiento, empecé a notar que el carácter de Reinaldo cambiaba. Su humor era sombrío muchas veces, y sin que yo adivinase el por qué,[7] me hablaba duramente, tenía accesos de enojo. No tardé, sin embargo, en comprender el origen de su transformación: en Reinaldo se habían desarrollado los celos, unos celos violentos, irrazonados, sin objeto ni causa, y por lo mismo, doblemente crueles y difíciles de curar.

God we could see everything, always, with the slight but sad emotion produced in us by the fall of this foliage on the sand."

The sickly flush of her cheeks deepened, and then I realized that she had probably been very beautiful, although her beauty was effaced and gone, like the colors of a fine picture over which is passed cotton saturated with alcohol. Her blond, silky hair showed traces of ash, premature gray hair. Her features had withered away; her complexion especially revealed those disturbances of the blood which are slow poisonings, decompositions of the organism. Her soft blue eyes, veined with black, must have once been attractive, but now they were disfigured by something worse than age; a kind of aberration, which at certain moments lent them the glitter of madness.

We grew silent: but my way of contemplating her expressed my pity so plainly that she, sighing for a chance to unburden her heavy heart, made up her mind, and stopping from time to time to breathe and regain her strength, she told me the strange story.

"When I married, I was very much in love. . . . My husband was, compared to me, advanced in years; he was bordering on forty, and I was only nineteen. My temperament was gay and lively; I retained a child-like disposition, and when he was not home I would devote my time to singing, playing the piano, chatting and laughing with girl-friends who came to see me and envied me my happiness, my brilliant marriage, my devoted husband, and my brilliant social position.

"This lasted a year—the wonderful year of the honeymoon. The following spring, on our wedding anniversary, I began to notice that Reinaldo's disposition was changing. He was often in a gloomy mood, and, without my knowing the cause, he spoke to me harshly, and had outbursts of anger. But it was not long before I understood the origins of his transformation: Reinaldo had conceived a violent, irrational jealousy, a jealousy without object or cause, which, for that very reason, was doubly cruel and difficult to cure.

Si salíamos juntos, se celaba de que [8] la gente me mirase o me dijese, al paso, cualquier tontería de éstas que se les dicen a las mujeres jóvenes: si salía él solo, se celaba de lo que yo quedase haciendo en casa, de las personas que venían a verme; si salía sola yo, los recelos, las suposiciones eran todavía más infamantes. . . .

Si le proponía, suplicando, que nos quedásemos en casa juntos, se celaba de mi semblante entristecido, de mi supuesto aburrimiento, de mi labor, de un instante en que, pasando frente a la ventana, me ocurría esparcir la vista [9] hacia fuera . . . Se celaba, sobre todo, al percibir que mi genio de pájaro, mi buen humor de chiquilla habían desaparecido, y que muchas tardes, al encender luz, se veía brillar sobre mi tez el rastro húmedo y ardiente del llanto. Privada de mis inocentes distracciones; separada ya de mis amigas, de mi parentela, de mi propia familia, porque Reinaldo interpretaba como ardides de traición el deseo de comunicarme y mirar otras caras que la suya, yo lloraba a menudo, y no correspondía a los transportes de pasión de Reinaldo con el dulce abandono de los primeros tiempos.

Cierto día, después de una de las amargas escenas de costumbre, mi marido me advirtió:

— Flora, yo podré ser un loco, pero no soy un necio. Me ha enajenado tu cariño, y aunque tal vez tú no hubieses pensado en engañarme, en lo sucesivo,[10] sin poderlo remediar, pensarías. Ya nunca más seré para ti el amor. Las golondrinas que se fueron no vuelven. Pero como yo te quiero, por desgracia, más cada día, y te quiero sin tranquilidad, con ansia y fiebre, te advierto que he pensado el modo de que no haya entre nosotros ni cuestiones, ni quimeras, ni lágrimas,—y una vez por todas sepas cuál va a ser nuestro porvenir.

Hablando así me cogió del brazo y me llevó hacia la alcoba.

Yo iba temblando; presentimientos crueles me helaban. Reinaldo abrió el cajón del mueblecito incrustado donde guardaba el tabaco, el reloj, pañuelos, y me enseñó un revolver grande, un arma siniestra.

"If we went out together, he was watchful lest people stare at me or tell me, in passing, one of those silly things people say to young women; if he went out alone, he was suspicious of what I was doing in the house, and of the people who came to see me; if I went out alone, his suspicions and suppositions were even more defamatory. . . .

"If I proposed, pleadingly, that we stay home together, he was watchful of my saddened expression, of my supposed boredom, of my work, of an instant when, passing in front of the window, I happened to look outside. . . . He was watchful, above all, when he noticed that my bird-like disposition, my good, child-like humor, had disappeared, and that on many afternoons, when I turned on the lights, he found my skin shining with the damp, ardent trace of tears. Deprived of my innocent amusements, now separated from my friends and relatives, and from my own family, because Reinaldo interpreted as treacherous artifices the desire to communicate and look at faces other than his, I often wept, and did not respond to Reinaldo's transports of passion with the sweet abandonment of earlier times.

"One day, after one of the usual bitter scenes, my husband said:

" 'Flora, I may be a madman, but I am not a fool. I have alienated your love, and although perhaps you would not have thought of deceiving me, in the future, without being able to remedy it, you would. Now I shall never again be your beloved. The swallows that have left do not return. But because, unfortunately, I love you more each day, and love you without peace, with eagerness and fever, I wish to point out that I have thought of a way which will prevent questions, quarrels, or tears between us —and once and for all you will know what our future will be.'

"Speaking thus, he took me by the arm and led me toward the bedroom.

"I went trembling; cruel presentiments froze me. Reinaldo opened the drawer of the small inlaid cabinet where he kept tobacco, a watch, and handkerchiefs, and showed me a large revolver, a sinister weapon.

EL REVÓLVER

—Aquí tienes—me dijo—la garantía de que tu vida va a ser en lo sucesivo tranquila y dulce. No volveré a exigirte cuentas ni de cómo empleas tu tiempo, ni de tus amistades, ni de tus distracciones. Libre eres, como el aire libre. Pero el día que yo note algo que me hiera en el alma [11] . . . ese día, ¡por mi madre te lo juro! sin quejas, sin escenas, sin la menor señal de que estoy disgustado ¡ah, eso no! me levanto de noche calladamente, cojo el arma, te la aplico a la sien y te despiertas en la eternidad. Ya estás avisada . . .

Lo que yo estaba era desmayada,[12] sin conocimiento. Fué preciso llamar al médico, por lo que duraba el síncope. Cuando recobré el sentido y recordé, sobrevino la convulsión. Hay que advertir que les tengo un miedo cerval a las armas de fuego; de un casual disparo murió un hermanito mío. Mis ojos, con fijeza alocada, no se apartaban del cajón del mueble que encerraba el revólver.

No podía yo dudar, por el tono y el gesto de Reinaldo, que estaba dispuesto a ejecutar su amenaza, y como además sabía la facilidad con que se ofuscaba su imaginación, empecé a darme por muerta. En efecto, Reinaldo, cumpliendo su promesa, me dejaba completamente dueña de mí, sin dirigirme la menor censura, sin mostrar ni en el gesto que se opusiese a ninguno de mis deseos o desaprobase mis actos; pero esto mismo me espantaba, porque indicaba la fuerza y la tirantez de una voluntad que descansa en una resolución [13] . . . y víctima de un terror cada día más hondo, permanecía inmóvil, no atreviéndome a dar un paso. Siempre veía el reflejo de acero del cañón del revólver.

De noche, el insomnio me tenía con los ojos abiertos, creyendo percibir sobre la sien el metálico frío de un círculo de hierro; o, si conciliaba el sueño, despertaba sobresaltada, con palpitaciones en que parecía que el corazón iba a salírseme del pecho, porque soñaba que un estampido atroz me deshacía los huesos del cráneo y me volaba el cerebro,[14] estrellándolo contra la pared . . . Y esto duró cuatro años, cuatro años en que no tuve minuto tranquilo, en que no dí un paso sin recelar que ese paso provocase la tragedia.

" 'Here,' he said, 'is your guarantee that in the future your life will be peaceful and pleasant. I shall never again demand an accounting of how you spend your time, or of your friends, or of your amusements. You are free, free as the air. But the day I see something that wounds me to the quick . . . that day, I swear by my mother! Without complaints or scenes, or the slightest sign that I am displeased, oh no, not that! I will get up quietly at night, take the weapon, put it to your temple and you will wake up in eternity. Now you have been warned. . . .'

"As for me, I was in a daze, unconscious. It was necessary to send for the doctor, inasmuch as the fainting spell lasted. When I recovered consciousness and remembered, the convulsion took place. I must point out that I have a mortal fear of firearms; a younger brother of mine died of an accidental shot. My eyes, staring wildly, would not leave the drawer of the cabinet that held the revolver.

"I could not doubt, from Reinaldo's tone and the look on his face, that he was prepared to carry out his threat, and knowing also how easily his imagination grew confused, I began to consider myself as dead. As a matter of fact, Reinaldo kept his promise, and left me complete mistress of myself, without directing the slightest censure my way, or showing, even by a look, that he was opposed to any of my wishes or disapproved of my actions; but this itself frightened me, because it indicated the strength and tyranny of a resolute will . . . and, victim of a terror which every day grew more profound, I remained motionless, not daring to take a step. I would always see the steely reflection of the gun barrel.

"At night, insomnia kept my eyes open and I imagined I felt the metallic cold of a steel circle on my temple; or if I got to sleep, I woke up startled with palpitations that made my heart seem to leap from my breast, because I dreamed that an awful report was ripping apart the bones of my skull and blowing my brains out, dashing them against the wall . . . And this lasted four years, four years without a single peaceful moment, when I never took a step without fearing that that step might give rise to tragedy."

— ¿Y cómo terminó esa situación tan horrible?—pregunté para abreviar,[15] porque la veía asfixiarse.

— Terminó . . . con Reinaldo, que fué despedido por un caballo y se rompió algo dentro, quedando allí mismo difunto.[16]

Entonces, sólo entonces, comprendí que le quería aún, y le lloré muy de veras, ¡aunque fué mi verdugo, y verdugo sistemático!

— ¿Y recogió usted el revólver para tirarlo por la ventana?

— Verá usted—murmuró ella. —Sucedió una cosa . . . bastante singular. Mandé al criado de Reinaldo que quitase de mi habitación el revólver, porque yo continuaba viendo en sueños el disparo y sintiendo el frío sobre la sien . . . Y después de cumplir la orden, el criado vino a decirme: "Señora, no había porqué tener miedo . . . Este revólver no estaba cargado . . ."

— ¿Que no estaba cargado?

— No, señora; ni me parece que lo ha estado nunca . . . Como que el pobre señorito ni llegó a comprar las cápsulas. Si hasta le pregunté, a veces, si quería que me pasase por casa del armero y las trajese, y no me respondió, y luego no se volvió a hablar más del asunto . . .

— De modo—añadió la cardíaca,—que [17] un revólver sin carga me pegó el tiro, no en la cabeza, pero en mitad del corazón, y crea usted que, a pesar de digital y baños y todos los remedios, la bala no perdona . . .

"And how did that horrible situation end?" I asked, in order to bring her story to a close, because I saw her gasping for breath.

"It ended . . . with Reinaldo, who was thrown by a horse, and had some internal injury, being killed on the spot.

"Then, and only then, I knew that I still loved him, and I mourned him quite sincerely, although he was my executioner, and a systematic one at that!"

"And did you pick up the revolver to throw it out the window?"

"You'll see," she murmured. "Something rather extraordinary happened. I sent Reinaldo's manservant to remove the revolver from my room, because in my dreams I continued to see the shot and feel the chill on my temple. . . . And after he carried out the order, the manservant came to tell me: 'Señora, there was no cause for alarm. . . . This revolver wasn't loaded.'

" 'It wasn't loaded?'

" 'No, Señora; and it looks to me as though it never was . . . As a matter of fact, the poor master never got around to buying the cartridges. Why, I would even ask him at times if he wanted me to go to the gunsmith's and get them, but he didn't answer, and then he never spoke of the matter again.'

"And so," added the sufferer from heart disease, "an unloaded revolver shot me, not in the head, but in the center of my heart, and believe me when I tell you that, in spite of digitalis and baths and all the remedies, the bullet is unsparing. . . ."

Leopoldo Alas (Clarín)

(1852–1901)

Except for brief sojourns in Madrid, where he was known as a scathing critic of literature and of the socio-political set-up of Spain, Alas spent his rather uneventful life in Oviedo, where he taught law and political economy at the University of Oviedo, his Alma Mater. Under the pseudonym "Clarín," which means bugle, he blasted to the four corners of Spain his dissatisfaction with all kinds of obscurantisms, superstitions, fanaticisms and puerile nationalism, so well illustrated in his story "El sustituto." Without any doubt Clarín became the most considerable and the most terrifying critic of Spain at the end of the century. But at the same time he cultivated the short story, and his work in that genre ranks, with that of Alarcón and Pardo Bazán (the great trinity), among the loftiest and most significant of nineteenth-century Spain. He wrote in addition two memorable novels: the two-volume *La Regenta* (1884) and *Su único hijo* (1891). *La Regenta* is a tale of adultery, with certain psychological and stylistic affinities with *Madame Bovary,* depicting, in its panoramic sweep, provincial Spanish life. For its psychological penetration into human conflicts, its consummate style and vividly colorful descriptions, it may be regarded

as a monument of Spanish fiction, comparable with those left to posterity by Cervantes and Pérez Galdós, and deserving a place with the outstanding prose fiction of nineteenth-century Europe.

EL SUSTITUTO

por Leopoldo Alas (Clarín)

Mordiéndose las uñas de la mano izquierda, vicio en él muy viejo e indigno de quien aseguraba al público que tenía un plectro,[1] y acababa de escribir en una hoja de blanquísimo papel:

> Quiero cantar, por reprimir el llanto,
> tu gloria, oh patria, al verte en la agonía . . .[2]

digo, que mordiéndose las uñas, Eleuterio Miranda, el mejor poeta del partido judicial en que radicaba su musa, meditaba malhumorado y a punto de romper, no la lira, que no la tenía, valga la verdad, sino la pluma de ave con que estaba escribiendo una oda o elegía (según saliera), de encargo.

Era el caso que estaba la patria en un grandísimo apuro, o a lo menos así se lo habían hecho creer a los del pueblo[3] de Miranda; y lo más escogido del lugar, con el alcalde a la cabeza, habían venido a suplicar a Eleuterio que, para solemnizar una fiesta patriótica, cuyo producto líquido se aplicaría a los gastos de la guerra,[4] les escribiese unos versos bastante largos, todo lo retumbantes que le fuera posible,[5] y en los cuales se hablara de Otumba,[6] de Pavía[6] . . . y otros generales ilustres,[7] como había dicho el síndico.

Aunque Eleuterio no fuese un Tirteo[6] ni un Píndaro,[6] que no lo era, tampoco era manco en achaques de malicia y

THE SUBSTITUTE

by Leopoldo Alas (Clarín)

Biting the fingernails of his left hand, an old habit of his and quite unbecoming in one who assured the public he was a poet, he had just finished writing on an extremely white sheet of paper:

> Thy glory I would sing, oh fatherland,
> To repress my tears, seeing thee expire.

As I was saying, while biting his fingernails, Eleuterio Miranda, the best poet in the judicial district in which his muse was located, was meditating ill-humoredly, and on the verge of breaking, not his lyre—for, to tell the truth, he did not own one—but his quill, with which he was composing, to order, an ode or elegy, depending on how it turned out.

Actually, the fatherland was in dire distress, or at least, this is what the residents of Miranda's home town had been led to believe, and the most select people in town, with the mayor at the head, had come to beg Eleuterio—in order to solemnize a patriotic celebration, the net proceeds of which would be used to help defray the costs of the war—to write some rather long verses, as high-sounding as he could make them, about Otumba, Pavia, and other illustrious generals, to quote the syndic's own words.

Although Eleuterio may not have been a Tyrtaeus or Pindar—for he was not—he did not lack shrewdness or

131

de buen sentido, y bien comprendía cuán ridículo resultaba, en el fondo, aquello de contribuir a salvar la patria, dado que en efecto zozobrase, con endecasílabos y eptasílabos más o menos parecidos a los de Quintana.[6]

Si en otros tiempos, cuando él tenía dieciséis años y no había estado en Madrid ni era suscritor del *Fígaro*[6] de París, había sido, en efecto, poeta *épico*, y había *cantado* a la patria y los intereses morales y políticos, ahora ya era muy otro[8] y no creía en la epopeya ni demás clases del género *objetivo;* no creía más que en la poesía íntima . . . y en la prosa de la vida. Por ésta, por la prosa de los garbanzos,[9] se decidía a pulsar la lira pindárica; porque tenía echado el ojo a la secretaría del Ayuntamiento, y le convenía estar bien con los regidores que le pedían que *cantase.* Considerando lo cual, volvió a morderse las uñas y a repasar lo de

> Quiero cantar, por reprimir el llanto,
> tu gloria, oh patria, al verte en la agonía . . .

Y otra vez se detuvo, no por dificultades técnicas, pues lo que le sobraban a él eran rimas; se detuvo porque de repente le asaltó una idea en forma de recuerdo, que no tardó en convertirse en agudo remordimiento. Ello era que más adelante, al final que ya tenía tramado, pensaba *exclamar,* como remate de la oda, algo por el estilo:

> Mas ¡ay! que temerario,
> en vano quise levantar el vuelo,
> por llegar al santuario
> del patrio amor, en la región del cielo.
> Mas, si no pudo tanto
> mi débil voz, mi pobre fantasía,
> corra mi sangre, como corre el llanto,
> en holocausto de la patria mía.
> ¡Guerra! no más arguyo . . .
> el plectro no me deis, dadme una espada:

common sense, and realized full well how ridiculous, at bottom, was this business of contributing to the salvation of the fatherland (were it really foundering) with hendecasyllables and heptasyllables more or less resembling those of Quintana.

If years back, when he was sixteen and had not yet been to Madrid or been a subscriber to the Parisian *Figaro*, he had, in fact, been an *epic* poet, and *sung* about the fatherland and moral and political issues, now he was quite another person, and did not believe in the epic, or any other kind of *objective* poetry; he believed only in intimate poetry, and in the prose of daily existence. But, for the sake of this bread-and-butter prose, he had made up his mind to pluck the Pindaric lyre, because he had his eye on a clerkship in the town hall, and it was advisable for him to keep in the good graces of the aldermen who asked him to *sing*. In consideration whereof, he bit his nails anew and went over the business of:

> Thy glory I would sing, oh fatherland,
> To repress my tears, seeing thee expire.

And again he stopped, not because of technical difficulties —he had more than enough rimes—he stopped because all of a sudden he was struck by an idea in the form of a memory that in no time turned to keen remorse. It was that, further on, after the ending he already had in mind, he thought he would *exclaim*, as a closing passage to the ode, something along these lines:

> But alas! how I, unwary,
> Rashly flew in vain
> To reach the sanctuary
> Of patriotic love, which skyward shall remain.
> But if my feeble voice, my scant imagination,
> Such flights cannot sustain,
> Then flow, my blood, as tears of consternation,
> Flow on, in homage to my Spain!
> 'Tis war! I heed the sign!
> Give me not my plectrum, give me a sword instead

si mi vida te doy, no te doy nada,
patria, que no sea tuyo;
porque al darte mi sangre derramada,
el ser que te debí te restituyo.

Y cuando iba a quedarse muy satisfecho, a pesar del asonante, que algo le molestaba, sintió de repente, como un silbido dentro del cerebro, una voz que gritó: ¡Ramón!

Y tuvo Eleuterio que levantarse y empezar a pasearse por su despacho; y al pasar enfrente de un espejo notó que se había puesto muy colorado.

— ¡Maldito Ramón! Es decir . . . maldito, no, ¡pobre! Al revés, era un bendito.

Un bendito . . . y un valiente. Valiente . . . gallina. Pues *Gallina* le llamaban en el pueblo por su timidez; pero resultaba una gallina valiente; como lo son todas cuando tienen cría y defienden a sus polluelos.

Ramón no tenía polluelos; al contrario, el polluelo era él; pero la que se moría de frío y de hambre era su madre, una pobre vieja que no tenía ya ni luz bastante en los ojos para seguir trabajando y dándoles a sus hijos el pan de cada día.

La madre de Ramón, viuda, llevaba en arrendamiento cierta humilde heredad de que era propietario don Pedro Miranda, padre de Eleuterio. La infeliz no pagaba la renta. ¡Qué había de pagar si no tenía con qué! Años y años se le iban echando encima con una deuda, para ella enorme. Don Pedro se aguantaba; pero al fin, como los tiempos estaban malos para todos, la contribución baldaba a chicos y grandes; un día *se cargó de razón*,[10] como él dijo, y se plantó, y aseguró que ni Cristo había pasado de la cruz ni él pasaba de allí; de otro modo, que María Pendones tenía que pagar las rentas atrasadas o . . . dejar la finca. "O las rentas o el desahucio." A esto lo llamaba *disyuntiva* don Pedro, y María *el acabóse*, el fin del mundo, la muerte suya y de sus hijos, que eran cuatro, Ramón el mayor.

For if I give my life, nothing will be shed
Oh Spain! which is not thine.
For if I give thy body the crimson stream I bled
'Tis only to repay thee
For the life thou gav'st to mine!

And when he was about to feel quite satisfied, in spite
of certain discordant rimes which bothered him, suddenly
he heard something that resembled a whistling in his brain,
a voice crying "Ramón!"

And Eleuterio had to stand up and begin to pace about
his study, noticing, as he passed before a mirror, that he
was terribly flushed.

"Damn Ramón! No, I don't mean damn. No . . . poor
Ramón! Just the opposite—he was a saint!"

A saint . . . and brave. A brave . . . hen. For everyone
in town called him "The Hen," because of his timidity.
But he was a brave hen; as they all are when they have a
brood and are defending their chicks.

Ramón had no chicks. On the contrary, he was the
chick; but the one dying of cold and hunger was his
mother, a poor old woman who now did not have even
enough eyesight left to go on working and give her children
their daily bread.

Ramón's mother, a widow, had leased a meager plot of
land from Don Pedro Miranda, Eleuterio's father. The
poor soul did not pay the rent. How could she, if she had
nothing to pay with? For years and years a debt kept
piling up, that was, for her, enormous. Don Pedro was
patient, but finally, as times were bad for everyone, and
taxes were crippling big and little alike, one day he got *fed
up* (those were his own words), put his foot down and
said that on the cross Christ had reached His' limit, and
that here he had reached his—in other words, that María
Pendones should pay her back rent, or . . . leave the
farm. "Either pay the rent, or get evicted!" This was
Don Pedro's *disjunctive,* as he called it, and this was the
end of everything for María—the end of the world, and
the death of her and her children, of whom there were

Pero en esto le tocó la suerte a Eleuterio, el hijo único de don Pedro, el mimo de su padre y de toda la familia, porque era un estuche que hasta tenía la gracia de escribir en los periódicos de la corte, privilegio de que no disfrutaba ningún otro menor de edad en el pueblo. Como no mandaban entonces los del partido de Miranda, sino sus enemigos, ni en el Ayuntamiento ni en la Diputación provincial hubo manera de declarar a Eleuterio inútil para el servicio de las armas, pues lo de poeta lírico no era exención suficiente; y el único remedio era pagar un dineral para librar al chico. Pero los tiempos eran malos; dinero contante y sonante, Dios lo diera; mas ¡oh idea feliz!

"El chico de la Pendones, el mayor . . . ¡justo!" Y don Pedro cambió su *disyuntiva* y dijo: o el desahucio o pagarme las rentas atrasadas yendo Ramón a servir al rey en lugar de Eleuterio. Y dicho y hecho.[11] La viuda de Pendones lloró, suplicó de rodillas; al llegar el momento terrible de la despedida prefería el desahucio, quedarse en la calle con sus cuatro hijos, pero con los cuatro a su lado, ni uno menos. Pero Ramón, *la gallina*, el enclenque sietemesino alternando entre las tercianas y el reumatismo, tuvo energía por la primera vez de su vida, y a escondidas de su madre, *se vendió*, liquidó con don Pedro, y el precio de su sacrificio sirvió para pagar las rentas atrasadas y la corriente. Y tan caro supo venderse, que aun pudo sacar algunas pesetas para dejarle a su madre el pan de algunos meses . . . y a su novia, Pepa de Rosalía, un guardapelo que le costó un dineral, porque era nada menos que de plata sobredorada.

¿Para qué quería Pepa el pelo de Ramón, un triste mechón pálido, de hebras delgadísimas, de un rubio de ceniza, que estaban vociferando la miseria fisiológica del sietemesino de la Pendones? Ahí verán ustedes. Misterios del amor. Y no le querría Pepa por el interés. No se sabe por qué le quería. Acaso por fiel, por constante, por sincero, por humilde, por bueno. Ello era que, con escándalo de los

four, Ramón being the eldest.

But just then Eleuterio's draft number came up. He was Don Pedro's only son, adored by his father and the whole family because he was a clever fellow who even had the gift of writing for the city papers, a privilege enjoyed by no other minor in town. Since Miranda's party was not in power at the time, but rather his enemies, there was no way the town council or the provincial legislature could declare Eleuterio unfit for military service; for being a lyric poet was not sufficient cause for exemption. The only solution was to pay a large sum of money to free the boy. But as times were bad, and as far as ready cash was concerned, only a miracle could produce it, Don Pedro had a felicitous idea.

"Widow Pendones' boy, the oldest one—right!" And he changed his *disjunctive* to "either get evicted or pay the rent by letting Ramón take Eleuterio's place in serving the king." And no sooner said than done. Widow Pendones wept and begged on her knees, and at the terrible moment of farewell preferred eviction, and to be out in the street with her four children, but with the four of them at her side, not one less. But Ramón, *The Hen,* the sickly seven-months' child who suffered alternately from ague and rheumatism, had energy for the first time in his life, and without his mother's knowledge *sold himself.* He settled accounts with Don Pedro, and used the price of his sacrifice to pay both the back and current rents. In fact, he was able to sell himself so dear, that he even had a few pesetas left for his mother to buy bread for several months, and enough to buy a locket for his sweetheart, Pepa de Rosalía, a locket that cost him a fortune because it was made of nothing less than gold-plated silver.

What did Pepa want with Ramón's hair, a pitiful, pallid lock of very thin, ash-blond hair that shouted to high heaven of the physiological poverty of the Widow Pendones' seven-months' child? Who knows? Such are the mysteries of love. And Pepa could scarcely have loved him for personal gain. No one could say why she loved him. Perhaps because he was faithful, loyal, sincere, and meek

buenos mozos del pueblo, la gallarda Pepa de Rosalía y Ramón *la gallina* eran novios. Pero tuvieron que separarse. Él se fué al servicio; a ella le quedó el guardapelo, y de tarde en tarde fué recibiendo cartas de puño y letra de algún cabo, porque Ramón no sabía escribir; se valía de amanuense, pocas veces gratuito, y firmaba con una cruz.

Éste era el Ramón que se la atravesó entre ceja y ceja [12] al mejor lírico de su pueblo al fraguar el final de su elegía u oda a la patria. Y el remordimiento, en forma de sarcasmo, le sugirió esta idea: "No te apures, hombre; así como D. Quijote [6] concluía las estrofas de cierta poesía a Dulcinea,[6] añadiendo el pie quebrado *del Toboso,*[6] por escrúpulos de veracidad, así tú puedes poner una nota a tus ofrecimientos líricos de *sangre derramada,* diciendo, verbigracia:

> Patria, la sangre que ofrecerte quiero,
> en lugar de los cantos de mi lira,
> *no tiene mío más, si bien se mira,*
> *que el haberme costado mi dinero.*

¡Oh, cruel sarcasmo! ¡Sí, terrible vergüenza! ¡*Cantar* a la patria mientras el pobre *gallina* se estaba batiendo como el primero, allá abajo, en tierra de moros, en lugar del *señorito!* [18]

Rasgó la oda, o elegía, que era lo más decente que podía hacer en servicio de la patria. Cuando vinieron el alcalde, el síndico y varios regidores a recoger los versos, pusieron el grito en el cielo al ver que Eleuterio los había dejado en blanco. Hubo alusiones embozadas a lo de la secretaría; y tanto pudo el miedo a perder la esperanza del destino, que el chico de Miranda tuvo que obligarse a *sustituir* (terrible vocablo para él) los versos que faltaban con un discurso improvisado de los que él sabía *pronunciar* tan ricamente como cualquiera. Le llevaron al teatro, donde se celebraba la fiesta patriótica, y habló en efecto; hizo una paráfrasis en prosa, pero en prosa mejor que los versos rotos

and kind. However that may be, the fact remains that to the great astonishment of all the handsome young men in town, lovely Pepa de Rosalía and Ramón *The Hen* were sweethearts. But now they had to separate. He went into the service, and she had her locket, and, from time to time, letters in the handwriting of some corporal or other, as Ramón did not know how to write, and resorted to a scribe, whose services were seldom free, and signed with a cross.

This was the Ramón who went through the mind of the greatest lyric poet in town as he forged the finale of his elegy or ode to the fatherland. And remorse, in the form of sarcasm, suggested the following idea to him: Do not worry, for just as Don Quixote in his scrupulous concern for truth ended the strophes of a certain poem devoted to Dulcinea with the short line "Del Toboso," so you can add a note to your lyric offerings about the "crimson stream I bled," saying, for example:

> Spain, the blood I'd offer thee
> In lieu of songs from my lyre
> *Of me has naught, if you inquire,*
> *But having cost me money!*

Oh cruel sarcasm! Oh horrid shame! To *sing* to the fatherland while the poor *Hen,* instead of the *señorito,* was fighting like the best of them overseas in the land of the Moors.

And so he tore up his ode or elegy—the most decent thing he could do for the fatherland. When the mayor, the syndic, and several aldermen came to pick up the verses, they shouted to high heaven when they saw that Eleuterio had left them in the lurch. There were so many veiled allusions to the matter of the clerkship, and the fear of losing hope of employment was such that the young Miranda boy was forced to *substitute* (a terrible word for him) for the missing verses, an improvised speech, something he could *deliver* as splendidly as anyone. They brought him to the theater, where the patriotic celebration was being held, and he actually spoke: he gave a paraphrase in prose, but

de la elegía u oda. Entusiasmó al público; se llegó a entusiasmar él mismo. En el patético epílogo se le volvió a presentar la figura pálida de Ramón . . . mientras ofrecía, entre vivas y aplausos de la muchedumbre, *sellarlo* todo con su sangre, si la patria la necesitaba, y se juraba a sí propio, echar a correr aquella misma noche camino de África, para batirse al lado de Ramón.

* * *

Y lo hizo como lo pensó. Pero al llegar a Málaga para embarcar, supo que entre los heridos que habían llegado de África[6] dos días antes estaba un pobre soldado de su pueblo. Tuvo un presentimiento; corrió al hospital, donde vió al pobre Ramón Pendones próximo a la agonía.

Estaba herido, pero levemente. No era eso lo que le mataba, sino lo de siempre: la fiebre. Con la mala vida de campaña, las tercianas se le habían convertido en no sabía qué fuego y qué nieve que le habían consumido hasta dejarle hecho ceniza. Había sido durante un mes largo un *héroe de hospital.* ¡Lo que había sufrido! ¡Lo mal que había comido, bebido, dormido! ¡Cuánto dolor en torno; qué tristeza fría, qué frío intenso, qué angustia, qué *morriña!* Y ¿cómo había sido lo de la herida? Pues nada; que una noche, estando de guardia, en un rayo de luna . . . ¡zas! un morito le había visto, al parecer, y, lo dicho ¡zas! . . . había hecho blanco. Pero en blando. Pero el frío, la fatiga, los sustos, la tristeza, ¡aquello sí! . . .

Murió Ramón Pendones en brazos del *señorito,* muy agradecido y recomendándole a su madre y a su novia.
Y el señorito, más poeta, más *creador* de lo que él mismo pensaba, pero poeta épico, *objetivo,* salió de Málaga, pasó el charco[14] y se fué derecho al capitán de Ramón, un bravo de buen corazón y fantasía, y le dijo:

—Vengo de Málaga; allí ha muerto en el hospital Ramón Pendones, soldado de esta compañía. He pasado el

in a prose superior to the broken lines of the elegy or ode. He enraptured his audience, and even enraptured himself. In the course of his pathetic epilogue he evoked once more the pale figure of Ramón, while he offered amid the cheering, applauding crowd, to *seal* everything with his blood, if the fatherland needed it, and swore to himself to run away that very night to Africa and fight side by side with Ramón.

* * *

And he did just as he planned. But on reaching Málaga, where he was to board the boat, he learned that among the wounded brought over from Africa two days before, there was a poor soldier from his home town. He had a premonition and rushed to the hospital, where he found the poor Ramón Pendones, close to death.

He was wounded, but only slightly. It was not that which was killing him, but the same thing as always, the fever. With the wretched life he had led during the campaign, the fever had turned him into a kind of fire and ice, consuming him until he had become a cinder. For a whole month he had been a *hospital hero.* How he had suffered! How poorly he had eaten, drunk and slept! How much pain surrounded him, what cold sorrow, what intense cold, what anguish, what melancholy! And how did he get his wound? It was nothing. One night, while he was on guard duty, standing in a ray of moonlight . . . bang! Some little Moor had seen him, it would seem, and, as I have said, bang! . . . scored a hit. But not in a vital spot . . . Yet the cold, the fatigue, the dread and the melancholy— that was different.

Ramón Pendones died in the arms of the *señorito,* very gratefully commending his mother and girl friend to him.

And the *señorito,* more of a poet, more of a *creator* than he himself suspected—but an epic, *objective* poet—left Málaga, crossed the sea, and went directly to Ramón's captain, a courageous fellow endowed with imagination and a kind heart, and told him:

"I've just come from Málaga, where a soldier from this company, one Ramón Pendones, died in the hospital. I have

mar para ocupar el puesto del difunto. Hágase usted cuenta que Pendones ha sanado y que yo soy Pendones. Él era mi *sustituto,* ocupaba mi puesto en las filas y yo quiero ocupar el suyo. Que la madre y la novia de mi pobre sustituto no sepan *todavía* que ha muerto; que no sepan jamás que ha muerto en un hospital, de tristeza y de fiebre . . . .

El capitán comprendió a Miranda.

— Corriente—le dijo—por ahora usted será Pendones; pero después, en acabándose la guerra . . . ya ve usted [15] . . .

— Oh, eso queda de mi cuenta [16]—replicó Eleuterio.

Y desde aquel día Pendones, dado de alta, respondió siempre otra vez a la lista. Los compañeros que notaron el cambio celebraron la idea del *señorito,* y el secreto del sustituto fué el secreto de la compañía.

Antes de morir, Ramón había dicho a Eleuterio cómo se comunicaba con su madre y su novia. El mismo cabo que solía escribirle las cartas, escribía ahora las de Miranda, que también las firmaba con una cruz; pues no quería escribir él por si reconocían la letra en el pueblo,

— Pero todo eso—preguntaba el cabo amanuense—¿para qué les sirve a la madre y a la novia si al fin han de saber . . . ?

— Deja, deja—respondía Eleuterio ensimismado. — Siempre es un respiro . . . Después . . . Dios dirá.

La idea de Eleuterio era muy sencilla, y el modo de ponerla en práctica lo fué mucho más. Quería pagar a Ramón la vida que había dado en *su lugar;* quería ser sustituto del sustituto y dejar a los seres queridos de Ramón una buena herencia de fama, de gloria y algo de provecho.

Y, en efecto, estuvo acechando la ocasión de portarse como un héroe, pero como un héroe de veras. Murió matando una porción de moros, salvando una bandera, suspendiendo una retirada y convirtiéndola, con su glorioso ejemplo, en una victoria esplendorosa.

crossed the sea to take the place of the dead man. Make believe Pendones has recovered, and that I am Pendones. He was my *substitute,* and took my place in the ranks; now I want to take his. Don't let his mother or his girl friend know that he's dead *yet;* don't ever let them know he died in the hospital of melancholy and fever!"

The captain understood Miranda.

"All right," he said, "for the time being you'll be Pendones, but later on, when the war is over—we'll see."

"Oh, I'll take care of that," answered Eleuterio.

And from that day on Pendones, readmitted into the service, always answered the rollcall. His comrades, aware of the change, approved of the *señorito*'s idea, and so the substitute's secret became the company secret.

Before his death Ramón had explained to Eleuterio how he corresponded with his mother and his girl friend. So the same corporal who used to write his letters now wrote Miranda's, who also signed them with a cross—for he did not wish to write them himself in case they might recognize his handwriting in his home town.

"But all this," asked the corporal who wrote the letters, "what good will it do the mother and the girl friend if eventually they'll have to learn the truth?"

"Never mind, never mind," Eleuterio replied, absorbed in his thoughts. "Surely it is a respite. . . . Later on. . . God will tell."

Eleuterio's idea was very simple, and his way of carrying it out much more so. He wanted to repay Ramón for the life he had given *in his stead;* he wanted to be the substitute's substitute and to leave Ramón's loved ones a fine inheritance of fame and glory and something worthwhile.

And, as a matter of fact, he was looking for a chance to act like a hero, like a real hero. He died killing a lot of Moors, saving a flag, stopping a retreat and converting it, through his glorious example, into a magnificent victory.

No en vano era, además de valiente, poeta, y más poeta épico de lo que él pensaba: sus recuerdos de la *Iliada* [6] y otros poemas épicos, llenaron su fantasía para inspirarle un *bel morir*.[17] Hasta para ser héroe, artista, dramático, se necesita imaginación. Murió, no como hubiera muerto el pobre Ramón, sino con *distinción*, con elegancia. Su muerte fué sonada; no pudo ser un héroe anónimo. Aunque simple soldado, su hazaña y glorioso fin llamaron la atención y excitaron el entusiasmo de todo el ejército. El general en jefe le consagró un solemne elogio; se le ascendió después de muerto; su nombre figuró en letras grandes en todos los periódicos, diciendo: "Un héroe: Ramón Pendones"; y para su madre hubo el producto de una cruz *póstuma,* pensionada, que la ayudó, de por vida a pagar la renta a don Pedro Miranda, cuyo único hijo, por cierto, había muerto también, probablemente en la guerra, sin que se supiera cómo ni dónde.

Cuando el capitán, años después, en secreto siempre, refería a sus íntimos la historia, solían muchos decir:

"La abnegación de Eleuterio fué exagerada. No estaba obligado a tanto. Al fin, el otro era sustituto; pagado estaba y voluntariamente había hecho el trato."

Era verdad. Eleuterio fué exagerado. Pero no hay que olvidar que era poeta; y si la mayor parte de los señoritos que pagan soldado, un soldado que muera en la guerra, no hacen lo que Miranda, es porque poetas hay pocos, y la mayor parte de los señoritos son prosistas.

Not in vain was he, besides being brave, a poet, and more of an epic poet than he thought: his memories of the *Iliad* and other epic poems filled his imagination and inspired him to a *beautiful death*. Even to be a hero, artistically, dramatically one must have imagination. He died not as poor Ramón would have died, but with distinction, with elegance. His death was widely publicized; he could not be an anonymous hero. Although a simple soldier, his deed and glorious end attracted attention and aroused the enthusiasm of the whole army. The commanding general gave him a solemn eulogy; he was promoted after his death; and his name was printed in big letters in all the newspapers: A HERO, RAMÓN PENDONES. For his mother there were the proceeds of a posthumous decoration—a pension that helped her pay her rent for the rest of her life to Don Pedro Miranda, whose only son had also died, probably in the war, without anyone knowing where or how.

When, years later, the captain would tell this story to his intimate friends, always in strictest confidence, many of them would say:

"Eleuterio's self-sacrifice went too far. He was not obliged to do so much. After all, the other fellow was his substitute and had been paid for the job—he had closed the deal willingly."

This was true. Eleuterio had gone too far. But one must not forget that he was a poet, and that most *señoritos* who pay for a substitute, a substitute who may die in the war, would never do what Miranda did because poets are scarce and most *señoritos* write prose.

Miguel de Unamuno

(1864–1936).

Unamuno's life was a ceaseless struggle. After preliminary studies at the Instituto Vizcaíno, he took up philosophy and literature at the University of Madrid, becoming Professor of Greek at the University of Salamanca in 1891. His writings, which began to appear in 1894, showed a passionate interest in philosophical speculation, especially as it concerns man's existence. During the debates of the so-called Generation of 1898 anent Spain's future, he scrutinized most deeply the essence of Hispanism. His outspoken, unpredictable and often anarchic viewpoints brought him into conflict not only with Primo de Rivera, who exiled him in 1924, but later with the Republic and with Generalissimo Franco. Although primarily a thinker, world famous for his existentialist *Del sentimiento trágico de la vida* (1912), Unamuno wrote several volumes of verse and prose fiction. His novels and stories, of which the most remarkable are *Niebla* (1914), *Tres novelas ejemplares y un prólogo* (1920), in which "El marqués de Lumbría" is included, and *San Manuel Bueno, mártir* (1933), dramatize his philosophical ideas, especially man's passionate desire not to die, to conquer death, and such other subsidiary themes as the maternal instinct, procreation, faith, im-

mortality, etc. However, Unamuno's characters are not, like those of many philosopher-novelists, mere puppets, symbolizing this or that: his characters are convincingly human, intensely so, a factor which contributes to his dramatic force and suspense.

EL MARQUÉS DE LUMBRÍA

por Miguel de Unamuno

La casona solariega de los marqueses de Lumbría, el palacio, que es como se le llamaba en la adusta ciudad de Lorenza,[1] parecía un arca de silenciosos recuerdos del misterio. A pesar de hallarse habitada, casi siempre permanecía con las ventanas y los balcones que daban al mundo cerrados. Su fachada, en la que se destacaba el gran escudo de armas del linaje de Lumbría, daba al Mediodía, a la gran plaza de la Catedral, y frente a la ponderosa fábrica de ésta; pero como el sol bañaba casi todo el día, y en Lorenza apenas hay días nublados, todos sus huecos permanecían cerrados. Y ello porque el excelentísimo señor marqués de Lumbría, don Rodrigo Suárez de Tejada, tenía horror a la luz del sol y al aire libre. "El polvo de la calle y la luz del sol—solía decir—no hacen más que deslustrar los muebles y echar a perder las habitaciones, y luego, las moscas. . . ." El marqués tenía verdadero horror a las moscas, que podían venir de un andrajoso mendigo, acaso de un tiñoso. El marqués temblaba ante posibles contagios de enfermedades plebeyas. Eran tan sucios los de Lorenza y su comarca . . .

Por la trasera daba la casona al enorme tajo escarpado que dominaba al río. Una manta de yedra cubría por aquella parte grandes lienzos del palacio. Y aunque la yedra era abrigo de ratones y otras alimañas, el marqués la

148

THE MARQUIS OF LUMBRÍA

by Miguel de Unamuno

THE MANORIAL house of the Marquis of Lumbría, "the palace" as it was called in the gloomy city of Lorenza, was like a chest of silent, mysterious memories. Although it was inhabited, its windows and balconies that faced the street were almost always closed. Its façade, which boldly displayed the great coat-of-arms of the Lumbría family, faced south toward the spacious square of the Cathedral and stood opposite this imposing edifice; but since the sun shone upon it almost all day long, and there are scarcely any cloudy days in Lorenza, all its windows and doors remained closed. And this happened because the most excellent Marquis of Lumbría, Don Rodrigo Suárez de Tejada, abhorred sunlight and fresh air. "Street dust and sunlight," he used to say, "do nothing but dull the furniture and spoil the rooms—and then the flies . . ." The Marquis had a veritable horror of the flies which might come from a ragged, or perhaps a scurvy beggar. The Marquis trembled at the possibility of contracting any of the plebeian diseases. The people of Lorenza and its environs were so filthy . . .

The rear of the mansion faced an enormous rugged cliff that overlooked the river. A blanket of ivy covered the wide walls of the palace on this side. And though the ivy sheltered mice and other vermin, the Marquis respected it. It

respetaba. Era una tradición de familia. Y en un balcón puesto allí, a la umbría, libre del sol y de sus moscas, solía el marqués ponerse a leer mientras le arrullaba el rumor del río, que gruñía en el congosto de su cauce, forcejeando con espumarajos por abrirse paso entre las rocas del tajo.

El excelentísimo señor marqués de Lumbría vivía con dos hijas, Carolina, la mayor, y Luisa, y con su segunda mujer, doña Vicenta, señora de brumoso seso, que cuando no estaba durmiendo estaba quejándose de todo, y en especial del ruido. Porque así como el marqués temía al sol, la marquesa temía al ruido, y mientras aquél se iba en las tardes de estío a leer en el balcón en sombra, entre yedra, al son del canto secular del río, la señora se quedaba en el salón delantero a echar la siesta sobre una vieja butaca de raso, a la que no había tocado el sol, y al arrullo del [2] silencio de la plaza de la Catedral.

El marqués de Lumbría no tenía hijos varones, y ésta era la espina dolorosísima de su vida. Como que para tenerlos se había casado, a poco de enviudar con su mujer, con doña Vicenta, su señora, y la señora le había resultado estéril.

La vida del marqués transcurría tan monótona y cotidiana, tan consuetudinaria y ritual, como el gruñir del río en lo hondo del tajo [3] o como los oficios litúrgicos de la Catedral. Administraba sus fincas y dehesas, a las que iba de visita, siempre corta, de vez en cuando, y por la noche tenía su partida de tresillo con el penitenciario,[4] consejero íntimo de la familia, un beneficiado y el registrador de la Propiedad. Llegaban a la misma hora, cruzaban la gran puerta, sobre la que se ostentaba la placa del Sagrado Corazón de Jesús con su "Reinaré en España y con más veneración que en otras partes," sentábanse en derredor de la mesita dispuesta ya, y al dar las diez se iban alejando, aunque hubiera puestas, para el siguiente día. Entretanto, la marquesa dormitaba y las hijas del marqués hacían labores, leían libros de edificación [5]—acaso otros obtenidos a hurtadillas—o reñían una con otra.

was a family tradition. And on a balcony, built here on the shady side, free from the sun and its accompanying flies, the Marquis used to sit down to read while the murmur of the river soothed him, as it rushed down the narrow channel of its bed, surging with foam to force its way through the rocks of the cliff.

The most excellent Marquis of Lumbría lived with his two daughters, Carolina, the elder, and Luisa, and with his second wife, Doña Vicenta, a woman with a foggy brain, who, when she was not sleeping, was complaining of everything, especially of the noise. For, just as the Marquis feared sunshine, the Marquise feared noise; and while the former went on summer afternoons to read in the shade of the ivy-covered balcony to the sound of the river's ageless song, his wife stayed in the front parlor and took her siesta in an old satin arm-chair which the sun had not touched, lulled by the silence of the cathedral square.

The Marquis of Lumbría had no male children, and this was the most painful thorn in his existence. It was in order to have them that, shortly after having become a widower, he had married Doña Vicenta, his present wife, but she had proved sterile.

The Marquis' life was as monotonous and quotidian, as unchanging and regular, as the murmur of the river below the cliff or as the liturgic services in the cathedral. He managed his estate and pasture lands, to which he paid short visits from time to time, and at night he would play *ombre* with the priest, the intimate advisor of his family, a curate, and the clerk of records. They all arrived at the same hour, went through the great door above which was exhibited a plaque of the Sacred Heart of Jesus with its inscription: "I shall reign in Spain, more reverenced there than elsewhere," seated themselves around the little table already arranged for them, and on the stroke of ten, they parted until the following day, even though there might still be open stakes. Meanwhile the Marquise dozed off and the Marquis' daughters did their needlework, read edifying books—perhaps some others obtained on the sly— or quarreled with each other.

Porque como para matar el tedio que se corría desde el salón cerrado al sol y a las moscas, hasta los muros vestidos de yedra, Carolina y Luisa tenían que reñir. La mayor, Carolina, odiaba al sol, como su padre, y se mantenía rígida y observante de las tradiciones de la casa; mientras Luisa gustaba de cantar, de asomarse a las ventanas y los balcones y hasta de criar en éstos flores de tiesto, costumbre plebeya, según el marqués. "¿No tienes el jardín?", le decía éste a su hija, refiriéndose a un jardincillo anexo al palacio, pero al que rara vez bajaban sus habitantes. Pero ella, Luisa, quería tener tiestos en el balcón de su dormitorio, que daba a una calleja de la plaza de la Catedral, y regarlos, y con este pretexto asomarse a ver quién pasaba. "Qué mal gusto de atisbar lo que no nos importa . . .", decía el padre; y la hermana mayor, Carolina, añadía: "¡No, sino de andar a caza!" Y ya la tenían armada.[6]

Y los asomos al balcón del dormitorio y el riego de las flores de tiesto dieron su fruto. Tristán Ibáñez del Gamonal, de una familia linajuda también y de las más tradicionales de la ciudad de Lorenza, se fijó en la hija segunda del marqués de Lumbría, a la que vió sonreír, con ojos como de violeta y boca como de geranio, por entre las flores del balcón de su dormitorio. Y ello fué que,[7] al pasar un día Tristán por la calleja, se le vino encima el agua del riego que rebosaba de los tiestos, y al exclamar Luisa: "¡Oh, perdone, Tristán!", éste sintió como si la voz doliente de una princesa presa en un castillo encantado le llamara a su socorro.

—Esas cosas, hija—le dijo su padre—, se hacen en forma y seriamente. ¡Chiquilladas, no!

—Pero, ¿a qué viene eso, padre?—exclamó Luisa.

—Carolina te lo dirá.

Luisa se quedó mirando a su hermana mayor, y ésta dijo:

—No me parece, hermana, que nosotras, las hijas de los marqueses de Lumbría, hemos de andar haciendo las osas

For in order to break the tedium which was everywhere, from the parlor closed tight against the sun and flies to the ivy-clad walls, Carolina and Luisa had to quarrel. Carolina, the elder, hated the sun, like her father, and kept herself rigorously observant of all the family traditions; while Luisa liked to sing, to lean out the windows and over balconies and even to grow flowers there in flower-pots —a vulgar custom according to the Marquis. "What about the garden?" he would say to his daughter, referring to a tiny garden which adjoined the palace, but was seldom visited by any of the latter's inhabitants. But Luisa wanted to have flower-pots on the balcony of her bedroom, which faced a side street of the cathedral square; she wanted to water them, and with this as a pretext, to lean out and see who was passing by. "What bad taste to pry into what does not concern us . . ." her father would say; and her older sister, Carolina, would add: "No, but to go hunting!" And then the fun would begin.

And the appearances on the bedroom balcony and the watering of the potted flowers yielded their fruit. Tristan Ibáñez del Gamonal, of a titled family, one of the oldest in the city of Lorenza, noticed the second daughter of the Marquis of Lumbría; he saw her smiling, with her violet-like eyes and geranium-like mouth, among the flowers on the balcony of her bedroom. And it happened one day as Tristan was passing through the narrow street, the water overflowing from the flower-pots came down on him, and when Luisa exclaimed: "O, excuse me, Tristan!" he felt as if the voice of a suffering princess imprisoned in an enchanted castle were calling him to her aid.

"Such things, my daughter," said her father, "are done formally and seriously. I will have no foolishness!"

"But what do you mean by that, father?" exclaimed Luisa.

"Carolina will tell you."

Luisa stood looking at her older sister and the latter said:

"It does seem to me, sister, that we, the daughters of the Marquis of Lumbría, should not carry on flirtations and

en cortejeos y pelando la pava [8] desde el balcón como las artesanas. ¿Para eso eran las flores?

— Que pida entrada ese joven—sentenció el padre—, y pues que, por mi parte, nada tengo que oponerle,[9] todo se arreglará. ¿Y tú, Carolina?

— Yo—dijo ésta—tampoco me opongo.

Y se le hizo a Tristán entrar en la casa como pretendiente formal a la mano de Luisa. La señora tardó en enterarse de ello.

Y mientras transcurría la sesión de tresillo, la señora dormitaba en un rincón de la sala, y, junto a ella, Carolina y Luisa, haciendo labores de punto o de bolillos, cuchicheaban con Tristán, al cual procuraban no dejarle nunca solo con Luisa, sino siempre con las dos hermanas. En esto era vigilantísimo el padre. No le importaba, en cambio, que alguna vez recibiera a solas Carolina al que debía de ser su cuñado, pues así le instruiría mejor en las tradiciones y costumbres de la casa.

*　　*　　*

Los contertulios tresillistas,[10] la servidumbre de la casa y hasta los del pueblo, a quienes intrigaba el misterio de la casona, notaron que a poco de la admisión en ésta de Tristán como novio de la segundona [11] del marqués, el ámbito espiritual de la hierática familia pareció espesarse y ensombrecerse. La taciturnidad del marqués se hizo mayor,[12] la señora se quejaba más que nunca del ruido, y el ruido era mayor que nunca. Porque las riñas y querellas entre las dos hermanas eran mayores y más enconadas que antes, pero más silenciosas. Cuando, al cruzarse en un pasillo, la una insultaba a la otra, o acaso la pellizcaba, hacíanlo como en susurro, y ahogaban las quejas. Sólo una vez oyó Mariana, la vieja doncella, que Luisa gritaba: "Pues lo sabrá toda la ciudad, ¡sí, lo sabrá la ciudad toda! ¡Saldré al balcón de la plaza de la Catedral a gritárselo a todo el mundo!" "¡Calla!", gimió la voz del marqués, y luego una expresión tal, tan inaudita allí, que Mariana huyó despavorida de junto a la puerta donde escuchaba.

strut about like peacocks on the balcony as women of the working class do. Is that what the flowers were for?"

"Let that young man ask to be admitted," pronounced her father, "and as I have nothing against him, everything will be arranged. How about you, Carolina?"

"I," said the latter, "do not object either."

And so Tristan entered the house as a formal suitor for the hand of Luisa.

The Marquise did not perceive this at once. And as the *ombre* session passed, the lady dozed in a corner of the drawing-room; and near her Carolina and Luisa, knitting or making lace, whispered with Tristan, whom they were careful never to leave alone with Luisa but always with both sisters. In this respect the father was most vigilant. He did not mind, on the other hand, if Carolina sometimes received her future brother-in-law alone, for thus she could better instruct him in the customs and traditions of the household.

* * *

The card players, the domestics and even the towns-people who were intrigued by the mystery of the mansion, noticed that shortly after Tristan's admission into the house as the sweetheart of the second daughter of the Marquis, the spiritual atmosphere of the hieratic family seemed to grow more dense and shadowy. The Marquis grew more taciturn, and his wife complained more than ever about the noise and the noise was greater than ever. For the quarrels and disputes of the two sisters were more violent and bitter than before, but more silent. When one of them insulted òr perhaps pinched the other, as they met in the hall, it would be an affair of whispers and smothered complaints. Only once did Mariana, the old chambermaid, hear Luisa shouting: "Well, the whole city shall know it! Yes, the whole city shall know it! I shall go out on the balcony overlooking the cathedral square and shout it to everyone!"

"Be quiet," roared the voice of the Marquis, and then followed an expression, so unheard in that house, that Mariana

A los pocos días de esto, el marqués se fué de Lorenza, llevándose consigo a su hija mayor, Carolina. Y en los días que permaneció ausente, Tristán no pareció por la casa. Cuando regresó el marqués solo una noche, se creyó obligado a dar alguna explicación a la tertulia del tresillo. "La pobre no está bien de salud—dijo mirando fijamente al penitenciario—; ello la lleva, ¡cosa de nervios!, a constantes disensiones, sin importancia, por supuesto, con su hermana, a quien, por lo demás, adora, y la he llevado a que se reponga." Nadie le contestó nada.

Pocos días después, en familia, muy en familia, se celebraba el matrimonio entre Tristán Ibáñez del Gamonal y la hija segunda del excelentísimo señor marqués de Lumbría. De fuera no asistieron más que la madre del novio y los tresillistas.

Tristán fué a vivir [13] con su suegro, y el ámbito de la casona se espesó y entenebreció más aún. Las flores del balcón del dormitorio de la recién casada se ajaron por falta de cuidado; la señora se dormía más que antes, y el señor vagaba como un espectro, taciturno y cabizbajo, por el salón cerrado a la luz del sol de la calle. Sentía que se le iba la vida, y se agarraba a ella. Renunció al tresillo, lo que pareció, su despedida del mundo, si es que en el mundo vivió.[14] "No tengo ya la cabeza para el juego— le dijo a su confidente el penitenciario—; me distraigo a cada momento y el tresillo no me distrae ya; [15] sólo me queda prepararme a bien morir."

Un día, amaneció con un ataque de perlesía. Apenas si recordaba nada.[16] Mas en cuanto fué recobrándose, parecía agarrarse con más desesperado tesón a la vida. "No, no puedo morir hasta ver como queda la cosa." [17] Y a su hija, que le llevaba la comida a la cama, le preguntaba ansioso: "¿Cómo va eso? ¿Tardará?" "Ya no mucho, padre." "Pues no me voy, no debo irme, hasta recibir al nuevo marqués; porque tiene que ser varón, ¡un varón!; hace aquí falta un hombre, y si no es un Suárez de Tejada, será un Rodrigo y un marqués de Lumbría." "Eso no depende de mí,

fled in terror from the door at which she had been listening.

A few days later the Marquis went away from Lorenza and took his eldest daughter, Carolina, with him. And during the time he was gone Tristan did not appear at the house. When the Marquis returned, he felt obliged one night to give some explanation at the card party. "The poor girl is not feeling well," he said, looking fixedly at the priest, "it's a case of nerves that comes from constant quarrels, trivial, of course, with her sister whom she really adores, and so I took her away to recuperate." Nobody answered a word.

A few days later, the marriage of Tristan Ibáñez del Gamonal to the second daughter of the most excellent Marquis de Lumbría was celebrated *en famille*—decidedly *en famille*. No outsiders attended it except the mother of the groom and the card players.

Tristan came to live with his father-in-law and the atmosphere in the mansion grew denser and still more tenebrous. The flowers on the bedroom balcony of the new bride withered for lack of care. The Marquise slept more than ever and the Marquis, like a ghost, taciturn and crestfallen, roamed about the living-room sealed against the light from the street. He felt that his life was ebbing away, and he was clutching at it. He gave up *ombre*, and this act seemed like a farewell to the world—if he ever lived in the world. "I have not the head for the game now," he told his confidant, the priest, "I am distracted every minute and the game no longer amuses me. The only thing left is to prepare myself to die well."

One day he awoke with a paralytic stroke. He hardly remembered anything. But as he recovered, he seemed to clutch at life with a more desperate tenacity. "No, I can't die until I see how things turn out." And of his daughter, who brought him his dinner in bed, he inquired anxiously: "How's it going? Will it be long?"

"Not much longer, father."

"Well, I am not going away, I cannot go until I see the new Marquis; because it must be a male, a male! We need a man here and if it is not a Suárez de Tejada, it will be a

padre . . ." "Pues eso más faltaba,[18] hija—y le temblaba la voz al decirlo—, que después de habérsenos metido en casa ese . . . botarate, no nos diera un marqués . . . Era capaz de . . ."[19] La pobre Luisa lloraba. Y Tristán parecía un reo y a la vez un sirviente.

La excitación del pobre señor llegó al colmo cuando supo que su hija estaba para librar. Temblaba todo él con fiebre expectativa. "Necesitaba más cuidado que la parturienta" —dijo el médico.

—Cuando dé a luz Luisa—le dijo el marqués a su yerno—, si es hijo, si es marqués, tráemelo en seguida, que lo vea, para que pueda morir tranquilo; tráemelo tú mismo.

Al oír el marqués aquel grito, incorporóse en la cama y quedó mirando hacia la puerta del cuarto, acechando. Poco después entraba Tristán, compungido, trayendo bien arropado al niño. "¡Marqués!"—gritó el anciano—. "¡Sí!" Echó un poco el cuerpo hacia adelante a examinar al recién nacido, le dió un beso balbuciente y tembloroso, un beso de muerte, y sin mirar siquiera a su yerno se dejó caer pesadamente sobre la almohada y sin sentido. Y sin haberlo recobrado murióse dos días después.

Vistieron de luto, con un lienzo negro, el escudo de la fachada de la casona, y el negro del lienzo empezó desde luego a ajarse con el sol, que le daba de lleno[20] durante casi todo el día. Y un aire de luto pareció caer sobre la casa toda, a la que no llevó alegría ninguna el niño.

La pobre Luisa, la madre, salió extenuada del parto. Empeñóse en un principio en criar a la criatura, pero tuvo que desistir de ello. "Pecho mercenario . . . , pecho mercenario . . ." Suspiraba. "¡Ahora, Tristán, a criar al marqués"—le repetía a su marido.

Tristán había caído en una tristeza indefinible y se sentía envejecer. "Soy como una dependencia de la casa, casi un mueble"—se decía. Y desde la calleja solía contemplar el

Rodrigo and a Marquis de Lumbría."

"That does not depend on me, father . . ."

"Well, that would be the last straw, my daughter," and his voice trembled as he said it, "that after taking that madcap into our house, he should not give us a Marquis . . . Why I would . . ."

Poor Luisa wept and Tristan seemed a criminal and a servant at the same time.

The excitement of the poor man reached its height when he learned that his daughter was about to deliver. He trembled all over with a feverish expectancy. "You require more care than the expectant mother," said the doctor.

"When Luisa gives birth to the child," said the Marquis to his son-in-law, "if it is a son, a Marquis, bring him to me at once that I may see him and then die in peace; bring him to me yourself."

When the Marquis heard the cry, he sat up in bed and stared at the door. Shortly afterwards Tristan entered, looking remorseful and carrying the child well wrapped up. "Marquis?" the old man shouted.

"Yes!"

He leaned forward a little to examine the new-born babe; he gave it a shaky tremulous kiss, the kiss of death, and without even looking at his son-in-law, he fell back heavily upon the pillow, senseless. Without regaining consciousness he died two days later.

With black cloth, they draped the coat-of-arms on the façade of the house in mourning, and the black of the cloth soon began to fade in the sun which shone full force upon it all day long. An air of mourning seemed to descend upon the whole house to which the child brought no happiness.

Poor Luisa, his mother, was left so weak after childbirth that though she insisted on nursing her child at the beginning, she had to give it up. "A hired breast . . . ," she sighed. "Now, Tristan, a wet nurse will nurse the Marquis," she repeated to her husband.

Tristan had fallen into an indefinable sadness; he felt himself growing old. "I am like an appurtenance of the house, almost a piece of furniture," he would say to himself.

balcón del que fué dormitorio de Luisa, balcón ya sin tiestos de flores.

— Si volviésemos a poner flores en tu balcón, Luisa . . . —se atrevió a decirle una vez a su mujer.

— Aquí no hay más flor que el marqués—le contestó ella.

El pobre sufría con que a su hijo no se le llamase sino el marqués. Y huyendo de casa, dió en refugiarse en la Catedral. Otras veces salía, yéndose no se sabía adónde. Y lo que más le irritaba era que su mujer ni intentaba averiguarlo.

Luisa sentíase morir, que se le derretía gota a gota la vida. "Se me va la vida como un hilito de agua [21]—decía—; siento que se me adelgaza la sangre; me zumba la cabeza, y si aún vivo, es porque me voy muriendo muy despacio . . . Y si lo siento, es por él, por mi marquesillo, sólo por él . . . ¡Qué triste vida la de esta casa sin sol! . . . Yo creía que tú, Tristán, me hubieses traído sol, y libertad, y alegría; pero no, tú no me has traído más que el marquesito . . . ¡Tráemelo!" Y le cubría de besos lentos, temblorosos y febriles. Y a pesar de que se hablaban, entre marido y mujer se interponía una cortina de helado silencio. Nada decían de lo que más les atormentaba las mentes y los pechos.

Cuando Luisa sintió que el hilito de su vida iba a romperse, poniendo su mano fría sobre la frente del niño, de Rodriguín, le dijo al padre: "Cuida del marqués. ¡Sacrificate al marqués! ¡Ah, y a ella dile que la perdono!" "¿Y a mí?"—gimió Tristán. "¿A ti? ¡Tú no necesitas ser perdonado!" Palabras que cayeron como una terrible sentencia sobre el pobre hombre. Y poco después de oírlas se quedó viudo.

* * *

Viudo, joven, dueño de una considerable fortuna, la de su hijo el marqués, y preso en aquel lúgubre caserón cerrado al sol, con recuerdos que siendo de muy pocos años le

And from the narrow street he would gaze at the balcony of Luisa's bedroom, a balcony with no more flower-pots.

"Couldn't we put some flowers on your balcony again, Luisa?" he once ventured to ask his wife.

"Here there is no other flower but the Marquis," she answered.

The poor man suffered because they called his son nothing but the Marquis. Shunning his home, he took to seeking refuge in the cathedral. Other times he would go out without anyone knowing where he went. And what hurt him most was that his wife did not even try to discover where he went.

Luisa felt that she was dying, for life was melting away from her drop by drop. "My life is leaving me like a fine stream of water," she said, "I feel my blood grow thinner; my head is buzzing, and if I'm still alive, it's because I am dying very slowly . . . And if I regret it, it is for his sake, for my little Marquis, only for him . . . How sad life is in this sunless house! I thought that you, Tristan, would bring sunshine, freedom and happiness; but no, you have brought me nothing but the little Marquis . . . Bring him to me!" And she covered him with long, tremulous, feverish kisses. And although they spoke to each other, between husband and wife there fell a curtain of frozen silence. They said nothing of what most tormented their minds and hearts.

When Luisa felt that the thread of her life was about to break, she placed her cold hand on her son Rodrigo's forehead and said to his father: "Take care of the Marquis! Sacrifice yourself for the Marquis! Oh, and tell her that I forgive her!"

"And me?" moaned Tristan.

"You? You don't have to be pardoned!" The words fell like a fearful sentence upon the poor man. And shortly after hearing them, he was left a widower.

*　　*　　*

A young widower, master of a considerable fortune, that of his son the Marquis, and imprisoned in that gloomy mansion shut against the sun, with memories which, even

parecían ya viejísimos. Pasábase las horas muertas [22] en un balcón de la trasera de la casona, entre la yedra, oyendo el zumbido del río. Poco después reanudaba las sesiones del tresillo. Y se pasaba largos ratos encerrado con el penitenciario, revisando, se decía, los papeles del difunto marqués y arreglando su testamentaría.

Pero lo que dió un día que hablar en toda la ciudad de Lorenza [28] fué que, después de una ausencia de unos días, volvió Tristán a la casona con Carolina, su cuñada, y ahora su nueva mujer. ¿Pues no se decía que había entrado monja? [24] ¿Dónde, y cómo vivió durante aquellos cuatro años?

Carolina volvió arrogante y con un aire de insólito desafío en la mirada. Lo primero que hizo al volver fué mandar quitar el lienzo de luto que cubría el escudo de la casa. "Que le da el sol—exclamó—, que le da el sol, y soy capaz de mandar embadurnarlo de miel para que se llene de moscas." Luego mandó quitar la yedra. "Pero, Carolina—suplicaba Tristán—, ¡déjate de antiguallas!"

El niño, el marquesito, sintió, desde luego, en su nueva madre al enemigo. No se avino a llamarla mamá, a pesar de los ruegos de su padre: la llamó siempre tía. "¿Pero quién le ha dicho que soy su tía?—preguntó ella—. ¿Acaso Mariana?" "No lo sé, mujer, no lo sé—contestaba Tristán—; pero aquí, sin saber cómo, todo se sabe." "¿Todo?" "Sí, todo; esta casa parece que lo dice todo . . ." "Pues callemos nosotros."

La vida pareció adquirir dentro de la casona una recogida intensidad acerba. El matrimonio salía muy poco de su cuarto, en el que retenía Carolina a Tristán. Y en tanto, el marquesito quedaba a merced de los criados y de un preceptor que iba a diario a enseñarle las primeras letras, y del penitenciario, que se cuidaba de educarle en religión.

though they were only a very few years old, already seemed incredibly old to him. He passed the dreary hours on the balcony at the rear of the house, among the ivy, listening to the droning of the river. Soon he resumed the card parties. He spent long hours alone with the priest, going over, so it was said, the papers of the late Marquis and arranging his will.

But what gave the whole city of Lorenza something to talk about one day was the fact that after an absence of some days, Tristan returned to the mansion with Carolina, his sister-in-law, now his new wife. But didn't people say that she had become a nun? Where and how had she lived during those four years?

Carolina returned proudly, with an air of insolent defiance on her face. The first thing she did on returning was to order that the mourning draperies be removed from the family coat-of-arms. "Let the sun shine on it," she exclaimed, "let the sun shine on it and I have a mind to have it daubed with honey so that it will fill with flies." Then she ordered the ivy to be removed. "But Carolina," begged Tristan, "forget about these relics of the past!"

The child, the little Marquis, immediately perceived an enemy in his new mother. He would not consent to call her "mama" in spite of his father's requests; he always called her aunt.

"But who told him I am his aunt?" she asked. "Perhaps Mariana?"

"I don't know, I don't know," answered Tristan, "I don't see how, but around here people know everything."

"Everything?"

"Yes, everything. It seems that this house tells everything . . ."

"Well, we shall keep quiet."

Life in the mansion seemed to acquire a bitter, concentrated intensity. The married couple seldom left their room, in which Carolina kept Tristan. And so the little Marquis was left to the mercy of servants, of a tutor who came every day to teach him his ABC's and of the priest who undertook to instruct him in religion.

Reanudóse la partida de tresillo; pero durante ella, Carolina, sentada junto a su marido, seguía las jugadas de éste y le guiaba en ellas. Y todos notaban que no hacía sino buscar ocasión de ponerle la mano sobre la mano, y que de continuo estaba apoyándose en su brazo. Y al ir a dar las diez, le decía: "¡Tristán, ya es hora!" Y de casa no salía él sino con ella, del brazo de él y barriendo la calle con una mirada de desafío.

*　*　*

El embarazo de Carolina fué penosísimo. Y parecía no desear al que iba a venir. Cuando hubo nacido, ni quiso verlo. Y al decirle que era una niña, que nació desmedrada y enteca, se limitó a contestar secamente: "¡Sí, nuestro castigo!" Y cuando poco después la pobre criatura empezó a morir, dijo la madre: "Para la vida que hubiese llevado . . ."

— Tú estás así muy solo—le dijo años después un día Carolina a su sobrino, el marquesito—; necesitas compañía y quien te estimule a estudiar, y así, tu padre y yo hemos decidido traer a casa a un sobrino, a uno que se ha quedado solo [25] . . .

El niño, que ya a la sazón tenía diez años, y que era de una precocidad enfermiza y triste, quedóse pensativo.

Cuando vino el otro, el intruso, el huérfano, el marquesito se puso en guardia, y la ciudad toda de Lorenza no hizo sino comentar el extraordinario suceso. Todos creyeron que como Carolina no había logrado tener hijos suyos, propios, traía el adoptivo, el intruso, para molestar y oprimir al otro, al de su hermana . . .

Los dos niños se miraron, desde luego, como enemigos, porque si imperioso era el uno, no lo era menos el otro. "Pues tú qué te crees—le decía Pedrito a Rodriguín—, ¿que porque eres marqués vas a mandarme? . . . Y si me fastidias mucho, me voy y te dejo solo." "Déjame solo, que es como quiero estar, y tú vuélvete adonde los tuyos." Pero

The card parties were renewed; but during them, Carolina, seated next to her husband, followed his plays and even coached him in them. They all noticed that she did nothing but look for opportunities to put her hand on his and that she was continually leaning on his arm. When the clock was about to strike ten, she said, "Tristan, the time is up." He did not venture out of the house without her, holding his arm and sweeping the street with a look of defiance.

*   *   *

Carolina's pregnancy was very painful. It seemed that she did not desire the child that was coming. When it was born, she did not wish to see it. And when she was told that it was a girl born ill-formed and weak, she only answered dryly: "Yes, our punishment!" And a little later when the poor creature was beginning to die, the mother said: "For the life she would have led . . ."

"You are very much alone," Carolina said one day, years afterwards, to her nephew, the little Marquis, "you need a companion, some one to stimulate you to study; and so your father and I have decided to bring home a nephew, one who was left an orphan . . ."

The boy, who was then already ten years old, and precocious in a sickly, sad way, remained pensive.

When the other one came, the intruder, the orphan, the little Marquis was on his guard and all of Lorenza did nothing but comment on the extraordinary occurrence. Everyone thought that since Carolina had not been successful in having children of her own, she had brought the adopted son, this intruder, to annoy and oppress the other, her sister's child . . .

From the very beginning the two children regarded each other as enemies, for if the one was haughty, the other was no less so.

"Well, what do you think," said Pedrito to Rodriguín, "that because you are a marquis you are going to give me orders? . . . If you annoy me much more I'll go away and leave you alone."

llegaba Carolina, y con un "¡niños!" los hacía mirarse en silencio.

—Tío—(que así le llamaba) fué diciéndole una vez Pedrito a Tristán—, yo me voy, yo me quiero ir, yo quiero volverme con mis tías; no le puedo resistir a Rodriguito; siempre me está echando en cara que yo estoy aquí para servirte y como de limosna.

—Ten paciencia, Pedrín, ten paciencia; ¿no la tengo yo?—y cogiéndole al niño la cabecita se la apretó a la boca y lloró sobre ella, lloró copiosa, lenta y silenciosamente.

Aquellas lágrimas las sentía el niño como un riego de piedad. Y sintió una profunda pena por el pobre hombre, por el pobre padre del marquesito.

La que no lloraba era Carolina.

* * *

Y sucedió que un día, estando marido y mujer muy arrimados en un sofá, cogidos de las manos y mirando al vacío penumbroso de la estancia, sintieron ruido de pendencia, y al punto entraron los niños, sudorosos y agitados. "¡Yo me voy! ¡Yo me voy!"—gritaba Pedrito—. "¡Vete, vete y no vuelvas a mi casa!"—le contestaba Rodriguín. Pero cuando Carolina vió sangre en las narices de Pedrito, saltó como una leona hacia él, gritando: "¡Hijo mío! ¡Hijo mío!" Y luego, volviéndose al marquesito, le escupió esta palabra: "¡Caín!"

—¿Caín? ¿Es acaso mi hermano? [26]—preguntó abriendo cuanto pudo los ojos el marquesito.

Carolina vaciló un momento. Y luego, como apuñándose el corazón, dijo con voz ronca: "¡Pedro es mi hijo!"

—¡Carolina!—gimió su marido.

—Sí—prosiguió el marquesito—, ya presumía yo que era su hijo, y por ahí lo dicen . . . Pero lo que no sabemos es quién sea su padre, ni si lo tiene.

"Leave me alone, that's how I want to be. Go back to where your own folks are."

But Carolina would come in and with a "Children!" make them look at each other in silence.

"Uncle," Pedrito would say to Tristan (for this is what he called him), "I'm going away. I want to go away. I want to go back to my aunts. I can't stand Rodriguín; he is always throwing it up to my face that I am here to serve you and as if out of charity."

"Have patience, Pedrín, have patience. Haven't I?" And caressing the child's little head, he pressed it to his lips and shed tears over it—copious, long, silent tears.

Those tears were for the child like a rain of pity. He felt a profound sorrow for the poor man, for the poor father of the little Marquis.

The one who never wept was Carolina.

* * *

It happened one day, while husband and wife were sitting close together on the sofa, their hands clasped, staring at the gloomy emptiness of the sitting room, that they heard the noise of a quarrel and suddenly the children burst in, sweating and breathless.

"I'm going away! I'm going away!" cried Pedrito.

"Go! Go! And don't come back to my house!" answered Rodriguín.

But when Carolina saw the blood on Pedrito's nostrils, she leaped towards him like a lioness shouting: "My son! My son!" And then, turning to the little Marquis, she spat out this word: "Cain!"

"Cain? Is he my brother?" asked the little Marquis, opening his eyes widely.

Carolina hesitated a moment. And then, as if clenching her heart, she said in a hoarse voice: "Pedro is my son!"

"Carolina!" groaned her husband.

"Yes," continued the little Marquis, "I suspected that he was your son, and they say so around here . . . But what we don't know is who his father is . . . if he has any."

Carolina se irguió de pronto. Sus ojos centelleaban y le temblaban los labios. Cogió a Pedrillo, a su hijo, lo apretó entre sus rodillas y, mirando duramente a su marido, exclamó:

— ¿Su padre? Dile tú, el padre de marquesito, dile tú al hijo de Luisa, de mi hermana, dile tú al nieto de don Rodrigo Suárez de Tejada, marqués de Lumbría, dile quién es su padre. ¡Díselo! ¡Díselo, que si no, se lo diré yo! ¡Díselo!

— ¡Carolina!—suplicó, llorando, Tristán.

— ¡Díselo! ¡Dile quién es el verdadero marqués de Lumbría!

— No hace falta que me lo diga—dijo el niño.

— Pues bien, sí: el marqués es éste, éste y no tú; éste, que nació antes que tú, y de mí que era la mayorazga, y de tu padre, sí, de tu padre. Y el mío, por eso del escudo . . . Pero yo haré quitar el escudo, y abriré todos los balcones al sol, y haré que se le reconozca a mi hijo como quien es: como el marqués.

Luego, empezó a dar voces llamando a la servidumbre, y a la señora, que dormitaba, ya casi en la imbecilidad de la segunda infancia. Y cuando tuvo a todos delante,[27] mandó abrir los balcones de par en par, y a grandes voces se puso a decir con calma:

— Éste, éste es el marqués, éste es el verdadero marqués de Lumbría; éste es el mayorazgo. Éste es el que yo tuve de Tristán, de este mismo Tristán que ahora se esconde y llora, cuando él acababa de casarse con mi hermana, al mes de haberse ellos casado. Mi padre, el excelentísimo señor Marqués de Lumbría, me sacrificó a sus principios, y acaso también mi hermana estaba comprometida como yo . . .

— ¡Carolina!—gimió el marido.

— Cállate, hombre, que hoy hay que revelarlo todo. Tu hijo, vuestro hijo, ha arrancado sangre, ¡sangre azul!, no, sino roja, y muy roja, de nuestro hijo, de mi hijo, del marqués . . .

— ¡Qué ruido, por Dios!—se quejó la señora, acurrucándose en una butaca de un rincón.

Carolina stiffened suddenly. Her eyes flashed, her lips trembled. She seized Pedrillo, her son, pressed him between her knees and looking fixedly at her husband exclaimed:

"His father? You tell him, you the father of the little Marquis, you tell the son of Luisa, of my sister, you tell the grandson of Don Rodrigo Suárez de Tejada, Marquis of Lumbría, tell him who his father is! Tell him! Tell him! If you don't, I will! Tell him!"

"Carolina!" begged Tristan weeping.

"Tell him. Tell him who is the true Marquis of Lumbría!"

"You do not need to tell me," said the child.

"Well then, I shall! The Marquis is this one, this one and not you; he who was born before you and is my son, I who am the rightful heiress, and your father's son . . . yes, your father's . . . But I shall remove the coat-of-arms and open all the balconies to the sun and I shall make everyone recognize my son for what he is: the Marquis."

Then she began to shout, calling all the servants and the old Marquise, who now almost in the imbecility of second childhood, was dozing. And when she had them all before her, she ordered the balconies opened wide and in a loud voice she began calmly saying:

"This, this is the Marquis; this is the true Marquis of Lumbría; this is the rightful heir. This is the son I had by Tristan, of this very Tristan who now hides and weeps, just after he had married my sister, a month after they were married. My father, the most excellent Marquis de Lumbría, sacrificed me to his principles—perhaps my sister was as much compromised as I myself . . ."

"Carolina!" groaned her husband.

"Be silent you—today everything must be revealed. *Your* son, yours and hers, has drawn blood, blue blood! no, just red blood, very red blood from *our* son, from my son, from the Marquis . . ."

"What a noise, good Heavens!" complained the old lady, huddling in an arm-chair in a corner.

— Y ahora—prosiguió Carolina dirigiéndose a los criados—, id y propalad el caso[28] por toda la ciudad; decid en las plazuelas y en los patios y en las fuentes lo que me habéis oído; que lo sepan todos, que conozcan todos la mancha del escudo.

— Pero si toda la ciudad lo sabía ya[29]—susurró Mariana.

— ¿Cómo?—gritó Carolina.

— Sí, señorita, sí; lo decían todos . . .

— Y para guardar un secreto que lo era a voces, para ocultar un enigma que no lo era para nadie, para cubrir unas apariencias falsas ¿hemos vivido así, Tristán? ¡Miseria y nada más! Abrid esos balcones, que entre la luz, toda la luz y el polvo de la calle y las moscas, mañana mismo se quitará el escudo. Y se pondrán tiestos de flores en todos los balcones, y se dará una fiesta invitando al pueblo de la ciudad, al verdadero pueblo. Pero no; la fiesta se dará el día en que éste, mi hijo, vuestro hijo, el que el penitenciario llama hijo del pecado, cuando el verdadero pecado es el que hizo hijo al otro, el día en que éste sea reconocido como quien es y marqués de Lumbría.

Al pobre Rodriguín tuvieron que recogerle de un rincón de la sala. Estaba pálido y febril. Y negóse luego a ver ni a su padre ni a su hermano.

— Le meteremos en un colegio—sentenció Carolina.

*　　*　　*

En toda la ciudad de Lorenza no se hablaba luego sino de la entereza varonil con que Carolina llevaba adelante sus planes. Salía a diario, llevando del brazo y como a un prisionero a su marido, y de la mano al hijo de su mocedad.[30] Mantenía abiertos de par en par los balcones todos de la casona, y el sol ajaba el raso de los sillones y hasta daba en los retratos de los antepasados. Recibía todas las noches a los tertulianos del tresillo, que no se atrevieron a negarse a sus invitaciones, y era ella misma la que, teniendo al lado a su Tristán, jugaba con las cartas de éste. Y le acariciaba delante de los tertulianos, y dándole golpecitos en la mejilla: "¡Pero qué pobre hombre eres, Tristán!" Y

"And now," continued Carolina, addressing herself to the servants, "go and shout the news throughout the city: repeat what you have heard me say in the squares, in the courtyards and at the fountains. Let everyone know of it— let everyone know of the blot on the escutcheon."

"Why all the city knew it already," mumbled Mariana.

"What?" shouted Carolina.

"Yes, madam, yes; everyone said so . . ."

"Was it to keep an open secret, to conceal an enigma that was clear to everyone, to cover up appearances that we have lived like this, Tristan? Misery, nothing but misery! Open those balconies, let the light enter, all the light and dust and flies of the street, and tomorrow the escutcheon will be taken down. Flower-pots will be placed on all the balconies and a party will be given for the people of the city, the real people. But, no, the party will be given on the day when my son, your son, whom the priest calls a child of sin, when the real sin was the one which made the other one your son, shall be recognized for what he is—the Marquis of Lumbría."

They had to carry poor Rodriguín from a corner in the room—he was pale and feverish. Afterwards he refused to see either his father or brother.

"We shall put him in a school," Carolina decided.

*   *   *

Afterwards all Lorenza people spoke of nothing except the masculine firmness with which Carolina executed her plans. She went out daily, holding her husband by the arm as if he were her prisoner and holding the hand of the child of their indiscretion. She kept all the balconies of the mansion wide open, and the sun faded the satin of the arm-chairs and even fell upon the ancestral portraits. She entertained every night at the card games, for no one dared to refuse her invitations and she stayed at Tristan's side playing his cards. She caressed him before the guests and patting him on the cheek she would say to him: "My, what a poor man you are, Tristan!" And then to the others:

luego a los otros: "¡Mi pobre maridito no sabe jugar solo!"
Y cuando se habían ellos ido, le decía a él: "¡La lástima
es, Tristán, que no tengamos más hijos . . . después de
aquella pobre niña . . . ; aquélla sí que era hija del
pecado, aquélla y no nuestro Pedrín . . . ; pero ahora,
a criar a éste, al marqués!"

Hizo que su marido lo reconociera como suyo, engendra-
do antes de él, su padre, haberse casado, y empezó a gestionar para su hijo, para su Pedrín, la sucesión del título. El
otro, en tanto, Rodriguín, se consumía de rabia y de tristeza en un colegio.

—Lo mejor sería [31]—decía Carolina—que le entre la
vocación religiosa; ¿no la has sentido tú nunca, Tristán?
Porque me parece que más naciste tú para fraile que para
otra cosa . . .

—Y que lo digas tú, Carolina . . .—se atrevió a insinuar suplicante su marido.

—¡Sí, yo; lo digo yo, Tristán! Y no quieras envanecerte
de lo que pasó, y que el penitenciario llama nuestro
pecado, y mi padre, el marqués, la mancha de nuestro
escudo. ¿Nuestro pecado? ¡El tuyo, no, Tristán; el tuyo
no! ¡Fuí yo quien te seduje, yo! Ella, la de los geranios,
la que te regó el sombrero, el sombrero, y no la cabeza, con
el agua de sus tiestos, ella te trajo acá, a la casona; pero
quien te ganó fuí yo. ¡Recuérdalo! Yo quise ser la madre del
marqués. Sólo que no contaba con el otro. Y el otro era
fuerte, más fuerte que yo. Quise que te rebelaras, y tú no
supiste, no pudiste rebelarte . . .

—Pero, Carolina . . .

—Sí, sí, sé bien todo lo que hubo; lo sé. Tu carne ha
sido siempre muy flaca. Y tu pecado fué el dejarte casar
con ella; ése fué tu pecado. ¡Y lo que me hiciste sufrir!
Pero yo sabía que mi hermana, que Luisa, no podría resistir a su traición y a tu ignominia. Y esperé. Esperé pacientemente y criando a mi hijo. Y ¡lo que es criarlo cuando
media entre los dos un terrible secreto! ¡Le he criado para
la venganza! Y a ti, a su padre . . .

"My poor, dear husband doesn't know how to play alone!"
And when they had gone, she would say to him: "It's a
pity, Tristan, that we haven't more children . . . after that
poor little girl . . . she was a daughter of sin, she, not our
Pedrín; but now to bring up this one, the Marquis!"

She made her husband recognize him as his own, be-
gotten before his father had married, and she began to
prepare for her son, her Pedrín, the succession to the
title. The other one, Rodriguín, in the meantime, away at
school was being consumed with anger and sadness.

"The best thing that could happen," said Carolina,
"would be for him to be inspired to a religious vocation.
Haven't you ever felt such an inspiration, Tristan? For it
seems to me that you were born more to be a monk than
anything else . . ."

"And *you* say that, Carolina! . . ." her husband ventured to say in a supplicating tone.

"Yes, I really think so, Tristan! And don't pretend to be
proud of what happened, what the priest called our sin and
my father, the Marquis, called the blot on our escutcheon.
Our sin? Not yours, Tristan, no. I was the one who seduced
you! I! She, the girl of the geraniums, who watered your
hat—your hat and not your head—with the water from her
flower-pots, brought you to the mansion, but it was I who
won you. Remember that! I wanted to be the mother of the
Marquis. Only I didn't count on the other one. And the
other one, he was strong, stronger than I. I wanted you to
rebel and you did not know how, you could not rebel . . ."

"But Carolina . . ."

"Yes, yes, I know well enough what happened; I know.
Your flesh has always been weak. The sin was your letting
yourself get married to her: that was your sin. And what
you made me suffer! But I knew that my sister, that Luisa,
couldn't endure her betrayal and your infamy. And I
waited. I waited patiently and reared my son. What a task
it was to bring him up when a terrible secret divided us!
I have brought him up for revenge! And as for you, his
father . . ."

—Sí, que me despreciará . . .

—¡No, despreciarte, no! ¿Te desprecio yo acaso?

—¿Pues qué otra cosa?

—¡Te compadezco! Tú despertaste mi carne y con ella mi orgullo de mayorazga. Como nadie se podía dirigir a mí sino en forma y por medio de mi padre . . . , como yo no iba a asomarme como mi hermana al balcón, a sonreír a la calle . . . , como aquí no entraban más hombres que patanes de campo . . . Y cuando entraste aquí te hice sentir que la mujer era yo, yo y no mi hermana . . . ¿Quieres que te recuerde la caída? [32]

—¡No, por Dios, Carolina, no!

—Sí, mejor es que no te la recuerde. Y eres el hombre caído. ¿Ves cómo te decía que naciste para fraile? Pero no, no, tú naciste para que yo fuese la madre del marqués de Lumbría, de don Pedro Ibáñez del Gamonal y Suárez de Tejada. De quien haré un hombre. Y le mandaré labrar un escudo nuevo, de bronce, y no de piedra. Porque he hecho quitar el de piedra para poner en su lugar otro de bronce. Y en él una mancha roja, de rojo de sangre, de sangre roja, de sangre roja como la que su hermano, su medio hermano, tu otro hijo, el hijo de la traición y del pecado le arrancó de la cara, roja como mi sangre, como la sangre que también me hiciste sangrar tú . . . No te aflijas—y al decirle esto le puso la mano sobre la cabeza—, no te acongojes, Tristán, mi hombre . . . Y mira ahí, mira el retrato de mi padre, y dime tú, que le viste morir, qué diría si viese a su otro nieto, al marqués . . . ¡Conque te hizo que le llevaras a tu hijo, al hijo de Luisa! Pondré en el escudo de bronce un rubí, y el rubí chispeará al sol. ¿Pues qué creíais, que no había sangre, sangre roja, roja y no azul, en esta casa? Y ahora, Tristán, en cuanto dejemos dormido a nuestro hijo, el marqués de sangre roja, vamos a acostarnos.

Tristán inclinó la cabeza bajo un peso de siglos.

"Yes, he must despise me . . ."

"No, he doesn't despise you, no! Do you think I despise you?"

"Well, what else?"

"I pity you! You awoke my flesh and with it my pride as heiress. Since nobody could meet me except formally and through my father . . . since I wasn't going to lean out over the balcony like my sister and smile on the people in the street . . . since no men come here except country rustics . . . When you came here I made you feel that *I* was the woman, *I*, and not my sister . . . Do you want me to remind you of our sin?"

"No, for God's sake, Carolina, no!"

"Yes, it's better that I shouldn't remind you of it. You're the fallen one. Do you see why I said that you were born to be a monk? But no, no, you were born that I might be the mother of the Marquis of Lumbría, of Don Pedro Ibáñez del Gamonal y Suárez de Tejada. Him I shall make a man. And I will order him to carve a new escutcheon, of bronze and not of stone. That's why I had the stone one removed to make room for a bronze one. On it will be a red stain, the red of blood, blood-red, blood-red like the blood which his brother, his half brother, your other son, son of betrayal and sin, drew from him, red as my blood, red as the blood which you too made me shed . . . Don't grieve," and as she said this she put her hand on his head, "don't feel depressed, Tristan, my husband . . . Look here, look at my father's portrait and tell me, you who saw him die, what he would say if he saw his other grandson, the Marquis . . . So he made you carry your son, Luisa's son, to him! I shall place a ruby on the bronze escutcheon, and the ruby will sparkle in the sun. Well, did you think that there was no blood, red blood, red and not blue, in this house? And now, Tristan, as soon as we see our son, the red-blooded Marquis, asleep, let us go to bed."

Tristan bowed his head under a weight of centuries.

Horacio Quiroga

(1878–1937),

STUDYING NOW chemistry, now history, photography or
carpentry, all the while reading voraciously—Jules Verne,
Dickens, Zola, the Russians—Quiroga divided his early
years between his native town of El Salto, Uruguay, and the
Polytechnic Institute at the capital city of Montevideo.
Eventually he entered the School of Medicine, but soon
found himself immersed in the literary and social struggles
of his day, contributing articles to *La Reforma, La Revista*
and *Gil Blas,* and later founding in El Salto the *Revista del
Salto* which, in its short life (1899–1900), impressed its
Modernist accent on Uruguayan letters. The poetry of his
first work, *Los arrecifes de coral* (1901), was plainly imi-
tative of Lugones and Herrera y Reissig, but its prose pieces
evinced an original storyteller. In 1903 Quiroga joined an
expedition organized by Lugones to explore the Colonial
Jesuit missions in the northern Argentine province of
Misiones. Here the sophisticated Quiroga, entranced by the
picturesque primitive environment, settled to write some
of his most memorable stories, later collected in *Los perse-
guidos* (1905), *Cuentos de amor, de locura y de muerte*
(1917), *El salvaje* (1920), *Anaconda* (1921), *El desierto*
(1925), etc. Quiroga's keen psychological insight, tragic

HORACIO QUIROGA

vision, dramatic style, and thorough knowledge of Nature and natural forces place him with the outstanding short story writers of Latin America. Elements as widely disparate as Kipling, Poe, and Gorky seem to be fused in his work.

EL TECHO

por Horacio Quiroga

En los alrededores y dentro de las ruinas de San Ignacio,[1] la sub-capital del Imperio Jesuítico,[2] se levanta en Misiones [1] el pueblo actual del mismo nombre. Constitúyenlo una serie de ranchos ocultos unos de los otros por el bosque. A la vera de las ruinas, sobre una loma descubierta, se alzan algunas casas, blanqueadas hasta la ceguera por la cal y el sol, pero con magnífica vista al atardecer hacia el valle del Yabebirí.[1] Hay en la colonia almacenes, muchos más de los que se pueden desear, al punto de que no es posible ver abierto un camino vecinal, sin que en el acto un alemán, un español o un sirio, se instale en el cruce con un boliche. En el espacio de dos manzanas están ubicadas todas las oficinas públicas: Comisaría, Juzgado de Paz, Comisión Municipal, y una escuela mixta. Como nota de color, existe en las mismas ruinas,—invadidas por el bosque, como es sabido—, un bar, creado en los días de fiebre de la yerba mate,[3] cuando los capataces que descendían del Alto Paraná [1] hasta Posadas [1] bajaban ansiosos en San Ignacio a parpadear de ternura ante una botella de whisky.[4]

Pero en la época a que nos referimos, no todas las oficinas públicas estaban instaladas en el pueblo mismo. Entre las ruinas y el puerto nuevo, a media legua de unas y otro, en una magnífica meseta para goce particular de su habitante,[5]

THE ROOF

by Horacio Quiroga

In the province of Misiones, on the outskirts and among the ruins of San Ignacio, former sub-capital of the Jesuit empire, lies the present village of that name. San Ignacio is composed of a series of huts, each hidden from the other by forest. At the edge of the ruins, on a bare hillock, stand several houses white enough to blind you with lime and sun, but with a magnificent view of the Yabebirí valley in the late afternoon. There are stores in the settlement, many more than might be desirable, to the point that it is impossible to see a town road opened up without a German, Spaniard, or Syrian immediately setting up shop at the cross-roads. All the public offices are crowded into the space of two blocks—the Commissariat, the Justice of the Peace, the Municipal Commission, and a co-educational school. And to add a touch of color, there is a bar in the very middle of the ruins, which have been invaded by the forest; as everyone knows, a bar that was installed in the days of the *yerba mate* craze, when the foremen came down from the Alto Paraná to Posadas and stopped over in San Ignacio eager to sit and fondle a bottle of whiskey.

But in the period we refer to, not all public offices were in the town itself. Midway between the ruins and the new port, half a league from each, on a magnificent plateau seemingly created for the sole purpose of giving pleasure

vivía Orgaz, el Jefe del Registro Civil, y en su misma casa tenía instalada la oficina pública.

La casita de este funcionario era de madera, con techo de tablillas de incienso dispuestas como pizarras.[6] El dispositivo es excelente si se usa de tablillas secas y barrenadas de antemano. Pero cuando Orgaz montó el techo la madera era recién rajada, y el hombre la afirmó a clavo limpio; con lo cual las tejas de incienso se abrieron y arquearon en su extremidad libre hacia arriba, hasta dar un aspecto de erizo al techo del bungalow. Cuando llovía, Orgaz cambiaba ocho o diez veces el lugar de su cama, y sus muebles tenían regueros blancuzcos de agua.

Hemos insistido en este detalle de la casa de Orgaz, porque tal techo erizado absorbió durante cuatro años las fuerzas del jefe del Registro Civil, sin darle apenas tiempo en los días de tregua para sudar a la siesta estirando el alambrado, o perderse en el monte por dos días, para aparecer por fin a la luz con la cabeza llena de hojarasca.

Orgaz era un hombre amigo de la naturaleza, que en sus malos momentos hablaba poco y escuchaba en cambio con profunda atención un poco insolente. En el pueblo no se le quería, pero se le respetaba. Pese a la democracia absoluta de Orgaz, y a su fraternidad y aun chacotas con los gentiles hombres de yerbas y autoridades, había siempre una barrera de hielo que los separaba. No podía hallarse en ningún acto de Orgaz el menor asomo de orgullo. Y esto precisamente: orgullo, era lo que se le imputaba.

Algo, sin embargo, había dado lugar a esta impresión.

En los primeros tiempos de su llegada a San Ignacio, cuando Orgaz no era aún funcionario y vivía solo en su meseta construyendo su techo erizado, recibió una invitación del director de la escuela para que visitara el establecimiento. El director, naturalmente, se sentía halagado de hacer los honores de su escuela a un individuo de la cultura de Orgaz.

Orgaz se encaminó allá a la mañana siguiente con su pantalón azul, sus botas y su camisa de lienzo habitual. Pero lo hizo atravesando el monte, donde halló un lagarto

to its inhabitant, lived Orgaz, Chief of the Civil Register, who had set up his office in his own home.

His little house was made of wood, with a shingled roof of wormwood. The result is excellent if you use dry pieces of wood, drilled beforehand. But when Orgaz put up his roof, the wood had just been split, and he had merely nailed it down. So the wormwood shingles arched and curled upwards on their free ends, making the roof of his bungalow look like a hedgehog. When it rained, Orgaz changed the position of his bed eight or ten times, and his furniture had whitish streaks from the water.

We have stressed this detail of Orgaz' house because this bristling roof absorbed all the energy of the Chief of the Civil Register for four years, leaving him scarcely enough time on holidays to work up a sweat during siesta-time stretching wire fencing, or to disappear into the forest for a few days, and return at last with his hair full of dead leaves.

Orgaz was a friend of nature, a man who said little in his bad moments, and listened instead with profound but somewhat insolent attention. He was not liked in the village, but he was respected. Despite Orgaz' absolute democracy and his fraternizing and even wise-cracking with the rural gentry and town fathers, there always seemed to be an icy barrier between them. You could not find the slightest trace of pride in anything Orgaz did, yet pride was exactly what he was accused of.

Something, nevertheless, had given rise to this impression.

Soon after his arrival in San Ignacio, when Orgaz was not yet a public official, and lived alone on his plateau building his bristling roof, he received an invitation from the principal of the school to visit that establishment. The principal, naturally, was proud to exhibit his school to a person of Orgaz' culture and refinement.

Orgaz started out the next morning, wearing his blue pants, his boots, and his everyday linen shirt. But he took the shortcut through the woods, where he found a large-

de gran tamaño que quiso conservar vivo, para lo cual le
ató una liana al vientre. Salió por fin del monte, e hizo
de este modo su entrada en la escuela, ante cuyo portón el
director y los maestros lo aguardaban, con una manga
partida en dos, y arrastrando a su lagarto por la cola.

También en esos días los burros de Bouix ayudaron a
fomentar la opinión que sobre Orgaz se creaba.

Bouix es un francés que durante treinta años vivió en
el pais considerándolo suyo, y cuyos animales vagaban libres devastando las míseras plantaciones de los vecinos.
La ternera menos hábil de las hordas de Bouix era ya bastante astuta para cabecear horas enteras sobre los hilos
del alambrado, hasta aflojarlos. Entonces no se conocía
allá el alambre de púa. Pero cuando se lo conoció, quedaron
los burritos de Bouix, que se echaban bajo el último alambre, y allí bailaban de costado, hasta pasar al otro lado.
Nadie se quejaba: Bouix era el juez de paz de San Ignacio.

Cuando Orgaz llegó allá, Bouix no era más juez. Pero
sus burritos lo ignoraban, y proseguían trotando por los
caminos al atardecer, en busca de una plantación tierna que
examinaban por sobre los alambres con los belfos trémulos
y las orejas paradas.

Al llegarle su turno de devastación, Orgaz soportó pacientemente; estiró algunos alambres, y se levantó algunas
noches a correr desnudo por el rocío a los burritos que entraban hasta en su carpa. Fué, por fin, a quejarse a Bouix,
el cual llamó afanoso a todos sus hijos para recomendarles
que cuidaran a los burros que iban a molestar al "pobrecito
señor Orgaz." Los burritos continuaron libres, y Orgaz tornó un par de veces a ver al francés cazurro, que se lamentó
y llamó de nuevo a palmadas a todos sus hijos, con el resultado anterior.

Orgaz puso entonces un letrero en el camino real que
decía:

¡Ojo¡ *Los pastos de este potrero están envenenados.*
Y por diez días descansó. Pero a la noche subsiguiente

sized lizard that he wanted to keep alive, so he tied a vine around its belly. He finally emerged from the woods, and entered the school, where the principal and teachers were waiting for him at the gate, with one sleeve ripped in two, and dragging his lizard by the tail.

Also in those days Bouix' donkeys helped foment the opinion people were getting of Orgaz.

Bouix was a Frenchman who had lived in the country for thirty years, and considered it his own. His animals wandered about freely, laying waste to his neighbors' meager plantings. The stupidest calf in Bouix' herds was still smart enough to spend whole hours moving its head up and down on wire fences, until they were loose. At that time barbed wire was unheard of there. But when it did become known, there were still Bouix' little donkeys to reckon with, for they would crawl under the bottom wire and wriggle on their flanks until they were through to the other side. No one complained: Bouix was Justice of the Peace in San Ignacio.

When Orgaz came to town, Bouix was no longer in office. But his donkeys did not know this, and kept right on trotting through the roads at sundown, in search of tender plants which they would examine over the wire with their lips quivering and their ears pricked up.

When his turn for devastation came, Orgaz took it patiently. He strung up some wire, and got up several nights to run naked through the dew after the little burros, who would even enter his house. Finally, he went and complained to Bouix, and the Frenchman called his sons together solicitously to tell them to watch out for the burros, who were annoying "poor Señor Orgaz." The little donkeys continued to roam, and Orgaz returned a couple of times to see the sullen Frenchman, who groaned, and clapped his hands to call all of his sons together again, with the same result as before.

Then Orgaz put up a sign on the highway, saying:
"Beware! The grass in this pasture is poisoned!"
And for ten days he rested easy. But on the following

EL TECHO

tornaba a oír el pasito sigiloso de los burros que ascendían
la meseta, y un poco más tarde oyó el rac-rac de las hojas
de sus palmeras arrancadas. Orgaz perdió la paciencia, y saliendo desnudo, fusiló al primer burro que halló por delante.

Con un muchacho mandó al día siguiente avisar a Bouix
que en su casa había amanecido muerto un burro.[7] No fué
el mismo Bouix a comprobar el inverosímil suceso, sino su
hijo mayor, un hombrón tan alto como trigueño y tan trigueño como sombrío.[8] El hosco muchacho leyó el letrero al
pasar el portón, y ascendió de mal talante a la meseta donde
Orgaz lo esperaba con las manos en los bolsillos. Sin
saludar apenas, el delegado de Bouix se aproximó al burro
muerto, y Orgaz hizo lo mismo. El muchachón giró un par
de veces alrededor del burro, mirándolo por todos lados.

—De cierto ha muerto anoche —murmuró por fin. ¿Y
de qué puede haber muerto?

En mitad del pescuezo, más flagrante que el día mismo,
gritaba al sol la enorme herida de la bala.[9]

—Quién sabe . . . Seguramente envenenado—repuso
tranquilo Orgaz, sin quitar las manos de los bolsillos.

Pero los burritos desaparecieron para siempre de la
chacra de Orgaz.

* * *

Durante el primer año de sus funciones como jefe del
Registro Civil, todo San Ignacio protestó contra Orgaz, que
arrasando con las disposiciones en vigor, había instalado
la oficina a media legua del pueblo. Allá, en el bungalow,
en una piecita con piso de tierra, muy oscurecida por la ga-
lería y por un gran mandarino que interceptaba casi la entrada, los clientes esperaban indefectiblemente diez minutos, pues Orgaz no estaba—o estaba con las manos llenas
de bleck. Por fin el funcionario anotaba a escape los datos
en un papelito cualquiera, y salía de la oficina antes que su
cliente, a trepar de nuevo al techo.

En verdad, no fué otro el principal quehacer de Orgaz[10]
durante los primeros cuatro años de Misiones. En Misiones llueve hasta poner a prueba dos chapas de cinc super-

night he heard once more the muffled pad of the burros ascending the plateau, and a little later the crackling of leaves torn from his palm trees. Orgaz lost patience, ran out naked, and shot the first burro he saw.

The next day he sent a boy to tell Bouix that dawn had revealed a dead donkey at his house. Bouix himself did not come to verify such an unlikely occurrence, but sent his oldest son, a huge man as tall as he was swarthy, and as swarthy as he was sullen. The taciturn boy read the sign as he passed the gate, and grudgingly climbed up the plateau to where Orgaz stood waiting with his hands in his pockets. With scarcely a word of greeting, the delegate from Bouix went over to the dead burro, and Orgaz did the same. The big fellow walked around the burro a couple of times, looking at it from all angles.

"He died last night, for sure," he muttered at last. "What could he have died of?"

In the middle of its neck, clearer than the light of day, the gaping bullet wound lay exposed to the sun.

"Who knows? . . . Undoubtedly poisoned," Orgaz replied calmly, without taking his hands from his pockets.

But the burros disappeared forever from Orgaz' farm.

*　　*　　*

During the first year of his duties as Chief of the Civil Register, all of San Ignacio complained about Orgaz, who, disregarding the procedures then in force, had set up his office half a league away from the town. There, in the bungalow, in a little room with a dirt floor, darkened by the porch and a huge orange tree that almost blocked the entrance, his clients invariably waited ten minutes, since Orgaz was either not there, or would come in with his hands full of tar. At last he would hurriedly jot down the data on any old scrap of paper, and rush out of the office before his client, to climb back on his roof.

Actually, during his first four years in Misiones, Orgaz had done little else. In Misiones it rains to the point of putting a strain on two sheets of superimposed zinc. And

puestas. Y Orgaz había construído su techo con tablillas empapadas por todo un otoño de diluvio. Las plantas de Orgaz se estiraron literalmente; pero las tablillas del techo sometidas a ese trabajo de sol y humedad, levantaron todos sus extremos libres, con el aspecto de erizo que hemos apuntado.

Visto desde abajo, desde las piezas sombrías, el techo aquel de madera oscura ofrecía la particularidad de ser la parte más clara del interior, porque cada tablilla levantada en su extremo ejercía de claraboya. Hallábase, además, adornado con infinitos redondeles de minio, marcas que Orgaz ponía con una caña en las grietas—no por donde goteaba, sino vertía el agua sobre su cama. Pero lo más particular eran los trozos de cuerda con que Orgaz calafateaba su techo, y que ahora, desprendidas y pesadas de alquitrán, pendían inmóviles y reflejaban filetes de luz, como víboras.

Orgaz había probado todo lo posible para remediar su techo. Ensayó cuñas de madera, yeso, portland, cola de bicromato, aserrín alquitranado. En pos de dos años de tanteos en los cuales no alcanzó a conocer, como sus antecesores más remotos, el placer de hallarse de noche al abrigo de la lluvia, Orgaz fijó su atención en el elemento arpillerableck. Fué éste un verdadero hallazgo, y el hombre reemplazó entonces todos los innobles remiendos de portland y aserrín maché, por su negro cemento.

Cuantas personas iban a la oficina o pasaban en dirección al puerto nuevo, estaban seguras de ver al funcionario sobre el techo. En pos de cada compostura, Orgaz esperaba una nueva lluvia, y sin muchas ilusiones entraba a observar su eficacia. Las viejas claraboyas se comportaban bien; pero nuevas grietas se habían abierto, que goteaban—naturalmente—en el nuevo lugar donde Orgaz había puesto su cama.

Y en esta lucha constante entre la pobreza de recursos y un hombre que quería a toda costa conquistar el más viejo ideal de la especie humana: un techo que lo resguarde del agua, fué sorprendido Orgaz por donde más había pecado.

*　　*　　*

THE ROOF

Orgaz had built his roof with wood that was saturated by a whole autumn's deluge. His plants literally shot up; but the shingles, under the same influence of sun and moisture, all curled at their free ends, giving the hedgehog-like appearance we mentioned.

Seen from below, from the shadowy rooms, that dark, wooden roof had the distinction of being the lightest part of the interior, because each end-curled shingle acted as a skylight. Furthermore, it was adorned with hundreds of little circles of red lead, marks which Orgaz had made with a stick in the cracks—not where it dripped but where it poured water on his bed. But most unusual of all were the pieces of rope with which Orgaz had caulked his roof, and which now, loose and heavy with tar, hung down motionless, revealing snake-like threads of light.

Orgaz had tried everything he could to fix his roof. He had tried wooden wedges, plaster, cement, bichromate glue, and tarred sawdust. After two years of trial and error, during which he never came to feel, like his most remote ancestors, the joy of being sheltered from the rain at night, Orgaz decided to concentrate on tarred burlap. This was a true find, so he then replaced all the useless patches of cement and tarred sawdust with his own black concoction.

Whoever went to his office or passed by on the way to the new port would be sure to see the official on his roof. After every repair, Orgaz would wait for a new downpour, and then, without raising his hopes too high, he would go inside to observe its effectiveness. The old leaks would stand up well; but new cracks would have opened, which dripped—naturally—on the new place where Orgaz had moved his bed.

And in this constant battle between poverty of means and a man who wanted at all costs to achieve the oldest ideal of the human race: a roof which would protect him from the rain, Orgaz received a surprise where his sin had been greatest.

*　　*　　*

Las horas de oficina de Orgaz eran de siete a once. Ya hemos visto cómo atendía en general sus funciones. Cuando el jefe del Registro Civil estaba en el monte o entre su mandioca, el muchacho lo llamaba con la turbina de la máquina de matar hormigas. Orgaz ascendía la ladera con la azada al hombro o el machete pendiente de la mano, deseando con toda el alma que hubiera pasado un solo minuto después de las once. Traspasada esta hora, no había modo de que el funcionario atendiera su oficina.

En una de estas ocasiones, mientras Orgaz bajaba del techo del bungalow, el cencerro del portoncito sonó. Orgaz echó una ojeada al reloj: eran las once y cinco minutos. Fué en consecuencia tranquilo a lavarse las manos en la piedra de afilar, sin prestar atención al muchacho que le decía:

— Hay gente, patrón.[11]
— Que venga mañana.[12]
— Se lo dije, pero dice que es el Inspector de Justicia . . .
— Esto es otra cosa; que espere un momento—repuso Orgaz. Y continuó frotándose los antebrazos negros de bleck, en tanto que su ceño se fruncía cada vez más.[13]

En efecto, sobrábanle motivos.[14]

Orgaz había solicitado el nombramiento de juez de paz y jefe del Registro Civil para vivir. No tenía amor alguno a sus funciones, bien que administrara justicia sentado en una esquina de la mesa y con una llave inglesa en las manos—con perfecta equidad. Pero el Registro Civil era su pesadilla. Debía llevar al día, y por partida doble, los libros de actas de nacimiento, de defunción y de matrimonio. La mitad de las veces era arrancado por la turbina a sus tareas de chacra, y la otra mitad se le interrumpía en pleno estudio, sobre el techo, de algún cemento que iba por fin a depararle cama seca cuando llovía. Apuntaba así a escape los datos demográficos en el primer papel que hallaba a mano, y huía de la oficina.

Luego, la tarea inacabable de llamar a los testigos para firmar las actas, pues cada peón ofrecía como tales a gente

Orgaz' office hours were from seven to eleven. We have already seen how he usually attended to his duties. When the Chief of the Civil Register was in the woods or his cassava patch, the boy would call him by running the engine of the ant-killing machine. Orgaz would climb the slope with his spade on his shoulder, or his machete dangling from his hand, hoping with all his heart that it might be a minute after eleven. After this hour there was no way that the official could be made to attend to his duties.

On one such occasion, when Orgaz was getting down from the roof of the bungalow, there was a ringing at the little gate. Orgaz glanced at his watch; it was five past eleven. So he calmly began to wash his hands in the trough of the grindstone, without paying much attention to his boy, who said:

"Someone to see you, boss."

"Tell him to come back tomorrow."

"I did, but he says he's the Inspector of Records."

"That's different. Tell him to wait a minute," Orgaz replied. And he continued rubbing his tar-stained forearms, while his frown deepened by the minute.

As a matter of fact, he had good reason to frown.

Orgaz had asked for the appointment as Justice of the Peace and Chief of the Civil Register to make a living. He had no special liking for his duties, although he administered justice with perfect equity seated on a corner of the table with a monkey wrench in his hands. But the Civil Register was his nightmare. He was supposed to keep up to date, and in double entry, the books containing the records of births, deaths, and marriages. Half the time he was dragged by the call of the engine from his duties on the farm, and the other half he was caught on the roof, absorbed in the study of some new cement which would finally provide him with a dry bed when it rained. So he would hurriedly jot down the demographic data on the first piece of paper he found handy, and flee from the office.

Later came the endless task of calling witnesses to sign the documents, for which purpose the peons unfailingly

rarísima que no salía jamás del monte.[15] De aquí, inquietudes que Orgaz solucionó el primer año del mejor modo posible, pero que lo cansaron del todo de sus funciones.

—Estamos lucidos—se decía, mientras concluía de quitarse el bleck y afilaba en el aire, por costumbre—. Si escapo de ésta, tengo suerte . . .

Fué por fin a la oficina oscura, donde el inspector observaba atentamente la mesa en desorden, las dos únicas sillas, el piso de tierra, y alguna media en los tirantes del techo, llevada allá por las ratas.

El hombre no ignoraba quién era Orgaz,[16] y durante un rato ambos charlaron de cosas bien ajenas a la oficina. Pero cuando el inspector del Registro Civil entró fríamente en funciones, la cosa fué muy distinta.

En aquel tiempo los libros de actas permanecían en las oficinas locales, donde eran inspeccionados cada año. Así por lo menos debía hacerse. Pero en la práctica transcurrían años sin que la inspección se efectuara—y hasta cuatro años como en el caso de Orgaz. De modo que el inspector cayó sobre veinticuatro libros del Registro Civil, doce de los cuales tenían sus actas sin firmas, y los otros doce estaban totalmente en blanco.

El inspector hojeaba despacio libro tras libro, sin levantar los ojos. Orgaz, sentado en la esquina de la mesa, tampoco decía nada. El visitante no perdonaba una sola página; una por una, iba pasando lentamente las hojas en blanco. Y no había en la pieza otra manifestación de vida que el implacable crujido del papel de hilo al voltear, y el vaivén infatigable de la bota de Orgaz.

—Bien—dijo por fin el inspector.—¿Y las actas correspondientes a estos doce libros en blanco?

Volviéndose a medias, Orgaz cogió una lata de galletitas y la volcó sin decir palabra sobre la mesa, que desbordó de papelitos de todo aspecto y clase—especialmente de estraza, que conservaban huellas de los herbarios de Orgaz. Los papelitos aquellos, escritos con lápices grasos de marcar madera en el monte—amarillos, azules y rojos—, hacían un bonito efecto, que el funcionario inspector con-

produced strange, illiterate men who never left the forest. And so, Orgaz solved these problems as best he could the first year, but they finally caused him to be completely bored with his job.

"We're in a fine spot," he said to himself as he finished scraping off the tar. "If I get out of this one, I'll be lucky."

Finally, he went to the dark office, where the inspector was carefully observing the messy table, the two lone chairs, the dirt floor, and a stocking in the ceiling beams, which had been carried there by rats.

The man knew who Orgaz was, and for a while both chatted of things far removed from the office. But when the Inspector of the Civil Register coldly got down to his official business, it was a very different matter.

At that time, the record books were kept in the local offices, where they were inspected every year. At least they were supposed to be. But in practice, years would go by without any inspection—as many as four, as in the case of Orgaz. So the inspector fell upon twenty-four books of the Civil Register, twelve of which were filled with unsigned documents, while the other twelve were totally blank.

The inspector slowly leafed through book after book, without raising his eyes. Orgaz, seated on the corner of the table, said nothing. The visitor did not spare a single page: one by one he went on turning over the blank leaves. And there was no sign of life in the room but the implacable rustle of fine paper turning, and the tireless swinging of Orgaz' boot.

"All right," the inspector said at last. "And the records corresponding to these twelve blank books?"

Turning half around, Orgaz took a biscuit tin and, without uttering a word, dumped it on the table overflowing with scraps of all sizes and descriptions—especially of brown paper, showing traces of Orgaz' herbarium. These papers, scribbled on with special greasy pencils for marking wood in the forest—yellow, blue, and red—produced a beautiful effect, which the inspector contemplated for

sideró un largo momento. Y después consideró otro momento a Orgaz.

— Muy bien—exclamó—. Es la primera vez que veo libros como éstos. Dos años enteros de actas sin firmar. Y el resto en la lata de galletitas. Nada más me queda que hacer.

Pero ante el aspecto de duro trabajo y las manos lastimadas de Orgaz, reaccionó un tanto.

— ¡Magnífico, usted!—le dijo—. No se ha tomado siquiera el trabajo de cambiar cada año la edad de sus dos únicos testigos. Son siempre los mismos en cuatro años y veinticuatro libros de actas. Siempre tienen veinticuatro años el uno, y treinta y seis el otro. Y este carnaval de papelitos . . . Usted es un funcionario del Estado. El Estado le paga para que desempeñe sus funciones. ¿Es cierto?

—Es cierto—repuso Orgaz.

— Bien. Por la centésima parte de esto, usted merecía no quedar un día más en su oficina. Pero no quiero proceder. Le doy tres días de tiempo—agregó mirando el reloj—. De aquí a tres días estoy en Posadas y duermo a bordo a las once. Le doy tiempo hasta las diez de la noche del sábado para que me lleve los libros en forma. En caso contrario, procedo. ¿Entendido?

— Perfectamente—contestó Orgaz.

Y acompañó hasta el portón a su visitante, que lo saludó desabridamente al partir al galope.

Orgaz ascendió sin prisa el pedregullo volcánico que rodaba bajo sus pies. Negra, más negra que las placas de bleck de su techo caldeado, era la tarea que lo esperaba. Calculó mentalmente, a tantos minutos por acta, el tiempo de que disponía para salvar su puesto—y con él la libertad de proseguir sus problemas hidrófugos. No tenía Orgaz otros recursos que los que el Estado le suministraba por llevar al día sus libros del Registro Civil. Debía, pues, conquistar la buena voluntad del Estado, que acababa de suspender de un finísimo hilo su empleo.

En consecuencia, Orgaz concluyó de desterrar de sus manos todo rastro de alquitrán, y se sentó a la mesa a llenar

quite a while. And then for another moment he sized up Orgaz.

"Well," he said, "this is the first time I've ever seen books like these. Two whole years of unsigned documents, and the rest in a biscuit tin. There's nothing more for me to do."

But before the hard-working look and bruised hands of Orgaz, he relented a little.

"A fine job!" he said. "You haven't even taken the trouble to change the ages of the only two witnesses you have every year. They're the same ones for four years straight, and twenty-four books. One is always twenty-four, and the other, thirty-six. And this carnival of papers. . . . You're a State official. And the State pays you to do your duty. Am I right?"

"Right," said Orgaz.

"Well, then. For the hundredth part of this you deserve not to be kept in office one day longer. But I don't want to take action. I'm giving you three days' notice," he added, glancing at his watch. "Three days from now I'll be in Posadas; I go on board to sleep at eleven. I'll give you up to ten o'clock Saturday night to bring me the books in order. Otherwise, I'll take action. Understand?"

"Perfectly," replied Orgaz.

And he walked to the gate with his visitor, who took leave of him indifferently as he set off at a gallop.

Orgaz slowly climbed back over the volcanic gravel which rolled down under his feet. Black, blacker than the patches of tar on his hot roof, was the task awaiting him. He calculated mentally, at so many minutes per document, how much time he had to save his job, and with it the liberty to pursue his waterproofing problems. Orgaz had no other means of livelihood than those which the State supplied him for keeping the books of the Civil Register up to date. It was essential, then, for him to gain the good graces of the State, which had just hung his job on the slenderest of threads.

So Orgaz scraped off the last vestiges of tar from his hands and sat down at the table to fill twelve large volumes

doce grandes libros de R. C. Solo, jamás hubiera llevado a cabo su tarea en el tiempo emplazado. Pero su muchacho lo ayudó, dictándole.

Era éste un chico polaco, de doce años, pelirrojo y todo él anaranjado de pecas.[17] Tenía las pestañas tan rubias que ni de perfil se le notaban, y llevaba siempre la gorra sobre los ojos, porque la luz le dañaba la vista. Prestaba sus servicios a Orgaz, y le cocinaba siempre un mismo plato que su patrón y él comían juntos bajo el mandarino.

Pero en esos tres días, el horno de Orgaz, y que el polaquito usaba de cocina, no funcionó. La madre del muchacho quedó encargada de traer todas las mañanas a la meseta mandioca asada.

Frente a frente en la oficina oscura y caldeada como un barbacuá, Orgaz y su secretario trabajaron sin moverse, el jefe desnudo desde cintura arriba, y su ayudante con la gorra sobre la nariz, aun allá adentro. Durante tres días no se oyó sino la voz cantante de escuelero del polaquito, y el bajo con que Orgaz afirmaba las últimas palabras. De vez en cuando comían galleta o mandioca, sin interrumpir su tarea. Así hasta la caída de la tarde. Y cuando por fin Orgaz se arrastraba costeando los bambúes a bañarse, sus dos manos en la cintura o levantadas en alto, hablaban muy claro de su fatiga.

El viento norte soplaba esos días sin tregua, e inmediato al techo de la oficina, el aire ondulaba de calor. Era sin embargo aquella pieza de tierra el único rincón sombrío de la meseta; y desde adentro los escribientes veían por bajo el mandarino reverberar un cuadrilátero de arena que vibraba al blanco, y parecía zumbar con la siesta entera.[18]

Tras el baño de Orgaz, la tarea recomenzaba de noche. Llevaban la mesa afuera, bajo la atmósfera quieta y sofocante. Entre las palmeras, tan rígidas y negras que alcanzaban a recortarse contra las tinieblas, los escribientes proseguían llenando las hojas del R. C. a la luz del farol de viento, entre un nimbo de mariposillas de raso policromo, que caían en enjambres al pie del farol e irradia-

of the Civil Register. Alone, he would never have been able to finish his task in the allotted time. But his boy helped by dictating to him.

He was a Polish boy, twelve years old, with red hair, and covered from head to foot with orange freckles. His eyelashes were so light that they were invisible even in profile, and he always had his cap pulled over his eyes, because the light hurt his sight. He worked for Orgaz, and always cooked him the same dish, which he and his master would eat together under the orange tree.

But during these three days, Orgaz' furnace—which the little Pole used as a stove—did not work. Instead, the boy's mother was given the job of bringing roasted manioc to the plateau every morning.

Face to face in the office which was dark and sizzling as a barbecue, Orgaz and his secretary worked without moving, the chief naked from the waist up, and his helper, with his cap on his nose, even indoors. For three days, there was no sound but the singsong schoolboy voice of the little Pole and Orgaz' bass confirming his last words. From time to time they would eat some crackers or cassava without interrupting their task. So it went until sundown. And finally, when Orgaz dragged himself along the edge of the bamboo trees heading for his bath, his two hands on his waist or raised aloft spoke plainly of his fatigue.

All this time the north wind blew without respite, and just under the roof of the office, the air shimmered with heat. This small plot of ground was, nevertheless, the only shady corner of the plateau; and from within, the writers could see a square of sand vibrating beneath the orange tree and reflecting on the white page, which seemed to hum with all the intensity of the hot afternoon.

After Orgaz' bath, the task would begin again by night. They would take the table outside, into the quiet, stifling atmosphere. Among the palm trees, so rigid and black that they managed to stand out against the darkness, the writers continued to fill in the leaves of the Civil Register by the light of a storm lantern, in a nimbus of tiny, polychromed satin moths that fell in swarms at the foot of the lantern

ban en tropel sobre las hojas en blanco. Con lo cual la tarea se volvía más pesada, pues si dichas mariposillas vestidas de baile son lo más bello que ofrece Misiones en una noche de asfixia, nada hay también más tenaz que el avance de esas damitas de seda contra la pluma de un hombre que ya no puede sostenerla,—ni soltarla.

Orgaz durmió cuatro horas en los últimos dos días, y la última noche no se durmió, solo en la meseta con sus palmeras, su farol de viento y sus mariposas. El cielo estaba tan cargado y bajo que Orgaz lo sentía comenzar desde su propia frente.[19] A altas horas, sin embargo, creyó oír a través del silencio un rumor profundo y lejano,—el tronar de la lluvia sobre el monte. Esa tarde, en efecto, había visto muy oscuro el horizonte del sudeste.

—Con tal que el Yabebirí no haga de las suyas . . .[20] —se dijo, mirando a través de las tinieblas.

El alba apuntó por fin, salió el sol, y Orgaz volvió a la oficina con su farol de viento que olvidó prendido en un rincón. Continuaba escribiendo, solo. Y cuando a las diez el polaquito despertó por fin de su fatiga, tuvo aún tiempo de ayudar a su patrón, que a las dos de la tarde tiró la pluma y se echó literalmente sobre los brazos.

Había concluído. Después de sesenta y tres horas, una tras otra, ante el cuadrilátero de arena caldeada al blanco o en la meseta lóbrega, sus veinticuatro libros del R. C. quedaban en forma. Pero había perdido la lancha a Posadas que salía a la una, y no le quedaba ahora otro recurso que ir hasta allá a caballo.

* * *

Orgaz observó el tiempo mientras ensillaba su animal. El cielo estaba blanco, y el sol, aunque velado por los vapores, quemaba como fuego. Desde las sierras escalonadas del Paraguay,[1] desde la cuenca fluvial del sudoeste, llegaba una impresión de humedad, de selva mojada y caliente. Pero mientras en todos los confines del horizonte los golpes de agua lívida rayaban el cielo, San Ignacio continuaba cal-

and fluttered tumultuously over the blank pages. And so the task became more difficult, for even if these little moths in their lovely dancing dresses are the most beautiful sight in Misiones on a stifling night, still there is nothing more stubborn than the advance of these silken damsels against a man who can now neither hold his pen—nor drop it.

Orgaz had slept four hours during the last two days, and the last night, alone on the plateau with his palm trees, his lantern, and his moths, he had not slept at all. The sky was so overcast and low that Orgaz felt the weight of it resting on his brow. Late at night, nevertheless, he thought he heard a deep, far-off sound across the silence—the thunder of rain on the mountain. That afternoon, as a matter of fact, he had noticed that the southwest horizon was very dark.

"Let's hope the Yabebirí isn't up to its old tricks," he said to himself, looking out across the darkness.

Dawn came at last, the sun rose, and Orgaz returned to his office with the storm lantern, which he left, lighted, in a corner and promptly forgot. He went on writing, alone. And when at ten the little Pole finally awoke from his fatigue, he still had time to help his master, who, at two in the afternoon, threw down his pen and literally dropped on his arms.

He had finished. After sixty-three consecutive hours in front of the square of calcined sand or on the dreary plateau, his twenty-four books of the Civil Register were in order. But he had missed the one o'clock launch to Posadas, and he now had no choice but to ride there on horseback.

*   *   *

Orgaz looked at the weather while he saddled his animal. The sky was white, and the sun, though veiled by mist, burned like fire. From the step-like sierras of Paraguay, from the river valleys of the southwest, came a feeling of moisture, of hot, wet jungle. But while all along the horizon dark blotches of water streaked the sky, San Ignacio was still burning hot and suffocating.

cinándose ahogado.

Bajo tal tiempo, pues, Orgaz trotó y galopó cuanto pudo en dirección a Posadas. Descendió la loma del Cementerio nuevo y entró en el valle del Yabebirí, ante cuyo río tuvo la primer sorpresa mientras esperaba la balsa: una fimbria de palitos burbujeantes se adhería a la playa.

— Creciendo—dijo al viajero el hombre de la balsa—. Llovió grande este día y anoche por las nacientes . . .[21]

— ¿Y más abajo?—preguntó Orgaz.

— Llovió grande también . . .

Orgaz no se había equivocado, pues, al oír la noche anterior el tronido de la lluvia sobre el bosque lejano. Intranquilo ahora por el paso del Garupá,[1] cuyas crecidas súbitas sólo pueden compararse con las del Yabebirí, Orgaz ascendió al galope las faldas de Loreto,[1] destrozando en sus pedregales de basalto los cascos de su caballo. Desde la altiplanicie que tendía ante su vista un inmenso país,[22] vió todo el sector de cielo, desde el este al sur, hinchado de agua azul, y el bosque, ahogado de lluvia, diluído tras la blanca humareda de vapores. No había ya sol, y una imperceptible brisa se infiltraba por momentos en la calma asfixiante. Se sentía el contacto del agua,—el diluvio subsiguiente a las grandes sequías. Y Orgaz pasó al galope por Santa Ana,[1] y llegó a Candelaria.[1]

Tuvo allí la segunda sorpresa, si bien prevista: el Garupá bajaba cargado con cuatro días de temporal y no daba paso. Ni vado ni balsa; sólo basura fermentada ondulando entre las pajas, y en la canal, palos y agua estirada a toda velocidad.

¿Que hacer? Eran las cinco de la tarde. Otras cinco horas más, y el inspector subía a dormir a bordo. No quedaba a Orgaz otro recurso que alcanzar el Paraná y meter los pies en la primer guabiroba que hallara en la playa.

Fué lo que hizo; y cuando la tarde comenzaba a obscurecer bajo la mayor amenaza de tempestad que haya ofrecido cielo alguno, Orgaz descendía el Paraná en una canoa tronchada en su tercio,[23] rematada con una lata, y por cuyos agujeros el agua entraba en bigotes.

Durante un rato el dueño de la canoa paleó perezosa-

In such weather, then, Orgaz trotted and galloped as fast as he could towards Posadas. He went down the little hill of the new Cemetery and entered the Yabebirí valley, where he had his first surprise while waiting for the raft: a fringe of little bobbing sticks was clinging to the bank.

"It's rising," said the ferryman to his passenger. "It rained hard today, and last night up at the headwaters . . ."

"And farther down?" asked Orgaz.

"It rained hard there, too. . ."

Orgaz had not been mistaken, then, the night before, when he had heard the thunder of rain on the distant forest. And now, worried about Garupá pass, whose flash floods can only be compared to those of the Yabebirí, he climbed the slopes of Loreto at a gallop, ruining his horse's hooves on the stony basalt ground. From the high plain, which offered an immense panorama of the countryside, he saw the whole sector of sky from east to south, swollen with blue water, and the rain-drenched woods suffused against the great white billowing mist. Now there was no sun, and sometimes an imperceptible breeze would penetrate the stifling calm. One could feel the presence of water—the deluge that follows a great drought. So Orgaz passed Santa Ana at a gallop and arrived at Candelaria.

There he had his second surprise, which he might have foreseen: the Garupá, overflowing with four days of storms, was impassable. No ford or ferry: only fermented garbage bobbing up and down among straw; and in the canal, sticks and water churning furiously.

What should he do? It was five in the afternoon. Another five hours and the inspector would be boarding the boat to sleep. As a last resort, Orgaz would have to reach the Paraná, and take the first canoe he found on the beach.

That is what he did. And when the afternoon began to darken under the greatest storm threat ever forecast by any sky, Orgaz went down the Paraná in a canoe one third the regular size, patched with tin, and with holes through which the water entered in streams.

For a little while the canoe's owner paddled lazily down

mente por el medio del río; pero como llevaba caña adquirida con el anticipo de Orgaz, pronto prefirió filosofar a medias palabras.[24] Por lo cual Orgaz se apoderó de la pala, a tiempo que un brusco golpe de viento fresco, casi invernal, erizaba como un rallador todo el río. La lluvia llegaba, no se veía ya la costa argentina. Y con las primeras gotas macizas Orgaz pensó en sus libros, apenas resguardados por la tela de la maleta. Quitóse el saco y la camisa, cubrió con ellos sus libros y empuñó el remo de proa. El indio trabajaba también, inquieto ante la tormenta. Y bajo el diluvio que cribaba el agua, los dos individuos sostuvieron la canoa en el canal, remando vigorosamente, con el horizonte a veinte metros y encerrados en un círculo blanco.

El viaje por el canal favorecía la marcha, y Orgaz se mantuvo en ella cuanto pudo. Pero el viento arreciaba; y el Paraná, que entre Candelaria y Posadas se ensancha como un mar, se encrespaba en grandes olas locas. Orgaz se había sentado sobre los libros para salvarlos del agua que rompía contra la lata e inundaba la canoa. No pudo, sin embargo, sostenerse más, y a trueque de llegar tarde a Posadas, enfiló hacia la costa. Y si la canoa cargada de agua y cogida de costado por las olas no se hundió en el trayecto, se debe a que a veces pasan estas inexplicables cosas.[25]

La lluvia proseguía cerradísima. Los dos hombres salieron de la canoa chorreando agua y como enflaquecidos, y al trepar la barranca vieron una lívida sombra a corta distancia. El ceño de Orgaz se distendió, y con el corazón puesto en [26] sus libros que salvaba así milagrosamente corrió a guarecerse allá.

Se hallaba en un viejo galpón de secar ladrillos. Orgaz se sentó en una piedra entre la ceniza, mientras a la entrada misma, en cuclillas y con la cara entre las manos, el indio de la canoa esperaba tranquilo el final de la lluvia que tronaba sobre el techo.

Orgaz miraba también afuera. ¡Qué interminable día! Tenía la sensación de que hacía un mes que había salido de San Ignacio. El Yabebirí creciendo . . . la mandioca

the middle of the river; but as he was carrying an advance payment of rum from Orgaz, he soon preferred to philosophize incoherently. Whereupon Orgaz took command of the paddle, just as a sudden gust of fresh, almost wintry wind made the whole river bristle like a grater. The rain came, and the Argentine coast soon disappeared from view. With the first fat drops, Orgaz thought of his books, hardly protected by the cloth of the suitcase. He took off his coat and shirt, covered his books with them, and grabbed the forward oar. The Indian worked, too, uneasy before the storm. And under the deluge that was sifting the water, the two men held the canoe in the channel, rowing vigorously, with a visibility of sixty feet and enclosed in a white circle.

Traveling in the channel helped their progress, and Orgaz did his best to stay in it. But the wind grew stronger, and the Paraná, which spreads out between Candelaria and Posadas like an ocean, grew choppy with large, wild waves. Orgaz had sat on his books to save them from the water which was breaking against the tin and flooding the canoe. He could not, however, keep it up any longer, and finally, in order not to arrive late at Posadas, he headed for the coast. And if the canoe, full of water and taking the waves broadside, did not sink in the crossing, it was owing to some capricious quirk of fate.

The rain continued strong and unrelenting. The two men, dripping wet and exhausted, left the canoe, and climbing the ravine, caught sight of a dark shadow a short distance away. Orgaz' frown dissolved, and with all his thoughts centered on the books that were thus being miraculously saved, he ran for shelter.

He found himself in an old brick-drying shed. Orgaz sat down on a stone among the ashes, while right at the entrance, squatting with his face in his hands, the Indian from the canoe waited calmly for the rain, which was thundering on the roof, to end.

Orgaz looked outside, too. What an interminable day! He had the feeling that it had been a month since he left San Ignacio. The Yabebirí rising . . . the roasted manioc

asada . . . la noche que pasó solo escribiendo . . . el
cuadrilátero blanco durante doce horas . . .

Lejos, lejano le parecía todo eso. Estaba empapado y
le dolía atrozmente la cintura; pero esto no era nada en
comparación del sueño. ¡Si pudiera dormir, dormir un instante siquiera! Ni aun esto, aunque hubiera podido hacerlo,
porque la ceniza saltaba de piques. Orgaz volcó el agua de
las botas y se calzó de nuevo, yendo a observar el tiempo.

Bruscamente la lluvia había cesado. El crepúsculo cal-
mo se ahogaba de humedad, y Orgaz no podía engañarse
ante aquella efímera tregua que al avanzar la noche se
resolvería en nuevo diluvio. Decidió aprovecharla, y
emprendió la marcha a pie.

En seis o siete kilómetros calculaba la distancia a Posadas. En tiempo normal, aquello hubiera sido un juego;
pero en la arcilla empapada las botas de un hombre exhaus-
to resbalan sin avanzar. Aquellos siete kilómetros los
cumplió Orgaz caminando por las tinieblas más densas, con
el resplandor de los focos eléctricos de Posadas en la
distancia.

Sufrimiento, tormento de falta de sueño, y cansancio
extremo y demás, sobrábanle a Orgaz. Pero lo que lo
dominaba era el contento de sí mismo. Cerníase por encima
de todo la satisfacción de haberse rehabilitado,—así fuera [27]
ante un inspector de justicia. Orgaz no había nacido para
ser funcionario público, ni lo era casi; según hemos visto.
Pero sentía en el corazón el dulce calor que conforta a un
hombre cuando ha trabajado duramente por cumplir un
simple deber y prosiguió avanzando cuadra tras cuadra,
hasta ver la luz de los arcos, pero ya no reflejada en el cielo,
sino entre los mismos carbones, que lo enceguecían.

*　　*　　*

El reloj del hotel daba diez campanadas cuando el Inspector de Justicia, que cerraba su valija, vió entrar a un
hombre, embarrado hasta la cabeza, y con las señales más
acabadas de caer, si dejaba de adherirse al marco de la

. . . the night spent writing alone . . . the white square for twelve hours straight. . . .

It all seemed far, far away. He was drenched, and had an excruciating pain around the waist, but that was nothing compared to his sleepiness. If he could only sleep, sleep for just a minute! But no, for even if he could have, the ashes were alive with chiggers. Orgaz poured the water out of his boots and put them on again, as he went to take a look at the weather.

Suddenly the rain had stopped. Now the calm evening was drenched with moisture, but Orgaz did not fool himself about that fleeting respite, which, with the approach of night, would turn into a new deluge. He decided to profit by it, and undertook the journey on foot.

He figured it was four or four and a half miles to Posadas. Under normal conditions, this would have been child's play, but in the sodden clay the boots of an exhausted man slipped without making progress. Orgaz finally covered those four and a half miles after tramping through pitch darkness, with the glare of the electric lights of Posadas overhead.

The suffering, the torture of lack of sleep, the weariness and beyond, were more than enough for Orgaz. But what drove him on was pride in himself. Greatest of all was the satisfaction of having rehabilitated himself, even if it were only before an Inspector of Records. Orgaz had not been born to be a public official, and he scarcely was one, as we have seen. But he now felt in his heart the sweet warmth that comforts a man when he has worked hard to accomplish a simple task. And he went on, block after block, until at last he could see the light of the arc-lamps, now no longer reflected in the sky, but in their own carbon, which blinded him.

*   *   *

The hotel clock was striking ten when the Inspector of Records, who was shutting his suitcase, saw a man enter, covered with mud up to his head, and looking as if he would certainly fall if he let go of the door frame.

puerta.

Durante un rato el inspector quedó mudo mirando al individuo. Pero cuando éste logró avanzar y puso los libros sobre la mesa, reconoció entonces a Orgaz, aunque sin explicarse poco ni mucho su presencia [28] en tal estado y a tal hora.

— ¿Y esto?—preguntó indicando los libros.

— Como usted me los pidió—dijo Orgaz—. Están en forma.

El inspector miró a Orgaz, consideró un momento su aspecto, y recordando entonces el incidente en la oficina de aquél, se echó a reír muy cordialmente, mientras le palmeaba el hombro:

— ¡Pero si yo le dije que me los trajera [29] por decirle algo! ¡Había sido zonzo, amigo! ¡Para qué se tomó todo ese trabajo!

* * *

Un mediodía de fuego estábamos con Orgaz sobre el techo de su casa; y mientras aquél introducía entre las tablillas de incienso pesados rollos de arpillera y bleck, me contó esta historia.

No hizo comentario alguno al concluirla. Con los nuevos años transcurridos desde entonces,[30] yo ignoro qué había en aquel momento en las páginas de su Registro Civil, y en su lata de galletitas. Pero en pos de la satisfacción ofrecida aquella noche a Orgaz, no hubiera yo querido por nada ser el inspector de esos libros.

For a moment the Inspector remained silent, looking at this individual. But when the latter succeeded in advancing a few steps, and put the books on the table, he recognized Orgaz, although he was not at all sure of the reason for his presence in such a state and at such an hour.

"And these?" he asked, indicating the books.

"As you requested," said Orgaz. "They're in order."

The Inspector looked at Orgaz, contemplated his appearance for a moment, and then, recalling the incident in the latter's office, he began to laugh very cordially, at the same time patting him on the back.

"But can't you see, I only told you to bring them so I'd have something to say! You've been foolish, my friend. Why burden yourself with all this work?"

One sweltering noon hour we were with Orgaz on the roof of his house, and as he inserted heavy rolls of burlap and tar between the wormwood shingles, he told me this story.

He made no comment whatever as he finished. And with the passing of the years, I have never found out just what there was at that time in the pages of his Civil Register or in his biscuit tin. But in view of the satisfaction offered that night to Orgaz, I would not have wanted to be the one to inspect those books for anything in the world.

Benito Lynch

(1880–1951)

THIS ESSENTIALLY Argentine writer, the one who seems to have known the pampas and their gauchos most intimately, was Irish on his father's side and French on his mother's. He grew up and developed on their ranch, "El Deseado," in the pampas, in the very heart of the province of Buenos Aires. At the age of ten he was sent to study at La Plata's Colegio Nacional, where literature and sports made equal claims on his interest. His earliest literary efforts appeared in *El Día,* the La Plata newspaper which later he came to own. Although *Plata dorada,* a rather weak and immature first novel, appeared in 1909, it was not until 1916, with the powerful *Los caranchos de la Florida,* that Lynch attained a certain degree of recognition, deepened at long intervals by the humorous pathos of *El inglés de los güesos* (1924) and *El romance de un gaucho* (1930), considered by many critics his supreme achievement. Lynch's self-effacement and hatred of publicity, added to the fact that he wrote in a quite circumscribing Argentine vernacular— the language of his beloved gauchos—precluded his being widely known outside of his native country. Despite all these adverse circumstances, Lynch's works bear comparison with those of the masters of the art of fiction. Not merely

a local colorist, but a perceptive writer conversant with human nature and a master of style, he is reminiscent of Thomas Hardy, Knut Hamsun, Ladislas Reymont and other notable writers of the soil, and his creative genius deserves to be ranked with theirs.

EL POTRILLO ROANO

por Benito Lynch

I

Cansado de jugar a "El tigre," un juego de su exclusiva
invención y que consiste en perseguir por las copas de los
árboles a su hermano Leo, que se defiende bravamente,
usando los higos verdes a guisa de proyectiles, Mario se ha
salido al portón del fondo de la quinta y allí, bajo el sol
meridiano y apoyado en uno de los viejos pilares, mira la
calle, esperando pacientemente que el otro, encaramado
aún en la rama más alta de una higuera y deseoso de continuar la lucha, se canse a su vez de gritarle "¡zanahoria!" [1]
y "¡mulita!", [1] cuando un espectáculo inesperado le llena
de agradable sorpresa.

Volviendo la esquina de la quinta, un hombre, jinete en [2]
una yegua panzona, a la que sigue un potrillito, acaba de
enfilar la calle y se acerca despacio.

— ¡Oya! [1] . . .

Y Mario, con los ojos muy abiertos y la cara muy en-
cendida, se pone al borde de la vereda, para contemplar
mejor el desfile.

— ¡Un potrillo! . . . ¡Habría que saber lo que significa
para Mario, a la sazón, un potrillo, llegar a tener un potrillo
suyo, es decir, un caballo proporcionado a su tamaño! . . .

Es su "chifladura," su pasión, su eterno sueño . . . Pero,
desgraciadamente—y bien lo sabe por experiencia—sus

208

THE SORREL COLT

by Benito Lynch

I

Tired of playing "Tiger," a game of his own invention which consisted of chasing through the tree-tops after his brother Leo, who defended himself bravely, using the green figs as ammunition, Mario went out to the back gate of the villa; and there, in the noonday sun, he leaned against one of the old pillars and gazed at the street, waiting patiently for Leo, still perched on the topmost branch of a fig-tree and eager to continue the fight, to grow weary of shouting "Nitwit!" and "Jackass!" at him—when an unexpected sight filled him with pleasant surprise.

Turning the corner of the villa, a man riding a pot-bellied mare, followed by a tiny little colt, had just appeared on the street, and was slowly approaching.

"Say!"

And Mario, with his eyes wide open and his face beaming, went to the edge of the path to get a better view of the procession.

"A colt!" . . . One would have to know how much it meant, then, to Mario, to get a colt of his own, that is, a horse in proportion to his size! . . .

This was his "fad," his passion, his everlasting dream. But, unfortunately—and this he knew from experience—his

padres no quieren animales en la quinta, porque se comen las plantas y descortezan los troncos de los árboles.

Allá en "La Estancia," todo lo que quieran . . . —es decir, un petiso mañero, bichoco [1] y cabezón—pero allí, en la quinta, ¡nada de "bichos"! [3]

Por eso, Mario va a conformarse como otras veces, contemplando platónicamente el paso de la pequeña maravilla, cuando se produce un hecho extraordinario.

En el instante mismo en que le enfrenta, sin dejar de trotar y casi sin volver el rostro, el hombre aquel, que monta la yegua y que es un mocetón de cara adusta y boina colorada, suelta a Mario esta proposición estupenda:

— ¡Che,[1] chiquilín! . . . ¡Si quieres el potrillo ese, te lo doy! . . . ¡Lo llevo al campo pa matarlo!

Mario, siente al oirle, que el suelo se estremece bajo sus pies, que sus ojos se nublan, que toda la sangre afluye a su cerebro, pero ¡ay! . . . conoce tan a fondo las leyes de la casa, que no vacila ni un segundo y, rojo como un tomate, deniega avergonzado:

— ¡No! . . . ¡gracias! . . . ¡no! . . .

El mocetón se alza ligeramente de hombros y, sin agregar palabra, sigue de largo,[4] bajo el sol que inunda la calle y llevándose, en pos del tranco cansino de su yegua, a aquel prodigio de potrillo roano, que trota airosamente sobre los terrones de barro reseco y que, con su colita esponjada y rubia, hace por [5] espantarse las moscas como si fuera un caballo grande . . .

— ¡Mamá! . . .

Y desbocado como un potro y sin tiempo para decir nada a su hermano, que ajeno a todo y siempre en lo alto de su higuera, aprovecha su fugaz pasaje para dispararle unos cuantos higos, Mario se presenta bajo el emparrado, llevándose las cosas por delante:[6]

— ¡Ay, mamá! ¡Ay, mamá!

La madre, que cose en su sillón a la sombra de los pámpanos, se alza con sobresalto:

— ¡Virgen del Carmen! ¿Qué, mi hijo, qué te pasa?

— ¡Nada, mamá, nada . . . que un hombre!

parents wanted no animals at the villa because they would eat up the plants and strip the bark off the tree-trunks.

Over at "The Ranch," anything their hearts desired: namely, a docile little pony, old and big-headed. But here, at the villa, no "beasts" at all!

For this reason, Mario was about to resign himself, as on other occasions, to watch indifferently the little marvel's passing, when an extraordinary thing happened.

Just as he came face to face with him, without slackening his trot and almost without turning his face, the man riding the mare, a big, robust young fellow with a sullen face and a red beret, let loose to Mario with this wonderful proposal.

"Hey, kid! . . . If you want this colt, I'll give him to you. I'm taking him out in the fields to kill him!"

When Mario heard this, he felt the ground quake under his feet, his eyes cloud over, and the blood rush to his head; but oh! he knew the rules of the house so thoroughly that he didn't hesitate a second and, red as a tomato, he refused, ashamed:

"No . . . Thank you . . . no! . . ."

The brawny young man shrugged his shoulders slightly and, without another word, went his way through the sunlight that flooded the street, while following the weary gait of his mare, came that marvelous sorrel colt, who trotted proudly over the clods of dried mud and who, with his fluffy, yellowish tail, tried to brush off the flies just like a grown-up horse.

"Mamma! . . ."

And dashing headlong like a colt and without time to say anything to his brother, who, ignorant of everything and still at the top of his fig-tree, took advantage of his swift flight to pelt him with a few figs, Mario appeared under the arbor, stumbling over everything in his path:

"Oh Mamma! Oh Mamma!"

His mother, who was sewing in her arm-chair in the shade of the young vines, rose from her chair with a start:

"Good Heavens, son, what's the matter?"

"Nothing, mamma, nothing . . . just a man!"

— ¿Qué, mi hijo, qué?

— ¡Que un hombre que llevaba un potrillito precioso, me lo ha querido dar! . . .

— ¡Vaya qué susto me has dado!—Sonríe la madre entonces; pero él, excitado, prosigue sin oírla:

— ¡Un potrillo precioso, mamá, un potrillito roano, así,[7] chiquito . . . y el hombre lo iba a matar, mamá! . . .

Y aquí ocurre otra cosa estupenda, porque contra toda previsión y toda lógica, Mario oye a la madre que le dice con un tono de sincera pena:

— ¿Sí? . . . ¡Caramba! . . . ¿Por qué no se lo aceptaste? ¡Tonto! ¡Mira, ahora que nos vamos a "La Estancia"! . . .

Ante aquel comentario tan insólito, tan injustificado y tan sorprendente, el niño abre una boca de a palmo,[8] pero está "tan loco de potrillo"[9] que no se detiene a inquirir nada y con un: "¡Yo lo llamo entonces!" . . . vibrante y agudo como un relincho, echa a correr hacia la puerta.

— ¡Cuidado, hijito!—grita la madre.

¡Qué cuidado![10] . . . Mario corre tan veloz, que su hermano a la pasada no alcanza a dispararle ni un higo . . .

Al salir a la calle, el resplandor del sol le deslumbra. ¡Ni potrillo, ni yegua, ni hombre alguno por ninguna parte! . . . Mas, bien pronto, sus ojos ansiosos descubren allá, a lo lejos, la boina encarnada, bailoteando al compás del trote entre una nube de polvo.

Y en vano los caballones de barro seco le hacen tropezar y caer varias veces, en vano la emoción trata de estrangularle, en vano le salen al encuentro los cuzcos[1] odiosos de la lavandera; nada ni nadie puede detener a Mario en su carrera.

Antes de dos cuadras, ya ha puesto su voz al alcance de los oídos de aquel árbitro supremo de su felicidad, que va trotando mohino sobre una humilde yegua barrigona.

— ¡Pst!, ¡pst!, ¡hombre!, ¡hombre! . . .

El mocetón al oírle detiene su cabalgadura y aguarda a Mario, contrayendo mucho las cejas:

"What, son, what?"

"Just a man was driving a beautiful little colt, and he wanted to give it to me! . . ."

"Mercy, what a fright you gave me!" Then his mother smiled; but he, in his excitement, went on without hearing her.

"A beautiful little colt, mamma, a tiny little sorrel colt, this big . . . and the man was going to kill him, mamma! . . ."

And now something else stupendous happened, for contrary to all expectations and logic, Mario heard his mother say, with génuine concern:

"Really? . . . Well! . . . Why didn't you accept it, silly? Specially now that we're going to 'The Ranch!'"

In the face of so unusual, so unjustified, and so surprising a remark, his jaw dropped a foot, but he was so "colt crazy" that he didn't stop to ask questions and with an "I'll call him, then," as vibrant and shrill as a neigh, he started running towards the gate.

"Careful, son!" cried his mother.

Careful nothing! . . . Mario ran so fast that his brother didn't manage to throw a single fig at him as he passed.

When he went out on the street, the sun's glare dazzled him. Not a single colt or mare or man anywhere. . . . But soon his anxious eyes caught a glimpse of the red beret, off there in the distance, bobbing along in the rhythm of a trot in a cloud of dust.

And in vain the ridges of dry mud made him stumble and fall several times, in vain he felt choked up with emotion, in vain the laundress's hateful little curs came out to greet him—nothing nor anyone could stop Mario from running.

Inside of two blocks he was within earshot of the supreme arbiter of his happiness, who was moseying along dejectedly at a trot on a humble, pot-bellied mare.

"Hey! Hey! Mister, mister! . . ."

When the brawny young man heard him, he reined in his mount and waited for Mario, frowning hard.

— ¿Qué quieres, che?

— ¡El potrillo! . . . ¡Quiero el potrillo!—exhala Mario entonces sofocado y a la vez que tiende sus dos brazos hacia el animal, como si pensara recibirlo en ellos, a la manera de un paquete de almacén.

El hombre hace una mueca ambigua:

— Bueno—dice—agárralo, entonces . . . Y agrega en seguida, mirándole las manos:

— ¿Trajiste con qué?

Mario torna a ponerse rojo una vez más.

— No . . . yo no . . .

Y mira embarazado en torno suyo, como si esperase que pudiera haber por allí cabestros escondidos entre los yuyos [1] . . .

Y el hombre, desmontando, va entonces a descolgar un trozo de alambre que por casualidad pende del cerco de cina-cina,[1] mientras el niño le aguarda conmovido.

II

¡Tan sólo Mario sabe lo que significa para él ese potrillo roano que destroza las plantas, que muerde, que cocea, que se niega a caminar cuando se le antoja; que cierta vez le arrancó de un mordisco un mechón de la cabellera, creyendo sin duda que era pasto; pero que come azúcar en su mano y relincha en cuanto le descubre a la distancia! . . .

Es su amor, su preocupación, su norte, su luz espiritual . . . Tanto es así, que sus padres se han acostumbrado a usar del potrillo aquel, como de un instrumento para domeñar y encarrilar al chicuelo:

— Si no estudias, no saldrás esta tarde en el potrillo . . . Si te portas mal te quitaremos el potrillo . . . Si haces esto o dejas de hacer aquello . . .

¡Siempre el potrillo alzándose contra las rebeliones de Mario, como el extravagante lábaro de una legión invencible, en medio de la batalla! . . .

La amenaza puede tanto en su ánimo,[11] que de inmediato envaina sus arrogancias como un peleador cualquiera

THE SORREL COLT

"What do you want, huh?"
"The colt! . . . I want the colt!" Mario panted breathlessly and he stretched out his arms towards the animal, as if they were to receive it, like a package in a store.

The man made a doubtful, wry face.
"All right," he said. "Take hold of him." And at once he added, looking down at his hands:
"Did you bring something to do it with?"
Mario blushed again.
"No . . . I didn't . . ."
He looked around, embarrassed, as though he expected to find a halter hidden somewhere in the grass. . . .

The man dismounted and went to unhook a piece of wire that happened to be hanging from the thorny *cina-cina* fence, while the boy watched him, filled with emotion.

II

Only Mario knew what it meant to him—that little sorrel colt who destroyed plants, who bit and kicked, who refused to budge when he didn't want to; who once tore out a lock of Mario's hair with one bite, probably thinking it was grass, but who ate sugar from his hand and neighed as soon as he saw him in the distance! . . .
He was his love, his worry, his guiding star, his spiritual light. So much so, that his parents became accustomed to using the colt as a means of taming the little boy, and keeping him in line.
"If you don't study, you can't go out on the colt this afternoon . . . If you misbehave, we'll take away the colt . . . If you do this or don't do that . . ."
Always the colt loomed up against Mario's rebellions like the elaborate standard of some invincible legion in the thick of battle. . . .
The threat had such power over him that in no time he would sheathe his arrogance just as any fighter sheathes

215

envaina su cuchillo a la llegada del comisario . . . ¡Y es que es también un encanto aquel potrillo roano, tan manso, tan cariñoso y tan mañero!

El domador de "La Estancia"—hábil trenzador[1]—le ha hecho un bozalito que es una maravilla, un verdadero y primoroso encaje de tientos rubios y, poco a poco, los demás peones, ya por cariño a Mario o por emulación del otro, han ido confeccionando todas las demás prendas hasta completar un aperito que provoca la admiración de "todo el mundo."

Para Mario, es el mejor de todos los potrillos y la más hermosa promesa de parejero[1] que haya florecido en el mundo; y es tan firme su convicción a este respecto que las burlas de su hermano Leo, que da en [12] apodar al potrillo roano "burrito" y otras lindezas por el estilo, le hacen el efecto de verdaderas blasfemias.

En cambio, cuando el capataz de "La Estancia" dice, después de mirar al potrillo por entre sus párpados entornados:

— Pa mi gusto,[13] va a ser un animal de mucha presencia éste . . .—a Mario le resulta el capataz, el hombre más simpático y el más inteligente . . .

III

El padre de Mario quiere hacer un jardín en el patio[1] de "La Estancia," y como resulta que el "potrillo odioso"— que así le llaman ahora algunos, entre ellos la mamá del niño, tal vez porque le pisó unos pollitos recién nacidos— parece empeñado en oponerse al propósito, a juzgar por la decisión con que ataca las tiernas plantitas cada vez que se queda suelto, se ha recomendado a Mario desde un principio, que no deje de atarlo por las noches; pero resulta también que Mario se olvida, que se ha olvidado ya tantas veces, que al fin, una mañana, su padre, exasperado, le dice, levantando mucho el índice y marcando con él, el compás de sus palabras: [14]

— El primer día, que el potrillo vuelva a destrozar alguna

his knife at the arrival of the sheriff. For that sorrel colt was such a wonder, so gentle, so affectionate, and so clever!

The horse-tamer at "The Ranch"—a skilled braider—made him a little halter that was a marvel, a truly exquisite lacework of strips of tan leather and, little by little, the other farmhands, either out of affection for Mario or out of rivalry with the trainer, made all the rest of the accessories, until he had a complete little riding outfit that was admired by "everyone."

To Mario he was the finest colt there was, and the most beautiful future race-horse the world had ever seen—and so firm was his conviction in this respect that the taunts of his brother Leo, who persisted in calling the sorrel colt "jackass" and other such fine names, struck him as veritable blasphemies.

On the other hand, when the foreman of "The Ranch" said, after sizing up the colt through half-closed eyes:

"In my opinion, he'll be a real beauty, that one"—to Mario the foreman seemed the most likeable and most intelligent of men. .

III

Mario's father wanted to start a garden on the grounds adjoining "The Ranch," and it happened that the "hateful colt"—which is what some now called him, including the boy's mother, probably because he had trampled on some of her newborn chicks—seemed bent on opposing the project, judging by the vehemence with which he attacked the tender seedlings whenever he got loose. Mario had been warned from the very beginning not to forget to tie up the colt at night; but it also so happened that Mario forgot that he had forgotten so many times already, until at last, one morning, his father, exasperated, said to him, shaking his forefinger emphatically and in rhythm with his words:

"The first day that colt destroys another plant, that very

planta, ese mismo día se lo echo al campo . . .

— ¡Ah, ah! . . . "¡Al campo!" "¡Echar al campo! . . ."

¿Sabe el padre de Mario, por ventura, lo que significa para el niño, eso de "echar al campo?"

. . . Sería necesario tener ocho años como él, pensar como él piensa y querer como él quiere a su potrillo roano, para apreciar toda la enormidad de la amenaza . . .

"¡El campo! . . . ¡Echar al campo! . . ." El campo es para Mario algo proceloso, infinito, abismal; y echar el potrillo allí, tan atroz e inhumano como arrojar al mar a un recién nacido [15] . . .

No es de extrañar,[16] pues, que no haya vuelto a descuidarse y que toda una larga semana haya transcurrido sin que el potrillo roano infiera la más leve ofensa a la más insignificante florecilla . . .

IV

Despunta una radiosa mañana de febrero [17] y Mario, acostado de través en la cama y con los pies sobre el muro, está "confiando" a su hermano Leo algunos de sus proyectos sobre el porvenir luminoso del potrillo roano, cuando su mamá se presenta inesperadamente en la alcoba:

— ¡Ahí tienes! [18]—dice muy agitada.—¡Ahí tienes! . . . ¿Has visto tu potrillo? . . .

Mario se pone rojo y después pálido.

— ¿Qué? ¿El qué, mamá? . . .

— ¡Que ahí anda otra vez tu potrillo suelto en el patio y ha destrozado una porción de cosas! . . .

A Mario le parece que el universo se le cae encima.

— Pero . . . ¿cómo?—atina a decir.—Pero, ¿cómo? . . .

— ¡Ah, no sé cómo—replica entonces la madre—pero no dirás [19] que no te lo había prevenido hasta el cansancio! . . . Ahora tu padre . . .

— ¡Pero si yo lo até! [20] . . . ¡Pero si yo lo até! . . .

Y mientras con manos trémulas se viste a escape, Mario

day I'll turn him out into the fields. . . ."

"Ooooh! . . . Into the fields! . . . Turn him out into the *fields!* . . ."

Did Mario's father happen to have any idea of what turning him into the fields meant to the boy?

He would have to be eight years old like him, to think the way he thought, and love his sorrel colt the way he loved him, to appreciate the real enormity of the threat. . . .

"The fields! . . . Turn him out into the *fields!* . . ." To Mario the fields were something tempestuous, boundless, and abysmal; putting the colt out there would be as atrocious and inhuman as casting a newborn babe into the sea.

No wonder, then, that he was not careless again; or that a whole, long week went by without the sorrel colt inflicting the slightest damage on the most insignificant little flower . . .

IV

At daybreak of a radiant February morning, Mario was lying across his bed with his feet up against the wall, "confiding" some of his plans for the sorrel colt's bright future to his brother Leo, when his mother unexpectedly entered the bedroom.

"So there you are!" she said, all upset. "So there you are! Have you seen your colt?"

Mario turned crimson and then pale.

"What? My what, mamma?"

"Your colt got loose in the garden again and destroyed a whole lot of things."

To Mario it seemed as if the universe were crashing down on top of him.

"But . . . how?" he managed to say. "But, how? . . ."

"Well, I don't know how," his mother answered, "but you can't say I haven't warned you time and again! . . . Now your father . . ."

"But I did tie him up . . . I *did* tie him up . . ."

And as Mario hurriedly got dressed, his hands shook, and

ve todas las cosas turbias, como si la pieza aquella se estuviese llenando de humo.

V

Un verdadero desastre. Jamás el potrillo se atrevió a tanto. No solamente ha pisoteado esta vez el césped de los canteros [1] y derribado con el anca cierto parasol de cañas, por el cual una enredadera comenzaba a trepar con gran donaire; sino que ha llevado su travesura hasta arrancar de raíz, escarbando con el vaso, varias matas de claveles raros que había por allí, dispuestas en elegante *losange* . . .

— ¡Qué has hecho! ¡Qué has hecho, "Nene! . . ."

Y como en un sueño, y casi sin saber lo que hace, Mario, arrodillado sobre la húmeda tierra, se pone a replantar febrilmente los claveles, mientras "el nene," "el miserable," se queda allí, inmóvil, con la cabeza baja, la hociquera del bozal zafada y un "no se sabe qué" de cínica despreocupación [21] en toda "su persona" . . .

VI

Como sonámbulo, como si pisase sobre un mullido colchón de lana, Mario camina con el potrillo del cabestro por medio de la ancha avenida en pendiente y bordeada de altísimos álamos, que termina allá, en la tranquera [1] de palos blanquizcos que se abre sobre la inmensidad desolada del campo bruto . . .

¡Cómo martilla la sangre en el cerebro del niño; cómo ve las cosas semiborradas a través de una niebla y cómo resuena aún en sus oídos la tremenda conminación de su padre! . . .

— ¡Agarre ese potrillo y échelo al campo! . . .

Mario no llora porque no puede llorar, porque tiene la garganta oprimida por una garra de acero, pero camina como un autómata, camina de un modo tan raro, que sólo la madre advierte desde el patio . . .

he saw everything blurred, as if that room were filling up
with smoke.

V

It was a real disaster. Never had the colt dared do so
much. This time he had not only trampled the sod of the
flower-beds and knocked down with his rump a certain
cane trellis over which a vine had started to climb with
great elegance, but had carried his mischief to the point
of uprooting and pawing with his hoof several rare carnation plants, arranged in an elegant *losange*. . . .

"What have you done? What have you done, Baby?"

And as if in a dream, and almost without knowing what
he was doing, Mario knelt on the damp ground and began
feverishly replanting the flowers while "Baby," "the
wretch," stood still with his head down, the muzzle of his
headstall loose, and a certain air of cynical indifference
about his whole "person."

VI

Like a sleepwalker, as if treading on a soft wool mattress,
Mario led the colt by the halter down the middle of the
wide, sloping road lined with towering poplars, which
ended there, at the white picket cow-gate which opened on
the desolate immensity of the wild fields.

How the blood pounded in the child's brain, how he
saw things half-obliterated through a fog, and how he still
heard his father's awful threat ringing in his ears! . . .

"Take that colt and put him out into the fields!"

Mario did not cry because he could not, for his throat
was in the grip of a steel claw. He walked like an automaton, so strangely, in fact, that only his mother noticed
from the patio. . . .

Y es que para Mario, del otro lado de los palos de aquella tranquera, está la conclusión de todo; está el vórtice en el cual dentro de algunos segundos se van a hundir fatalmente, detrás del potrillo roano, él y la existencia entera . . .

Cuando Mario llega a la mitad de su camino, la madre no puede más y gime, oprimiendo nerviosamente el brazo del padre que está a su lado:

—Bueno, Juan . . . ¡Bueno! [22] . . .

—¡Vaya! . . . ¡llámelo! . . .

Pero, en el momento en que Leo se arranca velozmente, la madre lanza un grito agudo y el padre echa a correr desesperado.

Allá, junto a la tranquera, Mario, con su delantal de brin, acaba de desplomarse sobre el pasto, como un blando pájaro alcanzado por el plomo . . .

VII

. . . Algunos días después y cuando Mario puede sentarse por fin, en la cama, sus padres, riendo, pero con los párpados enrojecidos y las caras pálidas por las largas vigilias, hacen entrar en la alcoba al potrillo roano, tirándole del cabestro y empujándolo por el anca . . .

It was that for Mario, the other side of that cow-gate was the end of everything; it was the whirlpool where in a few seconds he and all existence would sink down fatally after the sorrel colt. . . .

When Mario had gone halfway there, his mother could stand it no longer and moaned, nervously clutching his father's arm.

"Enough, Juan, enough," she said.

"All right! . . . Call him! . . ."

But just as Leo started out swiftly, the mother uttered a sharp cry and the father broke into a frantic run.

There, beside the cow-gate, Mario, with his canvas apron, had just fallen on the grass, like a gentle bird hit by a bullet. ، ، ،

VII

. . . A few days later, when Mario could at last sit up in bed, his parents, laughing, but with their eyelids red and their faces pale from the long vigils, ushered the sorrel colt into the bedroom, pulling him by the halter and pushing on his rump ، ، ،

Jorge Luis Borges

(1899–1986)

Born in a cultured, well-to-do family rooted in the history of Argentina—several of his ancestors were military heroes —Borges studied in Buenos Aires. Revealing an early interest in languages and foreign literatures, Borges was sent to Switzerland and allowed to travel widely in Europe, an ideal preparation for the future translator of Kafka, Melville, Michaux. After advanced studies at Cambridge, he returned to Buenos Aires as a well-equipped teacher of modern languages, and a dynamic literary innovator. *Fervor de Buenos Aires* (1923), showed him a gifted experimentalist, conversant with European vanguard poetry; and *Luna de enfrente* (1925) and *Cuadernos de San Martín* (1929) ranked him high among poets writing in the Spanish language. In addition he lectured, translated and wrote perceptive critical essays and articles collected in *Inquisiciones* (1925), *El tamaño de mi esperanza* (1926), etc.; and finally revealed himself as a master of the short story. Expert craftsman and consummate stylist, Borges has written realistic stories such as the little masterpiece "Hombre de la esquina rosada" (1935), as well as fantastic stories somewhat reminiscent of Franz Kafka, in his remarkable collections of tales: *El jardín de senderos que se bifurcan* (1944), *El Aleph* (1949), etc. No writer living today surpasses Borges in his manipulation of language—so sober, so

224

sensitive, so well equilibrated—a magnificent instrument which never fails to dramatize the children of his fertile imagination. Borges fuses his colorful fantasy with cold intellectual calculations which, paradoxically enough, endow his narratives with greater puzzlement and dramatic force.

LA FORMA DE LA ESPADA

por Jorge Luis Borges

LE CRUZABA la cara una cicatriz rencorosa: un arco ceniciento y casi perfecto que de un lado ajaba la sien y del otro el pómulo. Su nombre verdadero no importa; todos en Tacuarembó [1] le decían [2] el Inglés de *La Colorada.* [3] El dueño de esos campos, Cardoso, no quería vender; he oído que el Inglés recurrió a un imprevisible argumento; le confió la historia secreta de la cicatriz. El Inglés venía de la frontera, de Río Grande del Sur [1]; no faltó quien dijera [4] que en el Brasil había sido contrabandista. Los campos estaban empastados; las aguadas, amargas; el Inglés, para corregir esas deficiencias, trabajó a la par de sus peones. Dicen que era severo hasta la crueldad, pero escrupulosamente justo. Dicen también que era bebedor: un par de veces al año se encerraba en su cuarto del mirador y emergía a los dos o tres días como de una batalla o de un vértigo, pálido, trémulo, azorado y tan autoritario como antes. Recuerdo los ojos glaciales, la enérgica flacura, el bigote gris. No se daba con [5] nadie: es verdad que su español era rudimental, abrasilerado. [6] Fuera de alguna carta comercial o de algún folleto, no recibía correspondencia.

La última vez que recorrí los departamentos del Norte, una crecida del arroyo Caraguatá [1] me obligó a hacer

THE SHAPE OF THE SWORD

by Jorge Luis Borges

Across his face ran an angry-looking scar, an ash-colored, almost perfect arc that disfigured the temple on one side and the cheekbone on the other. His real name does not matter—everyone in Tacuarembó called him the Englishman from *La Colorada*. The owner of those fields, Cardoso, did not wish to sell; I have been told that the Englishman resorted to an unforeseeable stratagem; he told him the secret story of his scar. The Englishman came from the frontier, from Río Grande do Sul. Everyone said that he had been a smuggler in Brazil. The fields were overgrown with weeds and the sources of drinking water, acrid; the Englishman, in order to remedy these drawbacks, worked as hard as any of his peons. They say he was harsh to the point of cruelty, but scrupulously fair. They say, too, that he was a heavy drinker: a couple of times a year he would lock himself up in a room of his summerhouse and emerge after two or three days as if from a battle or a daze, pale, shaky, scared, and as bossy as before. I recall his cold eyes, his energetic leanness, and gray mustache. He did not associate with anyone; of course his Spanish was rudimentary and full of Brazilianisms. Except for occasional business circulars or folders, he received no mail.

The last time I traveled through the Northern districts, a flooding of the Caraguatá forced me to stop for the night

noche [7] en *La Colorada*. A los pocos minutos creí notar que mi aparición era inoportuna; procuré congraciarme con el Inglés: acudí a la menos perspicaz de las pasiones: al patriotismo. Dije que era invencible un país con el espíritu de Inglaterra. Mi interlocutor asintió, pero agregó con una sonrisa que él no era inglés. Era irlandés, de Dungarvan.[1] Dicho esto, se detuvo, como si hubiera revelado un secreto.

Salimos, después de comer, a mirar el cielo. Había escampado, pero detrás de las cuchillas del Sur,[8] agrietado y rayado de relámpagos, urdía otra tormenta. En el desmantelado comedor, el peón que había servido la cena trajo una botella de ron. Bebimos largamente, en silencio.

No sé qué hora sería cuando advertí que yo estaba borracho; no sé qué inspiración o qué exultación o qué tedio me hizo mentar [9] la cicatriz. La cara del Inglés se demudó; durante unos segundos pensé que me iba a expulsar de la casa. Al fin me dijo con su voz habitual:—Le contaré la historia de mi herida bajo una condición: la de no mitigar ningún oprobio, ninguna infamia.

Asentí. Esta es la historia que contó, alternando el inglés con el español, y aun con el portugués:

"Hacia 1922, en una de las ciudades de Connaught,[1] yo era uno de los muchos que conspiraban por la independencia de Irlanda.[10] De mis compañeros, algunos sobreviven dedicados a tareas pacíficas; otros, paradójicamente, se baten en los mares o en el desierto, bajo los colores ingleses; otro, el que más valía, murió en el patio de un cuartel, en el alba, fusilado por hombres llenos de sueño; otros (no los más desdichados), dieron con su destino en las anónimas y casi secretas batallas de la guerra civil. Éramos republicanos, católicos; éramos, lo sospecho, románticos. Irlanda no sólo era para nosotros el porvenir utópico y el intolerable presente; era una amarga y cariñosa mitología, era las torres circulares y las ciénagas rojas, era el repudio de Parnell [11] y las enormes epopeyas que cantan [12] el robo de toros que en otra encarnación fueron héroes y en otras peces y mon-

at *La Colorada.* After a few minutes I began to feel that my arrival was inopportune. I tried to ingratiate myself with the Englishman by resorting to the least perspicacious of passions: patriotism. I said that a nation endowed with the spirit of England was invincible. My interlocutor agreed, but added with a smile that he was not English. He was Irish, from Dungarvan. Having said this, he stopped short, as if he had disclosed a secret.

After supper we went outside to look at the sky. It had stopped raining, but back of the hills to the south, cracked and streaked with flashes of lightning, another storm was brewing. Into the shabby dining-room the peon who had served supper brought a bottle of rum. We drank in silence for a long time.

I did not know what time it could have been when I realized I was drunk; nor did I know what inspiration, what exultation, or boredom made me mention the scar. The Englishman's face altered, and for a moment or so I thought he was going to throw me out of the house. Finally, he said in his usual voice: "I will tell you the story of my wound on one condition—that you will not spare me any shame or any infamy."

I agreed. And this is the story he told me, mixing English with Spanish, and even with Portuguese:

In 1922 or thereabouts, in one of the cities of Connaught, I was one of the many who were conspiring for Irish independence. Of my comrades, some survive, devoted to peaceful tasks; others, paradoxically enough, are fighting on the seas or in the desert, under the English flag; another, the finest, died in the courtyard of a barracks, at dawn, shot down by a squad of sleepy men; others (and not the most unfortunate) met their destiny in the anonymous and almost secret battles of the civil war. We were republicans, Catholics; we were, I suspect, romantics. Ireland was for us not only the Utopian future and the intolerable present, but a bitter, fond mythology; it was circular towers and red marshes; it was Parnell's repudiation and the tremendous epics which tell of the theft of bulls which in another incarnation were heroes, and in others, fish and moun-

tañas . . . En un atardecer que no olvidaré, nos llegó un afiliado de Munster: [1] un tal John [13] Vincent Moon.

Tenía escasamente veinte años. Era flaco y fofo a la vez; daba la incómoda impresión de ser invertebrado. Había cursado [14] con fervor y con vanidad casi todas las páginas de no sé qué [15] manual comunista; el materialismo dialéctico le servía para cegar cualquier discusión. Las razones que puede tener el hombre para abominar de otro o para quererlo son infinitas: Moon reducía la historia universal a un sórdido conflicto económico. Afirmaba que la revolución está predestinada a triunfar. Yo le dije que a un *gentleman* sólo pueden interesarle las causas perdidas . . . Ya era de noche; seguimos disintiendo en el corredor, en las escaleras, luego en las vagas calles. Los juicios emitidos por Moon me impresionaron menos que su inapelable tono apodíctico. El nuevo camarada no discutía: dictaminaba con desdén y con cierta cólera.

Cuando arribamos a las últimas casas, un brusco tiroteo nos aturdió. (Antes o después, orillamos el ciego paredón de una fábrica o de un cuartel.) Nos internamos en una calle de tierra; un soldado, enorme en el resplandor, surgió de una cabaña incendiada. A gritos nos mandó que nos detuviéramos. Yo apresuré mis pasos; mi camarada no me siguió. Me di vuelta: John Vincent Moon estaba inmóvil, fascinado y como eternizado por el terror. Entonces yo volví, derribé de un golpe al soldado, sacudí a Vincent Moon, lo insulté y le ordené que me siguiera. Tuve que tomarlo del brazo; la pasión del miedo lo invalidaba. Huimos, entre la noche agujereada de incendios. Una descarga de fusilería nos buscó; una bala rozó el hombro derecho de Moon; éste, mientras huíamos entre pinos, prorrumpió en un débil sollozo.

En aquel otoño de 1922 yo me había guarecido en la quinta del general Berkeley. Éste (a quien yo jamás había visto) desempeñaba entonces no sé qué cargo administrativo en Bengala; [1] el edificio tenía menos de un siglo, pero era desmedrado y opaco y abundaba en perplejos corredores y en vanas antecámaras. El museo y la enorme biblioteca usurpaban la planta baja: libros controversiales e incom-

tains. . . . One evening I shall never forget, a party member from Munster came to us—one John Vincent Moon.

He was scarcely twenty, both skinny and soft, and gave one the uncomfortable feeling that he was spineless. He had studied with fervor and vanity almost every page in some Communist handbook or other; dialectical materialism served him as a means of cutting off any discussion. The reasons one may have for hating or loving another human being are countless: Moon would reduce world history to a sordid economic conflict. He claimed that the revolution was bound to triumph. I replied that a *gentleman* could be interested only in lost causes . . . By now it was night; we continued the dispute in the hallway, on the stairs, and then along the meandering streets. The opinions uttered by Moon impressed me less than his inflexible, apodictic tone. The new comrade did not argue—he laid down the law disdainfully and rather angrily.

When we reached the last house, a sudden sound of firing stunned us. (Sooner or later, we skirted the thick, windowless wall of a factory or barracks.) We turned into an unpaved street; a soldier, looming large in the glare, came out of a flaming hut. He screamed, ordering us to halt. I hurried on; my comrade did not follow me. I turned around; John Vincent Moon stood still, fascinated, as if petrified by terror. Then I returned, knocked the soldier down with one blow, shook Moon, insulted him, and ordered him to follow me. I had to take him by the arm; the passion of fright had rendered him helpless. We fled into the night riddled with fires. A volley of rifles sought us out; a bullet grazed Moon's right shoulder, and as we fled through the pines, he heaved a faint sigh.

In that autumn of 1922 I had found shelter in General Berkeley's villa. The general (whom I had never met) was then away, carrying out some administrative assignment in Bengal. The building was less than a century old, but dilapidated and dark, with many perplexing corridors and useless halls. Its museum and enormous library took up the entire ground floor: controversial and incompatible books

patibles que de algún modo son la historia del siglo XIX; cimitarras de Nishapur,[1] en cuyos detenidos arcos de círculo parecían perdurar el viento y la violencia de las batallas. Entramos (creo recordar) por los fondos. Moon, trémula y reseca la boca, murmuró que los episodios de la noche eran interesantes; le hice una curación,[16] le traje una taza de té; pude comprobar que su "herida" era superficial. De pronto balbuceó con perplejidad:

— Pero usted se ha arriesgado sensiblemente.

Le dije que no se preocupara. (El hábito de la guerra civil me había impelido a obrar como obré; además, la prisión de un solo afiliado podía comprometer nuestra causa.)

Al otro día Moon había recuperado su aplomo. Aceptó un cigarrillo y me sometió a un severo interrogatorio sobre los "recursos económicos de nuestro partido revolucionario." Sus preguntas eran muy lúcidas; le dije (con verdad) que la situación era grave. Sendas descargas de fusilería conmovieron el Sur. Le dije a Moon que nos esperaban los compañeros. Mi sobretodo y mi revólver estaban en mi pieza; cuando volví, encontré a Moon tendido en el sofá, con los ojos cerrados. Conjeturó que tenía fiebre; invocó un doloroso espasmo en el hombro.

Entonces comprendí que su cobardía era irreparable. Le rogué torpemente que se cuidara y me despedí. Me abochornaba ese hombre con miedo, como si yo fuera el cobarde, no Vincent Moon. Lo que hace un hombre es como si lo hicieran todos los hombres. Por eso no es injusto que una desobediencia en un jardín contamine al género humano; por eso no es injusto que la crucifixión de un solo judío baste para salvarlo. Acaso Schopenhauer [17] tiene razón: yo soy los otros, cualquier hombre es todos los hombres, Shakespeare es de algún modo el miserable John Vincent Moon.

Nueve días pasamos en la enorme casa del general. De las agonías y luces [18] de la guerra no diré nada: mi propósito es referir la historia de esta cicatriz que me afrenta. Esos nueve días, en ri recuerdo, forman un solo día, salvo el penúltimo, cuando los nuestros irrumpieron en un cuartel

which somehow constitute the history of the nineteenth century; Nishapur scimitars, in whose sweeping, incomplete circles the wind and violence of battles still seem to linger. We entered—I recall—by the back door. Moon, with quivering, dry lips, whispered that the events of the night had been interesting; I gave him first aid, brought him a cup of tea, and discovered that his "wound" was superficial. All of a sudden he stammered perplexedly:

"But you've taken an awful risk."

I told him not to worry. (The civil war routine had impelled me to act as I had; besides, the imprisonment of even one party member might have jeopardized our cause.)

The next day Moon had recovered his composure. He accepted a cigarette and subjected me to a severe questioning about the "economic resources of our revolutionary party." His questions were very lucid; I told him (and it was true) that the situation was critical. Single rifle shots disturbed the south. I told Moon that our companions were waiting for us. My overcoat and revolver were in my room; when I returned, I found Moon stretched out on the sofa, with his eyes shut. He guessed he had a fever; he mentioned a painful spasm in his shoulder.

Then I realized that his cowardice was incurable. I begged him, rather awkwardly, to take care of himself, and left. I was ashamed of this frightened man, as if I were the coward, and not Vincent Moon. One man's deeds are like the deeds of all mankind. This is why it is not unfair that one disobedience in a garden should contaminate the human race; this is why the crucifixion of a single Jew should suffice to save it. Perhaps Schopenhauer is right: I am others, any man is all men. Shakespeare is, in some way, the miserable John Vincent Moon.

Nine days we spent in the general's enormous house. Of the agonies and glories of war I shall say nothing: my aim is to tell the story of this scar which affronts me. Those nine days, in my recollection, form a single day, except for the next to last, when our men burst into the barracks and

y pudimos vengar exactamente a los dieciséis camaradas que fueron ametrallados en Elphin.[1] Yo me escurría de la casa hacia el alba. Al anochecer estaba de vuelta. Mi compañero me esperaba en el primer piso: [19] la herida no le permitía descender a la planta baja. Lo rememoro con algún libro de estrategia en la mano: F. N. Maude o Clausewitz. "El arma que prefiero es la artillería," me confesó una noche. Inquiría nuestros planes; le gustaba censurarlos o reformarlos. También solía denunciar "nuestra deplorable base económica"; profetizaba, dogmático y sombrío, el ruinoso fin. *C'est une affaire flambée*,[20] murmuraba. Para mostrar que le era indiferente ser un cobarde físico, magnificaba su soberbia mental. Así pasaron, bien o mal, nueve días.

El décimo la ciudad cayó definitivamente en poder de los *Black and Tans*.[21] Altos jinetes silenciosos patrullaban las rutas; había cenizas y humo en el viento; en una esquina vi tirado un cadáver, menos tenaz en mi recuerdo que un maniquí en el cual los soldados ejercitaban la puntería, en mitad de la plaza . . . Yo había salido al amanecer; antes del mediodía volví. Moon, en la biblioteca, hablaba con alguien; el tono de la voz me hizo comprender que hablaba por teléfono. Después oí mi nombre; después que yo regresaría a las siete; después la indicación de que me arrestaran cuando yo atravesara el jardín. Mi razonable amigo estaba razonablemente vendiéndome. Le oí exigir unas garantías de seguridad personal.

Aquí mi historia se confunde y se pierde. Sé que perseguí al delator a través de negros corredores de pesadilla y de hondas escaleras. Moon conocía la casa muy bien, harto mejor que yo. Una o dos veces lo perdí. Lo acorralé antes de que los soldados me detuvieran. De una de las panoplias del general arranqué un alfanje; con esa media luna de acero le rubriqué en la cara, para siempre, una media luna de sangre. Borges: a usted que es un desconocido, le he hecho esta confesión. No me duele tanto su menosprecio."

Aquí el narrador se detuvo. Noté que le temblaban las

we succeeded in avenging to a man the sixteen comrades who were machine-gunned at Elphin. I would sneak out of the house around dawn. By nightfall I would return. My companion waited for me upstairs: his wound prevented him from coming down to the ground floor. I remember him holding some book on strategy in his hand—by F. N. Maude or Clausewitz. "The weapon I prefer is artillery," he confessed to me one night. He would inquire about our plans. He liked to criticize or alter them. He would also usually denounce "our deplorable economic base" and prophesied the ruinous end in his dogmatic, gloomy way. *C'est une affaire flambée,* he would mumble. To show that he was unperturbed about being a physical coward, he magnified his mental pride. So, for better or for worse, ten days elapsed.

On the tenth, the city fell once and for all into the hands of the Black and Tans. Tall, silent horsemen patrolled the by-ways; there were ashes and smoke in the wind; on a street corner I saw a corpse stretched out, which impressed me less than a mannequin the soldiers were using for shooting practice in the middle of the public square. . . . I had left at dawn; I returned before noon. Moon was talking to someone in the library; from the tone of his voice I knew he was using the phone. Later on I heard my name; then, that I would return at seven; and then, instructions to arrest me when I crossed the garden. My reasonable friend was selling me reasonably. I heard him demand some guarantees for his personal safety.

Here my story becomes confused and trails off. I know that I pursued the informer down black, nightmarish corridors and the steep stairs. Moon knew the house very well, much better than I. Once or twice I lost track of him. I cornered him before the soldiers arrested me. From one of the general's panoplies I grabbed a cutlass; with that half moon of steel I marked his face forever with a half moon of blood. Borges, to you, a perfect stranger, I have made this confession. Your contempt does not hurt me so much.

Here the narrator stopped. I noticed that his hands were

manos.

—¿Y Moon?—le interrogué.

— Cobró los dineros de Judas y huyó al Brasil. Esta tarde, en la plaza, vió fusilar un maniquí por unos borrachos.

Aguardé en vano la continuación de la historia. Al fin le dije que prosiguiera.

Entonces un gemido lo atravesó; entonces me mostró con débil dulzura la corva cicatriz blanquecina.

—¿Usted no me cree?—balbuceó. ¿No ve que llevo escrita en la cara la marca de mi infamia? Le he narrado la historia de este modo para que usted la oyera hasta el fin.

— Yo he denunciado al hombre que me amparó: yo soy Vincent Moon. ¡Ahora desprécieme!

trembling.

"And Moon?" I asked.

"He took Judas money and fled to Brazil. This afternoon, in the square, he watched a gang of drunkards shooting at a mannequin . . ."

I waited in vain for the story to be continued. Finally, I told him to go on.

A moan went through him; then, with gentle sweetness, he showed me the curved, whitish scar.

"Don't you believe me?" he stammered. "Don't you see that I bear the mark of infamy written on my face? I have told you the story this way so that you would hear it to the end.

"I denounced the man who had given me shelter—I am Vincent Moon. Now despise me!"

Camilo José Cela

(1916–   )

THE GREATEST living novelist of Spain was born in the little town of La Coruña, of an extremely mixed ancestry: the Galician Celas were related to the Italian Bertorinis and the English Trulocks—Trulock Square in London having been named for Cela's grandfather.

Cela studied law, medicine and philosophy but took no degree, being mainly interested in travel and adventure, and leading a dynamic existence as bullfighter, painter, office clerk, soldier, poet, movie actor, newspaperman, and now as youngest member of the orthodox, austere Royal Spanish Academy.

Cela began his literary career as a poet, influenced by such vanguard figures as Neruda and Aleixandre, and has never ceased to write verse (*La dudosa luz del día, Canciones de la Alcarria*, etc.). His protean activities and peregrinations, however, led him to cultivate the travelogue most felicitously (*Notas de vagabundaje por Avila, Segovia y sus tierras, Viaje a la Alcarria, Del Miño al Bidasoa, Judíos, moros y cristianos*) and the picaresque novel. All his novels fall within the picaresque, notably the adventures and misadventures of the photographer Samson García—here reproduced in part from his collection *El gallego y su cuadrilla* (1944)—and his now classic novels *La familia de Pascual Duarte*, which suddenly made him

CAMILO JOSÉ CELA

famous in 1942, and *Nuevas andanzas y desventuras de Lazarillo de Tormes* (1944). *Pascual Duarte* as well as *The Hive* (*La colmena,* 1951) are available in English; and nearly all his novels and short stories, among the most distinguished of the century, *Pabellón de reposo* (1944), *Mrs. Caldwell habla con su hijo* (1953), *Baraja de invenciones* (1953), *La catira* (1955), *El molino de viento* (1956), have been translated into the principal European languages. In addition to his creative writing, Cela edits and publishes from Palma de Mallorca one of the finest periodicals in the Spanish language: *Papeles de Son Armadans.*

SANSÓN GARCÍA,
FOTÓGRAFO AMBULANTE

por Camilo José Cela

Sansón García Cerceda y Expósito de Albacete,[1] cuando metía la jeta por la manga de luto de su máquina de retratar, miraba con el ojo diestro, porque el siniestro, por esas cosas que pasan,[2] se lo había dejado en Sorihuela,[8] en la provincia de Jaén,[3] el día de San Claudio [4] del año de la dictadura,[5] en una discusión desafortunada que tuvo con un francés de malos principios que se llamaba Juanito Clermond, y de apodo Arístides Briand II.[6]

A Sansón García le había nacido la afición a [7] retratista desde muy tierna edad, motivo por el cual su padre, don Híbrido García Expósito y Machado Cosculluela, le arreaba unas tundas tremendas [8] porque decía, y él sabría por qué, que eso de retratista [9] no era oficio propio de hombres.

—Pero vamos a ver, padre—le argumentaba Sansón para tratar de apiadarlo—, ¿cuándo ha visto usted que los retratistas que van por los pueblos sean mujeres?

Don Híbrido, entonces, se ponía rabioso y empezaba a rugir.

— ¡Cállate, te digo! ¡Más respeto es lo que tienes tú que tener con tu padre, descastado! ¡Más respeto y más principios, hijo desnaturalizado!

SAMSON GARCÍA,
TRAVELING PHOTOGRAPHER

By Camilo José Cela

W HENEVER SAMSON GARCÍA Cerceda y Expósito de Albacete poked his snout under the mournful hood of his
portrait camera, he used his right eye, for his left eye, in
the course of things that never fail to happen, had been
left behind in Sorihuela, in the province of Jaén, on San
Claudio's day in the year of the dictatorship after an unfortunate argument he had had with an unprincipled
Frenchman named Juanito Clermond and nicknamed
Aristide Briand the Second.

Samson García had become fond of portraiture at a very
tender age, which was the reason why his father, Don
Híbrido García Expósito y Machado Cosculluela, beat him
black and blue, for he always claimed—and he must have
known why—that portraiture was no job for a man.

"But I ask you, father," Samson would argue, as he tried
to win his pity, "since when have the portrait-photogra-
phers who go from town to town been women?"

Then Don Híbrido would fly into a rage and start roar-
ing:

"Shut up, I say! More respect for your father is what you
need, you ingrate! More respect and more principles, you
freak!"

A don Híbrido, que era un dialéctico, no había quien lo sacase de ahí. Sansón, cuando veía que su progenitor se ponía burro, se callaba, porque si no, era peor.

— ¡Cálmese, padre, cálmese, yo no he querido ofenderle!
— Bueno, bueno . . .

Don Híbrido García Expósito era, de oficio, fondista retirado. Durante treinta años, o más, había tenido una fonda en Cabezarados,[8] en tierra manchega, al pie de la sierra Gorda [8] y no lejos de las lagunas Carrizosa [8] y Perdiguera,[8] y había ganado sus buenos cuartos.[10] Desde los tiempos de fondista, a don Híbrido le había quedado un carácter muy mandón, muy autárquico, según él decía.

— A mí siempre me han gustado los hombres de carácter autárquico, los hombres que dicen "por aquí" y por aquí va todo el mundo, mal que les pese.[11] ¡Esos sí que son hombres! Lo malo es que, en los tiempos que corremos,[12] ya no van quedando hombres autárquicos. ¡Para hombres autárquicos, el Cardenal Cisneros [13] y Agustina de Aragón! [14] ¡Aquellos sí que eran hombres autárquicos, y no estos que hay ahora, que se desmayan en cuanto que ven media docena de heridos graves! ¡Yo no sé a dónde iremos a parar! [15]

Con esto del carácter autárquico, don Híbrido tenía metido el resuello en el cuerpo a todos [16] los que le rodeaban, menos a su señora, que era de Lalín,[8] y que un día, a poco de casarse, le dió con una plancha de carbón en una oreja y se la dejó arrugadita y llena de jeribeques como una col de Bruselas.

Sansón, que era de temperamento más bien apacible, cosa que a don Híbrido le preocupaba lo suyo,[17] porque no se explicaba a quién había salido, sufría mucho y, al acabar la guerra, cuando leía algunas declaraciones del señor ministro de Industria y Comercio hablando de la autarquía, se echaba a temblar y se le abrían las carnes.[18]

— ¡Pues vamos bien servidos! [19]—pensaba—. ¡Ahora sí que la hemos hecho buena! [20]

Sansón García, con su vieja máquina de trípode y manga de costillas, su ojo de menos y la palabra "autarquía" dán-

And Don Híbrido, who was a dialectician, could not be budged from his point. Samson, whenever he saw his progenitor was acting like a jackass, kept quiet, because if he didn't, things only got worse.

"Easy, father, easy—I meant no harm by it."

"All right, all right. . . ."

Don Híbrido García Expósito was, by occupation, a retired innkeeper. For thirty years or more he had run an inn at Cabezarados, in the La Mancha region, at the foot of the Sierra Gorda, and not far from the ponds of Carrizosa and Perdiguera, and had earned a tidy little sum. From his innkeeping days Don Híbrido had kept his bossy disposition —very autarchic, as he would say.

"I've always liked men of autarchic character, men who, when they say 'this way,' everyone goes this way, whether they like it or not. That's what I call real men! The trouble is that nowadays, there are no autarchic men to be found. When it comes to autarchic men, look at Cardinal Cisneros and Agustina de Aragón! That's what I mean by real autarchic men, not the ones you see now, who faint at the mere sight of half a dozen gravely wounded! I don't know what the world is coming to."

And with this bit about the autarchic character, Don Híbrido had taken the wind out of the sails of everyone around him except his wife, who hailed from Lalín, and who one day shortly after the wedding swatted one of his ears with a flatiron and left it all crumpled up and full of wrinkles, like a Brussels sprout.

Samson, who was rather easy-going—something that worried Don Híbrido no end, as he never could figure out whom he took after—suffered a great deal, and when the war was over, and he read certain statements from the Secretary of Industry and Commerce on the subject of autarchy, he started to tremble and writhe in agony.

A fine kettle of fish! he thought. Now we're really getting it in the neck!

Samson García, with his old tripod camera and accordion-like hood, his missing eye and the word "autarchy"

dole alergia en el alma, llevaba ya muchas leguas españolas retratando niños hermosos de flequilo y sandalias, soldados de Infantería que mandaban recuerdos a sus novias lejanas, criadas de servir con el pelo de la dehesa asomándoles por el cogote y grupos de señoritas de pueblo a las que se les habían despertado insospechadas hermosuras con el cap de vino blanco y el mal ejemplo de las bodas.

Sansón García, que era muy lírico, que era un verdadero poeta, se sentía dichoso con su industria ambulante.

— ¡Qué satisfacción—pensaba, a veces, cuando había comido algo templado [21]—, esto de poder vivir de ver sonreír a la gente! Yo creo que no hay otro oficio igual en el mundo, ni siquiera el de pastelero.

Sansón García amaba la Naturaleza, los niños, las niñas, los animales y las plantas. El ojo que le vació Arístides Briand II fué, precisamente por reprenderle, un día que estaba experimentando con unos pobres gatos un nuevo modelo de guillotina.

El Arístides Briand II [22] le dijo:
— Yo amo el progreso y soy satisfecho [23] de poder contribuir a la evolución de la mecánica. Además, estoy extranjero [23] y me rijo por las leyes de mi país.

Sansón García le contestó que aunque estuviese extranjero,[23] los gatos eran españoles, y él no toleraba que los maltratasen. Por toda respuesta,[24] Arístides Briand II le dijo:
— ¡Cerdo! ¡Inculta mula de labranza!

Sansón García le dijo que más cerdo y más inculta mula de labranza era él, y entonces el francés le dió un golpe de mala suerte y lo dejó tuerto, tuerto para toda la vida.

Sansón se puso una ventanilla de paño negro en el sitio del ojo, cuando le curaron el estropicio, y el Arístides Briand II se marchó con su nuevo modelo de guillotina a experimentar en otros horizontes porque la gente de Sorihuela que, salvo raras excepciones, había tomado el partido de Sansón García, lo quería linchar.

* * *

giving him an allergy in his soul, had already covered many leagues in Spain photographing cute children with bangs and sandals, infantry soldiers sending keepsakes to faraway sweethearts, maidservants with grassy hair growing along their necks, and bevies of small-town señoritas whose unsuspected beauty had suddenly emerged thanks to a swig of white wine and the bad example of weddings.

Samson García, who was extremely lyrical, who was a true poet, felt happy with his itinerant profession.

"What a satisfaction it is," he sometimes thought, after a square meal, "to be able to make a living by watching people smile! I don't think there's a job like it anywhere in the world. No, not one, not even being a pastry cook!"

Samson García loved nature, little boys, little girls, animals and plants. And Aristide Briand the Second had gouged out his eye precisely because Samson had reprimanded the Frenchman one day when he was trying out a new type of guillotine on some poor cats.

Aristide Briand the Second had said:

"I love progress and am glad to be able to contribute to the evolution of mechanics. Besides, I am a foreigner and govern myself according to the laws of my country."

Samson García answered that even though he was a foreigner, the cats were Spanish, and that he would not tolerate their being mistreated. By way of an answer, Aristide Briand the Second cried:

"You pig! You boor of a country mule!"

Samson García answered that Aristide was even more of a pig and a boor of a country mule than he was, and then the Frenchman dealt him an unlucky blow that left him one-eyed, one-eyed for the rest of his life.

When the breakage healed, Samson stuck a black patch over the site of the missing eye, and Aristide Briand the Second went off with his new type of guillotine to experiment on new horizons, for the people of Sorihuela, who, with a few rare exceptions, had sided with Samson García, wanted to lynch him.

* * *

SANSÓN GARCÍA, FOTÓGRAFO AMBULANTE

— Ésta que ve usted aquí—dijo Sansón García, mostrando la foto de una moza robusta—es la Genovevita Muñoz, señorita de conjunto, natural de Valencia del Monbuey,[8] provincia de Badajoz,[3] ya en la raya de Portugal, frente al cerro Mentiras,[3] y moza de la que yo anduve una temporada un sí es no es enamoriscado.[25]

Sansón García, con un gesto inefable de experimentado Don Juan, bebió un traguito de vino y continuó:

— La Genovevita Muñoz, aunque era cariñosa cuando quería serlo, tenía el genio algo pronto, grandes las fuerzas y yerma la sesera, lo que hacía que, cuando se encampanaba, cosa que solía ocurrirle de luna en luna, tuviéramos que huir de su presencia [26] hasta los más allegados. Un servidor, sin ir más lejos,[26] lleva en el cuero cabelludo un bache que le produjo, un día que no pudo darse el bote a tiempo, con una lezna de zapatero que guardaba la Genovevita en su maleta, vaya usted a saber para qué.[27] Verá, toque usted aquí.

En el agujero que lucía Sansón en su colodrillo hubiera podido caber una perra gorda.

— Pero la Genovevita, no se vaya usted a creer, también tenía sus encantos y sus dotes naturales, y era hembra requerida con insistencia por todos los que la iban conociendo. Ella, lo primero que preguntaba no era el volumen de la cartera, como hacen otras, sino la naturaleza del pretendiente. Para empezar a hablar, ponía como condición que su galanteador fuera español. "Yo soy tan española como la Virgen del Pilar," [28] decía, "y no quiero nada con franceses." [29] Quizá tuviera sus razones.

Sansón García apuró el vaso y llamó al chico.

— ¡Dos blancos! [30]

— ¡Va en seguida!

Cuando Sansón se ponía elegíaco y sentimental, la ventanilla negra que le tapaba el ojo que no tenía se le tornaba color ala de mosca con reflejos de un verde funerario.

— ¡En fin! La Genovevita Muñoz, ¡más vale seguir con su historia!, empezó de criada de servir, siendo aún muy tierna, en casa de unos señores de Barcarrota,[8] el pueblo que tiene la plaza de toros metida dentro del castillo como

SAMSON GARCÍA, TRAVELING PHOTOGRAPHER

"This one you see here," said Samson García, showing me a photo of a well-built wench, "is Genovevita Muñoz, a chorus girl, and a native of Valencia del Mombuey, province of Badajoz, near the Portuguese border, facing Cerro Mentiras, a girl with whom for a while I was maybe a little in love."

With the ineffable gesture of an experienced Don Juan, Samson García took a swig of wine and went on:

"Though affectionate when she wanted to be, Genovevita Muñoz had a pretty quick temper, lots of strength, and a totally uninhabited brainpan, so that when she got all steamed up, which happened once a month, we had to shun her like the plague, even those closest to her. Yours truly, who didn't run too far, still carries in his hairy hide a pothole made (one day when he couldn't beat it fast enough) with a shoemaker's awl Genovevita kept in her suitcase, God only knows why. Look—touch here!"

The hole displayed by Samson in the back of his neck was big enough to hold a large coin.

"But Genovevita, I'll have you know, also had her charms and natural talents, and was a female insistently desired by everyone who met her. She never asked how fat your purse was, as others do, first thing, but what kind of man the suitor was. Before she'd start a conversation, she made sure her lover was Spanish. 'I'm as Spanish as the Virgin of Pilar,' she'd say, 'and I won't have anything to do with Frenchmen.' Maybe she had her reasons."

Samson García drained his glass and called the waiter.

"Two whites."

"Coming up!"

When Samson became elegiac and sentimental, the black patch covering his non-existent eye turned the color of a fly's wing with reflections of a funereal green color.

"Anyhow, to get on with the story—Genovevita Muñoz began as a maid while she was still at a very tender age, in the household of some people from Barcarrota, the town whose bullring is inside its castle like a foot in a sock. As

un pie en el calcetín. Como el sueldo era escaso, mucho el trabajo y demasiado lo que su señorito entendía por "chica para todo," la Genovevita levantó el vuelo, a la primera ocasión que se le presentó, y fué a caer en Valverde del Camino,³ en territorio de Huelva ³ y a la sombra de las lomas de Segundaralejo,³ donde so enroló en las huestes llamadas "Oriflamas de Andalucía, espectáculos folklóricos," que se ganaban la muerte a pulso sudando y ayunando de tablado en tablado por esos mundos de Dios. Como no sabía ni cantar ni bailar, lo que hizo el director de la compañía fué sacarla en enagua para que diese unos paseítos por el escenario. Lucida sí estaba, e incluso gallarda, y como el número, que se titulaba "Bañistas de New York," era del agrado del respetable, la Genovevita pronto se hizo algo famosa y pudo aspirar a mejor situación.

El chico de la tasca—camisa mugrienta, pantalón de pana y mandil a rayas verdes y negras—puso sobre la mesa los dos blancos y un platillo en el que se perdían dos canijas aceitunas con rabito.

— A la Genovevita la conoció un servidor en San Martín de Valdeiglesias,³ un pueblo grande y rico que crece en las tierras que Madrid mete, como una cuña, entre las provincias de Ávila ³ y Toledo.³ La Genovevita era, por aquel entonces, señorita de conjunto en un elenco artístico que se llamaba "Cálidos ecos del Caribe" y bailaba la rumba y el danzón, un poco en segundo término, ésa es la verdad, haciendo coro a las evoluciones de Belén Baracoa, "La voz de fuego de Camagüey," ³ una mulata más bien llenita, nacida en Betanzos, que disimulaba lo mejor que podía su acento gallego. Verla y enamorarme de ella, se lo juro a usted por lo que más pueda importarme en este mundo, fué todo uno. Se lo dije, de la mejor manera que pude, ella me dió el ansiado sí y como en "Cálidos ecos del Caribe" un servidor no tenía acoplamiento, nos fuimos a la capital de España a vivir sobre el terreno, como la infantería, creyendo, ¡pobres de nosotros!, que en la capital de España se ataban los perros con longanizas. Pronto nos dimos cuenta de nuestro error y de que si los perros se atasen con longanizas, las longanizas hubieran pasado, más que aprisa, a la panza

the salary was skimpy, the work hard, and her young master's interpretation of the phrase 'maid-of-all-work' excessive—Genovevita ran off, first chance she had, and landed in Valverde del Camino, in Huelva territory, and in the shade of the Segundaralejo hills, where she joined a troop called 'the Andalusian Oriflammes, folkloric show,' which earned its dying by sweating and fasting from stage to stage all over creation. Since she couldn't sing or dance, what the manager of the company did was to bring her out in her petticoats and have her take a little stroll around the stage. She was really glamorous and graceful, too, and as her number, entitled 'New York Bathers,' found favor with the public, La Genovevita soon became pretty famous, and could hope for a better job."

The waiter of the joint—filthy shirt, corduroy pants, green and black striped apron—set the two white wines on the table, along with a saucer containing two sickly olives, stems and all, perched forlornly in the middle.

"Yours truly met La Genovevita in San Martín de Valdeiglesias, a big, rich town that grows on land Madrid pushes, like a wedge, between the provinces of Ávila and Toledo. At the time, La Genovevita was a chorus girl in a number called 'Hot Echoes from the Caribbean' and danced the rhumba and the danzón, a little out of the limelight, to tell you the truth, kind of echoing the movements of Belén Baracoa, 'The voice of fire from Camagüey,' a mulatto girl from Betanzos who was a little on the chubby side and disguised her Galician accent as best she could. To see her and fall in love with her, I swear by whatever is important to me in this world, was one and the same thing. I told her so the best way I knew how, she answered the coveted 'yes,' and since there was no room for yours truly in 'Hot Echoes from the Caribbean,' we moved to the capital of Spain to live off the land, like the infantry, thinking, poor us! that in the capital of Spain dogs were tied up with sausages. Soon we realized our mistake—that if dogs *had* been tied up with sausages, the sausages would have made a speedy landing in their mas-

de sus amos, y, al tiempo de pensarlo, decidimos salir de naja con viento fresco, por eso de que más vale morir en el monte, como un conejo, que en un solar, como los gatos. ¡Dos blancos!

— ¿Eh?

— No, no era a usted, es al chico del mostrador, que es medio pasmado. ¡Chico, otros dos blancos!

— ¡Va en seguida!

— Pues como le decía. A un servidor, que es de natural más bien celoso, no le agradaba mucho el oficio de cómica de la Genovevita, por eso de que las cómicas, ya sabe usted, suelen tener mala fama, y un día que me armé de valor, pues fuí y se lo dije: "Oye, Genovevita, chata—fuí y le dije—, ¿a ti no te parece que sería mejor que te dedicases a otra cosa? No es por nada, pero a mí se me hace que para cómica no sirves." [31] ¡Dios, y la que se armó! [32] La Genovevita, hecha un basilisco,[33] se me tiró encima y me dió semejante tunda—no tengo por desdoro el reconocerlo —que, a poco más, no la cuento.

Sansón García se iluminó con una tenue sonrisa.

— ¡Estaba hermosa la Genovevita, con su pelo revuelto y sus ojos igual que los de un tigre! En fin . . . Usted me perdonará, pero no puedo recordarla sin nostalgia. ¿Le es a usted igual que sigamos otro día cualquiera con el cuento de la Genovevita?

— Como guste.

— Muchas gracias; hoy no podría continuar. ¡Chico, que sean cuatro!

*   *   *

Al día siguiente, Sansón García no se mostró muy propicio a continuar con la historia de la Genovevita.

— ¿Por qué no me acaba usted de contar lo de la Genovevita?

Sansón García torció el gesto.

— No, déjelo usted. Aquello acabó mal, ¡pero que muy mal! [34] La Genovevita era hermosa, sí, yo no lo niego, pero tenía un pronto que no había quien se lo aguantase. Ella

ters' bellies; and, after thinking things over, we resolved to set sail again and drift with the breeze, figuring that it's better to die in the woods like a rabbit than like cats in a vacant lot. Two whites!"

"Huh?"

"No, not you, I was calling the waiter at the counter. He's half unconscious. Waiter, two more whites!"

"Coming!"

"Well, as I was saying, yours truly, who's pretty jealous by nature, didn't care much for La Genovevita's profession of actress, because, as you know, actresses have a bad reputation—so one day I plucked up my courage, and went and told her so. 'Listen, Genovevita, my love,' I went and told her, 'don't you think it would be better to try your hand at something else? It's nothing, but I kind of feel that you're a flop at acting.' Wow, did she throw a fit! La Genovevita's blood was boiling, and she jumped on me and gave me such a beating that if she hadn't stopped in time (I don't feel ashamed to admit it), I wouldn't be here to tell the tale!"

Samson García lit up with a faint smile.

"La Genovevita looked beautiful with her hair mussed up and her eyes just like a tiger's! Well . . . You'll have to excuse me, but I can't recall her without feeling kind of sad. If it's all the same to you, we'll go on with her story some other day."

"Anything you like."

"Thanks. I couldn't go on now. Waiter, make it four!"

*　*　*

Next day, Samson García didn't seem to feel like continuing the story of La Genovevita.

"Why don't you finish telling me about La Genovevita?"

Samson García made a face.

"No, let's drop the subject. That came to a bad end, and I mean bad! La Genovevita was beautiful, I can't deny it, but she had a temper no one could put up with. She her-

misma, se conoce que azarada, lo preguntaba a veces: "¿Oye, Sansón, una es muy bestia?" Un servidor, claro es, le decía que no: "No, mujer, lo normal, nada más que lo normal!" Pero no era verdad, se lo aseguro; la Genovevita era más bestia de lo normal. Es mejor que pasemos a otra cosa.

— Usted manda.[35]

Sansón García puso el gesto manso.[36]

— Muchas gracias. ¿Quiere usted que le cuente de la señorita Tiburcia del Oro y Gomis, una nurse la mar de fina [37] que vino a substituir en mi corazón a la Genovevita?

— Bueno, cuénteme usted.

Sansón García corrió un poco la silla, para tener más espacio, y se arrancó.

— Pues sí. La Tiburcia del Oro, a pesar de su nombre de señorita torera, era una chica de principios, bien educada, hacendosa y culta. A la Tiburcia del Oro (usted me sabrá disculpar, pero llamarla Tiburcia, a secas, no me parece respetuoso) la conocí en Cuenca,[3] capital, donde estaba al cuidado de unos niños ricos que comían la sopa con los dedos y que se pasaban la vida dándose vueltas por los tejados. "No hay manera de hacer carrera de ellos—me decía la Tiburcia del Oro—; lo mejor va a ser dejarlos, a ver si se desploman." A los pocos días de conocerla un servidor, de conocerla en lo que pudiéramos llamar "sentido bíblico," ¿usted me entiende?

— Sí, sí, siga.

— Pues eso, a los pocos días de conocerla un servidor, uno de los niños, que se llamaba Julito, se vino de un tejado abajo y se mató. ¡Animalito!

Sansón García se quedó en silencio unos instantes.

— ¡En fin! A la Tiburcia del Oro, los papás de la criatura la pusieron de patas en la calle y no le pagaron el mes que le debían. Entonces, la Tiburcia del Oro, sola y desamparada, se acercó a la fonda donde vivía un servidor, en la calleja del Clavel, y allí se desarrolló una escena muy emocionante en la que intervinimos un servidor, la Tiburcia del Oro, la patrona, que se llamaba doña Esther, un viajante picado de viruelas al que decían Simeoncito, a pesar de lo

self, no doubt puzzled by it all, would ask me now and then: 'Don't you think one is very stupid?' Yours truly would of course deny it: 'No, darling, no—just average, no more than average.' But it wasn't true, I assure you—La Genovevita was stupider than average. Let's talk about something else."

"You're the boss."

Samson García quieted down.

"Thanks. Shall I tell you about Señorita Tiburcia del Oro y Gomis, a nurse as refined as they come, who took La Genovevita's place in my heart?"

"Sure, tell me about her."

Samson García pushed back his chair a little to make room, and began:

"Well, La Tiburcia del Oro, in spite of having a name like a female bullfighter's, was a girl of principles, well brought up, industrious, and educated. La Tiburcia del Oro —(you'll excuse me, but to call her plain Tiburcia seems disrespectful) I met in Cuenca, the provincial capital where she was taking care of some rich kids who ate their soup with their fingers and spent their lives prancing on the roof-tops. 'There's nothing you can do with them,' Tiburcia would tell me; 'the best thing is to leave them alone, and see if they fall down.' A few days after yours truly met her and got to know her in the Biblical sense, so to speak—you follow me?"

"Yes, yes, go on."

"Well, a few days after yours truly got to know her, one of the boys, by the name of Julito, took a fall off the roof and got killed. The little brat!"

Samson García kept quiet a few moments.

"And so, the kid's parents kicked La Tiburcia del Oro out on the street and didn't pay her the month they owed her. Then, alone and forsaken, La Tiburcia del Oro came to the inn where yours truly was staying, in Carnation Alley, and there was a really heart-rending scene, with yours truly, La Tiburcia del Oro, the landlady (whose name was Doña Esther), a pock-marked traveling salesman called Simeoncito, even though he was a giant, and a cop

grande que era, y un guardia municipal que estaba apartado de su señora y que vivía con nosotros. La Tiburcia del Oro, hecha un mar de lágrimas, no hacía mas que decir: "¡Ay, ay, ay, que horrible desgracia, que horrible desgracia!" Los demás, para consolarla, le contestábamos: "No, mujer, peor está el Julito; hay que tener calma." Como usted verá, no variábamos mucho, se conoce que impresionados por el dolor de la Tiburcia del Oro, que era muy grande.

Sansón García volvió a pararse y se puso a mirar a unos desconocidos que había en el techo.

—Parecen niños, ¿verdad, usted?, niños cayéndose de los tejados.

—¡Psche!

Sansón siguió con lo de la nurse.

—El guardia municipal, que era entendido en leyes, nos aconsejó que lo mejor era que la Tiburcia del Oro se largase. "Si a usted le apetece, puede irse detrás, eso usted verá—me dijo—, pero la señorita debe salir arreando antes de que las cosas se pongan peor." La patrona y el Simeoncito también estaban de acuerdo en que lo mejor era poner pies en polvorosa, y entonces, la Tiburcia del Oro y un servidor, pues claro, sacamos dos terceras y nos llegamos a Valencia,⁸ a la ciudad del Turia,³ como le dicen, donde un servidor encontró un puesto en una fotografía que se llamaba "El Arco Iris," haciendo ampliaciones iluminadas de muertos. Como la guerra había acabado poco tiempo atrás y el recuerdo de los muertos aún estaba fresco en cada familia, "El Arco Iris" tenía la mar de encargos y un servidor se venía sacando su jornalito.

—Ya, ya.

—Pues sí, en la ciudad del Turia, como antes le dije, la Tiburcia del Oro y un servidor fuimos muy felices. La Tiburcia se compró un cajón para vender pañuelos y puntos a las vecinas y con lo que sacaba de beneficio, como con lo que un servidor ganaba nos llegaba para cubrir las necesidades,³⁸ nos íbamos al cine algún día y nos bebíamos nuestro litro de blanco sin tener necesidad de dejarlo a deber, que siempre desprestigia. ¡Qué tiempos aquellos! ³⁹ ¡Cada vez que los recuerdo, créame usted, se me abren las

who was separated from his wife and lived with us, all participating. La Tiburcia del Oro, in a flood of tears, did nothing but say, 'Ay, ay, ay, what a horrible misfortune! What a horrible misfortune!' To console her, the rest of us replied: 'No, woman, Julito's worse off than you; you've got to pull yourself together.' As you can see, we didn't have much to say, what with being so impressed with Tiburcia del Oro's grief, which was very great."

Samson García stopped again and looked at some people who were on the roof.

"They look like children, don't they? Children falling off the roof."

"Bah!"

Samson went on with the nurse's story.

"The cop, who knew a lot about the law, advised that the best thing would be for La Tiburcia del Oro to get away. 'If you'd like to, you can join her—you'll see,' he said, 'but right now she ought to clear out fast before things get worse.' The landlady and Simeoncito also agreed that the best thing would be to shake a leg, and so La Tiburcia del Oro, and yours truly, of course, got ourselves two third-class tickets, and arrived at Valencia, the city on the Turia, as they call it, where yours truly found a job in a photo studio called 'The Rainbow,' making colored enlargements of pictures of dead people. Since it was just after the war, and the memory of the dead was still fresh in every family, 'The Rainbow' had loads of orders, and yours truly made a good little pile."

"Uh-huh."

"And so, in the city on the Turia, as I was saying, La Tiburcia del Oro and yours truly were very happy. La Tiburcia bought herself a box and sold handkerchiefs and lace to the neighbors, and her profits, added to what yours truly was earning, took care of our expenses, and some days we went to the movies, and we drank our liter of white without having to take it 'on account,' which always hurts your reputation. Those were the days! Every time I remember, believe me, my flesh tingles with pleasure!"

carnes de gusto!

— ¡Y qué fué de la Tiburcia del Oro?

— ¿Qué fué? ¡Calle usted, hombre, calle usted! [40] Cuando más felices éramos y cuando nada ni nadie parecía capaz de destruir nuestro amor, la mordió un chucho repugnante, ¡maldito sea, y usted perdone!, un chucho de muchos perendengues y mucha distinción, pero que después resultó que estaba rabioso, y la pobre Tiburcia del Oro, a pesar de lo fina que era, que nadie recordaba jamás haberle escuchado una palabra malsonante, se murió en el hospital, contagiada del terrible mal descubierto por el sabio Pasteur. ¡Qué pena de muchacha! [41]

— ¡Hombre, sí! En fin, ¡usted perdone que le haya motivado estos recuerdos tan dolorosos!

— No; ¿qué más da? [42]

Sansón García se levantó, rebuscó en sus carpetas, y puso sobre la mesa tres docenas o más de fotografías de la Tiburcia del Oro.

— Mírela usted, ¡qué gallardía, qué planta, qué mirar!

* * *

Al día siguiente Sansón García volvió a rebuscar en sus fotografías.

— ¡Éste sí que era un tío gracioso! ¡Ja, ja ja! ¡Yo, es que me muero de risa cada vez que lo saco a flote! [43] ¿No le conoce?

— Pues, hombre, no, la verdad. ¿Quién es?

— ¿Pero de verdad no lo conoce?

— No, hombre, no lo conozco. ¿No se lo estoy diciendo a usted? ¿Quien diablos es este sujeto?

Sansón García bebió un sorbito de vino con pausa, con reiterado paladeo, con pequeñas gargaras.

— Pues se lo voy a decir . . .

"And what became of Tiburcia del Oro?"

"What became of her? Don't remind me, don't remind me! When we were happiest, when nothing and no one seemed able to destroy our love, she was bitten by a repulsive cur, damn him!—you'll pardon the expression, a cur with lots of frills and real distinction, but that later turned out to be rabid, and poor Tiburcia del Oro, despite being so refined—no one ever heard her use an unladylike expression—died in the hospital, infected with that terrible disease discovered by the scientist Pasteur. Poor, poor girl. What a shame!"

"Indeed it is. Please forgive me for making you recall such painful thoughts."

"Not at all—what's the difference?"

Samson García stood up, searched in his portfolios, and set upon the table three dozen photographs or more of Tiburcia del Oro.

"Look at her, what grace, what poise, what looks!"

*　　*　　*

Next day Samson García rummaged again through his photographs.

"This guy really was a funny one! Hah, hah, hah! I sure die of laughter every time I bring him out. Don't you know him?"

"To tell the truth, I don't. Who is he?"

"You *really* don't know him?"

"No, I don't—don't you believe me? Who the devil is this fellow?"

Samson García took a tiny sip of wine, slowly, smacking his lips repeatedly and then gargling a little.

"All right, then, I'll tell you. . ."

Juan Goytisolo

(1931-   )

Born into a Basque and Catalan family, in the city of
Barcelona, Goytisolo's childhood was darkened by the
turbulence and havoc of the Spanish Civil War, one of
whose victims was his mother, killed in an air raid.

Somehow he managed to get through elementary and
secondary school, finishing his studies in Barcelona in 1948.
Then he took up law, first in that city and later in Madrid,
dropping out in 1952 in order to write his first novel *Juego
de manos,* published two years later and now available in
English as *The Young Assassins.* The favorable critical re-
ception unmistakably pointed out his vocation and with
this stimulation he produced one exciting book after
another: *Duelo en el paraíso* (available in English as
Children of Chaos), 1954; *Fiesta,* 1955; *Circo,* 1956; and
La resaca (1956), all of which are already translated in
most European languages. Many see in Goytisolo the most
genuine representative of the Spanish angry generation. His
stories deal with desperate children and tough hombres who
give the impression of amorality or madness. Cruelty, idiocy,
rage, and often overwhelming hopelessness make of his
narratives, filled with coarse slangy dialogues and starkly
staccato descriptions, terrifyingly poignant dramas. Critics

have mentioned the early Hemingway, Truman Capote, and William Goyen in endeavoring to place Goytisolo's craft of fiction and climate. This is not far-fetched: either directly or indirectly, a certain affinity between Goytisolo and American writing is readily discernible.

LA GUARDIA

por Juan Goytisolo

I

Recuerdo muy bien la primera vez que le vi. Estaba sentado en medio del patio, el torso desnudo y las palmas apoyadas en el suelo y reía silenciosamente.[1] Al principio, creí que bostezaba o sufría un tic o del mal de San Vito pero, al llevarme la mano a la frente y remusgar la vista, descubrí que tenía los ojos cerrados y reía con embeleso. Era un muchacho robusto, con cara de morsa, de piel curtida y lora y pelo rizado y negro. Sus compañeros le espiaban, arrimados a la sombra del colgadizo y uno con la morra afeitada le interpeló desde la herrería. La mitralleta al hombro, me acerqué a ver. Aquella risa callada, parecía una invención de los sentidos.[2] Los de la guardia vigilaban la entrada del patio, apoyados en sus mosquetones; otro centinela guardaba la puerta. El cielo era azul, sin nubes. La solina batía sin piedad a aquella hora y caminé rasando la fresca del muro. El suelo pandeaba a causa del calor y, por entre sus grietas, asomaban diminutas cabezas de lagartija.

El muchacho se había sentado encima de un hormiguero: las hormigas le subían por el pecho; las costillas, los brazos, la espalda; algunas se aventuraban entre las vedijas del

THE GUARD

by Juan Goytisolo

I

I REMEMBER THE first time I saw him. He was sitting in the middle of the courtyard, stripped to the waist and his hands resting on the ground, laughing to himself. At first I thought he was yawning or had a nervous twitch, even St. Vitus' dance, but as I raised my hand to my forehead to shield my eyes from the sun, I saw that his eyes were shut and that he was laughing rapturously. He was a big, husky boy, with the face of a walrus, tawny, brown skin, and curly black hair. His friends kept tabs on him from over by the cool side of the shed, and one of them, whose head was shaven, shouted to him from the blacksmith shop. With my submachine gun on my shoulder, I went over to see. That gentle laughter seemed too unreal to be true. The men on guard kept an eye on the entrance to the courtyard, leaning on their carbines; another sentinel guarded the gate. The sky was blue and cloudless. The glaring sun beat down mercilessly at that hour of the day and I walked along grazing the coolness of the wall. The ground was buckling from the heat and the tiny heads of lizards would peer out through the cracks.

The boy had sat down on top of an anthill, and the ants were crawling up his chest, ribs, arms, and back. Some explored his matted hair, strolled over his face, and got into

pelo, paseaban por su cara, se metían en sus orejas. Su cuerpo bullía de puntos negros y permanecía silencioso, con los párpados bajos. En la atmósfera pesada y quieta, la cabeza del muchacho se agitaba y vibraba, como un fenómeno de espejismo. Sus labios dibujaban una risa ciega: grandes, carnosos, se entreabrían para emitir una especie de gemido que parecía venirle de muy dentro, como el ronroneo satisfecho de un gato.

Sin que me diera cuenta, sus compañeros se habían aproximado y miraban también. Eran nueve o diez, vestidos con monos sucios y andrajosos, los pies calzados con alpargatas miserables. Algunos llevaban el pelo cortado al rape y guiñaban los ojos, defendiéndose del reverbero del sol.
—Tú, mira, si son hormigas.[3]
— L'hacen cosquiyas.[4]
— Tá en el hormiguero . . .
Hablaban con grandes aspavientos y sonreían, acechando mi reacción. Al fin, en vista de que yo no decía nada, uno que sólo tenía una oreja de sentó al lado del muchacho, desabrochó el mono y expuso su torso esquelético al sol. Las hormigas comenzaban a subirle por las manos y tuvo un retozo de risa. Su compañero abrió los ojos entonces y nuestras miradas se cruzaron.
— Mi sargento [5] . . .
— Sí—dije.
—A ver si nos consigue una pelota. Estamos aburríos.

No le contesté. Uno con acento aragonés [6] exclamó: "Cuidado, que viene el teniente," y aprovechó el movimiento alarmado del de la oreja [6] para guindarle el sitio. Yo les había vuelto la espalda y, poco a poco, los demás se sentaron en torno al hormiguero.
Era la primera guardia que me tiraba (me había incorporado a la unidad el día antes) y la idea de que iba a permanecer allí seis meses me desmoralizó.[7] Durante media hora, erré por el patio, sin rumbo fijo. Sabía que los presos me espiaban y me sentía incómodo. Huyendo de ellos me fuí a dar una vuelta por la plaza de armas. Continuamente me cruzaba con los reclutas. "Es el nuevo," oí decir a uno.

his ears. His body swarmed with black dots and he remained silent, with his eyelids shut. In the heavy, quiet
atmosphere the boy's head tossed and quivered as in a
mirage. His lips were fixed in a blank smile: large and
fleshy, they parted to emit a sort of groan which seemed to
come from deep within him, like the contented purring of a
cat.

Without my knowing it, his companions had drawn closer,
and were watching, too. There were nine or ten of them,
dressed in dirty, ragged overalls, and with wretched sandals
on their feet. Some of them had cropped hair and squinted
to protect their eyes from the glaring sun.

"Look at all them ants."

"They're ticklin' him."

"He's on top o' the anthill."

They spoke with exaggerated wonder, and smiled,
gauging my reaction. Finally, seeing I didn't say a word,
one of them, who had only one ear, sat down beside the
boy, unbuttoned his overalls, and exposed his scrawny torso
to the sun. The ants began crawling up his hands and he
giggled. Then his companion opened his eyes, and our
glances met.

"Hey, Sergeant."

"What is it?" I answered.

"Maybe you could get us a ball. We're bored."

I didn't answer. One of them, with an Aragonese accent,
exclaimed: "Watch out, the lieutenant's coming!" and took
advantage of One Ear's involuntary start to swipe his place.
I had turned my back on them, and gradually the rest of
them sat down around the anthill.

It was the first guard duty I had drawn (I had joined
the unit the day before) and the idea that I was going to
stay there another six months depressed me. For half an
hour I wandered aimlessly about the courtyard. I knew the
prisoners were watching me, and felt uncomfortable. So I
tried to get away by taking a stroll around the parade
ground. But I kept bumping into the recruits. "That's the

El cielo estaba liso como una lámina de papel y el sol parecía incendiarlo todo.

Luego, el cabo batió las palmas y los centinelas se desplegaron, con sus bayonetas. Los presos se levantaron a regañadientes: las hormigas les rebullían por el cuerpo y se las sacudían a manotadas. Pegado a la sombra [8] de la herrería, me enjugué el sudor con el pañuelo. Tenía sed y decidí beber una cerveza en el Hogar.[9]

II

A la hora de fajina, lo volví a ver. El teniente me había dado las llaves y, cuando los cocineros vinieron con la perola del rancho, abrí la puerta del calabozo. De nuevo llevaba la mitralleta y el casco y me arrimé a la garita del centinela para descansar.

Los presos escudriñaban a través de la mirilla y, al descorrer el cerrojo, se habían abalanzado sobre el caldero.

Las lentejas formaban una masa oscura que el cabo distribuía, con un cucharón, entre los cazos.[10] Uno de la guardia había repartido los chuscos a razón de dos por cabeza y, mientras los demás comían avidamente los suyos, dejó su cazo en el poyo y vino a mi encuentro.

—Mi sargento . . . ¿Me podría hacé usté un favor? [11]

Apoyé el talón de la mitralleta en tierra y le pregunté de qué favor se trataba.

—No es na. Una tontería—Hablaba con una voz socarrona y, por la abertura de la camisa, se rascaba la pelambre del pecho: Decirle al ordenanza suyo que me traiga luego el diario.

—¿El diario? ¿Qué diario?

—El que reciben ustés en el cuerpo de guardia.

—Recibimos muchos—repuse.

—El que habla de fútbol.

—Todos hablan de fútbol. Ninguno habla de otra cosa.

—No sé cómo lo llaman—murmuró—. Dígaselo al

new guy," I heard one say. The sky was as smooth as a sheet of paper and the sun seemed to set everything ablaze.

Then the corporal clapped his hands and the sentinels spread out with their bayonets. The prisoners stood up grudgingly; the ants swarmed all over their bodies and they slapped them off with their hands. In the shade of the blacksmith shop I wiped off the sweat with my handkerchief. I was thirsty, and decided to have a beer in the officers' quarters.

II

At chow time, I saw him again. The lieutenant had given me the keys, and when the cooks came in with the mess pot, I opened the guardhouse door. Once more I was carrying my submachine gun and helmet, and went over to the sentry-box to rest.

The prisoners had been peering through the peephole, and as soon as the bolt was drawn, made a bee-line for the pot. The lentils formed a dark mass which the corporal dished out into their tin plates with a ladle. One of the guards gave out two rolls per man, and while everyone else was eating ravenously, he left his plate on the bench and came over to me.

"Sergeant, would you mind doing me a favor?"

I rested the butt of my submachine gun on the ground and asked him what he had in mind.

"Nothing much. Just a trifle," he said slyly as he scratched the hair on his chest through his open shirt. "Tell your orderly to bring me the newspaper."

"The newspaper? What newspaper?"

"The one you get in the guardroom."

"We get a lot," I replied.

"The one with the soccer news."

"They all carry soccer news. That's all any of them talk about."

"I can't think of the name," he muttered, "tell the

ordenanza. De parte del [12] "Quinielas".[6] El sabe cuál es.

— ¿El *Mundo Deportivo?*

— Pué que sea ese . . . ¿Es uno que lleva la lista de los partíos de primera?

— Sí—repuse—. Lleva la lista de los partidos de primera.

— Entonces, debe ser el *Mundo Deportivo*—dijo—. Hace más de un mes que miro pa ver si trae el calendario de la temporá.

Me miraba a los ojos, de frente [13] y escurrió las manos en los bolsillos.

— ¿Le gusta a usté el fútbol, mi sargento?

Le dije que no lo sabía; que en la vida había puesto los pies en un campo.

— A mí no hay na que me guste más . . . Antes de entrar en la mili no me perdía un partío . . .

— ¿Cuándo te incorporaste?

— En marzo hizo cuatro años.

— ¿Cuatro años?

— Soy de la quinta del cincuenta y tres,[14] mi sargento.

El cabo repartía el sobrante de la perola entre los otros y continuó frente a mí, sin moverse:

— Cuatro temporás que no veo jugar al Málaga . . .

— ¿Cuándo te juzgan?

— Uff—hizo—.[15] Con la prisa que llevan . . . Me haré antes viejo.

Su voz se había suavizado insensiblemente y hablaba como para sí.

—En invierno al menos, cuando hay partíos, leo el diario y me distraigo un poco. Pero, en verano . . ,

— ¿Cuándo empieza la Liga?—pregunté.

— No debe faltar mucho—murmuró—. A fines de agosto suelen hacer el sorteo . . .

El cabo había terminado la distribución y, uno tras otro, los presos entraron en el calabozo. El muchacho pareció apercibirse al fin de que le esperaban y miró hacia el patio, haciéndose visera con los dedos.[16]

— Si un día abre la puerta y no estoy, ya sabe donde tiene

orderly it's for 'Quinielas.' He knows the one."

"*Sports World?*"

"Maybe. Is that the one that lists the big games?"

"Yes," I said. "It lists the big games."

"Then it must be *Sports World*. For over a month I've been looking to see if it carries the schedule for the season."

He looked me straight in the eye and slipped his hands in his pockets.

"You like soccer, Sergeant?"

I told him I didn't know; that I had never set foot on a soccer field.

"There's nothing I like better," he said. "Before I joined up I never missed a game."

"When did you join?"

"In March, four years back."

"Four years?"

"Yup, I was drafted in '53, Sergeant."

The corporal was distributing what was left over in the pot, but the boy stayed in front of me and didn't budge.

"I haven't seen Málaga play for four seasons straight."

"When's your trial?"

"Who knows?" he said. "At the rate they're going, I'll be an old man by then."

His voice unconsciously grew softer, as if he were talking to himself.

"At least in the winter-time, when the games are on, I read the paper and have a little fun. But in the summer. . . ."

"When does the League start?" I asked.

"It shouldn't be long now," he muttered. "They usually draw the lots by the end of August."

The corporal had finished dishing out the chow, and one after the other the prisoners entered the guardhouse. The boy finally seemed to notice that they were waiting for him and looked towards the courtyard, cupping his hand over his eyes.

"If you open the door one day and I'm not here, you'll

que ir a buscarme . . .

— ¿Al fútbol?—bromeé.

— Sí—dijo él, con seriedad—. Al fútbol.

Había recogido el cazo de lentejas y los chuscos y, antes de meterse en el calabozo, se volvió.

— Acuérdese del diario, mi sargento.

Yo mismo cerré la puerta con llave y corrí el cerrojo. Los centinelas habían formado, mosquetón al hombro y, mientras daba la orden de marcha, contemplé el patio. A aquella hora era una auténtica solanera [17] y los cristales del almacén reverberaban.

Entregué las llaves al cabo y, bordeando el muro de las letrinas, me dirigí hacia el cuerpo de guardia.

III

— Hay que tener mucho cuidado con ellos. La mayoría son peligrosos—se había sentado al otro lado de la mesa y me analizaba a través de las gafas—. Cuando les des el rancho o los saques a pasear por el patio, conviene que no los pierdas de vista ni un momento. El año pasado a uno de Milicias se le escaparon tres: [18] el "Fránkestein," ese otro que le falta una oreja y uno catalán. Al "Fránkestein" y al de la oreja [6] los trincaron en Barcelona,[6] pero el otro pudo cruzar la frontera y, a estas horas, todavía debe pasearse por Francia.

Esperaba, sin duda, algún comentario mío y asentí con la cabeza. El teniente hablaba con voz pausada, cuidando la elección de cada término. Como siempre que me dirigía la palabra sonreía. Yo le observaba con el rabillo del ojo: pálido, enjuto, llevaba el barbuquejo del casco ajustado y la vaina de su espada sobresalía por debajo de la mesa.

— En seguida te acostumbrarás a tratarlos, ya verás. Si te cogen miedo desde el principio,[19] te obedecerán y todo marchará como la seda. Si no . . .—hizo un ademán con las manos imposible de descifrar—. No conocen más que un lenguaje: el del palo. Cuando les pegas duro, se achan-

know where to look for me."

"On the soccer field?" I quipped.

"Yes," he replied gravely, "on the soccer field."

Then he picked up his pan of lentils and his rolls, and before entering the guardhouse, turned and said,

"Don't forget the paper, Sergeant."

I locked the door myself, and bolted it. The sentinels closed ranks and shouldered their carbines and, as I gave the order to march, I surveyed the courtyard. At that time of day, it was flooded with sunlight, and the panes of glass of the warehouse reflected it.

I delivered the keys to the corporal, and skirting the wall of the latrine, headed for the post.

III

"You've got to watch your step with those guys. Most of 'em are dangerous." He sat on the other side of the table and scrutinized me through his glasses.

"When you give them chow or take them out for a walk in the courtyard, it's best not to lose sight of them for a moment. Last year a militiaman let three of them escape: 'Frankenstein,' and the guy whose ear is missing, and a Catalan. 'Frankenstein' and One Ear were nabbed in Barcelona, but the other one got across the border and must be roaming around France right this minute."

He probably expected some comment from me, and I nodded in agreement. The lieutenant spoke slowly, carefully choosing every word. Whenever he addressed me, he would smile. I watched him out of the corner of my eye; he was pale and skinny, the chin-strap of his helmet was pulled tight, and his scabbard jutted out from under the table.

"You'll soon get used to handling them, you'll see. If you start by showing them who's boss, they'll obey you and things will go smooth as silk. Otherwise . . ." Then he made a gesture with his hands that was impossible to decipher. "There's only one kind of language they under-

tan y, lo que es curioso, te admiran y te quieren. Los españoles somos así. Para cumplir, necesitamos que nos gobiernen a garrotazos.[20]

Por la ventana ví pasar a un grupo de quintos en traje de paseo. Era domingo y la sala de oficiales estaba desierta. Su mobiliario se reducía al escritorio-mesa y media docena de sillas. Clavado en el centro de la pared había un retrato en colores de Franco.[6]

—Ya sé que a los universitarios os repugna gobernar a palo seco y preferís untar las cosas con un poco de vaselina . . . Estáis acostumbrados a la gente de la ciudad, al trato de personas como tú y como yo, y no conocéis lo que hay debajo—señaló los barracones de los soldados con la estilográfica—. Aquí nos llega lo peor de lo peor: el campo de Extremadura, Andalucía, Murcia, La Mancha . . .[6] La mayor parte de los reclutas son casi analfabetos y algunos no saben siquiera persignarse . . . En el cuartel no se les enseña solamente a disparar o a marcar el paso. Con un poco de buena voluntad y, a base de perder varias veces el pelo,[21] aprenden a coger el tenedor, a hablar correctamente y a comportarse en la vida como Dios manda [22] . . .

Abrió uno de los cajones del escritorio y sacó un enorme fajo de papeles. El reloj marcaba las tres y diez: menos de una hora ya, para el relevo de la guardia.

—Un día que tenga tiempo, le enseñaré el historial de los expedientados. Es muy instructivo y estoy seguro de que te interesará. Todos han empezado por una pequeña tontería, se han visto liados poco a poco y, la mayor parte de ellos, acabarán la vida en la cárcel.

Asegurándose de que yo le escuchaba, comenzó a hojear la pila de expedientes: insubordinación, deserción, abandono de arma, robo de quince metros de tubería, robo de capote, robo de saco y medio de harina . . . El "Fránkestein," explicó, había huído tres veces y, las tres veces, lo habían pescado en el mismo bar. El "Mochales" [6] se había largado al burdel estando de facción. Los quince años que el fiscal reclamaba para el "Avellanas" [6] se encadenaban a partir de un insignificante latrocinio . . . Me acordé del

stand: a big stick. When you beat them hard, they lie low, and strangely enough, they admire and like you. We Spaniards are like that. To do our duty, we need someone to rule us with an iron hand."

From the window I saw a group of conscripts in parade dress. It was Sunday and the officers' room was deserted. Its furniture consisted of a combination writing-desk and table, plus half a dozen chairs. Nailed up in the center of the wall was a portrait of Franco, in color.

"I know you university guys hate to rule with a big stick, and prefer to grease things up with a bit of vaseline. You're used to city folks, to relationships between people like you and me. You don't know what's underneath." With his fountain-pen he pointed to the soldiers' barracks. "Here we get the lowest of the low: hicks from Extremadura, Andalusia, Murcia, La Mancha. Most of the recruits are practically illiterate, and some of them don't even know how to cross themselves. In the barracks, they're not only taught to shoot or mark time. With a bit of good will and a few close haircuts, they learn how to use a fork, speak properly, and behave as they should."

He opened one of the desk drawers and pulled out a huge bundle of papers. The clock said ten past three, less than an hour from the guard's relief.

"Some day when I have time I'll show you the file on the prisoners. It's quite instructive and I'm sure it'll interest you. They all began with some foolish nonsense, then little by little got involved, and most of them will spend the rest of their lives in jail."

When he was sure I was listening, he began to leaf through the pile of records: insubordination, desertion, laying down arms, stealing a forty-foot length of pipe, stealing a raincoat, stealing a bag and a half of flour. "Frankenstein," he explained, had escaped three times and each time he had been picked up at the same bar. "Lovelorn" had sneaked away to a brothel while on duty. The fifteen-year sentence demanded by the prosecutor had its origin in some petty larceny. I remembered the prisoner with the ants and

preso de las hormigas y le pregunté qué había hecho.

— Es un chico moreno, con el pelo rizado . . . Uno que le gusta mucho el fútbol.

— ¡Ah!—dijo el teniente, sonriendo—. El célebre "Quinielas" [6] . . . Seguramente que te habrá pedido el diario . . .

— Sí—dije yo—. Me lo ha pedido.

— Lo hace siempre. Cada vez que hay un suboficial nuevo o de Milicias, le va con el cuento . . . Está allí por culpa del fútbol y todavía no ha escarmentado . . .

Abrió otro cajón del escritorio y sacó media docena de libretas.

— Es un técnico—dijo—. Desde hace no sé cuántos años, anota el resultado de los partidos, la clasificación, los goles a favor y los goles en contra y hasta el nombre de los jugadores lesionados. ¿No te ha pedido que le des un par de boletos para las quinielas?

— No.

— Pues aguarda a que empiece la temporada y verás. Se lo pide a todo el mundo. Conociendo como él conoce la preparación de cada equipo, cree que un día u otro acertará y llegará a ser millonario.

— ¿Y por qué está en el calabozo?—pregunté—. ¿Robó algo?

— No; no robó nada. Mejor dicho, robó, pero de una manera más complicada—había corrido la hebilla del barbuquejo y depositó el casco sobre la mesa—. Hace unos años, cuando llegó, era un muchacho la mar de servicial y, al bajar de campamento, el comandante le buscó un destino en Caja. Nadie desconfiaba de él. En el cuartel pasaba por ser una autoridad en materia de fútbol. No hablaba jamás de otra cosa y, todo el santo día, lo veías por ahí con su libretita, copiando la puntuación y los goles. El tío se preparaba para jugar a las quinielas y no se nos ocurrió que, un buen día, podría llevar sus teorías a la práctica.

— ¿Cómo, a la práctica?

El teniente echó la silla hacia atrás e hizo una vedija con el humo de su cigarro.

asked what he had done.

"You know, the swarthy guy, with curly hair, the one who's so nuts about soccer."

"That one!" said the lieutenant, smiling. "The famous 'Quinielas.' I bet he asked you for the paper."

"Yes," I said, "he asked me for it."

"That's what he always does. Whenever there's a new non-com or one from the militia, it's the same old story. Soccer got him in here, and he hasn't learned his lesson yet."

He opened another desk drawer and pulled out half a dozen notebooks.

"He's an expert," he said. "He's been jotting down the results of all the games, makeup of teams, goals scored for and against, and even the names of the injured players, for I don't know how many years. Didn't he ask you for a couple of lottery tickets for *quinielas?*"

"No."

"Well, just wait till the season starts, and you'll see. He asks everyone. Since he knows the makeup of every team, he's convinced that one of these days he'll hit the jackpot and become a millionaire."

"But why is he in jail?" I asked. "Did he steal something?"

"No, he didn't, or rather yes, he did, but it's all pretty complicated." The lieutenant unfastened the buckle on his chin-strap and placed his helmet on the table. "A few years ago, when he first got here, he was a very obliging kid, and after finishing basic, the major got him a job at the paymaster's. No one distrusted him. In the barracks, he was known as an authority on soccer. He spoke of nothing else, and would spend the whole blessed day just copying the number of points and goals in his notebook. The guy was getting ready to bet on *quinielas* and it didn't occur to us that one fine day he would put his theories to the test."

"What do you mean, to the test?"

The lieutenant pushed back his chair, and blew a smoke-ring.

—Un sábado arrambló con cuatro mil pesetas de Caja
y las apostó a las quinielas.[6] Durante toda la semana había
empollado como un negro sus gráficos y sus estadísticas y
estaba convencido de dar en el clavo.[28] Lo de las cuatro mil
pesetas no era un robo, era un "adelanto" y creía que, al
cabo de pocos días, podría restituirlas sin que nadie se
enterara . . . Lo malo es, que el cálculo falló y, al verse
descubierto, volvió a aceptar otro "préstamo," esta vez de
once mil pesetas, estudió la cuestión a fondo, rellenó sus boletos y, zás, volvió a marrarla . . . Estaba preso en el engranaje y probó una tercera vez: catorce mil. Cuando se
dió cuenta, había hecho un desfalco de treinta mil pesetas
y, a la hora de dar explicaciones, no se le ocurrió otra cosa
que ahorcarse.

—¿Se ahorcó?
—Sí. Se falló—aplastaba la colilla en el cenicero y tuvo
una mueca de desprecio—. Todos se fallan.

El alférez entrante se asomó por la puerta del bar de
oficiales. Llevaba el correaje ya, y la espada y el casco y dió
una palmada amistosa al hombro de su compañero. La-
deando la cabeza miré el reloj. Faltaban unos minutos para
las cuatro y me fuí a escuchar la radio a la sala. Fuera, el
sol golpeaba aún. Durante toda la noche no había podido
pegar un ojo y ordené al chico de la residencia que subiera
a hacerme la cama.

"One Saturday he made off with four thousand pesetas from the paymaster's, and bet them on *quinielas*. All week long he had been working like a slave at his graphs and statistics, and was dead sure he would strike it rich. The four thousand were not a theft, but an 'advance,' and he believed that in a few days he would be able to put it back and without anyone finding out. The trouble is, his calculations failed him and, fearing exposure, he accepted another 'loan,' this time for eleven thousand pesetas. He studied the matter thoroughly, placed his bets, and bang! missed again. He was caught in the gears and tried a third time: fourteen thousand. When he came to his senses, he had embezzled thirty thousand pesetas, and then, when it came time to give an explanation, all he could think of was to hang himself."

"He hanged himself?"

"Yes, but he botched that up, too." The lieutenant crushed his butt in the ashtray and sneered contemptuously. "They all botch it up."

The incoming second lieutenant took a look through the door of the officers' bar. He already had on his belting, and his sword and helmet, and gave his companion a friendly slap on the shoulder. Tilting my head, I looked at the clock. It was almost four and I went into the main room to listen to the radio. Outside the sun was beating down as hard as ever. I hadn't slept a wink all night so I ordered my barracks boy to go up and make my bed.

NOTES

Don Juan Manuel

1. *Un moro.* As the reader will remember, the Moors or Arabs invaded Spain in the 8th century and were expelled in the 15th. This story takes place in one of the small Moorish villages.

2. *Por pobre que fuese,* no matter how poor he might be (note the use of *por* with adjective or adverb plus *que* followed by subjunctive).

3. *Dános agua para las manos.* The Moors, in fact all Spaniards, especially during the Middle Ages, had their servants bring them water to wash their hands before eating.

4. Spanish houses were built around a central open courtyard or *patio* where animals were sometimes kept. The horse in the story was probably hitched to the doorpost of the kitchen, which opened on the patio.

5. *Lo creyeron aún más,* (literally: they thought so even more), they were convinced of this more than ever.

6. *Valer,* to be worth-while, to avail; *no te valdrá de nada,* it will not avail you anything.

Lazarillo

1. *vuestra merced,* your mercy, your lordship, your worship, your honor. The author is probably not addressing anyone in particular. The preface (here omitted) is written in a style of mock humility (*este grosero estilo*) to maintain the pretense that an actual Lazarus was the writer and such a man would require a patron. The author pretends that Lazarus is relating his adventures, answering the request of a person of higher rank. This is a literary device commonly followed in most of the picaresque novels.

2. Geographical and proper names:
   Almorox, a town near Toledo.
   Arcos, Conde de—Count of Arcos. The allusion is to a traditional ballad in which a chamberlain aided his lord to dress. Readers of the period would recognize the allusion immediately. The Conde de Arcos is a literary character, hero of a well-known Spanish ballad which takes its name from him.
   Castilla la Vieja. Old Castile, a province north of Madrid.

Capital: Burgos.

Cuatro Calles, a square in Toledo, terminal point of four streets.

Escalona, a town in the province of Toledo.

Evangelio, Gospel of Jesus Christ; a book of the New Testament.

Galeno. Galen (131 A.D.–ca. 210 A.D.), whose works were avidly read during the Middle Ages and were studied in medical schools until the end of the eighteenth century.

Gelves, an island off the coast of Tunis where a Spanish military expedition was sent in 1510.

González, Tomé. Lazarus' real father, the dishonest miller.

Lázaro. Lazarus. This is a typical name for a man of misfortunes, and popular etymology connected it with *lacerar,* to suffer. Cf: Luke, 16, 20 ff.

Macías; hecho un Macías, like a Macías. Macías (c. 1360–1390) was a famous Galician troubadour who, according to legend, died by the hand of a jealous husband and is traditionally considered the model of unhappy lovers.

La Magdalena, a parish in Salamanca.

Ovidio. The Latin poet Ovid, whose *Art of Love* was very well-known during the Middle Ages and Renaissance.

Pérez, Antonia, Lazarus' mother.

Salamanca, capital of the province of the same name in the region of León, Spain, seat of the oldest and most famous university.

Solana, el mesón de la. The inn of La Solana, an inn located in the neighborhood and so called because it faced south or had a verandah to catch the sun.

Tejares, a village on the outskirts of Salamanca. The mill there, about two miles from Salamanca, is still standing.

Toledo, Spanish city south of Madrid.

Tormes, el río. The river Tormes which flows through the city of Salamanca.

Torrijos, a town near Toledo.

Zaide, Lazarus' colored stepfather.

3. *tomóle el parto,* birth pangs seized her; she went into labor.

4. *ciertas sangrías mal hechas,* (literally: certain clumsy bloodlettings). *Sangría* was thieves' slang for the hole made in a purse or bag; the money extracted was *sangre.* In this case, the "bloodletting" produced meal. Millers usually paid

themselves by retaining a portion of the meal when ground, the *maquila;* Lazarus' father was not content with this and increased it by illicit means.

5. *fué preso . . . y no negó.* Ironic allusion to the Bible: "and he confessed, and denied not." (John, 1.20).

6. *padeció . . . justicia. Fué perseguido por la justicia a causa de su robo,* he was pursued by the law because he had stolen. In the phrase following this one in the text the author alludes again ironically to another phrase in the Bible: "Blessed are those who have been persecuted for righteousness' sake: for theirs is the kingdom of heaven." (Matthew, 5.10.) The irony results in Spanish from the play on words deriving from the two meanings of *justicia,* i.e., *law* and *righteousness.*
Padecer persecución por justicia involved being condemned to public shame, paraded through the streets and beaten, preceded by the town crier who cried out the offense.

7. *los llama bienaventurados. Los* refers to *los que padecen persecución por justicia.*

8. *se hizo cierta armada contra moros.* This was the expedition to Los Gelves (Dzerba), an island off the African coast between Tunis and Tripoli. Navarro, after the capture of Tripoli on July 25, 1510, sent an expedition to Los Gelves under Don García de Toledo, father of the famous Duke of Alva. The island was strongly held by the Moors, the Spaniards were ambuscaded, and some 4,000 men were killed and wounded, García himself being among those killed. Another defeat was suffered in a further attempt on the island in March, 1560, and the place became associated with disaster in the Spanish mind.

9. *Comendador de la Magdalena, Comendador,* properly, one who holds an *encomienda,* an income derived from tithes and first-fruits: such revenues were given to certain military or knightly orders by *encomienda,* in distinction to ecclesiastical holdings which went by title. The parish of the Magdalena in Salamanca was thus assigned to the order of Alcántara. Similarly, knights of the Orders of Santiago or Calatrava were styled *Comendadores.*

10. *un hombre moreno,* usually means a *dark* or *swarthy* man. Here, *moreno* means *colored (Negro)* (figurative and colloquial meaning).

11. *fuíle queriendo bien,* I grew fond of him.

12. *continuando la posada y conversación* (literally: continuing the lodging and conversation), as things grew thicker between them.

13. *vino a darme,* finally gave me; presented me.

14. *el negro de mi padrastro,* my luckless, colored stepfather; my poor colored stepfather; so often *el bueno de mi ciego,* my good blind man, etc. The attribute is emphasized by giving it substantival value, a construction of Latin origin.

15. *la mitad por medio de la cebada,* about half the barley.

16. *hacía perdidas,* he pretended that . . . were lost.

17. *pringaron. Pringar* is interpreted as to throw boiling fat upon the body, which is said to have been a medieval punishment; also to draw blood by wounding and in conjunction with the preceding verb, "flogged him till he bled."

18. *centenario,* hundred lashes. The word *centario* (*centenario*) is mistakenly used for *centena* or *centenada,* as *century* and *centenary* are sometimes confused by the uneducated.

19. *Por no echar la soga tras el caldero,* (literally: in order not to throw the rope in the well after the bucket), in order not to throw the baby out with the bath. In order not to make matters worse.

20. *sería para adestrarle,* would be [suitable] to take him around by the right hand (*diestra*); would make him a suitable guide.

21. *en la de los Gelves,* in the battle of Gelves.

22. *animal de piedra,* still shown in the cloister of San Domingo at Salamanca.

23. *un punto ha de saber más,* must be sharper.

24. *jerigonza,* he taught me thieves' slang. The language of germanía, which was the collective term for people who lived outside the law.

25. *Un tono bajo, reposado* . . . etc. The verb is omitted by the author in keeping with the conversational style of the work.

26. *pasión,* medical term for *pain.*

27. *rehacer no la chaza,* to make good not my *point.* French *chasse,* English *chace* in the game of pelota is to replay a point if the marking has been in doubt. "Not to go over the game again, but the lack (of food)."

28. *chupando . . . a buenas noches,* I would suck up the wine to a fare-ye-well; I said good night and pleasant dreams to it—i.e., I emptied the jar.

29. *Yo, como estaba hecho al vino,* as I was accustomed to wine.
30. *maldita . . . perdía,* not a blessed drop was lost.
31. *No diréis,* you can't say.
32. *dulce y amargo jarro,* the contents of the jar are sweet, and the blow from the jar (mentioned just afterward) is bitter.
33. *que de . . . guardaba,* who was expecting nothing of the sort.
34. *golpecillo,* diminutive of *golpe.* This produces the ironic effect.
35. *que de Dios lo habréis,* (literally: for from God you will get it [your reward]), and may God in heaven reward you!
36. *holgábame . . . tenía,* an allusion to a medieval tale: the devil appeared to a certain envious man and offered to grant him any wish he might make, provided that a neighbor of his should receive double the amount of whatever he himself obtained. The envious man immediately asked to have one of his eyes put out.
37. *Para . . . llegaba,* if put into the sack, it would turn into must, and whatever it came in contact with. (Must = unfermented grape juice.) It would turn into grape juice, and everything it touched.
38. *como podía, las comía,* ate them as [fast as] I could.
39. *maravedí,* a coin worth twice as much as a *blanca.* The latter was a small coin of the period.
40. *al pecador del ciego,* the sinful blind man. Adjectives expressing pity or contempt are often followed by the preposition *de* and the noun or pronoun. Compare: *¡Lacerado de mí!* a few lines later.
41. *si queréis echar a mí algo,* (literally: [I wonder] if you want to blame me for something), what will you blame me for next?
42. *no he . . . mano,* the spit has not been out of my hands.
43. *más de su derecho* (literally: more than its proper [span]), more than it ought to go.
44. *quién estuviera a aquella hora sepultado,* would that I had been dead at that moment; at that moment, I wished I was dead and buried! *Quién* plus imperfect subjunctive expresses desire in the present incapable of fulfillment.
45. *y fué no dejarle sin narices, no* and *sin* are equivalent to a positive (literally: and that was, to leave him *with* a nose), that is, I had not de-nosed him.

NOTES

46. *mitad . . . andado,* half the job was done.
47. *se me quedaran en casa,* it [*las narices*] would have remained in my house (house: mouth).
48. *lo traía pensado,* it was on my mind.
49. *cuanto la noche más cierra, más recia,* the more the night closes up (darkens, i.e., advances), the heavier [it gets]; i.e., the later it gets, the heavier the rain. Note the word play between *cierra* and *recia.*
50. *arroyo,* the middle of the street sloped to form a channel which acted as a sewer for the houses on either side.
51. *de la corrida,* for a running start.
52. *tomé la puerta de la villa en los pies de un trote,* (literally: I took the gate of the town in the feet of a trot), I reached the town gate in one long trot.
53. *lo que Dios de él hizo,* what became of him.
54. *caridad.* Apparently a reference to the goddess of justice, Astraea, who returned to Heaven after a visit to earth, where she had been discouraged by so much evil.
55. *Si es amasado,* [I wonder] if it has been kneaded.
56. *por Dios.* The esquire probably meant something like "by Jove" but *por Dios* is the phrase used by beggars (*pordioseros*) when begging (*pordiosear*).
57. *de qué pie cojeaba,* (literally: with what foot he limped), what his weakness was; what he was up to.
58. *mamado en la leche,* (literally: sucked in with the milk), i.e., learned at a very early age; learned at my mother's breast.
59. *las mangas,* wide sleeves were used as pockets by high and low.
60. *Póngole en las uñas la otra. Uñas* here means (1) fingernails or (2) heel—hence: I put the heel into his claws; I put the cow's paw in his.
61. *una cabeza de lobo,* a dupe. Country folks who had killed a wolf would show the head in towns and ask for contributions; the head, ostensibly the proof of their bravery, became an excuse for begging. Hence a man who derives advantage from some cause and attributes his gain to another cause for reasons of his own, is using the latter as a *cabeza de lobo,* a means of saving his dignity or appearance.
62. Immediately after the blind man, Lazarillo had a niggardly priest for his master. The priest almost starved him to death

but he invented many ways to steal his food and was finally dismissed.

63. *desde a cuatro días que el pregón se dió,* four days after the proclamation.
64. *real,* a silver coin worth one eighth of a *duro* or dollar.
65. *quebremos el ojo al diablo,* (literally: let's knock the devil's eye out!), let's shoot the works.
66. *Arriméme a la pared,* the streets of Toledo and other Spanish cities are very narrow to this day.
67. *qué de mí y de ellos se había ido con el cambio,* that he had short-changed both them and me. Note the double meaning of *cambiar* and *cambio: change* of money or of residence, in the sense of going away.

Cervantes

1. *Toledo,* famous medieval city and religious center, located on the Tagus River, southwest of Madrid. Former capital of the Visigoths, then of Spain (until 1560).
2. *hidalgo,* a member of the lower nobility, or gentry, often a country squire.
3. *el sobresalto le quitó la voz para quejarse,* (literally: the shock took away her voice for complaining), the shock made her speechless to protest.
4. *¡Ay de mi!* Alas *or* Woe is me; *similarly, ¡Pobre de mi!* Poor me! and *¡Pecadora de mi!* Dear me! *or* Sinner that I am!
5. *con sólo que*—subjunctive, if only you will . . . .
6. *gallarda y porfiadamente.* When more than one adverb is used, only the last of the series takes the ending—*mente.*
7. *con el regalo que fuese posible y necesario,* (literally: with the necessary and possible care), with every possible care and attention.
8. *dentro de quince días,* in a fortnight, in two weeks' time.
9. *por posta,* by post-chaise; i.e., the stagecoach which carried the mails.
10. *le sobra de virtud,* she *more than makes up for* in virtue.
11. *bástale que ni por aguda despunte ni por boba no aproveche.* There is an untranslatable play on words here between *aguda* (sharp, witty) and *despuntar* (to blunt, excel). The sense is: suffice it that she neither act too witty nor be taken for a fool.
12. *en tanto que, mientras que,* while.

NOTES

1. *Cádiz,* a port city in southwestern Spain.
2. *el tío Buscabeatas,* old Hag-Chaser. A *beata* is an old crone (spinster) who takes up religion as a hobby. *Tío Buscabeatas* liked to pursue (*buscar*) these pious ladies, and thus earned his name. As the reader may remember, *tío* does not necessarily imply family relationship, but often simply designates a middle-aged person. In certain exclamations, it may be translated as *you old;* for example: *tío* ladrón: *you old thief; tío* tunante: *you old scoundrel. Tío Fulano,* Old What's-His-Name, Old So and So, Old Whozis.
3. *Huelva* and *Sevilla* (Seville), cities in southwestern Spain.
4. *Andalucía.* Andalusia, a region in the south of Spain, watered by the Guadalquivir and divided into eight provinces: Huelva, Cádiz, Sevilla, Málaga, Almería, Jaén, and Córdoba. This rich, fertile region was colonized in ancient times by Phoenicians, Greeks, Carthaginians, and Romans. During the Arab invasion, Andalusia was the favorite region of the new conquerors, who set up the kingdoms of Granada, Córdoba, Sevilla, and Jaén. The surrender of Granada in 1492 put an end to their domination.
5. *el roteño,* the Roteño, an inhabitant of Rota.
6. *que sirve de sangre,* (literally: which serves as the blood), that is the lifeblood.
7. *como quien da de beber a un niño,* (literally: like someone who gives to drink to a child), like someone who gives a child a drink.
8. *precoz,* (literally: precocious), early ripener; a precocious child is one who matures early.
9. *la barba,* (literally: the beard), figuratively: the chin.
10. *con paso lento,* (literally: with slow step), at a leisurely pace.
11. *Como si lo viera, están en Cádiz,* (literally: as if I saw it, they are in Cádiz). They are in Cádiz, I can almost see them. ("lo" refers to what is happening to the forty stolen pumpkins.)
12. *partió con dirección al muelle,* (literally: he left in the direction of the wharf), he left for the wharf.
13. *Hablen ustedes con más educación,* (literally: Speak with more politeness). Keep a civil tongue.
14. *el jefe bajo cuya autoridad están los mercados públicos,* (lit-

erally: the chief under whose authority the public markets
are), the inspector of public markets.

15. *¿A quién* (le ha comprado usted esas calabazas)?—*From*
whom (did you buy these pumpkins)?
16. *¡Ése había de ser!* He *would* be the one!
17. Note the fanciful names, in order of appearance:
Rebolanda, (literally: Fatty), Fatstuff.
Cachigordeta, (literally: Fat Cheeks), Plumpy Cheeks.
Barrigona, (literally: Paunchy), Pot Belly.
Coloradilla, (literally: Ruddy), Little Blush Bottom.
18. *se echó a llorar,* empezó a llorar.
19. *sangre fría,* (literally: cold blood), composure, presence of
mind.
20. *¡Nada! ¡Nada!* (literally: Nothing! Nothing!) He's right!
He's right!

PALMA

1. *lego,* lay brother, i.e., one received under religious vows into
a monastery, but not in holy orders.
2. *Lima,* capital of Peru and of South America during the
Colonial period; it was founded by Pizarro in 1535.
3. *Padres Seráficos,* the Franciscans; seraphic is applied to St.
Francis of Assisi and the monastic order he founded; seraphic
means poor, humble, angelic, from the Hebrew *seraphim.*
4. *refitolero,* refectioner, one in charge of the refectory or dining
room in a monastery.
5. *Beatificación.* In the Roman Catholic Church *beatification*
is a declaration by a decree or a public act that a deceased
person is "one of the Blessed," and has been received into
Heaven, and though not canonized, is worthy of a degree of
homage.
6. *Canonización.* In the Roman Catholic Church *canonization*
is the act of declaring a man a saint; the act of ranking a
deceased person in the category of saints is called a canon.
This act is preceded by beatification, and by an examination
into the life and miracles of the person, after which the Pope
decrees the canonization.
7. *milagros a mantas. muchos milagros,* heaps of miracles.
8. *como quién no quiere la cosa,* (literally: like someone who
doesn't want a thing), like someone who does not care one
way or the other.

9. *patitieso,* (literally: stiff-legged), stiff as a board.
10. *¡Que vayan a San Lázaro por el santo óleo!* (literally: Let them go to fetch the holy oil from St. Lazarus church!) Go to San Lázaro for the holy oil!
11. *la botica,* (literally: the drugstore), medicines.
12. *Puede que sí y puede que no. quizás sí, quizás no;* perhaps he did, and perhaps he didn't.
13. *en vena de hacer milagros,* (literally: in the vein for working miracles), in a miracle-working mood, in the mood for miracles.
14. *San Francisco Solano* (1549–1610), a Franciscan monk who worked as a missionary among the Indians and died in Lima.
15. *por no ser. porque no era.*
16. *que en salud se le conviertan,* (literally: may they be turned into health for you), eat them in good health.
17. *y ello es que. y es el caso que,* and the fact is that; and so it is that . . . .
18. *paja picada,* (literally: chopped straw, chaff, tobacco mixture), chitchat, mere hearsay.
19. *Extremadura,* a Spanish province.
20. *Chuquisaca,* former capital of Bolivia, now called Sucre, was founded in 1536 when it was known as Charcas.
21. *cuando dieron a la puerta unos discretos golpecitos,* (literally: when they gave at the door some discreet, little knocks), there was a timid knocking at the door.
22. *Deo gratias.* Thanks to God, often used as a form of salutation.
23. *vera effigies.* A true picture or image. Colloquial: the spit and image.
24. *el castellano viejo,* a person from old Castile—a province of Spain, which represents the quintessence of Spain and Spanish traditions.
25. *abrigo,* (literally: shelter), blankets.
26. *tomar asiento. sentarse.*
27. *sin rodeos,* (literally: without circumlocutions), without beating around the bush.
28. *se le conoce. es evidente.*
29. *más que de prisa,* (literally: more than fast), as fast as his legs would carry him; quick as a flash.
30. *el recargo de intereses,* (literally: the piling up of interests), the accumulated compound interest.
31. *el alféizar de la ventana,* the embrasure of the window. In

architecture, an embrasure is the enlargement of the aperture of a door or window on the inside of the wall.

32. *echó a andar. comenzó a caminar, empezó a andar.*

Pardo Bazán

1. *la enferma del corazón,* (literally: the woman sick from the heart), the woman suffering from heart trouble.
2. *cual, como (en una comparación).*
3. *la hice observar, para arrancar confidencias,* (literally: I had her observe, so as to evoke confidences), I remarked. in order to gain her confidence.
4. *a no ser que. a menos que,* unless.
5. *habría sido muy hermosa, probablemente fué muy hermosa* cuando joven.
6. *el siempre oprimido pecho,* (literally: her always oppressed breast), her heavy heart.
7. *el por qué. la razón.*
8. *se celaba de que,* he was watchful (suspicious) lest.
9. *esparcir la vista. mirar.*
10. *en lo sucesivo. en el futuro, en el porvenir.*
11. *algo que me hiera en el alma,* (literally: something which may wound me in the soul), something that wounds me to the quick.
12. *lo que yo estaba era desmayada,* (literally: what I was, was in a daze), as for me, I was in a daze. *Desmayado, -a* also means *swooning, fainting.*
13. *de una voluntad que descansa en una resolución,* (literally: of a will that rests on a resolution), of his resolute will.
14. *volar el cerebro,* to blow (someone's) brains out. *Me volaba el cerebro,* my brains were being blown out.
15. *abreviar,* (literally: to hasten), to bring her story to an end.
16. *quedando allí mismo difunto,* (literally: being right there deceased), being killed on the spot.
17. *De modo . . . que*—and so.

Clarín

1. *que tenía un plectro,* (literally: that he had a plectrum), that he was a poet.
2. Literally: I wish to sing, so as to keep myself from weeping, Thy glory, oh Fatherland, on seeing thee in anguish. The

verbiage, padding and stock phrases are typical of most patriotic odes. Clarín makes fun here not only of this sort of poetry but of the "war" which inspired it. Liberal-minded writers of his time opposed Spain's constant warfare in her colonies which was costly in human lives and money, and utterly useless.

3. *los del pueblo, los habitantes del pueblo.*

4. *guerra,* one of the numerous outbreaks which occurred in Spanish Morocco at the end of the nineteenth century.

5. *todo lo retumbantes que le fuera posible,* (literally: as high-sounding as it were possible for him to make), as high-sounding as he could make them.

6. Geographical and proper names:

Africa. In the nineteenth century Spain invaded North Africa and established a colony in Morocco.

Don Quijote, the knight-errant, hero of Cervantes' masterpiece, *Don Quijote de la Mancha.*

Dulcinea, the name given by Don Quijote to his imaginary lady love.

Le Figaro. Paris newspaper; during the eighteenth and nineteenth centuries Spanish intellectuals were in close touch with France, hence it would not be unusual for Eleuterio to be reading this paper.

Iliada. Homer's *Iliad,* epic poem which recounts the siege of Troy.

Madrid, literary, artistic and political capital of Spain.

Otumba, plain in Mexico where Cortes won a decisive victory over the Aztecs in 1520.

Pavia, Italian city, site of the famous battle in 1525 in which the French army of Francis I was defeated by the Spanish forces of Charles V and the French monarch taken prisoner. In this story the syndic has confused the Spanish general José M. Pavía (1828–1895) with the Italian city of Pavia.

Píndaro. The Greek lyric poet Pindar (522–448? B.C.)

Quintana. The popular Spanish playwright and poet, Manuel José Quintana (1772–1857), remembered particularly for his patriotic odes.

Tirteo. The Spartan poet Tyrtaeus (seventh century B.C.), writer of spirited martial and patriotic songs.

Toboso, Dulcinea's village, somewhere in La Mancha.

7. *generales ilustres.* The syndic reveals his ignorance by con-

fusing cities and generals.

8. *ahora ya era muy otro,* (literally: now already he was very different), he was quite another person.
9. *la prosa de los garbanzos,* (literally: chick-pea prose), bread-and-butter prose. Chick-peas are a staple item in the Spanish national dish; *cocido,* a stew. Hence the meaning of this phrase.
10. *se cargó de razón,* he got fed up with being reasonable.
11. *dicho y hecho,* (literally: said and done), no sooner said than done.
12. *se le atravesó entre ceja y ceja,* stuck between his brows.
13. *señorito,* a young man of the upper middle classes: a derogatory and ironic term used by a social inferior, usually a servant, to describe a "young master" who is "to the manner born." Cf. Pardo Bazán's story.
14. *pasó el charco,* (literally: went over the puddle), crossed the sea.
15. *ya ve usted,* you'll see (that it will be discovered).
16. *eso queda de mi cuenta,* (literally: that is of my concern), I'll take care of that.
17. *bel morir,* to die beautifully, a fine death. The use of the Italian term here gives the sentence a comic-opera or mock-heroic flavor.

UNAMUNO

1. *Lorenza,* imaginary, but typical, provincial Spanish town.
2. *al arrullo de,* (literally: in the lull of), lulled by.
3. *como el gruñir del río en lo hondo del tajo,* (literally: as the murmur of the river in the deepest part of the cliff), as the murmur of the river *below* the cliff.
4. *penitenciario,* priest whose duty it is to hold confession in a specific church or chapel.
5. *libros de edificación,* inspirational works, moral treatises, lives of the saints, etc., are often read in Spain, sometimes to the exclusion of any other reading matter.
6. *Y ya la tenían armada,* (literally: And already they had it [a fight] prepared). And then the fun would begin.
7. *y ello fué que,* and it happened that.
8. picturesque colloquialisms: *hacer el oso* or *la osa,* to make a fool of oneself (i.e., to act like a bear), to act like a sentimental lover. *Pelar la pava,* (literally: to pluck the turkey),

to make love at a window.

9. *nada tengo que oponerle,* (literally: I *in no way* oppose him), I have nothing against him.

10. *contertulios tresillistas. tresillista,* expert in, or fond of *ombre,* a card game. A *tertulia* is a social gathering for conversation or entertainment. *Contertulios* are those who gather for a *tertulia.*

11. *la segundona,* second daughter. (*Segundón:* any son born after the first, or *mayorazgo,* who is the rightful heir.)

12. *La taciturnidad del marqués se hizo mayor,* (literally: The taciturnity of the marquis became greater). The marquis became more taciturn.

13. *Tristán fué a vivir,* Tristán *came* to live. (*Ir* is often used in the sense of *to come.* For example: *Ya voy,* I'm coming.)

14. *si es que en el mundo vivió,* if he *ever* lived in the world. (*Es que* emphasizes the contrast between the things compared.)

15. *me distraigo a cada momento y el tresillo no me distrae ya.* A play on two meanings of *distraerse:* (1) to be distracted; (2) to amuse.

16. *apenas si recordaba nada,* he hardly remembered anything. The implication of *apenas* is negative. Thus *nada:* anything. *Si* is not interrogative. (Cf.: *Tú, mira, si son hormigas,* look at all them ants. *Pero si yo le dije que me los trajera,* but can't you see, I told you to bring them to me.)

17. *"No puedo morir hasta ver como queda la cosa."* No, I can't die until I see how *things turn out.*

18. *Pues eso más faltaba.* Well, that would be the last straw. (More commonly, one finds *No faltaba más,* that's the last straw.)

19. *Era capaz de* . . . . Why I would . . . .

20. *que le daba de lleno,* (literally: gave on it fully), which shone full face upon it.

21. *un hilito de agua,* (literally: a little thread of water), a fine stream of water. Note the parallelism: *Luisa sintió que el hilito de su vida iba a romperse,* Luisa felt that the thread of her life was about to break.

22. *las horas muertas,* (literally: the dead hours), the dreary hours.

23. *Pero lo que dió un día que hablar en toda la ciudad de Lorenza,* but what *gave* the whole city of Lorenza *something to talk about.*

24. *había entrado monja,* she had *become* a nun.
25. Note the parallelism and play of words on *solo,* which in the first sentence in this paragraph (*Tú estás así muy solo*) means *alone,* and in the last (*uno que se ha quedado solo*) means *orphan.*
26. *¿Es acaso mi hermano?,* is he my brother? (*Acaso* emphasizes the unbelievability of the question. It implies: He isn't my brother, *is he?* or: *You mean* he's my brother?)
27. *cuando tuvo a todos delante,* when she had them all *before her.*
28. *propalad el caso,* (literally: proclaim the case), spread the news.
29. *Pero si toda la ciudad lo sabía ya,* why all the city knew it already. (For other uses of non-interrogative *si,* refer to Footnote 16, above.)
30. *al hijo de su mocedad,* (to the son of his *youth*), to their son.
31. *Lo mejor sería que le entre la vocación religiosa,* (literally: the best thing would be for him to be inspired to a religious vocation); cf.: *había entrado monja,* she had become a nun.
32. *Quieres que te recuerde la caída,* (literally: do you want me to remind you of the fall); [the fall—the fall from grace. Cf.: Genesis]; Do you want me to remind you of our sin?

QUIROGA

1. Geographical names, in alphabetical order:
   Alto Paraná, Upper Paraná (see *Paraná*).
   Candelaria, town in Misiones province, Argentina.
   Garupá, stream in Misiones province, Argentina.
   Loreto, slopes in Misiones province, Argentina.
   Misiones, a territory in the tropical jungle of northern Argentina bordering on Brazil and Paraguay.
   Paraguay, a country in southern South America.
   Paraná, important navigable river which originates in Brazil, forming the boundary between that country and Paraguay. It joins the Paraguay River, which in turn empties into the Río de la Plata (River Plate).
   Posadas, capital of the territory of Misiones in northeastern Argentina.
   Santa Ana, town in Misiones province, Argentina.
   San Ignacio, sub-capital of the former Jesuit empire; now

in Misiones province, Argentina.

Yabebirí, the name of both a river and valley in Misiones province, Argentina.

2. *Imperio Jesuítico,* Jesuit empire. This was a political and religious organization established in what is now Paraguay and neighboring regions by the Jesuits in the sixteenth century. Under this regime, the Jesuits assembled the Indians in villages or "reducciones" in order to civilize them. For this purpose, the Jesuits familiarized themselves with the languages and customs of the Indians. After a while many towns were organized and ruled in accordance with a socialized theocracy under which the Indians owned no property and the Jesuits' word was law.

3. *Yerba mate* is a kind of tea that grows not on a bush, but on a tree. It is prized as a digestive aid in meat-eating countries like Argentina.

   The *yerba mate craze* refers to the wild speculation that took place after it was discovered that this product could be grown and developed in Misiones province, Argentina, rather than be imported, as in the past, from Paraguay and Brazil.

4. *parpadear de ternura ante una botella de whisky,* (literally: flutter their eyelids tenderly before a bottle of whiskey), sit and fondle a bottle of whiskey.

5. *en una magnífica meseta para goce particular de su habitante,* on a lovely plateau [seemingly created] for the sole pleasure of its inhabitant.

6. *con techo de tablillas de incienso dispuestas como pizarras,* (literally: with a roof of slabs of wormwood arranged like slates), with a shingled roof of wormwood.

7. *había amanecido muerto un burro,* (literally: [there] had dawned dead a donkey), dawn had revealed a dead donkey.

8. *tan alto como trigueño y tan trigueño como sombrío,* as tall as he was swarthy and swarthy as he was sullen.

9. *más flagrante que el día mismo, gritaba al sol la enorme herida de la bala,* (literally: more flagrant than day itself the enormous wound from the bullet screamed to the sun), clearer than the light of day, the gaping wound lay exposed to the sun.

10. *En verdad, no fué otro el principal quehacer de Orgaz,* (literally: in truth, none other was the main task of Orgaz)— Orgaz did little else . . . etc.

11. *Hay gente, patrón,* (literally: There are people, boss),

NOTES

Someone to see you, boss.

12. *Que venga mañana.* (literally: Let him come tomorrow.)— Tell him to come back tomorrow.

13. *en tanto que su ceño se fruncía cada vez más,* (literally: his brow wrinkled more and more), his frown grew deeper by the minute.

14. *sobrábanle motivos,* (literally: there were more than enough reasons for him [to do so]), he had good reason [to frown].

15. *pues cada peón ofrecía como tales a gente rarísima que no salía jamás del monte,* (literally: for each peon offered as such very strange people who never left the back woods), for which purpose the peons unfailingly produced strange, [illiterate] men who never left the forest.

16. *El hombre no ignoraba quién era Orgaz.* (Literally: It was not unknown to the man who Orgaz was.) The man knew who Orgaz was.

17. *y todo él anaranjado de pecas,* (literally: and all [of] him orange-colored with freckles), and covered from head to foot with orange freckles.

18. *parecía zumbar con la siesta entera,* (literally: seemed to hum with the whole siesta), seemed to hum with all the intensity of the hot afternoon.

19. *lo sentía comenzar desde su propia frente,* (literally: felt it begin from his own brow), felt as though it were resting on his own forehead; felt it resting on his brow.

20. *Con tal que el Yabebirí no haga de las suyas,* (literally: Providing that the Yabebirí etc.). Let's hope the Yabebirí *isn't up to its old tricks.*

21. *por las nacientes,* (literally: at the sources), upstream.

22. *que tendía ante su vista un inmenso país,* (literally: which stretched before his view an immense country), which offered an immense panorama of the countryside.

23. *una canoa tronchada en su tercio,* (literally: a canoe cut down in its third), a canoe one third the regular size.

24. *a medias palabras,* (literally: in half-words), incoherently.

25. *se debe a que a veces pasan estas inexplicables cosas,* (literally: it is owing to the fact that sometimes these unexplainable things happen), it was owing to some capricious quirk of fate.

26. *con el corazón puesto en,* (literally: with his heart set on), with all his thoughts centered on.

27. *así fuera,* (literally: even if it were).

NOTES

28. *aunque sin explicarse poco ni mucho su presencia,* (literally: although not knowing little or much about his presence), although not at all sure of the reason for his presence.
29. *Pero si yo le dije que me los trajera.* But can't you see, I told you to bring them to me. . . .
30. *con los nuevos años transcurridos desde entonces,* (literally: with the new years gone by since then), and with the passing of the years.

LYNCH

1. Argentine words and expressions in this story, listed alphabetically:
    bichoco, dilapidated, old, applied especially to horses' hoofs and, by extension, to the horse itself; old nag.
    cantero, flower-bed.
    cina-cina, or *sina-sina,* a thorny hedge, often interwoven with barbed wire, for making fences.
    cuzco, small yapping dog, cur.
    che, hey, huh, say, listen; words used to get attention of someone.
    mulita, (literally: little mule), jackass, simpleton.
    oya, say!
    pa, para.
    parejero, race horse.
    patio, grounds near the house.
    tranquera, a large gate generally used for letting out the cattle from their enclosure.
    trenzador, (literally: braider), an expert at weaving leather thongs into harnesses, lassos, etc.
    yuyos, grass.
    zanahoria, (literally: carrot), nitwit.
2. *jinete en,* riding.
3. *nada de bichos,* (literally: nothing of beasts), no beasts at all.
4. *seguir de largo,* to go one's way.
5. *hacer por,* to try to.
6. *llevándose las cosas por delante,* stumbling on everything in his way.
7. *así,* this big (including the appropriate gesture).
8. *abre la boca de a palmo,* (literally: he opens his mouth a

span [one span—8 in.]); his jaw dropped a foot, (the closest English equivalent).

9. *loco de potrillo*, colt crazy.

10. ¡*Qué cuidado!*, (literally: What [do you mean by] careful?). Careful, nothing!

11. *puede tanto en su ánimo*, (literally: it can [do] so much in his heart), it has such power over him.

12. *dar en*, insist.

13. *Pa [para] mi gusto*, in my opinion.

14. *levantando mucho el índice y marcando con él, el compás de sus palabras*, (literally: raising much his forefinger and marking with it the sweep of his words), shaking his forefinger emphatically and in rhythm with his words.

15. *un recién nacido*, a newborn babe. Cf. *los recién casados*, the newlyweds.

16. *no es de extrañar*, it is not to be wondered at; no wonder.

17. Seasons in southern South America are the exact opposite of those in the United States and Canada—thus, February is a summer month in Argentina.

18. ¡*Ahí tienes!*, So there you are!

19. *pero no dirás*, but you can't say. Future tense used with imperative force is a fairly common construction in Spanish.

20. ¡*Pero si yo lo até!*, (literally: but if I tied him!) But I did tie him!

21. *un "no se sabe qué" de cínica despreocupación*, (literally: and "I don't know what" of cynical indifference), a certain air of cynical indifference.

22. ¡*Bueno, Juan, bueno!* Enough, Juan, enough!

Borges

1. Geographical names, arranged alphabetically:

Bengala. Bengal, a province in colonial India; now divided between India and Pakistan.

Caraguatá, stream in Tacuarembó province, Uruguay.

Connaught, province in western Ireland.

Dungarvan, town in southern Ireland.

Elphin, village in Ireland.

Munster, province in southwestern Ireland.

Nishapur, city in Persia.

Río Grande del Sur or *Río Grande do Sul*, the southern-

most state in Brazil. It marks the dividing line between civilization and the world of the *gaucho*.

Tacuarembó, a city in northern Uruguay, not far from the Brazilian frontier.

2. *decir,* llamar.
3. *La Colorada,* the name of a ranch.
4. *no faltó quien dijera. todo el mundo decía, todos decían.*
5. *dar con, asociar con.*
6. *abrasilerado.* (literally: Brazilianized), Spanish mixed with Portuguese words, Brazilianisms.
7. *hacer noche. pasar la noche.*
8. *cuchillas del Sur,* a chain of hills to the south of Tacuarembó, Uruguay.
9. *mentar, nombrar, mencionar.*
10. The war for Irish independence was fought from 1917 to 1921. In 1921 the Irish Free State became a dominion of the British Commonwealth. A civil war then broke out which lasted until 1922. In 1949 Eire declared its absolute independence.
11. *Parnell.* Charles Stewart Parnell (1846–1891), chief of the resistance against the English landlords. One of the most energetic defenders of the policy of Irish Home Rule. As a member of the House of Commons, he compromised with Gladstone on Irish Agrarian Reform.
12. *cantar, hablar de.*
13. *un tal John, cierto John,* a certain John, one John.
14. *cursar, leer, estudiar.*
15. *no sé qué manual comunista, some* communist handbook *or other; (no sé qué: some + noun + or other).*
16. *le hice una curación,* (literally: I made him a healing)—, I gave him first aid.
17. *Schopenhauer.* Arthur Schopenhauer (1788–1860), German philosopher; originated famous theories concerning the will and pessimism.
18. *luces, glorias.*
19. *en el primer piso,* upstairs, one flight up; actually, this is the *second* floor. (The 1st floor is one flight *above* the ground floor, known as the *planta baja*).
20. *c'est une affaire flambée* (literally: it's a flaming matter), it's a lost cause.
21. *Black and Tans,* the name applied to the British troops by the Irish patriots fighting against them.

NOTES

Cela

1. Cela often gives his characters very long, apparently high-sounding names which amuse the reader because of their multiple witty and humorous associations.
2. *por esas cosas que pasan,* in the course of things that *never fail* to happen.
3. Geographical names. Cela often invents the names of towns and places, so that one can never be sure of finding them on the map. The following alphabetical list of place-names and adjectives should thus be used with caution.

Andalucía. Andalusia, southernmost province in Spain. Famous for its gypsies, beautiful women, Moorish monuments, music and dances.

Ávila, town in Old Castile, not far from Madrid. Home of Santa Teresa de Jesús.

Badajoz, capital of the province of the same name. Located in western Spain, near the Portuguese border.

Barcarrota, town in the province of Badajoz.

Betanzos, town in the province of La Coruña, Galicia.

Cabezarados, town in the province of Ciudad Real.

Camagüey, city in central Cuba, capital of a province of the same name.

Caribe. The Caribbean, a branch of the Atlantic Ocean, containing the West Indies. Sometimes called the "American Mediterranean."

Carrizosa, town in the province of Ciudad Real; the lake nearby is known as the Carrizosa Pond.

Cuenca, city in east central Spain, between Madrid and Valencia. Capital of the province of the same name.

gallego, relating to Galicia, Spanish province directly north of Portugal, which is surrounded on two sides by the Atlantic.

Huelva, seaport in southwestern Spain, near Cádiz.

Jaén, province in central Andalusia; the capital city of the province bears the same name.

Lalín, a town in the province of Pontevedra.

manchego, relating to La Mancha, a popular name for a large section of the province of Ciudad Real. The reader will remember that La Mancha is a barren, treeless plain, where water is scarce, and that this is where Cervantes laid the scene of Don Quixote.

Madrid, the reference here is to the province of Madrid.

Mentiras (el cerro). Fibbers' hill, a hill in Badajoz province, Spain, near the Portuguese border.

Perdiguera, town in the province of Ciudad Real.

San Martín de Valdeiglesias, town between Madrid and Ávila.

Segundaralejo Hills, name of hills which may be seen from Valverde del Camino, in the province of Huelva, Spain.

Sierra Gorda, mountain range: one of them forms part of the Mariánica Range (Sistema Bético); another, of the Penibética Range.

Sorihuela, town in the province of Jaén, in southern Spain.

Toledo, city in Old Castile, painted by El Greco. Located near Madrid.

Turia, coastal river which empties into the Mediterranean at Valencia.

Valencia, great commercial and industrial seaport on the Mediterranean coast of Spain. Capital of the province of the same name.

Valencia del Monbuey, town in the province of Badajoz.

Valverde del Camino, town in the province of Huelva, in Andalusia.

4. *el día de San Claudio,* June 6th. San Claudio was the archbishop of Besançon (France) in the sixth century.

5. *la dictadura.* Probably refers to the dictatorship of Primo de Rivera, which lasted from 1923 to 1925.

6. *Aristide Briand,* French politician (1862–1932) who tried to promote a peaceful, united Europe.

7. *le había nacido la afición a,* he had become fond of.

8. *le arreaba unas tundas tremendas,* (literally: he administered to him some ferocious beatings), he beat him black and blue.

9. *eso de retratista,* (literally: that of portraiture); this business of portraiture; portraiture.

10. *había ganado sus buenos cuartos,* (literally: he had earned his good money), he had earned a tidy little sum; he had earned a lot of dough. [The term *cuartos* is more slangy than *dinero.*]

11. *mal que les pese,* (literally: badly may it weigh on them), whether they like it or not.

12. *en los tiempos que corremos,* in the times we are living through; nowadays.

13. *el cardenal Cisneros,* Cardinal Cisneros (1437–1517), was an eminent prelate and politician. He was the confessor of Isabella the Catholic, undertook the reform of religious orders in Spain, and became regent of the kingdom upon the death of Philip the Fair (Felipe el Hermoso). He also founded the University of Alcalá and played an important part in preparing the polyglot Bible.

14. *Agustina de Aragón,* also known as Agustina Zaragoza y Domenech, the attractive young lady, age 22, who stimulated the Spanish patriots in the defense of Zaragosa when besieged by French troops, July 1, 1808.

15. *no sé donde iremos a parar,* (literally: I don't know where we're going to stop), I don't know where we're heading; I don't know what the world is coming to.

16. *tenía metido el resuello en el cuerpo a todos,* (literally: had put the breath in the body of all), had taken the wind out of everyone's sails; had browbeaten, *or* buffaloed everyone.

17. *que le preocupaba lo suyo,* which worried him no end.

18. *abrírsele las carnes,* to writhe in agony. Later on, this same expression is used with a different meaning: *Se me abren las carnes de gusto,* I tingle with pleasure when I think of it!

19. *¡Pues vamos bien servidos!,* (literally: Now we are well served!), A fine kettle of fish! Now look what we're getting!

20. *¡Ahora sí que la hemos hecho buena!,* (literally: Now indeed we've made it good!) Now we've gone and done it! Now we're really getting it in the neck!

21. *cuando había comido algo templado,* (literally: when he had eaten something warm), after a square meal.

22. The name given to the progress-intoxicated Frenchman (Arístides Briand II) may seem disrespectful to the French politician and statesman Aristide Briand.

23. Since French has only one verb meaning to be—*être,* our Frenchman here gets mixed up with the Spanish *ser* and *estar;* he should have said *estoy satisfecho, soy extranjero, fuese extranjero.*

24. *por toda respuesta,* by way of an answer.

25. *un sí es no es enamoriscado,* maybe somewhat infatuated; maybe a little in love with.

26. *huir de su presencia . . . ir más lejos,* to shun her like the plague . . . *run* farther.

27. *Vaya usted a saber para qué,* (literally: you'll hear why),

only God knows why.
28. *la Virgen del Pilar,* a very popular manifestation of the Virgin Mary, cherished by all Spain.
29. *"No quiero nada con franceses,"* (literally: I want nothing with Frenchmen), I won't have anything to do with Frenchmen.
30. *blanco, vino blanco.*
31. *No es por nada, no es nada.*
   Se me hace, I kind of feel.
   Para cómica no sirves, (literally: as actress you don't qualify), you're a flop at acting.
32. *¡Dios, y la que se armó!,* Boy, did she lace into me! Wow, did she throw a fit!
33. *hecha un basilisco,* (literally: made a basilisk), very angry, furious. Her blood was boiling. The basilisk was a mythical animal which was said to kill on sight.
34. *¡pero que muy mal!,* and I mean bad!
35. *Usted manda,* (literally: you order), you're the boss.
36. *puso el gesto manso,* (literally: put on the gentle face), quieted down.
37. *la mar de fina,* (literally: the sea of refined; a whale of refined), as refined as they come.
38. *nos llegaba para cubrir las necesidades,* took care of our expenses.
39. *¡Qué tiempos aquellos!* (literally: what times, those!). Those were the days!
40. *¡Calle usted, hombre, calle usted!* Don't remind me, don't remind me!
41. *¡Qué pena de muchacha!* Poor, poor girl! What a shame!
42. *¿Qué más da?* What's the difference (now)? What does it matter?
43. *sacar a flote,* to rescue (from drowning); to bring to light.

Goytisolo

1. *reía silenciosamente,* (literally: he laughed silently), he laughed to himself.
2. *parecía una invención de los sentidos,* (literally: it seemed [to be] an invention of the senses), it seemed too unreal to be true.

NOTES

3. *Tú, mira, si son hormigas.* Look at all them ants. (Note the use of *si*, for emphasis. Cf. Quiroga's story: *Pero si yo le dije que me lo trajera.* But can't you see, I told you to bring them to me.)

4. *L'hacen cosquiyas.* Slang for *Le hacen cosquillas.* They're ticklin' him.

5. *Mi sargento, mi capitán, mi cabo, mi teniente.* In direct address, i.e., in speaking directly to an officer, one always uses *mi* before the noun.

6. Geographical and proper names, and nicknames:
   Andalucía, province in southern Spain; capital, Sevilla.
   aragonés, pertaining to or an inhabitant of Aragón, province in northeastern Spain; capital, Zaragoza.
   "*Avellanas*," filberts, hazelnuts.
   Barcelona, capital of the province of same name, an important industrial city in Catalonia.
   catalán, pertaining to or an inhabitant of Cataluña (Catalonia).
   "*el de la oreja*," (literally: the one with the [missing] ear), One Ear.
   Extremadura, province in western Spain, bordering on Portugal; capital, Badajoz.
   Francia. France, country to the north of Spain.
   Franco. Generalissimo Francisco Franco (1892–1975) participated in military overthrow of the Republic; from 1939, Spanish chief of State.
   Málaga, city of the Mediterranean, capital of the province of the same name.
   Mancha. La Mancha, dry, desert area in central Spain; an old province now in Ciudad Real. (See *Don Quixote.*)
   "*Mochales*," Lovelorn.
   Murcia, province in southeastern Spain bordering on the Mediterranean; capital, Murcia.
   Quinielas, a Spanish ball game played by a fivesome (*quina*) and described by an expert as follows: "A five-man ball game—during each round or inning two men play: the loser drops out and his place is taken by another of the players. This is repeated at the end of each round until one of the five makes the number of points previously agreed upon as the winning score." The soldier who is called "Quinielas" is actually most interested in the government lottery which is based on the results of the games.

7. *me desmoralizó,* disheartened me, made me feel depressed. *Desmoralizarse* has been considered a *galicismo* for *desalentarse.*

8. *Pegado a la sombra* (literally: sticking to the shade), in the shade.

9. *el Hogar,* (literally: the Home), refers here to the officers' quarters, generally located on the second floor.

10. *cazo,* a small pot with a handle; here, tin plate.

11. *Me podría hacé usté un favor. Podría usted hacerme un favor.* Would you mind doing me a favor?

12. *de parte de,* (literally: from the part of), on behalf of, [it's] for.

13. *Me miraba a los ojos, de frente,* he looked me straight in the eye.

14. *quinta,* group whose turn it is to do military service. *Soy de la quinta del 53,* (literally: I belong to the group drafted in 1953), I was drafted in 1953.

15. *Uff, hizo,* "Who knows?" he said. *Uff,* a sound made when shrugging to indicate a "How should I know" attitude; *hacer* often means *to say.*

16. *haciéndose una visera con los dedos,* (literally: making himself a visor with his fingers), cupping his hand over his eyes.

17. *era una auténtica solanera,* (literally: it was an authentic sunbath), it was flooded with sunlight.

18. *El año pasado a uno de Milicias se le escaparon tres.* (Note the construction: Last year, *from* a militiaman, three escaped.) Last year a militiaman let three of them escape.

19. *si te cogen miedo desde el principio,* (literally: if they get scared of you at the start), if you throw a scare into them from the start.

20. *necesitamos que nos gobiernen a garrotazos,* (literally: we need to be governed with blows), we need someone to rule us with an iron hand.

21. *a base de perder varias veces el pelo,* (literally: on the basis of losing their hair several times), after a few close haircuts.

22. *comportarse en la vida como Dios manda,* (literally: to behave in life as God commands), to behave decently.

23. *dar en el clavo,* (literally: to hit the nail on the head), to hit the mark; to hit the jackpot.

QUESTIONNAIRE

Don Juan Manuel

1. ¿Por qué estaba tan triste el hijo?
2. ¿Por qué se negó al principio el hombre rico a dar la mano de su hija?
3. ¿Por qué consiente más tarde?
4. ¿Adónde fueron los novios después de la boda?
5. ¿Qué pide el mancebo? ¿De quién?
6. ¿Quienes más desobedecen al mancebo?
7. ¿Qué manda a hacer a su mujer?
8. ¿Se opone ella?
9. ¿Qué recomendaciones le hace el mancebo para el día siguiente?
10. ¿Se pone contenta la mujer al ver a los parientes?
11. ¿Qué quiere hacer el suegro?
12. ¿Tiene éxito?

Lazarillo

1. ¿Por qué se dice que Lazarillo nació *en* el río Tormes?
2. Resumir brevemente la vida de Tomé González.
3. ¿Qué le pasó a Zaide?
4. Describir las siguientes experiencias de Lazarillo: (*a*) la del toro del puente; (*b*) la del jarro de vino; (*c*) la de la longaniza; (*d*) la del poste.
5. Identificar las frases que siguen relacionándolas con las aventuras de Lazarillo: (*a*) Lo que te enfermó te sana y da salud; (*b*) ¿Sabes en qué véo que comistes tres a tres las uvas? En que comía yo dos a dos y callabas; (*c*) ¡Cómo, y olisteis la longaniza y no el poste!
6. ¿Qué significa la palabra "lazarillo" hoy? ¿Cuál es su origen?
7. ¿Adónde se marcha Lazarillo y quién le da empleo?
8. Describir el primer día que pasaron juntos y su cena.
9. ¿Cree usted, como el escudero, que (*a*) para vivir mucho hay que comer poco? (*b*) ¿que la uña de vaca es "el mejor bocado del mundo y que no hay faisán que así sepa?"

QUESTIONNAIRE

10. Explicar por qué Lazarillo prefería el escudero al ciego. ¿Cuál parece ser el único defecto del escudero?
11. ¿A qué atribuía el escudero su mala suerte?
12. ¿Cómo interpretó Lazarillo las palabras de la mujer que iba a enterrar a su marido?
13. ¿Por qué se había ido el escudero de su pueblo de Castilla la Vieja? ¿Por qué huye ahora de Toledo?
14. ¿Qué clase de obra es el *Lazarillo de Tormes*? ¿Cuando fué publicada? ¿Cuál es su propósito principal? ¿Quién es su autor?

Cervantes

1. Al principio del cuento dos grupos de personas se encuentran: ¿dónde, cuándo, y quiénes son?
2. ¿Qué le pasó entonces a Leocadia?
3. ¿A dónde la llevan?
4. Describir el aposento de Rodolfo.
5. ¿En dónde dejaron a Leocadia finalmente?
6. ¿A dónde se fué Rodolfo?
7. ¿Qué echó de menos en su aposento antes de partir?
8. ¿Qué le ocurrió a Leocadia meses después?
9. ¿Quién le sirvió de partera?
10. ¿Quién adoptó a Luisito?
11. ¿Qué le pasó a Luisito el día de las carreras de caballo?
12. ¿Quién le ayudó?
13. ¿Cómo averiguó Leocadia y sus padres donde se hallaba Luisito?
14. ¿Cómo reconoció Leocadia el aposento de Rodolfo?
15. ¿A quién le enseñó el crucifijo?
16. ¿Qué se propone entonces doña Estefanía?
17. ¿Cuánto tiempo permaneció Rodolfo fuera de su patria?
18. ¿Qué descubre doña Estefanía de los amigos de Rodolfo?
19. ¿Cómo reacciona Rodolfo al ver a Leocadia?
20. ¿Cree Vd que su casamiento será feliz?

Alarcón

1. ¿Dónde está situado el pueblo de Rota?
2. ¿Quién decidió vivir allí y construir un castillo?
3. ¿Qué legumbres han hecho famosos a los roteños?

303

4. ¿Cómo llamaban al personaje principal de este cuento?
5. ¿Cómo se ganaba la vida?
6. ¿Por qué principiaba a encorvarse?
7. ¿Qué pasó con sus calabazas?
8. ¿Dónde las venderán?
9. ¿Cuántas habían robado?
10. ¿A quién acusó él primero?
11. ¿Quién fué el verdadero ladrón?
12. ¿Qué hizo el tío Buscabeatas para probar que aquellas eran sus calabazas?
13. ¿Cuánto dinero le dieron?
14. ¿A dónde fué el ladrón?
15. ¿Cómo se sentía el tío Buscabeatas y que decía por el camino al regresar a su casa?

PALMA

1. ¿Qué decían las viejas cuando el autor era joven?
2. ¿Dónde vivía fray Gómez?
3. ¿Qué accidente ocurrió en el puente?
4. ¿Qué ayuda prestó fray Gómez?
5. ¿Qué exclamaron los espectadores?
6. ¿A quién curó fray Gómez en otra ocasión? ¿Qué tenía el santo? ¿Cómo le curó?
7. ¿Quién llamó un día a la puerta de fray Gómez? ¿Qué quería?
8. ¿Qué le dió fray Gómez?
9. ¿A dónde lo llevó el buhonero?
10. ¿Qué hizo fray Gómez al devolvérselo el buhonero?

PARDO BAZÁN

1. ¿Dónde estaba la enferma al comenzar el cuento?
2. ¿Cómo era ella?
3. ¿Cómo había sido antes de la enfermedad?
4. ¿Cuánto duró su luna de miel?
5. ¿Por qué se puso celoso Reinaldo?
6. ¿Qué edad tenía Flora cuando se casó con él?
7. Y él, ¿cuantos años tenía?
8. ¿Qué amenaza le hizo a Flora?

QUESTIONNAIRE

9. ¿Por qué temía Flora a las armas de fuego?
10. ¿Cuánto duró su tormento?
11. ¿Cuándo descubrió ella que quería tanto a Reinaldo?
12. ¿Cómo murió él?
13. ¿Qué descubrió ella después de su muerte?

Clarín

1. ¿Eran bellos e inspirados los versos de Eleuterio?
2. ¿A qué "guerra" se refiere el cuento?
3. ¿Simpatizaba Clarín con dicha "guerra"?
4. ¿Por qué quería Eleuterio "estar bien" con los regidores?
5. ¿Por qué llamaban "gallina" a Ramón? ¿Se lo merecía?
6. ¿Qué decidió hacer Ramón para ayudar a su madre?
7. ¿Quién era Pepa de Rosalía?
8. ¿Qué decisión tomó Eleuterio después de la fiesta patriótica?
9. ¿A quién encontró él en Málaga y que sucedió?
10. ¿Para qué fué Eleuterio a ver al capitán de Ramón?
11. ¿Cómo se comunicaba Eleuterio con la madre de Ramón y con Pepa de Rosalía?
12. ¿Cuál fué "el glorioso fin" de Eleuterio?

Unamuno

1. ¿Cómo es la casona del Marqués, y dónde está situada?
2. ¿A qué teme el Marqués?
3. ¿Cómo está constituída su familia?
4. ¿Por qué está triste él?
5. ¿Cómo se diferencia Carolina de Luisa?
6. ¿Quién es Tristán? ¿Conocía Vd. el nombre "Tristán"? ¿Con qué o con quién lo relaciona Vd.?
7. ¿Qué le ocurrió al Marqués? Y a Luisa, ¿qué le pasa?
8. ¿Qué hace ahora Carolina? ¿Cómo se porta?
9. ¿Quién es Pedrín?
10. ¿Qué le sucedió a Rodriguín y adónde le mandaron?

Quiroga

1. ¿Dónde estaba el "Imperio Jesuítico," y qué era?
2. ¿Qué había en la colonia?
3. ¿Dónde estaba situada la casa de Orgaz? ¿Qué puesto ocupaba él?

4. Describir su visita a la escuela.
5. ¿Cómo mantenía Bouix a sus burros?
6. ¿Qué medidas tomó Orgaz para proteger su chacra?
7. ¿Cuál era el principal quehacer de Orgaz durante sus primeros cuatro años en Misiones?
8. ¿Quién vino a visitarle un día?
9. ¿Cómo le criticó y amonestó?
10. ¿Qué decidió entonces Orgaz?
11. ¿Cuánto tiempo tomó en llenar los libros del Registro Civil?
12. ¿Quién le ayudó?
13. ¿Llegó Orgaz antes de que saliera la lancha para Posadas?
14. ¿Cómo y con quién descendió el Paraná?
15. Describir las últimas etapas de su viaje.
16. ¿Cuándo llegó a Posadas?
17. ¿Le esperaba el Inspector?
18. ¿Qué le dijo el Inspector a Orgaz?

LYNCH

1. ¿Cómo es el juego de los hermanos y quién lo inventó?
2. ¿Qué ve Mario y qué desearía?
3. ¿Por qué no quieren sus padres tener animales?
4. ¿Qué ofrece el mocetón a Mario?
5. ¿Por qué es sorprendente la contestación que la madre da a Mario?
6. ¿Cómo adquiere Mario el potrillo?
7. ¿Cómo amenazan a Mario sus padres? ¿Tiene poder la amenaza?
8. ¿Qué destrozos hizo el potrillo?
9. ¿Qué orden da el padre?
10. ¿Cómo afecta a Mario dicha orden?
11. ¿En dónde se encuentra Mario al final del cuento?
12. ¿Cómo están sus padres y qué hacen al fin?

BORGES

1. Describir al "Inglés" y decir de dónde había venido.
2. ¿Qué hacía en el 1922?
3. ¿Cómo era Moon?
4. ¿Qué ideas políticas tenía?
5. Describir la residencia del general Berkeley.

QUESTIONNAIRE

6. ¿Cómo descubrió el narrador la cobardía de su compañero?
7. ¿Por qué se fué Moon al Brasil?
8. Explicar el origen de esa cicatriz que lleva en la cara.
9. ¿Ha leído Vd. una novela, o visto una película, titulada *The Informer?* ¿De qué trata?
10. ¿Triunfaron los revolucionarios? ¿Es Irlanda una república?

CELA

1. ¿Por qué castigaba don Híbrido a su hijo?
2. ¿Cómo se había ganado la vida don Híbrido durante treinta años?
3. ¿Qué clase de hombres admiraba?
4. ¿Qué invento quería perfeccionar Arístides Briand II y cómo lo efectuaba?
5. Describir brevemente a Genovevita.
6. ¿Tenía ella talento artístico?
7. ¿Cómo terminaron sus relaciones con Sansón?
8. ¿De quién se enamoró él luego?
9. ¿Qué hacía ella para ganarse la vida?
10. ¿Qué le ocurrió a Julito un día?
11. ¿Dónde trabajaba Sansón durante su temporada en Valencia?
12. ¿De qué murió Tiburcia?

GOYTISOLO

1. ¿Dónde estaba sentado el soldado y que hacía?
2. ¿Cuántos eran sus compañeros y cómo estaban vestidos?
3. ¿Qué le piden al sargento para salir de su aburrimiento?
4. ¿Qué comen los muchachos a la hora de la fajina?
5. ¿Por qué quiere Quinielas el diario?
6. ¿Cuál es su deporte favorito?
7. ¿Cuánto tiempo hace que está en la milicia?
8. ¿Qué opinión tiene el teniente de los muchachos?
9. ¿Cómo quiere que se les trate?
10. ¿Cuántas veces se había fugado el "Fránkestein" y dónde lo habían capturado siempre?
11. Describir en breves palabras el caso de Quinielas.
12. ¿Se suicidó Quinielas al fin?

VOCABULARY

This is not a complete vocabulary, but a listing of the more unusual or more difficult words which would probably not be known
after one year of Spanish.

abalanzarse to make a bee-line
for, to rush to, to charge
abalanzarse el rostro to bend
one's face
abandono, abandon, *abandono
de arma* laying down arms
abatimiento dejection
abertura opening
abismal unfathomable
abnegación f. self-sacrifice
abochornar to be ashamed
abono fertilizer
abrasilerado Brazilianized, full
of Brazilian words
abrazar (se) to embrace, cling to
abreviar to hasten
abrigo shelter, support, protection
abundar (en) to have more than
one's share (of), to abound
(in)
aburrimiento boredom
acabóse m. end of everything
acaecer to befall, happen
acariciar to cherish, caress
acceso burst, fit
acorralar to corner
acechar to spy, spy on, watch,
gauge (a reaction), to lie in
ambush; *estuvo acechando* he
was on the lookout for
aceituna olive
acemilero muleteer

aceña water-mill
acera side of the street, sidewalk
acerbo bitter
acero steel
acertar to guess correctly, hit
the jackpot, succeed
acongojar to be crushed by;
acongojarse to feel depressed
acoger(se) to seek shelter,
betake oneself, receive
acontecer to happen
acreedor m. creditor
acta act or record of proceed-
ings; pl. acts or records of
communities, papers, files
acudir to hasten, come running,
to return, to come (in answer
to a call), run (to help),
appeal
acuerdo agreement; *con este
acuerdo* accordingly
acurrucarse to huddle
achacar to attribute
achantarse to lie low
achaque m. pretext, excuse; *en
achaque de* under pretext of;
pl. matters
adelanto advance
adelgazar to thin
ademán gesture
adestrar to guide, lead
adherirse to adhere, stick, cling
adornado draped, adorned,

furnished
adorno adornment, coif
adquirir to acquire
adrede purposely, intentionally
adusto sullen, gloomy
afanoso solicitous, laborious, eager
afear to disfigure
afeitado shaven, shaved
afición f. fondness
afilado sharp, pointed
afiliado party member
afligirse to grieve
aflojar to loosen, to let go
afluir (a) to come rushing (to)
afrentar to affront, insult
agarrar to seize, clutch, take hold of; *agarrar de* to seize by; *agarrarse* to clutch
agradecimiento gratitude
agrado liking
agregar to add; *sin agregar nada* without another word
agravio m. wrong
aguadas f. pl. sources of drinking water
aguamanos m. water (for washing the hands)
aguantarse to be patient, put up with
águila f. eagle, "wizard"
agujerear to riddle
agujero hole
ahogar(se) to drown, be suffocated, choke, smother
ahorcarse to hang oneself
aína quickly
airoso proud; *airosa gracia* sweeping grace
ajar to disfigure, fade; *ajarse* to wither
ajeno another's, foreign; *ajeno a* foreign to, ignorant
ajustado pulled tight
alabado praised; *alabado sea el Señor* The Lord be praised
alacrán m. scorpion

alambrado wire fence
alambre m. wire, wire fence; *alambre de púa* barbed wire
álamo poplar tree
alba m. dawn; *en el alba* at dawn, at daybreak
alborotarse to wax indignant
alborozo joy
alcalde m. mayor
alcance m. reach
aldaba f. bar (of a door); *echar la aldaba* to drop the bar
alemán German
alergia m. allergy
alfanje m. cutlass
alférez second lieutenant
algodón cotton
alhaja jewel
aliento keenness, desire
alimaña vermin
allegado close, near
almacén m. warehouse, store, shop
almodrote m. garlic sauce
almohada pillow
alocado wild, crazy
alpargata rope sandal, espadrille
alquilar to rent; *alquilarse* to be rented out
alquiler m. rent
alquitrán m. tar, pitch
alquitranado pitched
alternar to mix, mingle, alternate
altiplanicie f. high plain, high plateau or table-land
alumbrar to light the way, illuminate, inspire
alzar to raise, lift, remove; *alzarse de hombros* to shrug one's shoulders
amanuense m. amanuensis, secretary, scribe
amasar to knead
ambiguo doubtful
ámbito atmosphere

ambulante itinerant, traveling

amenaza threat

ametrallado machine-gunned

amistoso friendly

amo master

amparar to protect, to give shelter

ampliación enlargement

analfabeto illiterate

anaranjado orange-colored

anca m. croup, haunch; *empujándole por el anca* pushing him from behind

andas f. pl. stretcher, litter

andrajoso ragged

anexo (*a*) adjoining

angosto narrow

angustia anguish, pang

animado lively

ánimo courage

aniquilar to consume, waste away, to use (sexually)

anotar to jot down

ansia anxiety, eagerness; *el ansia, las ansias*

ansiado coveted

antebrazo forearm

antecámara hall

antecesor m. predecessor, forefather; pl. ancestors

antemano; de antemano beforehand

antepasado ancestor

anticipo advance payment

antigualla antique

antojarse to have a notion to; *se me antoja* I have a notion to

antojo whim, notion

añadir to add, apply

apacible peaceful, easy-going

aparejar to prepare, have ready

apartado separated

apercibirse to notice

aperito (dim. of *apero*) riding outfit

apetecer to feel like

apiadar to inspire pity, to win pity

aplastar to crush

aplaudidor m. applauder, admirer

aplomo composure, self-possession, assurance

apodar to nickname, call

apoderarse to take possession

apodíctico apodictic, indisputable

apodo nickname

aposento room, apartment

apostar to bet

apoyarse (*en*) to lean (on)

apreciar to esteem; *apreciar mucho* to hold in high esteem

apresurar to hasten; *apresurar sus pasos* to hurry on

apretar to press (together), squeeze, tighten

aproximar to approach; *aproximarse* to approach, draw near, come close

apuntar to point out, mark, note, jot down, hint, aim, appear, come, to show

apuñarse to clench

apurar to empty; *apurar el vaso* to drain one's glass

apurarse to worry, to hurry

apuro distress, trouble

aquejar to oppress, afflict, distress

arañar to scratch

arbitro arbiter, arbitrator

arca m. chest

arcaz m. chest

arcilla clay

ardid f. artifice, skill; *ardides de traición* faithless pretexts

arena sand

argolla large ring

argüir to dispute

argumentar to argue

argumento stratagem, reason (not "argument")

VOCABULARY

armarse to arm oneself; *armarse de valor* to pluck up one's courage

armero gunsmith

arpar to tear, rend, scratch, claw

arpillera sackcloth, burlap

arpillerableck = *arpillera & bleck* (tar) tarred burlap

arquear to arch; *arquearse* to become warped

arramblar to polish off, squander

arrancar to pull out, tear off, root out, draw, evoke; *arrancar a* to tear away from; *arrancar de un mordisco* to bite out; *arrancar de raíz* to uproot; *arrancarse* to start in or out, to begin

arrasar to level, raze, obliterate

arrastrar to drag, haul

arrear to drive (horses, mules, etc.); *salir arreando* to clear out, leave in a hurry

arreciar to increase in strength or intensity

arremeter to assail, rush at; *arremeterse* to throw (oneself) forward

arrendamiento lease, rent

arrepentido repenting

arriesgarse to risk

arrimarse to approach, lean against

arrodillarse to kneel

arrojar to throw, toss, pour

arropado wrapped up

arroyo stream, brook, river, pool, gutter

arrugadito (dim. of *arrugado*) wrinkled up

arrullar to soothe

arrullo lull

artesano artisan, mechanic

asador m. spit

asar to roast

asaz enough

asco nausea

asentar to settle, set, soften, appease; *asentarse con* to enter the service of, work for, sit down

aserrín m. sawdust

asfixia asphyxia, asphyxiation, suffocating heat

asfixiante stifling, suffocating

asfixiarse to gasp for breath

asiento seat, situation, job; *hacer asiento* to settle

asir to seize, grasp

asombro astonishment

asomo indication, sign, venture

atardecer m. dusk, evening, late afternoon

atinar a to manage to

atisbar to scrutinize, pry, watch

atónito astonished, upset, amazed

atormentar to torment

atrasado back, in arrears

atravesar to cross

atreverse a to dare, to venture

atrevido bold

atrevimiento daring

atropellar to run over, trample

atroz atrocious, sharp, excruciating

aturdir to stun

autarquía autarchy

autárquico autarchic

autómata m. automaton, robot

auxilio help, aid

avance m. advance; *el avance* the advances

ave m. bird

avenirse a to consent, to agree, to settle differences, compromise

avergonzado ashamed

avertido told

avisado instructed, taught, warned

avisar to warn, give notice,

inform
avivar to sharpen, brighten, quicken; *avivarse* to deepen
ayudante m. helper, assistant
ayudar to aid, help; *ayudarse con* to make use of
ayunar to fast
ayuntamiento town council
azada hoe, spade
azarado puzzled; *se conoce que azarado* realizing she was puzzled, puzzled by it all
azotar to whip, lash, flog

bache m. pothole, rut
bahía bay
bailotear to bob; *bailoteando al compás de un trote* bobbing along at a trot
bala bullet, shot
balbucear to stammer
balbuciente shaky
baldar to cripple
balneario bathing resort, watering place
balsa raft, ferry
banco bench
bandera flag
barbecho whisker
barbuquejo chinstrap
barracón m. soldiers' quarters
barranca ravine
barrenear to bore, drill
barrer to sweep
barrera barrier, difficult pass
barrigón m. pot-bellied
barro mud
barroco baroque
barruntar to conjecture
basura rubbish, refuse, garbage
batir to bear (down); *batir las palmas* to clap one's hands
batirse to fight
bebedor m. a heavy drinker
belfo thick underlip of a horse
berza cabbage
bicho beast

bicromato bichromate
bienaventurado blessed, lucky
bienaventuranza blessedness
bigote m. mustache
blancuzco whitish
blanqueado whitewashed, whitened
blanquecina whitish
blanquizco whitish
bleck tar
bocado mouthful, bite, morsel; *dar un bocado* to take a bite out of
boina or *boína* beret
boliche m. store, shop
bolillo bobbin for lace-making, lace
bolsa purse
bonete m. bonnet, cap
bordar (*de*) to line (with)
borde m. edge
bordear to ply to windward
bordo board, the side of a ship; *a bordo* aboard, on board
borracho drunk
borrar to efface, erase
bostezar to yawn
botarate madcap
bóveda vault
bozalito (dim. of *bozal*) little halter
brin m. canvas
brío strength; *tener bríos to* be strong
bromear to joke, kid, quip
bronce bronze
brumoso foggy; *de brumoso seso* dull-brained, dim-witted
bruto gross; *campo bruto* untilled fields, uncultivated countryside
buhonero peddler
bullicio uproar
bullir to swarm
burbujeante bubbling, tossing, reckless
burdel m. brothel

cabalgadura mount
caballeriza stable
caballón m. clod
cabaña cabin
cabecear to nod (in sleep), to shake one's head (in negation), move the head up and down
cabecera headrest
cabelludo hairy
cabestro halter, bridle
cabezal m. headrest
cabezón m. (aug. of *cabeza*) big-headed
cabizbajo silent, crestfallen, thoughtful, pensive, melancholy
cabo corporal, end, tail, side, quarter, district; *al cabo (de)* at the end (of); *cabo de* near
cabrón m. goat, buck
caja paymaster's box
cajón m. box, drawer
cal f. lime
calabacero pumpkin-grower
calabaza pumpkin, gourd
calabazada blow on the head
calabozo prison, cell, jail, guardhouse
calafatear to calk, plug up
calcetín m. sock
calcinar to calcine; *calcinarse* to become powder by action of heat
caldeado warmed, welded
caldero cauldron, kettle, boiler
calendario schedule, calendar
calentar to warm, heat, keep warm
cálido hot
calofrío chill, fever
caluroso hot
calzas f. pl. breeches
calzarse to put on (shoes, gloves, etc.)
cámara chamber, room, parlor

camarero valet
camareta (dim. of *cámara*) small room
campamento basic training; *bajar de campamento* to finish basic training
campanada stroke of a bell
cana gray hair (one); pl. gray hair (collectively)
candado padlock
candela candle
canijo shrunken
cansancio tiredness, weariness; *hasta el cansancio* to the point of exhaustion, time and again, again and again
cansar to tire, weary, harass
cansino weary
cantante singing, sing song
caña reed, rum
cañón m. barrel (of a gun)
cap m. swig
capataz m. foreman, overseer, boss
capote m. raincoat
caramba well! Goodness! Gee! Hang it!
carcajada peal of laughter
cardíaca sufferer from heart disease
carga freight; *el barco de la carga* the freight boat; *sin carga* unloaded
cargar (de) to charge, load (with)
cargo charge, job assignment; *con cargo de* serving as
carmín m. carmine, pink
carnaval m. carnival; array
carnoso fleshy
carpeta portfolio
carrera career; *la carrera de vivir* the business of living
cartera wallet, purse
casamiento marriage, match
casco helmet, hoof
caserón (aug. of *casa*) mansion

casona (aug. of *casa*) house, mansion; *casona solariega* manorial house

casta, breed

castigo punishment

casual accidental

casualidad f. chance; *por casualidad* by chance

caudal m. wealth, capital, funds

cavilación f. caviling, meditation

caza hunt; *andar a caza* to go hunting

cazo tin plate

cazurro taciturn, sullen, sulky

cebada barley

cegar to blind, cut off

ceguera blindness; *hasta la ceguera* enough to blind you

ceja eyebrow; *contraer las cejas* to frown

celarse (*de que*) to be watchful or suspicious (lest)

celda cell

cencerro cow bell, tinkling (of cow bells)

cenicero ashtray

ceniza ashes, ash; *de ceniza* ash-colored

centellear to flash

centeno rye

centinela m. or f. sentinel

centésimo hundredth

ceñir to gird

ceño frown; *su ceño se fruncía cada vez más* the frown on his face was becoming deeper and deeper

cera wax

cercenar to pare, shear, clip

cerco fence

cerdo pig

cerebro brain, head

cernir to shift; *cernir(se)* to soar

cerval mortal (lit: deer-like)

cerveza beer

cerro hill

cerrojo bolt

césped m. grass, sod

cesto basket, basket-bearer

cicatriz f. scar

ciénaga marsh, moor, miry place

cimitarra scimitar, curved sword

cinc m. zinc

cintura waist, sash, belt

claraboya skylight, transom; (arch.) bull's eye, clerestory

claustro cloister

clavar to nail up

clavel m. carnation, pink

clavo nail; *a clavo limpio* only with nails, by means of nails

cobrar to collect; *cobrar los sentidos* to regain one's senses

cocear to kick

cocer to bake, boil, cook

coco bogeyman, bugaboo

codicia covetousness; *con codicia* greedily

cogote m. occiput, back of neck

cojear to limp; *de qué pie cojeaba* what ailed him

col f. cabbage; *col de Bruselas* Brussels sprout

cola tail, glue

colchón m. mattress

colegio school

colgadizo shed

colodrillo nape of the neck

colilla (dim. of *cola*) butt (of a cigar or cigarette)

colita (dim. of *cola*) tail

colmo height, peak

collar m. necklace

comarca environs, vicinity

Comendador m. Comendador (title in certain military-religious orders)

cómico actor; *oficio de cómico* acting job

comisario sheriff

compadecer (*con*) to pity

compás m. bearing, carriage, pace; *al compás del trote* at a trot

comportarse to behave

compostura mending, repair

comprobar to discover, verify, confirm

comprometer to jeopardize

compuesto decked, outfitted

compungido remorseful

concertar to arrange; *concertar casamiento* to make a match

conciliar el sueño to get to sleep

conejo rabbit

confeccionar to make

conferir to check

confín m. limit, boundary, confine, border

conformarse to resign oneself

confundirse to become confused

confuso bewildered; *en voz confusa* in a feigned voice

congoja trouble, affliction

congosto narrow channel, canyon, narrow pass, defile

congraciarse to ingratiate oneself

conjunto ensemble, cast; *señorita de conjunto,* chorus girl

conminación f. threat

conmovido filled with emotion

consagrar to dedicate

conseguir to get

consejo counsel, advice

consonante m. riming word, rime

constituído written

consuelo consolation, comfort

consuetudinario unchanging

consumirse to be consumed

contado measured

contagio contractability, contracting (a disease)

contante cash; *dinero contante y sonante* ready money, cash

continente m. carriage, bearing, air, expression, countenance, teetotaler

continuado perpetual

contraer to contract; *contraer las cejas* to frown

contraminar to counteract, foil, outwit, work against

convenir to suit, be advisable, desirable, fitting; *convenir que* to had best

conventual conventual, of the convent

convivencia companionship

copa top

copo flake, puff

coraje m. anger, wrath

cordón m. cord

cornada old copper coin, butting

coro choir, chorus; *de coro* by memory

correaje m. belting; *llevaba el correaje* he had on his belting

corriente current, present

corte f. court, capital

cortina curtain

corvo curved

coscorrón m. bump on the head

cosecha harvest, crop

coser to sew, mend

costado side, flank; *de costado* sideways

costal m. sack, bag

costear to go along the edge of border; *se arrastraba costeando los bambúes* he dragged himself along the edge of the bamboo trees

costilla rib; *manga de costillas* accordion-like hood

costura seam

cotidiano quotidian

cráneo skull

crecida swelling (of a river), flood tide, flood, rise

crepúsculo dusk, twilight

cría brood

cribar to sift, sieve, pour down, screen

cruce m. crossing, crossroads

crujido crack, creak, cracking, rustle

cuadra (Amer.) block of houses, city block, about 400 feet (100 meters)

cuadrilátero quadrilateral; m. four-sided enclosure or field

cuán poetic form of *cuánto* how

cuartel m. barracks; headquarters

cuclillas f. pl.; *en cuclillas* crouching, squatting

cucharón m. (aug. of *cuchara*) ladle

cuchichear to whisper

cuenca basin of a river

cuenta count, account, reckoning, calculation, bead; *darse cuenta* (*de*) to realize, be aware, bear in mind; *echar la cuenta* to cast up the account; *caer en la cuenta* to see the point; *hacerse cuenta de* to realize, to imagine

cuerda cord, rope, string

cuero leather, skin

cumplidísimo very large, huge

cumplir to comply, fulfill, grant, keep, perform, carry out, discharge, complete, end, behoove, be important; *cumplir el deseo* to satisfy the desire; *no cumplir lo concertado* to break the agreement; *cumplir* to comply with; *cumple con su deber* he does his duty

cuña wedge

cuñada sister-in-law

cuñado brother-in-law

cura f. treatment; m. priest

curtido tawny

chacota noisy mirth, wise-crack

chacra farm

chapa plate, sheet (of metal)

charco pond, pool, puddle; *pasar el charco* to cross the big pond (sea)

chata darling (familiar)

chaza f. point (in the game of *pelota*)

chicuelo (dim. of *chico*) boy, kid

chifladura fad, whim, fancy

chiquilín (dim. of *chico*) boy, kid

chispear to sparkle

chorrear to drip

chucho cur

chupar to suck

chusco bread ration, roll, "G.I. bread"

damasco damask hanging

damita (dim. of *dama*) little lady, damsel

danzón m. (Cuba) slow dance and its tune

daño harm, injury

defunción f. death

dehesa pasture lands; *de la dehesa* grassy

delantal m. apron

delator m. informer

delgado fine, slender, thin

delicadeza delicacy, deftness

demediar to share (even), help, to be half over

demográfico demographic, civil

demudarse to alter

denegar to refuse

deparar to offer, afford, furnish, present

departamento district

dependencia appurtenance

deportivo sports (adj.)

derramar to gush, pour

derredor: en derredor de around, about

derretir to melt, ebb

VOCABULARY

derribar to throw back, knock down, melt

desabotonarse to unbutton

desabridamente indifferently

desabrochar to unbutton

desafío defiance

desafortunado unfortunate

desafuero infraction

desahucio dispossession, eviction

desalmado soulless; *desalmado hombre* heartless wretch.

desamparado adrift, forsaken

desamparar to abandon, leave unsheltered, let go of

desarrapado ragged

desasirse to disengage oneself

desastrado ill-fated

desatar to untie, loose

desatentamente unconsideringly, injudiciously

desatinar to daze

desbocado mouthless, neckless, dashing headlong, runaway, wild

desbordar to overflow

descalabrar to break one's head, beat soundly, bruise; *descalabrarse* to crack or fracture one's skull, to be ruined (killed)

descanso rest, respite, relief

descarga volley

descastado showing little natural affection to whom it is due, mongrel (used in figurative sense)

descifrar to figure out, interpret

descolgar to unhook, take down

desconfiar (*de*) to distrust

descorrer: descorrer el cerrojo to unbolt, draw the bolt

descortezar to strip the bark off

descoser to rip open

descuido carelessness

descuidarse to be careless, be negligent, be off one's guard,

to be at one's ease

desdecir to be unsuited, ill-suited, to give the lie to

desdicha misfortune, ill luck

desdén m. disdain

desdoro shame, stigma, dishonor

desempeñar to perform, fulfill

desenvainado unsheathed

desenvoltura impudence

deseoso eager, desirous

desesperación f. despair

desesperado frantic, desperate

desfalco embezzlement

desfile m. procession, parade

desgarrado torn (up)

desgranar to fall apart

desherrar to unshoe (horses, etc.)

deshonesto shameless, immodest, unchaste

deshora: a deshora in an unreasonable hour, suddenly, unexpectedly

designio plan, scheme, design

deslumbrar to dazzle

deslustrar to dull

desmandarse to indulge oneself, commit an excess, be impertinent

desmantelado shabby, dilapidated

desmayado in a faint, fainting, unconscious, swooning, in a daze

desmayo swoon, fainting spell

desmedrado dilapidated, ill-formed, weak, frail

desmontar to dismount

desnaturalizado unnatural; *¡hijo desnaturalizado!* You freak!

desnudo bare, naked, undressed

despacho study

despavorido terrified, in terror

desplegarse to deploy, spread out

desplomarse to fall down, fall over

desposados m. pl. (married) pair, couple

desposar to marry

despreciar to despise, hate

desprecio scorn, contempt

desprender to unfasten, loose

despreocupación f. indifference

desprestigiar to bring into disrepute, impair the reputation of

desque after, when

despuntar to begin, to dawn

destacarse to display boldly

desterrar to banish, exile

destiento surprise, sudden intrusion

destino job, appointment

destrozar to destroy

desventura misfortune

desventurado unfortunate, calamitous, miserable

desvestirse to undress

deuda debt

dicha fortune, luck

dicho said; *dicho y hecho* no sooner said than done; *mejor dicho* rather

dictadura dictatorship

dictaminar to lay down the law

diestro right

difunto dead, late, deceased

diluir to dilute, dissolve

diluvio flood, deluge, heavy rain

dineral m. fortune, "pretty penny"

diputación f. provincial legislature or government

discantar to descant, sing, comment; *discantar donaires* to crack jokes

disculpar to excuse, to have to excuse

discurso speech

disensión quarrel

disentir to argue, dispute

disfrutar de to enjoy

disparar to shoot, pelt, fire, throw

disparo shot

dispositivo device, arrangement, apparatus

dispuesto arranged, ready

distenderse to distend, swell, stretch, enlarge, become relaxed

disyuntiva disjunctive proposition, either or

doblar to fold

domador tamer, trainer

domar to tame

domeñar to tame

don m. gift

donaire m. elegance, grace, wit, witticism, witty remark

dormitar to doze off

dotado (de) endowed (with)

dote m. dowry, talent

dueño master, owner, proprietor

duro dollar; hard, harsh

efectuar to effect, do, carry out, make; *efectuarse* to take place

ejercer to exercise, practice, perform, work

elenco line-up, variety show

elogio eulogy

embadurnar to daub

embarazo pregnancy

embarcación f. craft, vessel

embarrado smeared or covered with mud

embeleso rapture; *con embeleso* rapturously

embozado veiled, wrapped

empapar to soak, drench

emparrado arbor

empastado overgrown with weeds

empeñar to pawn; *empeñarse en* to insist on

emplazar to summon, set as a

time limit, assign

empollar to brood over, work at

empujar to push, shove

empujón shove

empuñar to clinch, clutch, grasp

emulación f. emulation, competition, rivalry

enagua petticoat

enajenar to alienate

enamoriscado a little bit in love with

enangostarse to contract, become narrow

encadenarse to grow out of, have its origins in

encaje m. lacework

encaminar to guide, direct, refer, manage, be on one's way

encampanarse to get started, get angry

encargo commission; *de encargo* to order, commissioned

enclenque sickly

enconado violent, deep-seated

encaramado perched

encararse (con) to face

encarecido consoling, kindhearted

encargar to entrust, to ask, request

encargo order

encarrilar to keep in line

enceguer to blind

encender luz to turn on the lights

encendido beaming, ardent

encendimiento flush

encerrar to lock or shut up, confine, enclose

encina evergreen oak, holm oak

encomendar to commend, entrust, charge, urge

encontrado clashing, antagonistic, at odds

encorvarse to stoop

encresparse to curl, ruffle, become rough, be agitated

encubierto dissimulated, concealed

endiablado possessed of the devil, devilish, wicked

enemistad f. enmity, hatred; *tener enemistad* to hate

enfadar to incense; *enfadarse* to get irritated

enfermero male nurse

enfilar to steer, follow in a straight course; *enfilar la calle* to appear in the street

enflaquecerse to wane

enfrentarse to come face to face

engañar to deceive, cheat, fool; *engañarse* to be mistaken

engaño deceit, fraud

engarzado (sobre) set (in) (referring to jewels)

engendrar to beget

engranaje m. gears

enjambre m. swarm, crowd

enjugarse to wipe off

enjuto dry, skinny; *lo más enjuto* the dryest part

enmienda compensation, satisfaction, amends

enojo anger

enredadera vine

enrojecido reddened, red

enrolarse to join, enroll

ensalmo magic

ensalzar to exalt

ensanchar to widen; *ensancharse* to widen out, unburden

ensangrentado gory, drenched with blood

ensayar to try, test, attempt, undertake

ensilado stored away

ensillar to saddle

ensombrecerse to grow shadowy

enteco weak, sickly, thin

entendido: era entendido en leyes knew a lot about the law

entendimiento understanding
entenebrecer to grow dark
enterarse to perceive
entereza firmness
enternecido softened
entornado half-closed
entrante incoming
entreabrirse to half open, part
entregado (a) lost (in), given over (to)
entristecido saddened
envainar to sheathe, cover up
envanecerse to be proud
envejecer to grow old
envenenamiento poisoning
envenenar to poison, stain
envidiar to envy
enviudar con to become a widow or a widower (depending on whether subject is masculine or feminine)
epopeya epic poem
equidad f. equity
equipo team
erguirse to stiffen
erizar to set on end, bristle, raise
erizo hedgehog
errar to err, be mistaken, make a mistake; *errar por* to wander about
escalonado in echelon form or shape, jagged
escampar to stop raining
escarbar to scratch up, scrape, pick, rumble
escarmentar to learn one's lesson (by experience)
escarpado rugged
escenario stage
escobajo stem
escogido chosen; *lo más escogido* the most select people
esconder to hide; *esconderse* to hide
escondidas f. pl.: *a escondidas de* without the knowledge of

escribiente m. clerk, writer
escritorio writing-desk, cabinet, secretary
escudero squire, country gentleman
escudillar, to dish out
escudo shield, escutcheon; *escudo de armas* coat of arms
escudriñar to scrutinize, watch, peep
escuelero schoolboy; *de escuelero* schoolboy-like
escupir to spit
escurrir to slip, slide, sneak out
esforzar to reassure; *esforzarse* to make an effort, try hard, exert oneself
esmeralda emerald
espada sword
espalda back
espantar to frighten, scare; *espantarse* to be astounded
espanto fright; *poner espanto* to frighten
esparcir to scatter; *esparcir la vista* to look
espaviento animation, exaggerated wonder
espectador m. spectator; *los espectadores* the crowd, onlookers
espectro ghost
espejo mirror, reflection
esperanza hope
espesarse to grow dense
espiar to spy on, keep tabs on
espina thorn
esplendoroso splendid
esponjado fluffy
esquelético skeletal, scrawny
establecimiento establishment, concern
estada stay, sojourn
estadística statistics
estancia sitting room, living room; (Amer.) small farm, ranch

estéril sterile, unfruitful
estilográfica fountain pen
estío summer
estirar to stretch, pull; *estirarse* to haul oneself up
estrangular to choke up
estrategia strategy
estraza rag; *papel de estraza* wrapping paper, brown paper
estrellar to dash to pieces
estremecerse to shake, shiver, tremble
estrofa stanza
estropeado marred
estropicio breakage
estuche m. clever fellow
eternizado petrified
evangelio gospel
evitar to avoid, prevent
excusado needless; *excusado es decir* needless to say
exención f. exemption; *exención suficiente* sufficient cause for exemption
exhalar to blurt out
exigencia entreaty, demand
expectativa expectancy
expedientado prisoner
expediente m. file, record, petition
explicarse to figure out
expulsar to throw out, expel
extenderse to be drawn up; *se extendieron los documentos* the documents were drawn up
extenuado weak, exhausted
extravío aberration
exultación f. high spirits

fábrica edifice, factory
facción feature; *estar de facción* to be on duty
fachada façade
faisán f. pheasant
fajina chow, mess
fajo bundle, stack, pile

falda slope, incline, skirt, flap
fallar to fail, botch up
fardel m. bag, knapsack
farol m. lantern, lamp, light; *farol de viento* storm lantern, hurricane lamp
fastidiar to annoy
febril feverish
fenecer to pass away, die, end
fiero fierce, violent; f. n. wild beast
fijeza stare
fijo fixed
fila rank
filete m. edge, border, break, narrow hem
fimbria border of a skirt, rim, fringe
finca estate, farm
fingir to feign, pretend, claim
fiscal prosecutor
flaco skinny, thin, lean, weak
flacura leanness
flagrante resplendent, clear, present, flagrant
flequilo bangs
flojedad f. weakness, negligence, faint-hearted act
foco focus, center; *focos eléctricos* electric lights
fofo soft
follaje m. foliage
folleto folder
fonda inn
fondista m. innkeeper
formar to close ranks
forzoso necessary
fraguar to forge, plan
fraile m. friar, monk, (religious) brother
franciscano Franciscan
frisar en to border on
frotar to rub
fuente f. fountain, drain
fugaz swift, fleeting
función function, performance; pl. duties

VOCABULARY

funcionar to function, run, work

funcionario official, functionary

fusilar to shoot

fusilería musketry fire, shooting

fútbol m. soccer

gafas f. pl. glasses, spectacles

galanteador m. wooer, gallant

galgo greyhound

galpón m. shed

gallardo lovely, gallant, spirited, graceful

gallardía grace

galletita (dim. of *galleta*) small cracker

gallina hen, chicken, coward

garbanzo chick-pea

garganta throat, gullet

garita: garita del centinela sentry-box

garra claw

garrotazos m. pl.: *a garrotazos* with whacks, with a good beating

gemido moan, groan

gemir to moan, groan, roar

género sort, kind; *el género humano* the human race, mankind

genio temper; *de mal genio* mean-tempered, grouchy; *genio de pájaro* bird-like disposition

gestionar to conduct, manage, prepare, take steps to attain or carry out

gesto face, grimace

girar to turn, revolve

goce m. enjoyment, satisfaction

gol m. goal

golilla gorge, throat, gullet

golondrina swallow

golosina eagerness

goloso gluttonous, greedy

gorra cap

gota drop

gotear to drip, dribble, leak

grado: de grado willingly

gráfico graph

grasa grease, fat

grasiento greasy, oily

graso oily, lardy, fatty

gratuito free

grieta crevice, crack, cleft

grosero crude

grueso thick, heavy, large, stout

grano seed

gruñir to rush (of water); *el gruñir del río* the murmur of the river

guardapelo locket (in which a lock of hair is kept)

guardar to keep, guard, observe; *guardarse de* to guard against

guardia f. guard duty; m. *el guardia municipal* policeman, cop; *ponerse en guardia* be on one's guard

guarecer to (find) shelter, protect, preserve; *guarecerse* to take refuge or shelter

guarnecido (de) provided (with)

guiar to guide

guindar to swipe

guiñar to wink; *guiñar los ojos* to squint

guisa: a guisa de like, as

guisar to cook

hábil capable, skillful, able, clever

halagar to flatter

hallazgo find, discovery, scoop

harina flour

hartar(se) to have enough, have one's fill, gorge (oneself)

harto enough, much, many, full, tired; (adv.) very; *harto mejor* much better

hazaña deed, act, prank

VOCABULARY

hebilla buckle, clasp
hebra hair
helar to freeze
hembra female
hender to split, break
herbario herbarium
heredad f. piece of ground
herida wound
herir to wound; *herir en el alma* to wound to the quick, hurt deeply
herradura horseshoe
herrería blacksmith shop
hidalgo hidalgo (Spanish nobleman of the lower class)
hidrófugo waterproof
hielo ice
hierático hieratic, sacerdotal, priestly
higo fig
higuera fig tree
hilandera spinner (woman)
hilo wire, linen, thread, yarn; *papel de hilo* rag paper
hinchar to swell
historial m. file, record
hogar m. home, residence, dorm(itory), officers' quarters
hojarasca dead leaves, trash, rubbish
hojear to turn the leaves or pages of, leaf through, glance at a (book).
holgadamente comfortably
holgar(se) to enjoy (oneself), be delighted
holgazanería laziness
holocausto offering; *en holocausto de* as an offering to
hombro shoulder; *al hombro* on one's shoulder
hombrón m. (aug. of *hombre*) big man
hondo deep; *hondas escaleras* steep stairs
honra f. honor, exaggerated pride

honradez f. honesty
horda horde, herd
hormiga ant
hormiguero anthill
horno oven, furnace
hortelano gardener
hosco dark-colored, severe, awesome, gloomy
hueco shutter
huelgo breath
huella rail, track, impression, trace, vestige, line
huérfano orphan
huerta vegetable garden
huesecillo (dim. of *hueso*) little bone
huésped m. guest, boarder
huestes f. pl. armies
humareda smoke, a great deal of smoke, mist
humillarse to curtsy
hundir to sink
hurtadillas: a hurtadillas by stealth
hurtar to steal, rob
hurto theft, stealing

idear to hit on the idea of, think of, devise, think up
iluminado: ampliaciones iluminadas colored enlargements
importar to involve, concern
importunidad f. importunity, annoyance
impregnado (de) saturated (with), soaked (in)
impresionar to make an impression, impress
imprevisible surprising, unexpected
imputar to impute, to attribute
inacabable endless
inapelable inflexible
incienso incense, incense tree or wood
incluso including, also, besides

incorporarse to sit up; *incorporarse a* to join
incrustado inlaid
inculto uneducated, uncivilized, boorish
índice m. forefinger, index finger
indigno unbecoming
inesperado unexpected
infamante defamatory
infatigable untiring
infiltrar to infiltrate, imbue, infuse; *infiltrarse* to filter in
ingenio mind, talent, wit, cleverness, intelligence; *de ingenio agudo* nimble of wit, quick-witted
injustificado unjustified
injusto unfair
inquietar to upset, perturb
inquieto restless, uneasy, anxious
inquietud f. uneasiness, anxiety, worry, restlessness
inquirir to ask about, ask questions
insigne illustrious
insinuar to suggest, say, venture to say
insólito unusual, unaccustomed
insospechado unsuspected
instituído schooled (in the art of gold-digging)
intentar to attempt, try
interceptar to cut off, block
internarse to turn into
interpelar to summon
interponerse to fall, come between
invalidar to render helpless
invernal hibernal, winter (adj.)
inverosímil unlikely, improbable
irlandés Irish
irradiar to radiate
irrazonado irrational
irritar to hurt
irrumpir (*en*) to raid, rush, burst

jaqueca headache, migraine
jardincillo (dim. of *jardín*) tiny garden
jarrazo blow with a jug
jarrillo (dim. of *jarro*) small jug or pitcher
jeribeque m. wry face (adj.), crumpled
jerigonza f. jargon, thieves' slang
jesuítico Jesuit
jeta snout
jinete m. rider, horseman
jornalito (dim. of *jornal*) salary, little pile
joya jewel, treasure, piece of jewelry
jubón m. jacket
judío Jew
jurar to swear
justo just, real, right
juzgado court of justice; *juzgado de paz* office of the justice of the peace
juzgar to judge

lábaro standard
labor f. work; *hacer labores* to do needlework
labrador m. farmer
labranza tillage, cultivation, farmland; *mula de labranza* work-mule, nincompoop, boor
labrar to till, work, cultivate, carve
lacerado wretched
lacería pittance, misery, poverty; *alguna lacería* a little something
ladear to turn sideways
ladera defile, declivity, slope
ladrar to bark
ladrillo brick
ladrón thief, robber; *¡tío ladrón!* You old thief!
lagartija lizard
lagarto lizard
lágrima tear

laguna pond

lámina sheet

lana wool

lance m. turn

lancha launch, boat

lanzar to hurl, throw; *lanzar un grito* to utter a cry

largarse to get away, run away

lástima pity; *haber* or *tener lástima de* to take pity on

lastimado full of cuts and bruises, heart-broken, in pain, pitiful

lata sheet of tin, tin can, can of preserved food

latrocinio larceny

lavandera washerwoman, laundress

lavatorio washing, ablution

lecho m. bed, litter

lego lay brother

legua league (about 3½ miles)

legumbre f. vegetable

lenteja lentil

leña wood, firewood

leño log, faggot

leona lioness

lesionado injured

letrero sign, label, placard

letrina latrine

lezna awl

liado involved, mixed up

liana liana, liane, a tropical creeper

libra pound

librar to deliver (a child at birth), free, rid

libre free, unmolested; *al aire libre* the open air, fresh air

libreta notebook

licor m. liquor, liquid

lienzo cloth, linen cloth, canvas, wide wall; *lienzo de luto* mourning draperies

liga league, band

limosna alms; *de limosna* out of charity

limpio clean

linaje m. family

linajudo titled

linchar to lynch

lindeza fine name, insult (used ironically)

liquidar to settle

lira lyre

liso smooth

litro liter (1.056 quarts)

litúrgico liturgic

lobo wolf

lóbrego lugubrious, dark, murky, dismal, gloomy, sad

lodo mud

lograr to succeed, manage, be successful, attain

loma hill

longaniza sausage

loro weatherbeaten, dark brown

losa flagstone

losange (Fr.) diamond-shaped flower bed

lucido lucid, clear, magnificent, splendid, brilliant, most successful; *estar lucido,* to be in a fine fix

luengo long

lumbre f. fire, light

luto mourning; *de luto* mourning, mournful

llave f. key, wrench, faucet, spout, tap; *llave inglesa* monkey wrench

macizo solid, massive, thick, firm

maduro ripe

maestría skill

majadería foolish speech or act, the absurd

majestuoso majestic

malaventurado miserable

maldecir to curse

maleta valise, suitcase

malhumorado ill-humored, out

of sorts

malsonante uncouth, coarse

maltrecho badly injured

malvado ill-fated; m. rascal, wretch

mamar to suck, imbibe

manco (*de*) deficient, defective, lacking, maimed (in)

mancha blot

mandarino mandarin, mandarin orange tree

mandil m. apron

mandioca manioc, tapioca, cassava

mandón m. bossy

maneguí m. mannequin

manga sleeve, hood; *manga de costillas* accordion-like hood

manjar m. dish, food

manotada: *sacudir a manotadas* to slap off with one's hands

manso gentle, tame; *de condición mansa* mild-mannered

manta blanket

manzana street block, block of houses, apple

maña skill, trick, artifice; *darse buena maña* to make good use of one's wits

mañanica: *a las mañanicas* in the very early morning

mañero clever, shrewd, balky, mulish, shy, scary

mañoso skillful, tricky, cunning

máquina de retratar camera, portrait camera

marasmo wasting away

maravedí m. old Spanish coin

marcar to mark, brand; *marcar la hora* to tell time; *marcar el paso* to keep time, keep in step

marco frame, door-case, mark (coin)

marchar to go; *marchar como la seda* to go smooth as silk; *marcharse* to run off

marchitar to wither away

maridito (dim. of *marido*) poor, dear husband

mariposa butterfly

marquesa marquise

marquesillo (dim. of *marqués*) little marquis

marquesito (dim. of *marqués*) little marquis

marrar to miss, fail

marras: *de marras* of bygone days, aforementioned

martillar to hammer, pound

mascado chewed

mata plant

materia, subject; *en materia de* on the subject of

mayorazgo rightful heir, first-born son, entailed estate

mechón m. a lock of hair

media stocking, sock

medianamente tolerably, fairly, moderately

meditar to meditate (upon), muse

mejilla cheek

mejorar to improve

mejoría improvement

mendicante m. mendicant, beggar

mendigo beggar

menear to stir, move

meneo movement, sway

menester need, purpose, trade; *ser menester* to be necessary; *haber menester* to need

menosprecio contempt

mentar Old Spanish for *nombrar* to name, mention

mercado market

mercar to buy

merced f. mercy, grace, favor, worship; *a merced de* to or at the mercy of; *hacer merced* to be merciful

mercenario: *pecho mercenario* hired breast, wetnurse

meridiano noonday
merienda light lunch
meseta plateau, tableland
mesón m. inn
mesonera proprietress of an inn, landlady
metro meter (about 39 inches)
mezquino niggardly, miserly
miel honey
migaja crumb
mili f. militia
milicia militia
mimo pet, darling
minio minium, red lead
mirador m. summerhouse, belvedere
mirilla peephole
misa mass
misericordia mercy
mitigar to spare
mitralleta submachine gun
mixto mixed, composite; *escuela mixta* co-educational school
mocedad f. youth
mocetón m. (aug. of *mozo*) big, robust young fellow, brawny young man
mohíno dejected, peevish, sullen
mojar to wet
moler to grind
molinero miller
mono overalls
morador m. occupant, tenant
mordisco bite
moreno brown, dark, swarthy
morisco Moorish
moro Moor, an Arabic-speaking, Spanish Moslem (Mohammedan)
morra head
morriña nostalgia, homesickness, blues
morsa walrus
mozuelo (dim. of *mozo*) young lad; *buen mozuelo* quite grown up, handsome
muchachón m. (aug. of *mucha-*

cho) big fellow
muchedumbre f. crowd
mudo mute, dumb, silent, inactive
mueble m. piece of furniture; pl. furniture
mueca wry face, grimace, mock; *hacer muecas* to make faces
muela molar, tooth
muelle f. wharf
muerto dead; m. dead person, corpse
mugriento dirty, filthy, greasy, stained
mujercilla (dim. of *mujer*) woman, wench
mullido soft
municipal municipal; m. councilman

nabo turnip
naciente rising, growing; f. source
nacimiento birth
naja: salir de naja to scram
narices f. pl. nostrils, nose
nariz f. nose
narrador m. narrator
natural m. and f. native; *de natural* by nature
necesitado needy person
necio fool, dunce, ninny
nene m. baby
niebla fog, mist
nieto grandson
nimbo halo, nimbus
nublarse to cloud over
nudo, knot, bond
nuevas f. pl. report

ocultar to conceal
oculto hidden, concealed
odiar a to hate
ofrecimiento offering
ofuscarse to become darkened or confused
ojeada glance, look, glimpse

ola wave
oleo oil
oler to smell
olla stew
ondular to undulate, wave, shimmer, ripple
oración f. prayer, sentence; *hacer oración* to offer prayer
ordenanza m. orderly
ordenar to order
orgullo pride, satisfaction
orillar to skirt
osar to dare
oscurecido obscured, darkened, dimmed
ostentarse to be exhibited
oveja sheep

pa = *para* to, in order to
padecer to suffer
padecimiento suffering
padrastro stepfather
paja straw
pala shovel, oar
palmear to clap, pat with the palm of the hands
palmera palm tree
palmo palm, span
palo stick, wood, tree; *a palo seco* with a big stick; *tranquera de palo* picket-fence gate
pámpano young vine
pana corduroy
pandear to buckle
panoplia panoply, collection of armor arranged artistically on a wall
pantalón m. trousers
panza belly
panzón m. pot-bellied
papar to absorb, inhale
pararse to stand up
parasol: parasol de canas reed bush, trellis
paredón m. (aug. of *pared*) big, thick wall

parejero. race horse
parentela relatives
parir to give birth to, bear
parpadear to blink
párpado eyelid, eye (figurative sense); *por entre los párpados* through half-closed eyes
parroquia parish
particularidad f. peculiarity
parto childbirth, delivery, birth-pangs, travail; *de parto* in travail
parturienta woman in childbirth, mother
pasaje m. passing, passage
pasillo hall, corridor, aisle
pasito (dim. of *paso*) little step, footstep, pace
pasmado asleep
pastelero pastry cook
pasto pasture, grass
patán rustic, farmer; crude, unsophisticated person
patas f.pl. feet, legs (of animals and inanimate objects, such as tables. Human legs are *piernas*); *poner de patas* to kick out
paternidad f. paternity; *su paternidad* father
patrón m. patron (saint), protector, landlord, boss, master, employer, hotelkeeper
patrullar to patrol
pausado slow
peca freckle
pecador wretched; m. sinner; *pecador de mi* poor sinner (that I am), dear me; *pecador del ciego* poor blind sinner
pecho breast, chest, heart; *los pechos* breast, chest
pedregal m. stony ground
pedregullo (Amer.) gravel
pegado stuck; *pegado a la sombra* keeping to the shade
pegar to hit, beat, stick, fit;

pegar el tiro to shoot; *pegar un ojo* to sleep a wink

pejerrey m. mackerel

pelambre m. hair

peleador m. fighter

pelirrojo red-haired

pellizcar to pinch

pendencia quarrel

pender to hang, be hanging or suspended

pendiente pendent, hanging, dangling, pending; *en pendiente* sloping

penoso painful, trying

pensionado pensionary (carrying a pension)

penúltimo next-to-last

pepita (dim. of *pepa*) seed

perdurar to persist, linger

perendengues m.pl. cheap or tawdry ornaments, frills

perezoso lazy

perjurar to forswear

perlesía palsy, paralysis; *ataque de perlesía* paralytic stroke

perola chow, cauldron, kettle, large round pot

persignarse to cross oneself, make the sign of the cross

pesadilla nightmare, nemesis

pescar to fish (out), to pick up

pescuezo neck

pesquisa investigation

petiso pony

picar to pick; *picar en* to border on

pico point

piecita (dim. of *pieza*) little room

piedad piety, pity; *sin piedad* pitilessly

pieza piece of game, room, piece, coin, play, article; *pieza de a dos* doubloon, a 2-real coin

pila pile

pilar m. pillar, column

pisar to tread on, trample, take

pisotear to trample

placa plate, plaque, spot

plancha iron, flatiron

planta sole of the foot, poise, plant; *la planta baja* ground floor

plantarse to balk, put one's foot down

plantita (dim. of *planta*), seedling

plátano plane tree

plática conversation, chatter

platillo (dim. of *plato*) saucer

playa beach, shore

plazuela (dim. of *plaza*) little square

plectro plectrum; *tener un plectro* to have the poetic gift

plomo lead, bullet

pobreza poverty, meagerness

podenco hound

polaco Polish

polaquito (dim. of *polaco*) Polish boy

policía the police; *un policía,* a policeman

pollito (dim. of *pollo*) chick

polluelo (dim. of *pollo*) chick

polvo dust

pómulo cheekbone

ponderar to ponder over, consider

ponderoso imposing

porfiado stubborn, persistent, relentless

portland m. Portland cement

portón (aug. of *puerta*) back gate, door, main door, gate

posada inn, tavern, lodging

posar to lodge

posta post-chaise (stagecoach carrying the mails and passengers)

postre: a la postre in the end, finally

potro colt

poyo stone bench, bench

pozo well

pregón m. proclamation

prenda brooch, treasure, jewel; *prendas* accessories

prender to light

preñada pregnant woman

preso p.p. of *prender;* imprisoned; m. prisoner

préstamo loan

prestar to lend, assist, give, offer; *prestar atención* to pay attention, heed

presto ready, sharp; (adv.) quickly, readily, soon; *de presto* quickly

pretendiente m. suitor, wooer

prevenir to warn

previsión f. expectation, foresight, anticipation

previsto p.p. of *prever* foreseen, seen

pringar to baste, tar, wound, thrash

proa bow, prow

probar to prove, confirm, try, test, taste, fit

proceder to proceed, behave, act, take action; m. conduct

proceloso tempestuous

prodigio marvel

prójimo neighbor, fellow being

prolijo prolix, diffuse

pronóstico prognostication, prediction, prophecy

propalar to divulge, tell, proclaim

propicio proper, favorable, opportune; *mostrarse propicio* to be in the mood, feel like

proposición f. proposal

prorrumpir to heave, burst out in

provecho benefit, profit, advantage; *de provecho* useful

provechoso profitable

proveer to provide, look after

proyectiles m.pl. ammunition

prueba text, proof, evidence, sample; *poner a prueba* to try, put to the test

puente m. bridge

puerco pig

puesta open stakes (in gambling)

pulsar(le a uno) to feel (someone's) pulse

punir to punish

puntillas f.pl. lace

puntuación scores, number of points

puñetazo punch

puño fist; *puño y letra* handwriting

quebrar to break; *quebrar un ojo* to put out an eye

quehacer m. occupation, business, work, task

quejarse to complain, grumble

quejumbroso: de quejumbroso timbre plaintive-toned, complaining

querella dispute

quinta class (i.e., group conscripted at same time), villa, farm

quinto conscript, draftee

rabia anger, rage

rabiar to rage, rave

rabillo (dim. of *rabo*) corner; *con el rabillo del ojo* out of the corner of one's eye

rabito (dim. of *rabo*) stem, tail

racimo bunch (of grapes)

radicar to have one's roots, originate

radioso radiant

raíz f. root

rajar to split, to rend

rallador m. grater

rancho grub, food, hut, ranch house

rape: al rape cropped; *tener el pelo cortado al rape* to have cropped hair

rasar to graze, skim, touch lightly

rascarse to scratch

rascuñado scratched, lacerated

rasgar to tear, tear up, pierce

raso satin

rastro trace, vestige, sign

rata rat

ratón rat, mouse

raya stripe; *a rayas* striped, border, line

rayar to draw lines on, stripe, streak, appear

reanudar to resume

rebanada slice of bread

rebosar to overflow

rebozado veiled

rebullir to swarm

recado message, errand

recato caution

recaudador m. tax-collector

recelarse to fear, be very much afraid

recelo dread, fear, suspicion, mistrust

recio strong, hard, vigorous, loud

recluta m. recruit

recobrar (*el sentido*) to regain (consciousness)

recorrer to travel through

recortar to cut away, trim, dip; *recortarse* to show up in outline

recurso recourse, resource; pl. resources, means of subsistence, choice

redondel m. circle, circular

reemplazar to replace, substitute for

referir to relate, narrate, tell, report; *referirse* to refer

regañadientes: a regañadientes grudgingly

regidor alderman, town councilman

regirse to govern oneself, obey

registrador m. registrar; *registrador de la Propiedad* clerk of records

regla rule

reguero trickle, drip, streak

rehacer to remake, repair, replenish; *rehacer la chaza* to replay a point in pelota; *rehacerse* to regain one's strength

reinar to reign

reja grating, grille

relación f. account, information

relámpago (flash of) lightning

relevo relief (mil.)

relinchar to neigh

rellenar to fill out; *rellenar sus boletos* to place his bets again

remar to row, paddle

rematar to end, complete, finish, finish off, block up

rememorar to remember

remiendo patch, repair, mending piece

remo, oar, leg

remordimiento remorse

remusgar: remusgar la vista to shield one's eyes from the sun

rencoroso angry-looking, ghastly

reo criminal

repartir to distribute, dish out

repelar to pull the hair

reponer to replace, reinstate, answer, reply; *reponerse* to recuperate

reposado calm, tranquil

reprender to scold, upbraid, reprehend

represa: hacer represa to halt

reprimir to repress

repugnar to hate; *a Vd. le repugna eso* you hate that, you find that distasteful

requirido desired

resbalar to slip

reseco hardened, very dry

resguardar to protect, shelter

resplandor m. light, radiance, brilliancy, glare

retirada retreat

retozo prank; *retozo de risa* giggle, titter

retratar to portray, photograph

rezar to pray

ribera river, bank; *ribera de* on the bank of

riego watering; *riego de piedad* rain of pity

riña quarrel

risueño smiling, cheerful

rizado curly

roano sorrel, roan

robador m. abductor, the one who had deprived her (of her honor)

robo theft

rocío dew

rodar to roll

rodear to surround

rodilla knee; *de rodillas* on one's knees

rodillazo kick with the knee

roer to gnaw

rollo, roll, pad

rón m. rum

ronco hoarse

ronroneo purring

rozar to graze

rubio yellowish, tan, blond, light

rubricar to mark, write one's name

rugido roar

ruin, degrading, desolate, vile, wretched, ruinous

ruindad f. wickedness, evil

rumbo destination; *sin rumbo fijo* aimlessly

sábana sheet (for a bed); *sábanas de los caballos* horse covers

sabandija vermin, nasty creature

sabroso tasty, delicious

saco jacket, coat, bag

sacudir to shake, stir, brush away; *sacudir a manotadas* to shake off with one's hands, slap off

sagacísimo very shrewd

sagaz sagacious, wise, shrewd

salsa sauce, spice, appetizer, appetite

salvo except, save; *(en, a)* safely, in safety

sanar to cure, heal, recover

sangrar to bleed, shed blood

sangría bleeding, gash, theft (thieves' slang)

santiguarse to make the sign of the cross

saña fierceness; *con gran saña* fiercely

sañudo furiously, raging

saya trailing gown, robe with train

sayo blouse, coat

sazón f. time, season; *a la sazón* at that time, then

sazonado seasoned, spiced

secar to dry (off)

secas: a secas just plain

secular age-old, centuries old, secular

seda silk; *de seda* silky, silken

sedeño silky

seguridad safety

seguro safe, sure, safely

sellar to seal

sembrar (de) to plant, sow (with)

semiborrado half-obliterated

sendos, one each, one to each

seno bosom, chest

sentenciar to pronounce, decide

señal f. sign, mark, indication

señalar to show, impart, point to

sepultado buried, steeped (in silence)

sequía drought
servicial obliging
servidor m. servant; *un servidor* yours truly
servidumbre f. domestics, servants
sesera brainpan
sien f. temple (point above ear)
sietemesino seven months' child
sigiloso silent, quiet, reserved
silbido whistle, catcall, hiss
silleta (dim. of *silla*) small chair
sillón m. (aug. of *silla*) armchair, rocker
simpleza simple-mindedness, innocence, inexperience
síncope m. fainting spell
síndico syndic, town council lawyer
sinsabor m. disgust, displeasure, annoyance
sirio Syrian; m. Syrian
soberbia pride
sobrante m. left-over
sobrar to more than equal, have more than enough of, exceed, surpass, be in excess of one's needs, be over or above, remain
sobrecargado overloaded, supercharged
sobredicho above-mentioned, aforesaid
sobredorado gilded
sobrellevar to bear, endure
sobrenombre m. surname
sobresalir to jut out; *sobresalir por debajo de* to jut out from under
sobresalto trembling, shock; *con sobresalto* with a start
sobretodo overcoat
sobrevenir to sink into (a faint), to take place
sobrevivir to survive
socarrón sly, cunning, crafty
sofocación f. choking

sofocado breathless(ly), out of breath
sofocante stifling, suffocating
soga rope; *echar la soga tras el caldero* to throw the rope (down the well) after the bucket
solanera sunbath, sunny place
solar m. vacant lot, ground, soil; *solar de casas* manor; *mal solar* unlucky location
solariego manorial
solina glare of the sun
soltar to untie, unfasten, loosen, let go of, set free
sollozo sigh
someter to subject
son m. sound
sonado widely reported
soplar to blow (dust off)
sosegado calm, easy, dignified
sosiego peace of mind, calm
suavizar to grow softer
suboficial non-com(missioned officer)
subtraerse (*a*) to escape (from)
sucesivo: en lo sucesivo in the future
sudar to sweat, perspire; *a pulso sudando* sweating blood
sudeste southeast
sudor m. sweat
suegro father-in-law
suministrar to supply, furnish, provide, give, administer
superpuesto superposed
surgir to come forth
susto fright, fear; *dar susto a* to frighten
susurro whisper; *en susurro* whispered

tablado board
tablilla (dim. of *tabla*) slab
tacón m. heel
tajo meat block, cliff
talabarte m. sword belt

talante m. countenance, disposition; *de mal talante* grudgingly, unwillingly

talón m. heel, butt (of a gun)

talonario stub; *libro talonario* stub-book (a kind of receipt book or account book)

tallo stem

tanteo trial, attempt

tapar to cover, stop up

tarea task, job, work

tarima bench, bedstead, cot

tasca tavern

techo roof, ceiling

teja shingle, tile

tejado roof, rooftop

tela cloth

temerario rash

temeroso fearful, afraid

templado: comer algo templado to eat a square meal

temporada season

temporal m. storm, tempest, long rainy spell

tender to stretch out

tenedor m. fork

teniente m. lieutenant

tentar to feel, touch

tercianas f.pl. ague

tercio one third, third part of section; *en su tercio* by one third of its length

terciopelo velvet

ternera calf

ternura tenderness

terreno land, ground; (adj.) earthly, worldly; *sobre el terreno* off the land

terrón m. clod

tesón tenacity

testamentaría will, last will and testament

testigo witness

tez f. skin, complexion

tiento feeling, touch; *tientos* strips of leather; *dar tientos* to feel, grope

tiesto flower-pot

timbre tone, sound

timidez f. timidity

tinieblas f.pl. darkness

tiñoso scurvy

tinta ink; *las tintas* colors

tintero inkstand, inkwell

tirante m. brace, stay rod, tie rod

tirar to pull, draw, cast, throw; *tirarse encima* to jump on top of

tiroteo sound of firing

titularse to be entitled, called

título title

tomatero tomato-grower

tontería silly thing, foolish nonsense, trifle, humbug

topar (*con*) to encounter, come across, run against

tope m. charge

torcer to twist; *torcer el gesto* to make a face

tormenta storm

torpemente rather abruptly, rudely

torrezno rasher of bacon

tragar to drink, swallow, gulp

traguito (dim. of *trago*) sip, little swig

tramar to sketch, outline

tranco gait

tranquera pasture gate

trasera rear, back

traspasar to pass over, go beyond, cross; *traspasada esta hora* after this hour

trasponer to pass down

trasporte m. transport

trato treatment, agreement, trade, dealing, contact

travesura prank, mischief

trayecto stretch, section, road, way, trip

traza part of (her) plan, scheme

trebejar to romp, frolic, bounce a child on one's knee, play,

dandle

tregua truce, rest, respite, let-up

tremendo terrible, awful, hair-raising

trenzador m. (Arg.) (leather) braider; one who braids leather

trepar (*por*) to climb (over)

trigueño dark, brunette

trincar to pick up, nab

tripa tripe

tripería tripery, tripeshop

trípode tripod

trocar to change

trompa trumpet, "beak"

tronar to thunder, pound; m. thundering

tronchar to cut off, chop off, mutilate

troncho stalk

tronido thundering

tropel m. rush, bustle, confusion; *en tropel* in a throng, tumultuously

tropezar to stumble

trozo piece, fragment; *trozos de terreno* plots of ground

trueco change, exchange

trueque m. exchange; *a trueque de* in exchange for, accepting the idea of

tubería piping, tubing

tuerto one-eyed

tunda beating, drubbing

tunante scoundrel

turbarse to become confused

turbio unclear, blurred

ubicado located, situated

ufano proud

umbría: a la umbría on the shady side

untar to grease (up)

uña fingernail, claw; *uña de vaca* cow's heel; *uñas* paws

urdir to brew

usurero pawnbroker, usurer,

moneylender

uva grape

vaciar to empty, gouge out (an eye)

vado ford of a river, fording

vagar to roam about, wander, loaf

vago misty, foggy

vaina scabbard, sheath

vaivén m. sway, swing, movement

valeroso lofty, noble, brave

¡*válgame Dios!* Good God!

valija valise

valioso valuable

valor m. courage

valladar m. fence, wall

valle m. valley

vaqueta (sole) leather

varón m. male

varonil m. masculine

vasija vessel, pitcher

vecindad f. neighborhood; *tener vecindad con* to be a neighbor of

vedija mat, shock (of hair), bunch, smoke ring

vejez f. old age

vela candle; *vela de cera* wax taper

velado veiled, hidden

velocidad f. speed; *a toda velocidad* at full speed, swiftly

veloz swift

vendar to bandage; *vendar los ojos* to blindfold

vendedor m. vendor

vendimiador m. vintager

veneración reverence

venidero coming, future

ventanilla (dim. of *ventana*) window (of ticket office, bank teller, etc.), eye patch

ventura fortune, chance; *por ventura* perchance, perhaps

venturoso happy; *los venturosos*

VOCABULARY

desposados the happy pair
vera edge, border; *a la vera* along the edge, among
veracidad f. truth, veracity
verbigracia for example
verde green
verdugo executioner
verduras f.pl. fresh vegetables
vereda path, trail
vergonzoso shameful
vergüenza shame, shameful thing
vértigo giddiness, vertigo, fit of insanity, daze, dizziness
veta vein
viajante traveling salesman
víbora viper
vibrar to quiver, vibrate
vientre m. abdomen, belly
vigilantísimo most vigilant
vigilar to keep an eye on, watch
vigilia vigil
virrey m. viceroy
viruela smallpox; *picado de viruelas* pockmarked
visaje m. visage, grimace
vocablo word

vociferar to cry out
volcar upset, overturn, empty
voltear to turn the pages
vórtice m. vortex, whirlpool
vuelta turn, return, change; *dar vueltas* to turn; *dar una vuelta* to wander about

yacer to be lying, reclining
yedra ivy
yegua mare
yerba grass; *yerba mate* Paraguayan tea; *gentiles hombres de yerba* rural gentry
yerma totally uninhabited
yerno son-in-law
yeso gypsum, plaster
yuyos m.pl. grass

zapatero shoemaker
zonzo stupid, silly; m. simpleton, dunce
zozobra anxiety, anguish
zozobrar to be in great danger
zumbar to buzz, hum; *me zumba la cabeza* my head is buzzing
zumbido drone

A CATALOG OF SELECTED
DOVER BOOKS
IN ALL FIELDS OF INTEREST

A CATALOG OF SELECTED DOVER
BOOKS IN ALL FIELDS OF INTEREST

CONCERNING THE SPIRITUAL IN ART, Wassily Kandinsky. Pioneering work by father of abstract art. Thoughts on color theory, nature of art. Analysis of earlier masters. 12 illustrations. 80pp. of text. 5⅜ x 8½. 23411-8 Pa. $4.95

ANIMALS: 1,419 Copyright-Free Illustrations of Mammals, Birds, Fish, Insects, etc., Jim Harter (ed.). Clear wood engravings present, in extremely lifelike poses, over 1,000 species of animals. One of the most extensive pictorial sourcebooks of its kind. Captions. Index. 284pp. 9 x 12. 23766-4 Pa. $14.95

CELTIC ART: The Methods of Construction, George Bain. Simple geometric techniques for making Celtic interlacements, spirals, Kells-type initials, animals, humans, etc. Over 500 illustrations. 160pp. 9 x 12. (USO) 22923-8 Pa. $9.95

AN ATLAS OF ANATOMY FOR ARTISTS, Fritz Schider. Most thorough reference work on art anatomy in the world. Hundreds of illustrations, including selections from works by Vesalius, Leonardo, Goya, Ingres, Michelangelo, others. 593 illustrations. 192pp. 7⅛ x 10¼. 20241-0 Pa. $9.95

CELTIC HAND STROKE-BY-STROKE (Irish Half-Uncial from "The Book of Kells"): An Arthur Baker Calligraphy Manual, Arthur Baker. Complete guide to creating each letter of the alphabet in distinctive Celtic manner. Covers hand position, strokes, pens, inks, paper, more. Illustrated. 48pp. 8¼ x 11. 24336-2 Pa. $3.95

EASY ORIGAMI, John Montroll. Charming collection of 32 projects (hat, cup, pelican, piano, swan, many more) specially designed for the novice origami hobbyist. Clearly illustrated easy-to-follow instructions insure that even beginning papercrafters will achieve successful results. 48pp. 8¼ x 11. 27298-2 Pa. $3.50

THE COMPLETE BOOK OF BIRDHOUSE CONSTRUCTION FOR WOOD-WORKERS, Scott D. Campbell. Detailed instructions, illustrations, tables. Also data on bird habitat and instinct patterns. Bibliography. 3 tables. 63 illustrations in 15 figures. 48pp. 5¼ x 8½. 24407-5 Pa. $2.50

BLOOMINGDALE'S ILLUSTRATED 1886 CATALOG: Fashions, Dry Goods and Housewares, Bloomingdale Brothers. Famed merchants' extremely rare catalog depicting about 1,700 products: clothing, housewares, firearms, dry goods, jewelry, more. Invaluable for dating, identifying vintage items. Also, copyright-free graphics for artists, designers. Co-published with Henry Ford Museum & Greenfield Village. 160pp. 8¼ x 11. 25780-0 Pa. $10.95

HISTORIC COSTUME IN PICTURES, Braun & Schneider. Over 1,450 costumed figures in clearly detailed engravings–from dawn of civilization to end of 19th century. Captions. Many folk costumes. 256pp. 8⅜ x 11¾. 23150-X Pa. $12.95

STICKLEY CRAFTSMAN FURNITURE CATALOGS, Gustav Stickley and L. & J. G. Stickley. Beautiful, functional furniture in two authentic catalogs from 1910. 594 illustrations, including 277 photos, show settles, rockers, armchairs, reclining chairs, bookcases, desks, tables. 183pp. 6½ x 9¼.   23838-5 Pa. $11.95

AMERICAN LOCOMOTIVES IN HISTORIC PHOTOGRAPHS: 1858 to 1949, Ron Ziel (ed.). A rare collection of 126 meticulously detailed official photographs, called "builder portraits," of American locomotives that majestically chronicle the rise of steam locomotive power in America. Introduction. Detailed captions. xi + 129pp. 9 x 12.   27393-8 Pa. $13.95

AMERICA'S LIGHTHOUSES: An Illustrated History, Francis Ross Holland, Jr. Delightfully written, profusely illustrated fact-filled survey of over 200 American light-houses since 1716. History, anecdotes, technological advances, more. 240pp. 8 x 10¾.
25576-X Pa. $12.95

TOWARDS A NEW ARCHITECTURE, Le Corbusier. Pioneering manifesto by founder of "International School." Technical and aesthetic theories, views of indus-try, economics, relation of form to function, "mass-production split" and much more. Profusely illustrated. 320pp. 6⅛ x 9¼. (USO)   25023-7 Pa. $9.95

HOW THE OTHER HALF LIVES, Jacob Riis. Famous journalistic record, expos-ing poverty and degradation of New York slums around 1900, by major social reformer. 100 striking and influential photographs. 233pp. 10 x 7⅞.
22012-5 Pa. $11.95

FRUIT KEY AND TWIG KEY TO TREES AND SHRUBS, William M. Harlow. One of the handiest and most widely used identification aids. Fruit key covers 120 deciduous and evergreen species; twig key 160 deciduous species. Easily used. Over 300 photographs. 126pp. 5⅜ x 8½.   20511-8 Pa. $3.95

COMMON BIRD SONGS, Dr. Donald J. Borror. Songs of 60 most common U.S. birds: robins, sparrows, cardinals, bluejays, finches, more–arranged in order of increasing complexity. Up to 9 variations of songs of each species.
Cassette and manual 99911-4 $8.95

ORCHIDS AS HOUSE PLANTS, Rebecca Tyson Northen. Grow cattleyas and many other kinds of orchids–in a window, in a case, or under artificial light. 63 illus-trations. 148pp. 5⅜ x 8½.   23261-1 Pa. $5.95

MONSTER MAZES, Dave Phillips. Masterful mazes at four levels of difficulty. Avoid deadly perils and evil creatures to find magical treasures. Solutions for all 32 exciting illustrated puzzles. 48pp. 8¼ x 11.   26005-4 Pa. $2.95

MOZART'S DON GIOVANNI (DOVER OPERA LIBRETTO SERIES), Wolfgang Amadeus Mozart. Introduced and translated by Ellen H. Bleiler. Standard Italian libretto, with complete English translation. Convenient and thoroughly portable–an ideal companion for reading along with a recording or the performance itself. Introduction. List of characters. Plot summary. 121pp. 5¼ x 8½.
24944-1 Pa. $3.95

TECHNICAL MANUAL AND DICTIONARY OF CLASSICAL BALLET, Gail Grant. Defines, explains, comments on steps, movements, poses and concepts. 15-page pictorial section. Basic book for student, viewer. 127pp. 5⅜ x 8½.
21843-0 Pa. $4.95

BRASS INSTRUMENTS: Their History and Development, Anthony Baines. Authoritative, updated survey of the evolution of trumpets, trombones, bugles, cornets, French horns, tubas and other brass wind instruments. Over 140 illustrations and 48 music examples. Corrected and updated by author. New preface. Bibliography. 320pp. 5⅜ x 8½. 27574-4 Pa. $9.95

HOLLYWOOD GLAMOR PORTRAITS, John Kobal (ed.). 145 photos from 1926-49. Harlow, Gable, Bogart, Bacall; 94 stars in all. Full background on photographers, technical aspects. 160pp. 8⅜ x 11¼. 23352-9 Pa. $12.95

MAX AND MORITZ, Wilhelm Busch. Great humor classic in both German and English. Also 10 other works: "Cat and Mouse," "Plisch and Plumm," etc. 216pp. 5⅜ x 8½. 20181-3 Pa. $6.95

THE RAVEN AND OTHER FAVORITE POEMS, Edgar Allan Poe. Over 40 of the author's most memorable poems: "The Bells," "Ulalume," "Israfel," "To Helen," "The Conqueror Worm," "Eldorado," "Annabel Lee," many more. Alphabetic lists of titles and first lines. 64pp. 5³⁄₁₆ x 8¼. 26685-0 Pa. $1.00

PERSONAL MEMOIRS OF U. S. GRANT, Ulysses Simpson Grant. Intelligent, deeply moving firsthand account of Civil War campaigns, considered by many the finest military memoirs ever written. Includes letters, historic photographs, maps and more. 528pp. 6⅛ x 9¼. 28587-1 Pa. $12.95

AMULETS AND SUPERSTITIONS, E. A. Wallis Budge. Comprehensive discourse on origin, powers of amulets in many ancient cultures: Arab, Persian Babylonian, Assyrian, Egyptian, Gnostic, Hebrew, Phoenician, Syriac, etc. Covers cross, swastika, crucifix, seals, rings, stones, etc. 584pp. 5⅜ x 8½. 23573-4 Pa. $12.95

RUSSIAN STORIES/PYCCKNE PACCKA3bl: A Dual-Language Book, edited by Gleb Struve. Twelve tales by such masters as Chekhov, Tolstoy, Dostoevsky, Pushkin, others. Excellent word-for-word English translations on facing pages, plus teaching and study aids, Russian/English vocabulary, biographical/critical introductions, more. 416pp. 5⅜ x 8½. 26244-8 Pa. $9.95

PHILADELPHIA THEN AND NOW: 60 Sites Photographed in the Past and Present, Kenneth Finkel and Susan Oyama. Rare photographs of City Hall, Logan Square, Independence Hall, Betsy Ross House, other landmarks juxtaposed with contemporary views. Captures changing face of historic city. Introduction. Captions. 128pp. 8¼ x 11. 25790-8 Pa. $9.95

AIA ARCHITECTURAL GUIDE TO NASSAU AND SUFFOLK COUNTIES, LONG ISLAND, The American Institute of Architects, Long Island Chapter, and the Society for the Preservation of Long Island Antiquities. Comprehensive, well-researched and generously illustrated volume brings to life over three centuries of Long Island's great architectural heritage. More than 240 photographs with authoritative, extensively detailed captions. 176pp. 8¼ x 11. 26946-9 Pa. $14.95

NORTH AMERICAN INDIAN LIFE: Customs and Traditions of 23 Tribes, Elsie Clews Parsons (ed.). 27 fictionalized essays by noted anthropologists examine religion, customs, government, additional facets of life among the Winnebago, Crow, Zuni, Eskimo, other tribes. 480pp. 6⅛ x 9¼. 27377-6 Pa. $10.95

CATALOG OF DOVER BOOKS

FRANK LLOYD WRIGHT'S HOLLYHOCK HOUSE, Donald Hoffmann. Lavishly illustrated, carefully documented study of one of Wright's most controversial residential designs. Over 120 photographs, floor plans, elevations, etc. Detailed perceptive text by noted Wright scholar. Index. 128pp. 9¼ x 10¾. 27133-1 Pa. $11.95

THE MALE AND FEMALE FIGURE IN MOTION: 60 Classic Photographic Sequences, Eadweard Muybridge. 60 true-action photographs of men and women walking, running, climbing, bending, turning, etc., reproduced from rare 19th-century masterpiece. vi + 121pp. 9 x 12. 24745-7 Pa. $10.95

1001 QUESTIONS ANSWERED ABOUT THE SEASHORE, N. J. Berrill and Jacquelyn Berrill. Queries answered about dolphins, sea snails, sponges, starfish, fishes, shore birds, many others. Covers appearance, breeding, growth, feeding, much more. 305pp. 5¼ x 8¼. 23366-9 Pa. $8.95

GUIDE TO OWL WATCHING IN NORTH AMERICA, Donald S. Heintzelman. Superb guide offers complete data and descriptions of 19 species: barn owl, screech owl, snowy owl, many more. Expert coverage of owl-watching equipment, conservation, migrations and invasions, etc. Guide to observing sites. 84 illustrations. xiii + 193pp. 5⅜ x 8½. 27344-X Pa. $8.95

MEDICINAL AND OTHER USES OF NORTH AMERICAN PLANTS: A Historical Survey with Special Reference to the Eastern Indian Tribes, Charlotte Erichsen-Brown. Chronological historical citations document 500 years of usage of plants, trees, shrubs native to eastern Canada, northeastern U.S. Also complete identifying information. 343 illustrations. 544pp. 6½ x 9¼. 25951-X Pa. $12.95

STORYBOOK MAZES, Dave Phillips. 23 stories and mazes on two-page spreads: Wizard of Oz, Treasure Island, Robin Hood, etc. Solutions. 64pp. 8¼ x 11. 23628-5 Pa. $2.95

NEGRO FOLK MUSIC, U.S.A., Harold Courlander. Noted folklorist's scholarly yet readable analysis of rich and varied musical tradition. Includes authentic versions of over 40 folk songs. Valuable bibliography and discography. xi + 324pp. 5⅜ x 8½. 27350-4 Pa. $9.95

MOVIE-STAR PORTRAITS OF THE FORTIES, John Kobal (ed.). 163 glamor, studio photos of 106 stars of the 1940s: Rita Hayworth, Ava Gardner, Marlon Brando, Clark Gable, many more. 176pp. 8⅜ x 11¼. 23546-7 Pa. $12.95

BENCHLEY LOST AND FOUND, Robert Benchley. Finest humor from early 30s, about pet peeves, child psychologists, post office and others. Mostly unavailable elsewhere. 73 illustrations by Peter Arno and others. 183pp. 5⅜ x 8½. 22410-4 Pa. $6.95

YEKL and THE IMPORTED BRIDEGROOM AND OTHER STORIES OF YIDDISH NEW YORK, Abraham Cahan. Film Hester Street based on Yekl (1896). Novel, other stories among first about Jewish immigrants on N.Y.'s East Side. 240pp. 5⅜ x 8½. 22427-9 Pa. $6.95

SELECTED POEMS, Walt Whitman. Generous sampling from *Leaves of Grass*. Twenty-four poems include "I Hear America Singing," "Song of the Open Road," "I Sing the Body Electric," "When Lilacs Last in the Dooryard Bloom'd," "O Captain! My Captain!"—all reprinted from an authoritative edition. Lists of titles and first lines. 128pp. 5⁵⁄₁₆ x 8¼. 26878-0 Pa. $1.00

THE BEST TALES OF HOFFMANN, E. T. A. Hoffmann. 10 of Hoffmann's most important stories: "Nutcracker and the King of Mice," "The Golden Flowerpot," etc. 458pp. 5⅜ x 8½. 21793-0 Pa. $9.95

FROM FETISH TO GOD IN ANCIENT EGYPT, E. A. Wallis Budge. Rich detailed survey of Egyptian conception of "God" and gods, magic, cult of animals, Osiris, more. Also, superb English translations of hymns and legends. 240 illustrations. 545pp. 5⅜ x 8½. 25803-3 Pa. $13.95

FRENCH STORIES/CONTES FRANÇAIS: A Dual-Language Book, Wallace Fowlie. Ten stories by French masters, Voltaire to Camus: "Micromegas" by Voltaire; "The Atheist's Mass" by Balzac; "Minuet" by de Maupassant; "The Guest" by Camus, six more. Excellent English translations on facing pages. Also French-English vocabulary list, exercises, more. 352pp. 5⅜ x 8½. 26443-2 Pa. $9.95

CHICAGO AT THE TURN OF THE CENTURY IN PHOTOGRAPHS: 122 Historic Views from the Collections of the Chicago Historical Society, Larry A. Viskochil. Rare large-format prints offer detailed views of City Hall, State Street, the Loop, Hull House, Union Station, many other landmarks, circa 1904-1913. Introduction. Captions. Maps. 144pp. 9⅜ x 12¼. 24656-6 Pa. $12.95

OLD BROOKLYN IN EARLY PHOTOGRAPHS, 1865-1929, William Lee Younger. Luna Park, Gravesend race track, construction of Grand Army Plaza, moving of Hotel Brighton, etc. 157 previously unpublished photographs. 165pp. 8⅞ x 11¾. 23587-4 Pa. $13.95

THE MYTHS OF THE NORTH AMERICAN INDIANS, Lewis Spence. Rich anthology of the myths and legends of the Algonquins, Iroquois, Pawnees and Sioux, prefaced by an extensive historical and ethnological commentary. 36 illustrations. 480pp. 5⅜ x 8½. 25967-6 Pa. $10.95

AN ENCYCLOPEDIA OF BATTLES: Accounts of Over 1,560 Battles from 1479 B.C. to the Present, David Eggenberger. Essential details of every major battle in recorded history from the first battle of Megiddo in 1479 B.C. to Grenada in 1984. List of Battle Maps. New Appendix covering the years 1967-1984. Index. 99 illustrations. 544pp. 6½ x 9¼. 24913-1 Pa. $16.95

SAILING ALONE AROUND THE WORLD, Captain Joshua Slocum. First man to sail around the world, alone, in small boat. One of great feats of seamanship told in delightful manner. 67 illustrations. 294pp. 5⅜ x 8½. 20326-3 Pa. $6.95

ANARCHISM AND OTHER ESSAYS, Emma Goldman. Powerful, penetrating, prophetic essays on direct action, role of minorities, prison reform, puritan hypocrisy, violence, etc. 271pp. 5⅜ x 8½. 22484-8 Pa. $7.95

MYTHS OF THE HINDUS AND BUDDHISTS, Ananda K. Coomaraswamy and Sister Nivedita. Great stories of the epics; deeds of Krishna, Shiva, taken from puranas, Vedas, folk tales; etc. 32 illustrations. 400pp. 5⅜ x 8½. 21759-0 Pa. $12.95

BEYOND PSYCHOLOGY, Otto Rank. Fear of death, desire of immortality, nature of sexuality, social organization, creativity, according to Rankian system. 291pp. 5⅜ x 8½. 20485-5 Pa. $8.95

A THEOLOGICO-POLITICAL TREATISE, Benedict Spinoza. Also contains unfinished Political Treatise. Great classic on religious liberty, theory of government on common consent. R. Elwes translation. Total of 421pp. 5⅜ x 8½. 20249-6 Pa. $9.95

MY BONDAGE AND MY FREEDOM, Frederick Douglass. Born a slave, Douglass became outspoken force in antislavery movement. The best of Douglass' autobiographies. Graphic description of slave life. 464pp. 5⅜ x 8½. 22457-0 Pa. $8.95

FOLLOWING THE EQUATOR: A Journey Around the World, Mark Twain. Fascinating humorous account of 1897 voyage to Hawaii, Australia, India, New Zealand, etc. Ironic, bemused reports on peoples, customs, climate, flora and fauna, politics, much more. 197 illustrations. 720pp. 5⅜ x 8½. 26113-1 Pa. $15.95

THE PEOPLE CALLED SHAKERS, Edward D. Andrews. Definitive study of Shakers: origins, beliefs, practices, dances, social organization, furniture and crafts, etc. 33 illustrations. 351pp. 5⅜ x 8½. 21081-2 Pa. $8.95

THE MYTHS OF GREECE AND ROME, H. A. Guerber. A classic of mythology, generously illustrated, long prized for its simple, graphic, accurate retelling of the principal myths of Greece and Rome, and for its commentary on their origins and significance. With 64 illustrations by Michelangelo, Raphael, Titian, Rubens, Canova, Bernini and others. 480pp. 5⅜ x 8½. 27584-1 Pa. $9.95

PSYCHOLOGY OF MUSIC, Carl E. Seashore. Classic work discusses music as a medium from psychological viewpoint. Clear treatment of physical acoustics, auditory apparatus, sound perception, development of musical skills, nature of musical feeling, host of other topics. 88 figures. 408pp. 5⅜ x 8½. 21851-1 Pa. $11.95

THE PHILOSOPHY OF HISTORY, Georg W. Hegel. Great classic of Western thought develops concept that history is not chance but rational process, the evolution of freedom. 457pp. 5⅜ x 8½. 20112-0 Pa. $9.95

THE BOOK OF TEA, Kakuzo Okakura. Minor classic of the Orient: entertaining, charming explanation, interpretation of traditional Japanese culture in terms of tea ceremony. 94pp. 5⅜ x 8½. 20070-1 Pa. $3.95

LIFE IN ANCIENT EGYPT, Adolf Erman. Fullest, most thorough, detailed older account with much not in more recent books, domestic life, religion, magic, medicine, commerce, much more. Many illustrations reproduce tomb paintings, carvings, hieroglyphs, etc. 597pp. 5⅜ x 8½. 22632-8 Pa. $12.95

SUNDIALS, Their Theory and Construction, Albert Waugh. Far and away the best, most thorough coverage of ideas, mathematics concerned, types, construction, adjusting anywhere. Simple, nontechnical treatment allows even children to build several of these dials. Over 100 illustrations. 230pp. 5⅜ x 8½. 22947-5 Pa. $8.95

DYNAMICS OF FLUIDS IN POROUS MEDIA, Jacob Bear. For advanced students of ground water hydrology, soil mechanics and physics, drainage and irrigation engineering, and more. 335 illustrations. Exercises, with answers. 784pp. 6⅛ x 9¼. 65675-6 Pa. $19.95

SONGS OF EXPERIENCE: Facsimile Reproduction with 26 Plates in Full Color, William Blake. 26 full-color plates from a rare 1826 edition. Includes "The Tyger," "London," "Holy Thursday," and other poems. Printed text of poems. 48pp. 5¼ x 7. 24636-1 Pa. $4.95

OLD-TIME VIGNETTES IN FULL COLOR, Carol Belanger Grafton (ed.). Over 390 charming, often sentimental illustrations, selected from archives of Victorian graphics—pretty women posing, children playing, food, flowers, kittens and puppies, smiling cherubs, birds and butterflies, much more. All copyright-free. 48pp. 9¼ x 12¼. 27269-9 Pa. $7.95

PERSPECTIVE FOR ARTISTS, Rex Vicat Cole. Depth, perspective of sky and sea, shadows, much more, not usually covered. 391 diagrams, 81 reproductions of drawings and paintings. 279pp. 5⅜ x 8½. 22487-2 Pa. $7.95

DRAWING THE LIVING FIGURE, Joseph Sheppard. Innovative approach to artistic anatomy focuses on specifics of surface anatomy, rather than muscles and bones. Over 170 drawings of live models in front, back and side views, and in widely varying poses. Accompanying diagrams. 177 illustrations. Introduction. Index. 144pp. 8⅜ x11¼. 26723-7 Pa. $8.95

GOTHIC AND OLD ENGLISH ALPHABETS: 100 Complete Fonts, Dan X. Solo. Add power, elegance to posters, signs, other graphics with 100 stunning copyright-free alphabets: Blackstone, Dolbey, Germania, 97 more—including many lower-case, numerals, punctuation marks. 104pp. 8⅛ x 11. 24695-7 Pa. $8.95

HOW TO DO BEADWORK, Mary White. Fundamental book on craft from simple projects to five-bead chains and woven works. 106 illustrations. 142pp. 5⅜ x 8. 20697-1 Pa. $4.95

THE BOOK OF WOOD CARVING, Charles Marshall Sayers. Finest book for beginners discusses fundamentals and offers 34 designs. "Absolutely first rate . . . well thought out and well executed."–E. J. Tangerman. 118pp. 7¾ x 10⅝. 23654-4 Pa. $6.95

ILLUSTRATED CATALOG OF CIVIL WAR MILITARY GOODS: Union Army Weapons, Insignia, Uniform Accessories, and Other Equipment, Schuyler, Hartley, and Graham. Rare, profusely illustrated 1846 catalog includes Union Army uniform and dress regulations, arms and ammunition, coats, insignia, flags, swords, rifles, etc. 226 illustrations. 160pp. 9 x 12. 24939-5 Pa. $10.95

WOMEN'S FASHIONS OF THE EARLY 1900s: An Unabridged Republication of "New York Fashions, 1909," National Cloak & Suit Co. Rare catalog of mail-order fashions documents women's and children's clothing styles shortly after the turn of the century. Captions offer full descriptions, prices. Invaluable resource for fashion, costume historians. Approximately 725 illustrations. 128pp. 8⅜ x 11¼. 27276-1 Pa. $11.95

THE 1912 AND 1915 GUSTAV STICKLEY FURNITURE CATALOGS, Gustav Stickley. With over 200 detailed illustrations and descriptions, these two catalogs are essential reading and reference materials and identification guides for Stickley furniture. Captions cite materials, dimensions and prices. 112pp. 6½ x 9¼. 26676-1 Pa. $9.95

EARLY AMERICAN LOCOMOTIVES, John H. White, Jr. Finest locomotive engravings from early 19th century: historical (1804–74), main-line (after 1870), special, foreign, etc. 147 plates. 142pp. 11⅜ x 8¼. 22772-3 Pa. $10.95

THE TALL SHIPS OF TODAY IN PHOTOGRAPHS, Frank O. Braynard. Lavishly illustrated tribute to nearly 100 majestic contemporary sailing vessels: Amerigo Vespucci, Clearwater, Constitution, Eagle, Mayflower, Sea Cloud, Victory, many more. Authoritative captions provide statistics, background on each ship. 190 black-and-white photographs and illustrations. Introduction. 128pp. 8⅞ x 11¾. 27163-3 Pa. $14.95

EARLY NINETEENTH-CENTURY CRAFTS AND TRADES, Peter Stockham (ed.). Extremely rare 1807 volume describes to youngsters the crafts and trades of the day: brickmaker, weaver, dressmaker, bookbinder, ropemaker, saddler, many more. Quaint prose, charming illustrations for each craft. 20 black-and-white line illustrations. 192pp. 4⅝ x 6. 27293-1 Pa. $4.95

VICTORIAN FASHIONS AND COSTUMES FROM HARPER'S BAZAR, 1867–1898, Stella Blum (ed.). Day costumes, evening wear, sports clothes, shoes, hats, other accessories in over 1,000 detailed engravings. 320pp. 9⅜ x 12¼. 22990-4 Pa. $15.95

GUSTAV STICKLEY, THE CRAFTSMAN, Mary Ann Smith. Superb study surveys broad scope of Stickley's achievement, especially in architecture. Design philosophy, rise and fall of the Craftsman empire, descriptions and floor plans for many Craftsman houses, more. 86 black-and-white halftones. 31 line illustrations. Introduction 208pp. 6½ x 9¼. 27210-9 Pa. $9.95

THE LONG ISLAND RAIL ROAD IN EARLY PHOTOGRAPHS, Ron Ziel. Over 220 rare photos, informative text document origin (1844) and development of rail service on Long Island. Vintage views of early trains, locomotives, stations, passengers, crews, much more. Captions. 8⅞ x 11¾. 26301-0 Pa. $13.95

THE BOOK OF OLD SHIPS: From Egyptian Galleys to Clipper Ships, Henry B. Culver. Superb, authoritative history of sailing vessels, with 80 magnificent line illustrations. Galley, bark, caravel, longship, whaler, many more. Detailed, informative text on each vessel by noted naval historian. Introduction. 256pp. 5⅜ x 8½. 27332-6 Pa. $7.95

TEN BOOKS ON ARCHITECTURE, Vitruvius. The most important book ever written on architecture. Early Roman aesthetics, technology, classical orders, site selection, all other aspects. Morgan translation. 331pp. 5⅜ x 8½. 20645-9 Pa. $8.95

THE HUMAN FIGURE IN MOTION, Eadweard Muybridge. More than 4,500 stopped-action photos, in action series, showing undraped men, women, children jumping, lying down, throwing, sitting, wrestling, carrying, etc. 390pp. 7⅞ x 10⅝. 20204-6 Clothbd. $27.95

TREES OF THE EASTERN AND CENTRAL UNITED STATES AND CANADA, William M. Harlow. Best one-volume guide to 140 trees. Full descriptions, woodlore, range, etc. Over 600 illustrations. Handy size. 288pp. 4½ x 6⅜. 20395-6 Pa. $6.95

SONGS OF WESTERN BIRDS, Dr. Donald J. Borror. Complete song and call repertoire of 60 western species, including flycatchers, juncoes, cactus wrens, many more–includes fully illustrated booklet. Cassette and manual 99913-0 $8.95

GROWING AND USING HERBS AND SPICES, Milo Miloradovich. Versatile handbook provides all the information needed for cultivation and use of all the herbs and spices available in North America. 4 illustrations. Index. Glossary. 236pp. 5⅜ x 8½. 25058-X Pa. $7.95

BIG BOOK OF MAZES AND LABYRINTHS, Walter Shepherd. 50 mazes and labyrinths in all–classical, solid, ripple, and more–in one great volume. Perfect inexpensive puzzler for clever youngsters. Full solutions. 112pp. 8⅛ x 11. 22951-3 Pa. $4.95

PIANO TUNING, J. Cree Fischer. Clearest, best book for beginner, amateur. Simple repairs, raising dropped notes, tuning by easy method of flattened fifths. No previous skills needed. 4 illustrations. 201pp. 5⅜ x 8½.   23267-0 Pa. $6.95

A SOURCE BOOK IN THEATRICAL HISTORY, A. M. Nagler. Contemporary observers on acting, directing, make-up, costuming, stage props, machinery, scene design, from Ancient Greece to Chekhov. 611pp. 5⅜ x 8½.   20515-0 Pa. $12.95

THE COMPLETE NONSENSE OF EDWARD LEAR, Edward Lear. All nonsense limericks, zany alphabets, Owl and Pussycat, songs, nonsense botany, etc., illustrated by Lear. Total of 320pp. 5⅜ x 8½. (USO)   20167-8 Pa. $7.95

VICTORIAN PARLOUR POETRY: An Annotated Anthology, Michael R. Turner. 117 gems by Longfellow, Tennyson, Browning, many lesser-known poets. "The Village Blacksmith," "Curfew Must Not Ring Tonight," "Only a Baby Small," dozens more, often difficult to find elsewhere. Index of poets, titles, first lines. xxiii + 325pp. 5⅜ x 8¼.   27044-0 Pa. $8.95

DUBLINERS, James Joyce. Fifteen stories offer vivid, tightly focused observations of the lives of Dublin's poorer classes. At least one, "The Dead," is considered a masterpiece. Reprinted complete and unabridged from standard edition. 160pp. 5³⁄₁₆ x 8¼.   26870-5 Pa. $1.00

THE HAUNTED MONASTERY and THE CHINESE MAZE MURDERS, Robert van Gulik. Two full novels by van Gulik, set in 7th-century China, continue adventures of Judge Dee and his companions. An evil Taoist monastery, seemingly supernatural events; overgrown topiary maze hides strange crimes. 27 illustrations. 328pp. 5⅜ x 8½.   23502-5 Pa. $8.95

THE BOOK OF THE SACRED MAGIC OF ABRAMELIN THE MAGE, translated by S. MacGregor Mathers. Medieval manuscript of ceremonial magic. Basic document in Aleister Crowley, Golden Dawn groups. 268pp. 5⅜ x 8½.   23211-5 Pa. $9.95

NEW RUSSIAN-ENGLISH AND ENGLISH-RUSSIAN DICTIONARY, M. A. O'Brien. This is a remarkably handy Russian dictionary, containing a surprising amount of information, including over 70,000 entries. 366pp. 4½ x 6⅛.   20208-9 Pa. $9.95

HISTORIC HOMES OF THE AMERICAN PRESIDENTS, Second, Revised Edition, Irvin Haas. A traveler's guide to American Presidential homes, most open to the public, depicting and describing homes occupied by every American President from George Washington to George Bush. With visiting hours, admission charges, travel routes. 175 photographs. Index. 160pp. 8¼ x 11.   26751-2 Pa. $11.95

NEW YORK IN THE FORTIES, Andreas Feininger. 162 brilliant photographs by the well-known photographer, formerly with *Life* magazine. Commuters, shoppers, Times Square at night, much else from city at its peak. Captions by John von Hartz. 181pp. 9¼ x 10¾.   23585-8 Pa. $12.95

INDIAN SIGN LANGUAGE, William Tomkins. Over 525 signs developed by Sioux and other tribes. Written instructions and diagrams. Also 290 pictographs. 111pp. 6⅛ x 9¼.   22029-X Pa. $3.95

ANATOMY: A Complete Guide for Artists, Joseph Sheppard. A master of figure drawing shows artists how to render human anatomy convincingly. Over 460 illustrations. 224pp. 8⅜ x 11¼. 27279-6 Pa. $11.95

MEDIEVAL CALLIGRAPHY: Its History and Technique, Marc Drogin. Spirited history, comprehensive instruction manual covers 13 styles (ca. 4th century thru 15th). Excellent photographs; directions for duplicating medieval techniques with modern tools. 224pp. 8⅜ x 11¼. 26142-5 Pa. $12.95

DRIED FLOWERS: How to Prepare Them, Sarah Whitlock and Martha Rankin. Complete instructions on how to use silica gel, meal and borax, perlite aggregate, sand and borax, glycerine and water to create attractive permanent flower arrangements. 12 illustrations. 32pp. 5⅜ x 8½. 21802-3 Pa. $1.00

EASY-TO-MAKE BIRD FEEDERS FOR WOODWORKERS, Scott D. Campbell. Detailed, simple-to-use guide for designing, constructing, caring for and using feeders. Text, illustrations for 12 classic and contemporary designs. 96pp. 5⅜ x 8½. 25847-5 Pa. $3.95

SCOTTISH WONDER TALES FROM MYTH AND LEGEND, Donald A. Mackenzie. 16 lively tales tell of giants rumbling down mountainsides, of a magic wand that turns stone pillars into warriors, of gods and goddesses, evil hags, powerful forces and more. 240pp. 5⅜ x 8½. 29677-6 Pa. $6.95

THE HISTORY OF UNDERCLOTHES, C. Willett Cunnington and Phyllis Cunnington. Fascinating, well-documented survey covering six centuries of English undergarments, enhanced with over 100 illustrations: 12th-century laced-up bodice, footed long drawers (1795), 19th-century bustles, 19th-century corsets for men, Victorian "bust improvers," much more. 272pp. 5⅜ x 8¼. 27124-2 Pa. $9.95

ARTS AND CRAFTS FURNITURE: The Complete Brooks Catalog of 1912, Brooks Manufacturing Co. Photos and detailed descriptions of more than 150 now very collectible furniture designs from the Arts and Crafts movement depict davenports, settees, buffets, desks, tables, chairs, bedsteads, dressers and more, all built of solid, quarter-sawed oak. Invaluable for students and enthusiasts of antiques, Americana and the decorative arts. 80pp. 6½ x 9¼. 27471-3 Pa. $8.95

HOW WE INVENTED THE AIRPLANE: An Illustrated History, Orville Wright. Fascinating firsthand account covers early experiments, construction of planes and motors, first flights, much more. Introduction and commentary by Fred C. Kelly. 76 photographs. 96pp. 8¼ x 11. 25662-6 Pa. $8.95

THE ARTS OF THE SAILOR: Knotting, Splicing and Ropework, Hervey Garrett Smith. Indispensable shipboard reference covers tools, basic knots and useful hitches; handsewing and canvas work, more. Over 100 illustrations. Delightful reading for sea lovers. 256pp. 5⅜ x 8½. 26440-8 Pa. $7.95

FRANK LLOYD WRIGHT'S FALLINGWATER: The House and Its History, Second, Revised Edition, Donald Hoffmann. A total revision–both in text and illustrations–of the standard document on Fallingwater, the boldest, most personal architectural statement of Wright's mature years, updated with valuable new material from the recently opened Frank Lloyd Wright Archives. "Fascinating"–*The New York Times*. 116 illustrations. 128pp. 9¼ x 10¾. 27430-6 Pa. $12.95

PHOTOGRAPHIC SKETCHBOOK OF THE CIVIL WAR, Alexander Gardner. 100 photos taken on field during the Civil War. Famous shots of Manassas Harper's Ferry, Lincoln, Richmond, slave pens, etc. 244pp. 10⅝ x 8¼.   22731-6 Pa. $9.95

FIVE ACRES AND INDEPENDENCE, Maurice G. Kains. Great back-to-the-land classic explains basics of self-sufficient farming. The one book to get. 95 illustrations. 397pp. 5⅜ x 8½.   20974-1 Pa. $7.95

SONGS OF EASTERN BIRDS, Dr. Donald J. Borror. Songs and calls of 60 species most common to eastern U.S.: warblers, woodpeckers, flycatchers, thrushes, larks, many more in high-quality recording.   Cassette and manual 99912-2 $9.95

A MODERN HERBAL, Margaret Grieve. Much the fullest, most exact, most useful compilation of herbal material. Gigantic alphabetical encyclopedia, from aconite to zedoary, gives botanical information, medical properties, folklore, economic uses, much else. Indispensable to serious reader. 161 illustrations. 888pp. 6½ x 9¼. 2-vol. set. (USO)   Vol. I: 22798-7 Pa. $9.95
Vol. II: 22799-5 Pa. $9.95

HIDDEN TREASURE MAZE BOOK, Dave Phillips. Solve 34 challenging mazes accompanied by heroic tales of adventure. Evil dragons, people-eating plants, blood-thirsty giants, many more dangerous adversaries lurk at every twist and turn. 34 mazes, stories, solutions. 48pp. 8¼ x 11.   24566-7 Pa. $2.95

LETTERS OF W. A. MOZART, Wolfgang A. Mozart. Remarkable letters show bawdy wit, humor, imagination, musical insights, contemporary musical world; includes some letters from Leopold Mozart. 276pp. 5⅜ x 8½.   22859-2 Pa. $7.95

BASIC PRINCIPLES OF CLASSICAL BALLET, Agrippina Vaganova. Great Russian theoretician, teacher explains methods for teaching classical ballet. 118 illustrations. 175pp. 5⅜ x 8½.   22036-2 Pa. $5.95

THE JUMPING FROG, Mark Twain. Revenge edition. The original story of The Celebrated Jumping Frog of Calaveras County, a hapless French translation, and Twain's hilarious "retranslation" from the French. 12 illustrations. 66pp. 5⅜ x 8½.
22686-7 Pa. $3.95

BEST REMEMBERED POEMS, Martin Gardner (ed.). The 126 poems in this superb collection of 19th- and 20th-century British and American verse range from Shelley's "To a Skylark" to the impassioned "Renascence" of Edna St. Vincent Millay and to Edward Lear's whimsical "The Owl and the Pussycat." 224pp. 5⅜ x 8½.
27165-X Pa. $5.95

COMPLETE SONNETS, William Shakespeare. Over 150 exquisite poems deal with love, friendship, the tyranny of time, beauty's evanescence, death and other themes in language of remarkable power, precision and beauty. Glossary of archaic terms. 80pp. 5³⁄₁₆ x 8¼.   26686-9 Pa. $1.00

BODIES IN A BOOKSHOP, R. T. Campbell. Challenging mystery of blackmail and murder with ingenious plot and superbly drawn characters. In the best tradition of British suspense fiction. 192pp. 5⅜ x 8½.   24720-1 Pa. $6.95

THE WIT AND HUMOR OF OSCAR WILDE, Alvin Redman (ed.). More than 1,000 ripostes, paradoxes, wisecracks: Work is the curse of the drinking classes; I can resist everything except temptation; etc. 258pp. 5⅜ x 8½.　　　20602-5 Pa. $5.95

SHAKESPEARE LEXICON AND QUOTATION DICTIONARY, Alexander Schmidt. Full definitions, locations, shades of meaning in every word in plays and poems. More than 50,000 exact quotations. 1,485pp. 6½ x 9¼. 2-vol. set.
Vol. 1: 22726-X Pa. $17.95
Vol. 2: 22727-8 Pa. $17.95

SELECTED POEMS, Emily Dickinson. Over 100 best-known, best-loved poems by one of America's foremost poets, reprinted from authoritative early editions. No comparable edition at this price. Index of first lines. 64pp. 5³⁄₁₆ x 8¼.
26466-1 Pa. $1.00

CELEBRATED CASES OF JUDGE DEE (DEE GOONG AN), translated by Robert van Gulik. Authentic 18th-century Chinese detective novel; Dee and associates solve three interlocked cases. Led to van Gulik's own stories with same characters. Extensive introduction. 9 illustrations. 237pp. 5⅜ x 8½.　　　23337-5 Pa. $7.95

THE MALLEUS MALEFICARUM OF KRAMER AND SPRENGER, translated by Montague Summers. Full text of most important witchhunter's "bible," used by both Catholics and Protestants. 278pp. 6⅝ x 10.　　　22802-9 Pa. $12.95

SPANISH STORIES/CUENTOS ESPAÑOLES: A Dual-Language Book, Angel Flores (ed.). Unique format offers 13 great stories in Spanish by Cervantes, Borges, others. Faithful English translations on facing pages. 352pp. 5⅜ x 8½.
25399-6 Pa. $8.95

THE CHICAGO WORLD'S FAIR OF 1893: A Photographic Record, Stanley Appelbaum (ed.). 128 rare photos show 200 buildings, Beaux-Arts architecture, Midway, original Ferris Wheel, Edison's kinetoscope, more. Architectural emphasis; full text. 116pp. 8¼ x 11.　　　23990-X Pa. $9.95

OLD QUEENS, N.Y., IN EARLY PHOTOGRAPHS, Vincent F. Seyfried and William Asadorian. Over 160 rare photographs of Maspeth, Jamaica, Jackson Heights, and other areas. Vintage views of DeWitt Clinton mansion, 1939 World's Fair and more. Captions. 192pp. 8⅞ x 11.　　　26358-4 Pa. $12.95

CAPTURED BY THE INDIANS: 15 Firsthand Accounts, 1750-1870, Frederick Drimmer. Astounding true historical accounts of grisly torture, bloody conflicts, relentless pursuits, miraculous escapes and more, by people who lived to tell the tale. 384pp. 5⅜ x 8½.　　　24901-8 Pa. $8.95

THE WORLD'S GREAT SPEECHES, Lewis Copeland and Lawrence W. Lamm (eds.). Vast collection of 278 speeches of Greeks to 1970. Powerful and effective models; unique look at history. 842pp. 5⅜ x 8½.　　　20468-5 Pa. $14.95

THE BOOK OF THE SWORD, Sir Richard F. Burton. Great Victorian scholar/adventurer's eloquent, erudite history of the "queen of weapons"—from prehistory to early Roman Empire. Evolution and development of early swords, variations (sabre, broadsword, cutlass, scimitar, etc.), much more. 336pp. 6⅛ x 9¼.
25434-8 Pa. $9.95

AUTOBIOGRAPHY: The Story of My Experiments with Truth, Mohandas K. Gandhi. Boyhood, legal studies, purification, the growth of the Satyagraha (nonviolent protest) movement. Critical, inspiring work of the man responsible for the freedom of India. 480pp. 5⅜ x 8½. (USO) 24593-4 Pa. $8.95

CELTIC MYTHS AND LEGENDS, T. W. Rolleston. Masterful retelling of Irish and Welsh stories and tales. Cuchulain, King Arthur, Deirdre, the Grail, many more. First paperback edition. 58 full-page illustrations. 512pp. 5⅜ x 8½. 26507-2 Pa. $9.95

THE PRINCIPLES OF PSYCHOLOGY, William James. Famous long course complete, unabridged. Stream of thought, time perception, memory, experimental methods; great work decades ahead of its time. 94 figures. 1,391pp. 5⅜ x 8½. 2-vol. set.
Vol. I: 20381-6 Pa. $13.95
Vol. II: 20382-4 Pa. $14.95

THE WORLD AS WILL AND REPRESENTATION, Arthur Schopenhauer. Definitive English translation of Schopenhauer's life work, correcting more than 1,000 errors, omissions in earlier translations. Translated by E. F. J. Payne. Total of 1,269pp. 5⅜ x 8½. 2-vol. set. Vol. 1: 21761-2 Pa. $12.95
Vol. 2: 21762-0 Pa. $12.95

MAGIC AND MYSTERY IN TIBET, Madame Alexandra David-Neel. Experiences among lamas, magicians, sages, sorcerers, Bonpa wizards. A true psychic discovery. 32 illustrations. 321pp. 5⅜ x 8½. (USO) 22682-4 Pa. $9.95

THE EGYPTIAN BOOK OF THE DEAD, E. A. Wallis Budge. Complete reproduction of Ani's papyrus, finest ever found. Full hieroglyphic text, interlinear transliteration, word-for-word translation, smooth translation. 533pp. 6½ x 9¼.
21866-X Pa. $11.95

MATHEMATICS FOR THE NONMATHEMATICIAN, Morris Kline. Detailed, college-level treatment of mathematics in cultural and historical context, with numerous exercises. Recommended Reading Lists. Tables. Numerous figures. 641pp. 5⅜ x 8½.
24823-2 Pa. $11.95

THEORY OF WING SECTIONS: Including a Summary of Airfoil Data, Ira H. Abbott and A. E. von Doenhoff. Concise compilation of subsonic aerodynamic characteristics of NACA wing sections, plus description of theory. 350pp. of tables. 693pp. 5⅜ x 8½. 60586-8 Pa. $14.95

THE RIME OF THE ANCIENT MARINER, Gustave Doré, S. T. Coleridge. Doré's finest work; 34 plates capture moods, subtleties of poem. Flawless full-size reproductions printed on facing pages with authoritative text of poem. "Beautiful. Simply beautiful."–*Publisher's Weekly*. 77pp. 9¼ x 12. 22305-1 Pa. $7.95

NORTH AMERICAN INDIAN DESIGNS FOR ARTISTS AND CRAFTSPEOPLE, Eva Wilson. Over 360 authentic copyright-free designs adapted from Navajo blankets, Hopi pottery, Sioux buffalo hides, more. Geometrics, symbolic figures, plant and animal motifs, etc. 128pp. 8⅜ x 11. (EUK) 25341-4 Pa. $8.95

SCULPTURE: Principles and Practice, Louis Slobodkin. Step-by-step approach to clay, plaster, metals, stone; classical and modern. 253 drawings, photos. 255pp. 8⅛ x 11.
22960-2 Pa. $11.95

THE INFLUENCE OF SEA POWER UPON HISTORY, 1660–1783, A. T. Mahan. Influential classic of naval history and tactics still used as text in war colleges. First paperback edition. 4 maps. 24 battle plans. 640pp. 5⅜ x 8½. 25509-3 Pa. $14.95

THE STORY OF THE TITANIC AS TOLD BY ITS SURVIVORS, Jack Winocour (ed.). What it was really like. Panic, despair, shocking inefficiency, and a little heroism. More thrilling than any fictional account. 26 illustrations. 320pp. 5⅜ x 8½. 20610-6 Pa. $8.95

FAIRY AND FOLK TALES OF THE IRISH PEASANTRY, William Butler Yeats (ed.). Treasury of 64 tales from the twilight world of Celtic myth and legend: "The Soul Cages," "The Kildare Pooka," "King O'Toole and his Goose," many more. Introduction and Notes by W. B. Yeats. 352pp. 5⅜ x 8½. 26941-8 Pa. $8.95

BUDDHIST MAHAYANA TEXTS, E. B. Cowell and Others (eds.). Superb, accurate translations of basic documents in Mahayana Buddhism, highly important in history of religions. The Buddha-karita of Asvaghosha, Larger Sukhavativyuha, more. 448pp. 5⅜ x 8½. 25552-2 Pa. $12.95

ONE TWO THREE . . . INFINITY: Facts and Speculations of Science, George Gamow. Great physicist's fascinating, readable overview of contemporary science: number theory, relativity, fourth dimension, entropy, genes, atomic structure, much more. 128 illustrations. Index. 352pp. 5⅜ x 8½. 25664-2 Pa. $8.95

ENGINEERING IN HISTORY, Richard Shelton Kirby, et al. Broad, nontechnical survey of history's major technological advances: birth of Greek science, industrial revolution, electricity and applied science, 20th-century automation, much more. 181 illustrations. ". . . excellent . . ."–*Isis*. Bibliography. vii + 530pp. 5⅜ x 8¼. 26412-2 Pa. $14.95

DALÍ ON MODERN ART: The Cuckolds of Antiquated Modern Art, Salvador Dalí. Influential painter skewers modern art and its practitioners. Outrageous evaluations of Picasso, Cézanne, Turner, more. 15 renderings of paintings discussed. 44 calligraphic decorations by Dalí. 96pp. 5⅜ x 8½. (USO) 29220-7 Pa. $4.95

ANTIQUE PLAYING CARDS: A Pictorial History, Henry René D'Allemagne. Over 900 elaborate, decorative images from rare playing cards (14th–20th centuries): Bacchus, death, dancing dogs, hunting scenes, royal coats of arms, players cheating, much more. 96pp. 9¼ x 12¼. 29265-7 Pa. $12.95

MAKING FURNITURE MASTERPIECES: 30 Projects with Measured Drawings, Franklin H. Gottshall. Step-by-step instructions, illustrations for constructing handsome, useful pieces, among them a Sheraton desk, Chippendale chair, Spanish desk, Queen Anne table and a William and Mary dressing mirror. 224pp. 8⅛ x 11¼. 29338-6 Pa. $13.95

THE FOSSIL BOOK: A Record of Prehistoric Life, Patricia V. Rich et al. Profusely illustrated definitive guide covers everything from single-celled organisms and dinosaurs to birds and mammals and the interplay between climate and man. Over 1,500 illustrations. 760pp. 7½ x 10⅛. 29371-8 Pa. $29.95

Prices subject to change without notice.

Available at your book dealer or write for free catalog to Dept. GI, Dover Publications, Inc., 31 East 2nd St., Mineola, N.Y. 11501. Dover publishes more than 500 books each year on science, elementary and advanced mathematics, biology, music, art, literary history, social sciences and other areas.